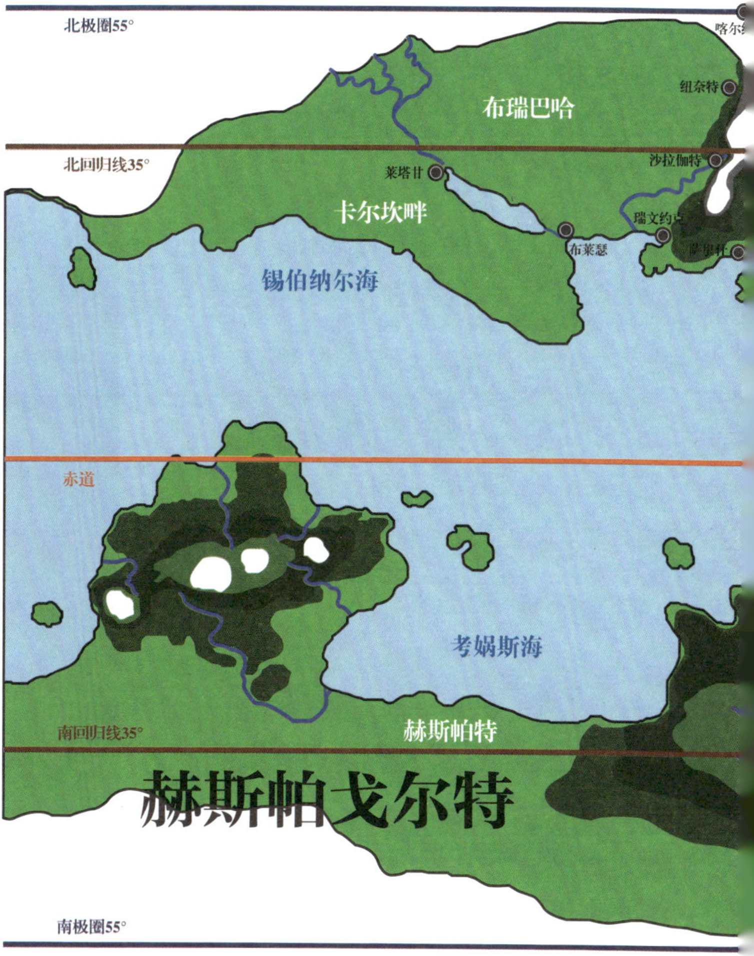
北极圈55°
纽奈特
布瑞巴哈
北回归线35°
莱塔甘
沙拉伽特
卡尔坎畔
瑞文约克
布莱瑟
锡伯纳尔海
赤道
考娲斯海
南回归线35°
赫斯帕特
赫斯帕戈尔特
南极圈55°

施芬宁克山脉
洛拉贾
施芬宁克
伊吉薇柏
瓦伽布哈尔
铎沃韦尔
芬道威尔
克莱蒙特大洋
坎普安莱特
潘尼帕特
雷藏铎
凯德莫海峡
司洛萨
珀佩温
伊斯卡汉特

HELLICONIA WINTER

海利科尼亚 III

冬

[英] 布赖恩·W. 奥尔迪斯 著

华 龙 译

人民文学出版社

著作权合同登记号　图字 01-2019-6502

图书在版编目(CIP)数据

海利科尼亚. 3, 冬/(英)布赖恩·W. 奥尔迪斯著;华龙译. —北京:人民文学出版社,2022
(光分科幻文库)
ISBN 978-7-02-016069-3

Ⅰ. ①海… Ⅱ. ①布…②华… Ⅲ. ①幻想小说—英国—现代 Ⅳ. ①I561.45

中国版本图书馆 CIP 数据核字(2020)第 019466 号

责任编辑　赵　萍　秦雪莹
责任印制　王重艺

出版发行　人民文学出版社
社　　址　北京市朝内大街 166 号
邮政编码　100705

印　　刷　三河市鑫金马印装有限公司
经　　销　全国新华书店等

字　　数　350 千字
开　　本　880 毫米×1230 毫米　1/32
印　　张　13.125　插页 2
印　　数　1—8000
版　　次　2022 年 1 月北京第 1 版
印　　次　2022 年 1 月第 1 次印刷

书　　号　978-7-02-016069-3
定　　价　45.00 元

如有印装质量问题,请与本社图书销售中心调换。电话:010-65233595

目 录

首先，既然我们看到林林总总的物体是由土、水、轻飘的气和燃烧的热构成——既然这些成分不生不灭，我们必须相信整个世界亦然……此外，无论土给予了多少养分，都将被重新归还于它；既然无疑我们看到的万物之母也是万物的坟墓，所以，朋友，你看见土减少了，随后反而又有增长。

卢克莱修：《物性论》，公元前55年

（参考译林出版社2012年版，幕隆 译）

序　　幕

卢特林的身子康复了，从那场无故降临的疾患中恢复过来。他得到允许又可以出门了。窗边的卧榻，难以动弹的身体，还有每天都会来看望他的那位白发苍苍的校长……这一切都结束了。他深吸一口门外清冽的空气，顿时觉得生龙活虎。

寒风从施芬宁克山上吹下来，凛冽得足以剥掉大树朝北的树皮。

清新的风令他胸中生出一股豪情，让他的面颊涌起了血色，他的四肢随着奔跑的坐骑动了起来，快速地穿过了父亲的土地。他大吼一声，脚后跟一磕胯下的骅骝，冲进一条沟壑。他任由坐骑沿着林荫大道一路飞奔，将那座禁闭的宅邸连同里边的折磨远远抛在身后，又跨过那片仍被他们叫作葡萄园的田野。剧烈的运动，新鲜的空气，还有充斥在他血脉之中的骚动，这一切都让他迷醉。

在他四周铺展开去的便是父亲的领地，他父亲的这片领地在高纬度严酷气候的摧残下顽强地生存了下来。这是一片小小的世界，有着沼泽、山岭、峡谷、急流、云雾、冰雪、森林、瀑布……但他始终让自己的思绪回避着那道瀑布。有无数猎物在这里出没，甚至在他父亲猎杀它们的时候都会成片成片地冲出来，还有那四下游走的法艮，那遮天蔽日的迁徙鸟群。

他很快又能去打猎了，学着他父亲的样子。一度停滞的生命，在某种意义上又重新复活了。他必须振作起来，驱散徘徊在心灵边缘的黑暗。

他一路飞驰，敞着胸口的奴隶从身边一闪而过，他们正在葡萄园里训练耶尔克，牵着它们的嚼子。那些牲口的蹄子把鼹鼠堆起的土包踢得四分五裂。

卢特林·邵柯兰迪特不由得对鼹鼠生出一丝同情。它们无从享受那奢侈而安逸的双日凌空的日子。鼹鼠在任何季节都会捕猎、发情。它们死后，尸体会被其他鼹鼠分食。对于鼹鼠来说，生命就是没有尽头的地洞，它们穿行其间，寻觅食物和配偶。他卧床不起的时候已经全然忘记了它们。

“鼹鼠王国!”他高喊一声，在鞍上一挺身站立在了马镫上，身上的赘肉在艾羚皮制成的夹克里涌来荡去。

他使劲一踹，骅骝加劲儿飞奔向前。看来锻炼必不可少了，那会让他恢复到适合战斗的体型。躺了一个多小周期年之后，头一次骑乘就让他感觉到身上多余的肥肉似乎正在被甩掉。他的十二岁生日就这么过去了。差不多有四百天，他就那么躺在那里——好长一段时间动弹不得，甚至口不能言。他被埋葬在自己的床上、自己的房间里，被埋葬在父母的宅邸中、在看守者家族那巨大的墓穴里。现在那一篇终于翻过去了。

力量重新流淌在他的肌肉里，这力量来自他皮囊之下的野性、来自空气，来自从身边闪过的树木、来自他内心的自我。某种他尚未领会其本质的毁灭力量曾把他从这世界上抹去；现在他又回来了，决意要在这个光辉的舞台上留下印记。

在他到达那个有着两扇大门的入口之前，已经有一名奴隶将其中一扇打开了。他马不停蹄疾驰而过，都没往两侧看上一眼。

风在他那尚未完全适应外界的耳朵里像猎犬一般吼叫着。身后建筑里那口大钟发出的熟悉音调被他甩在身后。辽阔的大地向后飞掠，坐骑銮铃的声音不绝于耳。

巴塔利克斯和弗雷耶低垂在南方的天空。那两颗太阳一大一小，就像两面铜锣，在枝枝杈杈间飞速掠过。来到乡村道路上时，卢特林转过身去，背对着那两颗太阳。年复一年，弗雷耶在锡伯纳尔的天空中越沉越低。它的下坠唤起了人类灵魂深处的狂躁，一场世界的剧变即将来临。

汇聚在胸口的汗水很快就变凉了。他又完好如初了，他决意要弥补失去的时间，要像鼹鼠那样去寻欢，去打猎。骅骝可以驮着他去那片杳无人迹的喀丝匹桉丛林边缘，那片森林无边无际，一直蔓延到大山深处最幽深的峡谷之中。总有一天——用不了多久——他会如愿以偿地消失在那片森林的怀抱里，消失得无影无迹，享受那充满危险的快感，如同回归群兽之中的一只动物，不过他先得在瑛茜尔·埃赛卡楠兹的温柔怀抱里迷失自我一番。

卢特林放声大笑起来。“没错，你有野性的一面，孩子。”他父亲曾经这么说过，当时他垂着目光盯着犯下错误的卢特林——那是一种极为严厉的目光，同时伸出一只手放在他的肩上，像是在估量他每一块骨头里到底含有多少野性的成分。

而卢特林只是低头看着地面，不敢对视那样的目光。他站在这个伟大的男人面前时无比软弱，连一句话都说不出来。他这副模样，父亲怎么可能像爱着自己的父亲一样来爱他?

光秃秃的树枝间露出了远处寺院灰色的屋顶。近处是埃赛卡楠兹庄园的大门。他让这匹褐色的骅骊放慢了脚步小跑着，因为他感觉到它已耐力不足。这个物种正在为冬眠做准备。很快，所有的骅骊就都没法再骑了。这个季节是用来训练那些脾气倔强却更有力量的耶尔克的。一名奴隶打开埃赛卡楠兹庄园的大门，骅骊慢吞吞地走了进去。极具特色的埃赛卡楠兹家族的钟声在头顶鸣响，风扯动着钟上的翼片毫无规律地敲打着。

他向阿佐亚希克神祈祷，希望父亲对他跟那帮昂都德女人做下的荒唐事一无所知。在瘫痪之前曾经有那么一段不长的时间，他被那种龌龊事搞得鬼迷心窍。他在昂都德人那里得到了瑛茜尔一直拒绝给他的东西。

现在，他必须把那些非人族的女子拒之门外。他是人族。在森林的边缘地带有一些肮脏破烂的棚屋，有时候他和学校里的那些狐朋狗友——包括乌玛特·埃赛卡楠兹——会在那里私会那些不知羞耻的长着八根手指的淫妇。那些淫妇、妖婆会来到林子外面，从树根下面钻出来……据说她们也会跟雄性的法艮交合。好吧，再也不会有那种事了。一切都过去了，就像他死去的哥哥一样，那些事儿最好连同死亡一齐忘掉。

埃赛卡楠兹家的宅邸并不优美，简单粗暴是它最突出的建筑特征；它的建造完全是为了抵御残酷的北方气候的侵袭。它的基座是一排封死的拱门，到了二层才开有窗户。窗口狭长，厚重的百叶窗紧闭着。整体的结构就像是切掉了脑袋的金字塔。在它的钟楼里，大钟发出沉闷的声响，仿佛是从这建筑物坚实的心窝里发出来的。

卢特林跳下坐骑，登上台阶，拉响了门铃。

他是个肩宽背厚的年轻人，按照锡伯纳尔的眼光来看已经算得上十分魁梧了。他长着一张天生讨人喜欢的圆脸，此时此刻这张俊脸的主人正焦急地等着瑛茜尔出现，眉毛已经拧在了一起，嘴唇紧紧地抿着。他紧张的神色让他看上去与父亲很像，但他的眼睛是清澈的灰色，与他父亲那深邃的黑色瞳孔截然不同。

深褐色的头发在他头上和颈后凌乱地打着卷儿，与出现在面前的那位姑娘一丝不乱的长发形成了鲜明对比。

瑛茜尔·埃赛卡楠兹身上的贵族气质与生俱来。她向来目中无人。她喜欢戏弄人，也爱说谎，还养成了一种娇柔无助的气质；或者，更确切地说，是一种颐指气使的气质。她的笑容毫无热情可言，与其说是发自肺腑，倒不如说是假装客套。那张满是冷漠的脸上大睁着一双紫色的眼睛。

她正拿着一罐水从大厅走过，两手紧紧握着把手。当她迎向卢特林的时候，下巴微微一扬，一语不发，更像是在怒气冲冲地质问。对于卢特林来说，瑛茜尔简直是性感尤物，而且她那多变的性情更是为她平添了几分撩人魂魄的风韵。

这就是他要娶的姑娘，他们的父亲在瑛茜尔出生时就订下了姻亲，以此来巩固这一地区最有权势的两个家族之间的盟约。

他就这样出现在她眼前，卢特林又一次卷进了他们那桩蓄谋已久的阴谋，卷进了那门她总是佯装抱怨的复杂婚事。

“我看到了，卢特林，你又能站起来了，多棒啊……在你放肆登门造访问候之前，那一身臭汗和骅骊给你添了一身好味道，好一个令人期待的未婚夫啊。看得出，你躺在床上的时候长大了——至少腰身大了不少。”

她用水罐挡开了拥抱，然后领着他走上看不到尽头的楼梯，他顺势伸出一条手臂，揽住她纤细的腰肢。墙上挂着埃赛卡楠兹家族列祖列宗的画像，这些人注视着他俩，自身则仿佛被艺术和时间困在幽缚之中，让这些楼梯显得更加阴郁黑暗。

“别耍小脾气了，茜尔，我很快就会瘦回去的。能恢复健康真的太棒了。”

每上一级台阶，她的腰铃就清脆地响一声。

“我母亲病得很重，她总是病恹恹的。我的苗条是病，不是健康。你很幸运，你登门之前，我那烦人的父母和我那些同样烦人的兄弟都去参加一场无聊的典礼了，包括你那位好哥们儿乌玛特。所以你就能对我动手动脚了，对吗？当然了，你会怀疑我在你这一年的休眠期里已经被一群马夫占有了，在干草堆里把自己的身体献给了那群奴隶的儿子。”

她引着他走上一条走廊，木地板上铺着颇有些年头的玛第地毯，走上去地板咯吱作响。她离他很近，百叶窗透进微弱的光线让她看上去犹如幻影。

“你为什么要伤我的心，瑛茜尔？这颗心可是属于你的啊。”

“我想要的可不是你的心，而是你的灵魂。”她笑起来，“再大胆一点。来打我呀，就像我父亲那样。为什么不动手呢？不管什么事儿，说到底不就是为了惩罚吗？”

他急切地说：“惩罚？听着，我们就要结婚了，我要让你开心。你可以跟我一起去打猎。我们永远都不会分开。我们要去森林里探险……”

“你知道的，我对于森林的兴趣远不如待在屋里。”她话头一顿，一只手扶在门闩上，挑衅地笑着，对着他挺起了胸脯，纤巧的酥胸裹在缀着蕾丝的衣裙里。

“经常到外面去更有好处，瑛茜尔。别傻笑了。为什么要把我当作傻瓜？我跟你一样知道什么是磨难。我在那儿趴了整整一个小周期年——难道那还不算是常人所能想象的最残酷的惩罚吗？”

瑛茜尔把一根手指压在他的下巴上，又滑到他的双唇间，“瘫痪得可真是时候，让你逃过了一场更大的惩罚——那就是不得不生活在这里，不得不生活在我们父母的重压之下，生活在这个令人抑郁的小地方——有你这种跟那些非人族同居以求慰藉的……”

看到他面色泛起红晕，她笑了起来，继续用她那甜美的声音说道：“难道你就没有好好审视一下你所遭受的磨难吗？你常常指责我不爱你，也许确实如此，但是我给你的关爱难道不是比你给自己的更多吗？”

“你什么意思，瑛茜尔？”跟她对话如同在经受着拷打。

“你父亲是打猎去了，还是在家里？”

“他在家。”

“要是没记错的话，他结束狩猎回来还不到两天，你哥哥就自杀了。为什么费温要自杀？我怀疑他知道一些你不愿知道的事情。”

她没有将自己深邃的目光从他的双眼上移开，径直伸手推开身后的门，让阳光笼罩着这两个站在门口各怀心事的人。他一把抓住她，浑身颤抖，他发现她对自己而言还是那么难以割舍，还是那么充满诱惑。

“费温知道些什么？我又应该知道些什么？”她对他的强势就在于，他总是求着她答疑解惑。

“不管你哥哥知道什么，那都是让你陷入瘫痪的东西——并不是他的死造成的，就像很多人以为的那样。”她才十二岁零一个什旬，并不比一个孩子大多少：然而她言谈举止让她显得格外成熟。看着他困惑不解的神情，她挑起了眉毛。

他跟着她进入了房间，希望再问她些什么，可舌头却打了结，“你是怎么知道这些事的，瑛茜尔？你编造出这些东西好让你显得很神秘。总是关在这些屋子里……”

她把水罐放在一张桌子上，旁边是她早些时候采来的一大把白色花束。花朵散乱地放在锃亮的桌上，影子映在上面，如同在雾蒙蒙的镜面上一般。

她像是在自言自语：“我试着训练你不要像这里的其他男人那样长大……”

她走到窗口，从天花板垂到地板上的厚重褐色窗帘衬出了她的身段。尽管她背对着他，但他能感觉到她并没有望着外边。两重阳光从不同的方向投了进来，她仿佛融化其中，投射在地板上的影子显得比她本人更加实在。瑛茜尔又一次印证着她那令人捉摸不透的本性。

这是一间他之前从未进去过的房间，一间典型的埃赛卡楠兹家族风格的房间，里面摆满了厚重的家具。屋内弥漫着一股撩人的香气，多多少少让人有些不适应。也许这房间唯一的作用就是收藏家具，大部分家具都是木制的，为了熬过亡哀之冬到来的日子，因为到了那个时候就没法造出更多的家具了。旁边有一张雕刻着涡卷花纹的绿色卧榻，还有一只体型巨大的衣橱镇守着这间厅堂。所有的家具都是进口的，从它们的样式上就能看出来。

他关上房门，站在原地凝视着她。就好像他不存在一样，她开始动手把那些花枝插进花瓶里，然后把罐子里的水倒进花瓶，用她那修长的手指野蛮地整理着花枝。

他叹了口气，“我的母亲也总是病体沉重，真是可怜。她生命中的每一天都会进入通灵，去和她死去的父母谈心。”

瑛茜尔抬起头，眼光锐利地盯着他，“还有你…… 当你躺在床上的时候……我猜你也对通灵上了瘾。”

“不，你错了。我父亲禁止我……除此之外……还不只是……”

瑛茜尔用手指抵着额角，“通灵是平民百姓做的事情。那太迷信了。进入昏迷状态沉入那个可怕的下界，肉体在那里腐朽，可怕的尸骸吐出生命的残渣……哦，真够恶心的。你确定你没做过那种事？”

“从没有。我猜我母亲的病就来自通灵。”

“好吧，你这傻瓜，我每天都做。我亲吻我那位老祖母尸骸的嘴唇，品尝上面的蛆虫……”说着，她爆发出一阵大笑，“别那么傻乎乎地看着我，我开玩笑呢！我讨厌说那些东西存在于地下，我很高兴你没去接近它们。”

她垂下目光看着花束。

“这些雪绒花就是这个世界行将死亡的象征，你不这么想吗？现在只剩下这些白色的花朵了，它伴随大雪盛开。喀尔纳巴尔曾经遍地开满色彩艳丽的鲜花，历史是这么说的。”

她一把推开花瓶。那洁白花瓣的根部下面残留着一抹金色，靠近花心的部位渐渐显出浓艳的红色斑点，像是落日洒下的余晖。

他迈过地板上绘有图案的瓷砖，缓步朝她走去，“来，跟我坐到榻上吧，说点儿开心的事情。”

“你肯定更喜欢聊聊气候……气温降得也太快了，这会让我们的孙辈浑身裹着兽皮，在近乎黑暗的环境中度过一生——如果我们能活到孙辈出生的时候。也许他们还会像野兽一样号叫……这听上去是挺充满希望的话题。”

“你在说什么胡话啊！”他大笑着向前一跃抓住了她。她任由欲火焚身的他把自己按倒在卧榻上。

“你不能跟我做爱，卢特林。你可以像以前一样抚摸我，但不能做爱。我不觉得我会喜欢做爱——如果我允许它发生了，你就会失去对我的兴趣，因为你的欲望得到了满足。”

“纯属瞎说，胡扯。”

“这就是真相。如果我们还想要好好享受婚姻生活的话，就不能做这事。我可不想跟一个欲望早已得到满足的人结婚。”

“我对你的欲望永远都不会得到满足。”说着，他伸手摸进了她的衣服里。

“欲望的大军来袭……”瑛茜尔叹了一声，但是她已然吻在了他的嘴上，将舌尖探进了他的口中。

就在这时，收藏室的门被猛地推开了。一个跟瑛茜尔一样黝黑的小子蹦了进来，他姐姐无力反抗的样子令他怒不可遏。来者正是乌玛特，他挥舞着宝剑狂呼大叫：

“姐姐！姐姐！援兵来了！你勇猛的救兵来啦，来拯救你、拯救这个家族免受羞辱！这畜生是谁？在床上躺了一年还不够吗？他站起来之后还要就近再找一张床吗？无赖！强奸犯！”

卢特林叫道：“你真是一只藏在裙子里的老鼠！”他朝着乌玛特冲了过去，木剑掉在了地上，两个人激烈地扭打在一起。经过那段漫长的昏睡，卢特林此刻力有不逮。他的朋友把他撂倒在地。等他翻身站起时，瑛茜尔已经溜走了。

他跑到门口，她已经消失在幽深黑暗的房子里了。扭打之中，她的花被弄得七零八落，罐子也跌在瓷砖地上摔碎了。

他闷闷不乐地朝着乡村道路的方向走去，任凭骅骊驮着他毫无目的地前进。走到半路卢特林才反应过来，可能是瑛茜尔故意安排乌玛特破门而入的。走到埃赛卡楠兹家的大门前时，他没有走上回家的方向，而是向右一转，驾着坐骑进了村庄，到埃森酒馆去痛饮了一番。

当他伴随着邵柯兰迪特家族那凄凉的钟声回到家的时候，巴塔利克斯就要落山了。雪花飘落而下，灰蒙蒙的天地间一个人也没有。小酒馆里的闲聊大都是围绕着大寡头新颁布的法令，和引发的一系列笑话和抱怨，比如宵禁令。这些法令是为了在行将到来的艰苦岁月里巩固谒伯纳尔的统治而制定的。

大多数闲言碎语都不值一提，卢特林也根本不放在心上。他父亲从来不谈论这些事情——或者说至少不让他听到。

沼气灯在他家的那间长厅里燃着。在卢特林解下腰铃的时候，一名奴隶走上前来，躬身一礼，报告说他父亲的秘书希望见见他。

“我父亲呢？”卢特林问道。

“看守者邵柯兰迪特已经离开了，先生。”

卢特林怒气冲冲地跑上楼梯，一把推开房门进了秘书的房间。这位秘书是邵柯兰迪特家族的一位永久成员。那鸟喙形的鼻子，线条笔直的眉毛，向后倾斜的额头，让这位秘书貌似一只乌鸦。这间屋子十分狭小，搁架上塞满了机密文件，犹如乌鸦的巢穴。在这里，那只“乌鸦”研究着许多不为卢特林所知的秘密。

“你父亲去打猎了，卢特林公子。”这只狡猾的鸟儿以一种夹杂着恭敬与责备的语调开口了，“因为在所有地方都找不到你，他只得不辞而别。”

“为什么不让我陪他一起去？他知道我爱打猎。也许我能赶上他。他们走的是哪条路？”

“他委托我把这封书信转交给你。我能给的建议是，你最好在转身离开之前读一下它。”

说着，他递过一只大信封。卢特林从他那鸟爪般的手中一把夺过，扯开信封，一目十行地看起写在内封上的文字，那正是父亲用自己巨大而稳重的手所书写的：

卢特林吾儿，

在即将到来的日子里有一件大事，你将接替我的位子，被任命为巨轮的看守者。如你所知，这个角色包含着世俗与宗教的双重责任。

在你出生之时，你就被带到瑞雯约克，得到了无上和平教会的至高大祭司赐福。我相信，这已为你的本性赋予了神性的一面。你也已证实自己是一个令我满意的恭顺儿子。

现在，是时候为你的本性赋予世俗的责任了。你那已故的兄长生前被托付给了军队。现在你也应当入伍，去那片你尚一无所知的广阔天地闯荡一番，因为锡伯纳尔的事态正朝着决定命运的关键点发展。

因此，我留下了一笔钱，秘书会把它转交给你。你要动身前往阿斯基托什，那是我们这块令人自豪的大陆的首都，你要去那里入伍，担任中尉军衔。去向领军大祭司艾斯比拉曼报到吧，他对你的情况了如指掌。

我已经以你的名义安排了一场化装舞会，以此欢送你离开。

你不得有片刻耽搁。望你光宗耀祖。

汝父

看到父亲对他写下了难得一见的赞许之词，卢特林的脸登时泛起红晕。他父亲竟然对他如此满意，尽管他犯下过那么多错！——甚至满意到要以他的名义安排一场化装舞会！

但当他意识到父亲本人并不会出现在舞会现场的时候，喜悦之情一下子烟消云散。不过这不重要了。他会成为一名士兵，执行一切命令。他会让父亲感到自豪的。

也许连瑛茜尔也会因为这个无上荣耀的姓氏而变得温暖起来……

舞会在卢特林动身南下之前的那个夜晚举行，就在邵柯兰迪特宅邸的宴会大厅里。

各界显要按照预先安排的角色盛装出席。现场演奏着庄重的乐曲。一个耳熟能详的故事上演着，里面有好人与恶棍，有欲望与占有，还有男人生活中各式各样的信仰。一些角色会受到伤害，一些会得到善待。一切都遵循着比他们自身善恶观更宏大的定律。音乐家们弓腰演奏着乐器，烘托着错综复杂的人物关系。

乐队正营造出一种其乐融融的氛围，似乎暗示着后续一系列令人怜悯的情节即将发生，这出人间大戏超越了寻常的乐观主义或悲观主义所能承受的极限。在剧情主线中，女人被迫将自己献给令人厌恶的统治者，男人则无法克制心中的邪念，懂音乐的观众能够察觉到里面蕴含着一种宿命，即最无关紧要的角色在他们所处的环境中也发挥着不可或缺的作用，就好像独立的音符构成了那宏大乐章的一部分，而这种风格化的演绎让这种诠释展现得淋漓尽致。

一些场景博得了观众们礼节性的掌声与喝彩，另一些观众却没那么兴奋，只是旁观着。演员都精心排练过各自的角色，但不管怎样，并不是所有人都像主演那样能镇得住舞台。

显要政客、名门望族、教会人士，法艮和怪物……各路角色纷纷登场，带着各自的爱、恨、邪恶、热情、恐惧、纯洁，在舞台上演绎着各自的戏份，然后又翩然离去。

舞台又空了。黑暗降临了。音乐消失了。

但是，卢特林·邵柯兰迪特的大戏才刚刚上演。

I

最后一战

不管风怎么吹，野草始终自顾自地生长，这就是它的本性。它在风中俯下腰身。它的根在土壤里爬开来，深深扎入，不给别的植物留下立锥之地。野草永远都在那里生长着。如今风更烈了——风中的寒气也更甚。

云雾从北方铺天盖地而来，仿佛给天空打上了灰色与黑色的补丁，时不时显露出支离破碎、快速掠过的天空。云团在远方的高地泼洒下夹杂着雪花的雨水。在这里，云雾笼罩着查奥斯的草原地带，天地之间一片朦胧。天空的单调与这片大地的乏味遥相呼应。

浅浅的谷地连绵不绝，毫无特色。唯一的点缀就藏在草丛里。一些草丛里盛开着不起眼的黄花，在风中微微晃动起伏，仿佛是卧在草丛中的动物毛发。唯一的地标是那些零零散散标记着大地音阶的石柱。这些石头朝南的那面有时会长出苔藓，泛着灰黄的颜色。

只有足够锐利的目光才能在草丛中辨认出那些细微的道路痕迹，那是在夜间以及只有一个太阳在地平线上的暮昏时节出没的生物留下的。孤独的鹰在天空中巡视，双翅毫不扇动，给这缺乏生机的白昼添上了一抹色彩。草地上那条最宽阔的印迹是河流冲刷出来的，它流向南方遥远的大海。河水很深，却几乎静如死水，河里漂着零星的冰凌。河面倒映出天空那败絮般的颜色。

从这片荒凉国度的北方来了一群艾羚。它们是山羊的近亲，四肢修长，散漫地顺着河流走到了它那死气沉沉的转弯处。长着弯犄角的牧羊犬让艾羚聚而不散。六个骑着骅骝的人管束着这些卖力干活的阿索金犬。那六个人跨在鞍子上时坐时立，给这单调的旅程增添了些变化。他们全都穿着兽皮衣，皮鞭在身边抽得啪啪响。

这些人不时回头张望，好像害怕有人追踪。他们保持着平稳的步调，通过呼哨和吆喝，跟阿索金犬保持着联络。一阵阵催赶的声音在艾羚的咩咩声中清晰可闻，飘荡在这空旷的草原上。尽管这些人一直在回头张望，了无生机的北方地平线却始终空荡荡的。

前方出现了一片居住地的废墟，在河流转弯处若隐若现。四处散落着早已没了屋顶的石头小屋。有一栋更大的建筑则只剩下一个空壳。残败的植物淹没了篱笆，在乱石周围肆意生长，枝叶从空荡荡的窗口钻出来。

因为担心有瘟疫，艾羚牧群与那个地方有意保持着相当的距离。在几里地外的远处，大河不疾不徐地转过一个弯，那里作为两国的边界线，已经经受好了几个世纪的争议，也许自从人类在大地上出现的时候就如此了。从这里开始，这片土地就是曾经的哈孜泽，坎普安莱特北方平原最北方的土地。牧羊犬赶着艾羚顺着河边行走，那里有一条早已残破的小径。艾羚首尾相接，排成一线急速前行。

他们及时赶到了一座历久经年的宽阔大桥边。两道桥拱跨越了那片被风吹得支离破碎的水面。这群汉子呼哨一声，阿索金犬便把艾羚聚在了一起，不让它们过桥。一两里地之外是一处按照巨轮形状建造的定居点，就坐落在这条河的北岸上。这个定居点名叫伊斯图利厦。

这个定居点里传出一阵号角声，这是在告知艾羚牧人，里边的人已经看到他们了。全副武装的人们和黑黢黢的锡伯纳尔火炮环绕拱卫着这里。

“欢迎！”卫兵们高喊起来，“你们在北方看到什么了？有军队吗？”

艾羚牧人赶着牲口走进了早已等候着它们的牲口圈。

这个定居点沿着圆形外围用石头修筑起农舍和粮仓作为工事。中间地带是种植谷物、豢养家畜的农田。圆形的轮毂部位有一圈呈环形分布的营房办公室，环绕着中心一间高高矗立的教堂。在伊斯图利厦总是有各路人马熙来攘往，当这些牧人被带进中央的一间建筑里缓解旅途的疲惫时，这里登时热闹了起来。

在大桥南侧，平原地貌则更加多元。不成片的大树孤零零立在草地上，预示着那边雨水更多。大地上点缀着白色的碎片，从远处看很像是碎石，走近了才看得出那些碎片其实都是骨头。很少有超过六寸长的碎片。偶尔会有一颗牙齿或是牙床骨表明那残骸到底是属于人类还是属于法艮。这些遗迹都是往昔那些战斗的证据，就这样散落在这片辽阔的平原上。

就在这片悲凉而凝滞的时空里，有一个男人骑着耶尔克缓缓前行，从南方渐渐走近了这座桥。在他身后一段距离跟着另外两个男人。这三个人都身穿制服，装备齐全，随时准备战斗。

领头的骑手身形矮小干练，到达桥头之前，他勒住坐骑翻身跳下。他牵着坐骑下到一处洼地，把它妥善地隐藏在一株平顶的欧石楠树的枝杈间，然后爬到洼地的边缘处，站在那里透过望远镜观察着前面的敌方定居点。

另外两人此时也到了他的身边。他们下了坐骑，把各自的耶尔克拴在一株早已死掉的拉甲巴拉尔树根上。这两位的军衔较高，跟侦察兵拉开了些距离站在一旁。

侦察兵指了指说道："是伊斯图利厦。"但那两名军官只是相互交谈着。他们也透过望远镜观察着伊斯图利厦。低声商议了一番，一个粗略的侦察方案定了下来。

其中一位军官——那位炮兵专家——留在原地继续观察。他的搭档军官则跟侦察兵一起火速赶回南方的大部队去送信。

白昼渐渐过去，平原被一行行的人影切割得凌乱不堪——有些人骑着坐骑，更多的人则是步行——其间分布着大车、火炮，以及各种布置战场的障碍物。大车由耶尔克或是不那么健壮的骅骊拖着。一排排一列列的士兵昂首阔步，整齐前进，与那些毫无秩序可言的辎重车辆、妇女以及随军人员形成了鲜明对比。行进的大军上空飘扬着帕诺威尔——那是坐落在大山之下的城市——的旗帜，此外还夹杂着许多带有宗教色彩的旗子。

身后更远的地方是救护车辆和更多的车子，有些载着野营厨房和供给品，更多的车上载着这次艰苦远征所需的牲口饲料。

这成千上万的人走动起来就像是战争机器上的齿轮，每一个人都经历着这一切，都以各自的方式有限地感知着这场冒险。

就有这么一场险情发生在了那位守候在拉甲巴拉尔树旁的炮兵军官身上。他静静地趴在那里，观察着前方，突然，他那头耶尔克的嘶叫声让他回头看去。四个身形矮小的人正逼近拴在树上的坐骑，他们的身高还不及他的胸口。显然，当他们从大树下的地洞里钻出来的时候，并没有察觉到那位军官就在近旁。

这些生物的外形颇似人形，瘦腿长臂，身上裹着一层黄褐色的绒毛，长长的一直拖到手腕以下，几乎遮住了长着八根手指的手；鼻吻部的形状让他们看上去像是狗类或是另族。

军官惊叫起来："楠第！"他当时就认出来了，尽管他以前只是在俘虏中看到过这个种族。那头耶尔克惊得连蹦带跳，两个领头的楠第猛冲上前抓住了它的喉咙，与此同时军官立即抽出双筒手枪，但却又停顿住了。

又有一个脑袋从古老的树根之间冒了出来，努力从盘根错节的树根中挣脱双肩，他一抬身，抖落掉厚厚皮毛上的土块，哼哧哼哧地叫嚷起来。

这头法艮统领着这群楠第，那巨大的脑袋上两根修长的犄角向后弯曲着。他壮硕的身躯从楠第洞穴中钻出来后，晃了晃架在双肩之间的那张阴郁的牛脸，然后猛地一顿，不动了，只有一只耳朵扑棱着。随后他忽然一低头，朝着军官猛扑过来。

炮兵军官倒地翻滚避开，双手稳稳握住手枪，两支枪筒朝着这头猛兽的腹部一齐开了火。一片金色的血水旋即在他的皮毛上洇开，但那家伙的势头丝毫不减，丑陋的嘴大张着，黄色的牙床上排列着小铲子一样的黄板牙。军官一跃而起，法艮又全力扑在他身上，长着三根手指的粗粝大手紧紧箍住了他的身子。

他用力不断挣扎，用枪托猛砸那颗硕大的脑袋。

劲儿松了下来，粗壮的身子一歪，倒了下去。那张脸径直砸在了地上。这生物奋力一挣，想要重新站起来。但随着一声号叫，他跌倒在地死去，大地也随之颤抖了一下。

军官喘着气跪起身来，剑族那浓重浑浊的恶臭几乎让他窒息，他不得不伸出一只手，扶在法艮的肩膀上稳住身子。就在那具身躯浓密的绒毛间，蜱虱四下乱窜，它们正遭遇一场危机，其中一些爬到了军官的袖子上。

他勉力站了起来，浑身哆嗦。他的坐骑也在一边哆嗦着，喉咙上的伤口淌着血。楠第已经没了踪影；他们撤回了自己的地下空间，进入了他们那个所谓的八十重暗洞。过了一会儿，炮兵军官完全镇定下来，爬上了鞍子。他听说过法艮和楠第经常狼狈为奸，但是从没想过会亲身遭遇。也许就在他的脚下，这些猛兽正成群结队……

尽管仍然有些喘，他还是奋力驾着坐骑返身去寻找自己的部队。

那位军官所属的那支帕诺威尔远征军已经在旷野上战斗了一些时日。它来到这片帕诺威尔宣示主权的土地上，扫荡着锡伯纳尔建立的定居点。这次远征始于卢恩斯莫尔，已经取得了一系列胜利。每摧毁一处敌方的定居点，远征就向北推进一步。现在只剩下伊斯图利厦还在勉力支撑。在小周期年的夏季结束之前，最终的胜利只是时间问题。

那些定居点一向秉持孤立的围城心态，彼此之间很少相互援助。一些定居点是由锡伯纳尔的某一个国家资助的，另一些则由另一个国家支持。它们一个接一个成了对手的牺牲品。

大草原上的帕诺威尔大军无所畏惧，除了偶尔出现的法艮。平原上的气温下降之后，法艮的数量日渐增多。那位炮兵军官的经历并非孤立的个案。

当这位军官重归大部队时，一轮惨淡的太阳正裹在一团乱云中，落入西方那片色彩浓郁的云霞里。它被地平线吞没之后，天地之间并没有全部陷入黑暗。第二个太阳，弗雷耶，还低垂在南方天空熊熊燃烧。云蒸霞蔚之间，弗雷耶投下的人影如同指向北方的手指。

不知不觉，宿敌之间已经剑拔弩张，一场大战一触即发。各种身影在平原上来回穿梭，在他们远远的后方，在遥远的西南方，坐落着伟大的城市帕诺威尔，战斗的意志便源于那里。帕诺威尔藏在那座名为奎金特的大山里，藏在它的石灰岩之中，而奎金特便如热带大陆坎普安莱特的脊梁。

在坎普安莱特诸国之中，有一些是通过王室或宗教的关系效忠于帕诺威尔的。然而合久必分，和平总是很脆弱，国家之间战事不断。由此，坎普安莱特在它的外敌口中有了一个名号：蛮族大陆。

坎普安莱特的外敌就是北方大陆锡伯纳尔。在极端气候条件的压迫之下，锡伯纳尔各国之间保持着紧密的团结。潜藏在表面之下的敌对行为通常都会被压制。在整个历史进程中，锡伯纳尔诸国一直都在谋求南下，跨越查奥斯陆桥，前往那片更为富饶的蛮族大陆。

此外还有第三块大陆，南方的赫斯帕戈尔特。这片大陆隔绝于外，或者说几乎完全被温带地区的海水所隔绝。这些海洋和陆地构成了海利科尼亚行星，或者叫作赫利－科·尼亚，这个名字来自一个更为古老的种族——剑族。

如今这个时代，就在坎普安莱特和锡伯纳尔大军准备在伊斯图利厦展开最终决战的时候，海利科尼亚正朝着它一年中的最低点运行。

作为双星系统中的一颗行星，海利科尼亚环绕着自己的太阳巴塔利克斯运行，公转一周四百八十天。但巴塔利克斯本身还围绕着一个中心旋转，那里有一颗更为巨大的太阳——弗雷耶，它是这个双星系统的主星。巴塔利克斯现在正带着海利科尼亚沿着它长长的椭圆形轨道远离那颗巨大的恒星。在过去的两个多世纪里，夏季缓缓过去，秋意渐浓。现在海利科尼亚正不动声色地徘徊在大周期年冬季的边缘。黑暗、寒冷、寂静，就守候在几个世纪之后。

哪怕是最卑微的农民，也意识到了气候在渐渐变糟。就算天气没有让他们意识到这些事情，也还有其他的迹象。又一次，那种被称为肥死症的瘟疫正肆虐开来。剑族，人们一般称之为法艮，嗅到了他们最喜欢的季节的味道，到那时，环境又会重新回到当初的样子。在整个春季与夏季里，这些命运不济的生物被人类骑在头上作威作福；现在，在大周期年那严寒彻骨的冬季即将到来之际，在人类数量开始骤减的时候，法艮将会抓住机会再次统治这个世界——除非人类团结一心来阻止他们。

这颗行星上倒是存在团结一致的强大意志，能让无数人类为之献身。其中一个意志是帕诺威尔，还有一个更为冷酷的存在，便是锡伯纳尔的首都阿斯基托什。但是当下，这两个意志都专注于如何让对方一败涂地。

伊斯图利厦的锡伯纳尔居民早已为围城做好了准备，同时急切盼望着有增援从北方赶来。来自帕诺威尔及其盟友的枪炮也已就位，正瞄准着伊斯图利厦。

而在帕诺威尔联合部队的前沿和后卫，出现了一些在所难免的混乱。掌管着前锋大军的大统帅虽年高德劭，却无力阻止那些帕诺威尔部队劫掠了锡伯纳尔定居点之后就带着战利品返回，只好又招来另一支部队，到前沿补上空缺。与此同时，定居点围墙内的火炮已经开始轰击帕诺威尔部队的阵脚。

砰！砰！短促的爆炸声从兰杜楠的队伍中传来，他们来自蛮族大陆的南方。

帕诺威尔远征军由很多国家组成。有来自恺斯的凶悍散兵，他们与那些去掉了犄角的法艮同行同住，也一同战斗；身材高大、面无表情的是布拉斯特利人，他们穿着短裙，来自拜里尔斯西部；还有莫迪雅特部落，带着他们吵闹的提獏宠物；还有来自伯多兰的精兵，伯多兰就是奥多兰都－伯里恩联合君主国——它是帕诺威尔最强大的盟友。他们中间有些人呈现出一种蹲坐的体态，那是遭受过肥死症折磨的幸存者。

伯多兰人翻越了奎金特山，一路风餐露宿来到盟友身边作战。一些人病倒了，不得不返回家园。留下的士兵身心俱疲，现在又发现他们通往河边的道路被先前抵达的部队堵得死死的，他们想要让坐骑喝点儿水都困难。

伊斯图利厦的炮弹在身边炸开，与此同时，争吵也越来越激烈。伯多兰军队的指挥官大踏步去找大统帅投诉。他是个步履矫健的汉子，作为指挥官显得很年轻，留着军队里常见的小胡子，后背有些凹陷，名叫班戴尔·埃瑟·拉尔。

与班戴尔·埃瑟·拉尔一同前往的是他年轻漂亮的妻子，托莱丝·拉尔。她是一名医生，也有些重要的事情要向老统帅投诉——关于糟糕的卫生标准。她径直走到丈夫身后，跟在那副刚硬但有些凹陷的脊背后面，她的裙子拖在地上。

他们守候在统帅的帐篷里等待召唤。一位副官出现了，看上去一脸歉意。

“统帅大人身体不适，长官。他很抱歉不能亲自接见您，希望改天再听您的投诉。”

“改天?!”托莱丝·拉尔抱怨道,“这是一名军人在战场上所期待的吗?”

“告诉统帅大人，如果他想改天才听的话，”班戴尔·埃瑟·拉尔说，“我们的军队可能就没法活到那一天了。”

他转身离开，气哼哼地揪着小胡子。他的妻子跟着他回到了阵地上，结果发现伯多兰人仍然处于伊斯图利厦的炮火之下。平原上空聚拢了一大群鸟，不是个好兆头，托莱丝·拉尔并非唯一一个注意到这件事情的人。

坎普安莱特人从来都不会像锡伯纳尔人那样高效地制订计划，他们的纪律也不怎么严明。然而，他们的远征还是很好地组织了起来。军官和士兵们兴高采烈地出发，很清楚他们此行的真正目的：必须把北方大军从南方大陆赶走。

现在，他们的情绪不那么高昂了。一些男人带着女人随行，正趁着这最后的机会欢爱；其他人则忙于痛饮美酒。军官也对于真正的目标失去了胃口。伊斯图利厦不像一座城市那样有很多值钱的东西可抢：除了奴隶、身材肥大的女人以及一些农用器具之外，再没多少东西了。

高级指挥官也情绪低落。大统帅收到报告说，野生法艮正从恩克特莱赫克高地下来侵犯平原地带——恩克特莱赫克是一片广袤的高山地带。一惊之下，大统帅患上了咳嗽不止的毛病。

大家普遍感觉拿下伊斯图利厦将不费吹灰之力，然后就能及早返乡了。

但这只是幻觉。两颗太阳之中较暗淡的巴塔利克斯再次升起，预示着愈加凶险的战场形势。

一支锡伯纳尔大军正从北方逼近。

班戴尔·埃瑟·拉尔跳上一辆大车，举起望远镜眺望远方，在黎明的曙光中，敌军的阵列依稀可见。

他叫来一名传令官。

“立刻去大统帅那里，不惜一切代价把他叫起来。告诉他：我们必须立即全军出动拿下伊斯图利厦，要赶在他们的援兵到达之前！”

伊斯图利厦的定居点位于查奥斯地峡最南端，这条地峡将赤道大陆坎普安莱特与北方大陆锡伯纳尔连接在了一起。查奥斯的山脊顺着地峡东侧边缘一路延伸，从一块大陆向另一块大陆迂回绵延，一路穿过大草原。这片干旱草原就在东侧那座山脉的雨影区铺展开来，从安全的锡伯纳尔北方定居点科理安图拉一直延伸到如今岌岌可危的南方定居点伊斯图利厦。

坎普安莱特人多样化的农业生产经验在大草原上无法施展，因此，他们的那些神灵便也就没了落脚之地。从这片寒冷之地生出来的任何东西，都对蛮族大陆有害无益。

清新的晨风驱散了雾气，一队队人马清晰可见。他们正沿着前一天艾羚牧群所走过的那条位于定居点北侧、顺河而下的线路前进着，在起伏不定的丘陵上缓缓移动。盘旋在帕诺威尔大军上空的鸟群微微调整翅膀尖端的方向，身子一斜，便又盘旋在了新来的这支大军上空。

病中的帕诺威尔统帅被人搀扶着从帐篷里走出来向北方眺望。寒风吹得他涕泪横流。他盯着不断前进的敌军，漫不经心地抹了一下眼角，声音沙哑地向他那位面无表情的副官下达了命令。

不断前进的敌军有个明显的特征，这在蛮族大陆的军队中很难看到，那就是一切都有条不紊。锡伯纳尔骑兵用坚定的步伐向前推进着，保护着步兵。牲口大队吃力地拖着火炮前行，弹药车勉力跟上火炮，再往后便是满载着各种物资的咯吱作响的大车，还有野营厨房。越来越多的军队出现在这片肃杀的大地上，一路向南蜿蜒，与那条死气沉沉的河流相映成趣。已经得到警报的坎普安莱特大军之中，没人不清楚这大队人马从何而来，要干什么。

老统帅的副官下达了第一道命令，所有部队以及后备人员，不论信什么神，都要一起为坎普安莱特和即将到来的战斗进行祈祷。这个仪式足足花了四分钟时间。

帕诺威尔曾经不单是一个伟大的国家，也是一支伟大的宗教力量，卡萨尔的金口玉言影响着这片大陆上的大部分地区，它的邻邦有时也为帕诺威尔的思想所控制。然而在伊斯图利厦决战之前四百七十八年，伟大的阿克哈纳巴神在一场业已成为传说的决斗中毁灭了。一根冲天的火柱带着神灵远离了这个世界，与他同去的是那个时代的奥多兰都国王和最后一位卡萨尔——吉兰达尔九世。

随后，宗教信仰分崩离析。如今按锡伯纳尔历法是1308年，帕诺威尔被称为千教之国。其后果就是，它的人民过得比从前更加不安，更加茫然。在这个杀机四伏的时刻，各式各样的神灵都被唤起，每个人都在祈祷自己能够生还。

一杯杯烈酒斟下，军官们开始召集人马行动起来。

“战斗就位”的号令声此起彼伏，随着号角声一起响彻南方大草原。命令传了下去，要立即进攻伊斯图利厦，并在援兵到达之前将其攻克。接着，一支步枪旅几乎马上有条不紊地起兵过桥，全然不把来自定居点的炮火放在眼里。

坎普安莱特征召的士兵都是举家出动。背着锅碗瓢盆的女人陪伴在挎着步枪的男人身边，那些女人身边还带着牙都没长齐的孩子。丛立的刺刀和铁链中间响起洗碗盆的叮当声——在之后伤员的惨叫声中还夹杂着刚断奶孩子的哭声。野草和枯骨被一同踩在脚下。

祈祷的人和那些瞧不起祈祷的人一起行动了起来。这一刻终于到了。他们绷足了劲。他们要去战斗了。他们害怕今天会死掉——然而生死有命，能不能活下来就靠运气了。靠运气，也靠诡计。

与此同时，北方来的军队向南推进的速度明显加快。这是一支纪律严明的大军，军官报酬丰厚，下属训练有素。号角声四起，军鼓配合着前进的步伐。锡伯纳尔各个国家的旗帜迎风招展。

迎面而来的是来自洛拉贾和布瑞巴尔的部队，还有来自卡尔坎潘和原始的上哈孜泽的部落，他们在行军中一直都要把身体上的孔洞堵住，以防那些草原上的邪灵进入体内；还有一支来自施芬宁克的神圣战旅；有来自库基-尤威科的浑身毛发的高地人；当然还有许多来自乌斯库托什的队伍。所有人都团结在浓眉黑面的大祭司军士麾下，他就是名震天下的戴威特·艾斯比拉曼，他是教会和政府之间的桥梁。

各国军队中间还夹杂着法艮部队，他们粗壮高大，一脸阴郁，编制成一个个小队，头上顶着两个小角，拿着各式武器。

总体算来，锡伯纳尔军队有一万一千之众。大军从锡伯纳尔一路南下，跨越了横亘在坎普安莱特前的草原地带，像是踩过摆在这块大陆门口的一张布满褶皱的脚垫。

来自阿斯基托什的命令是要支援那些呈链状分布的定居点，不管还剩下多少，同时对古老的南方宿敌予以沉重的打击。为了达到这最终的目标，各种稀缺资源和最新型的火炮被集中在了一起。

从这支讨伐大军开始集结算起，已经过去了一个小周期年，尽管锡伯纳尔在世界面前摆出了一副团结的样子，这整个系统中却有不少分歧，国家之间的对恃难以平息，最高统治层不断施压，甚至在选择指挥官这件事情上都难以决断。在艾斯比拉曼被任命为指挥官之前，好几位军官来了又去——有些人议论纷纷，认为还不如大寡头本人亲自担任。在这段时间里，许多原本打算由这支远征军解救的定居点都已经被帕诺威尔大军攻陷了。

锡伯纳尔的先头部队距离伊斯图利厦的圆形外墙仍然有一公里之遥，而帕诺威尔大军的第一波步兵已经攻了上来。定居点太穷了，养不起驻军，农夫们不得不尽其所能来保卫自己。速战速决似乎是帕诺威尔大军的一贯作风。但进攻的部队很不走运，他们遇到的第一个麻烦就是那座桥。

混乱在南岸爆发了。两支彼此竞争的小队和一支兰杜楠骑兵中队都想抢过桥头。优先级的问题引燃了导火索，一场混战爆发了。一头耶尔克连同它的骑士从河岸跌落水中。恺斯人的双刃大刀与兰杜楠人的大砍刀互劈起来。枪声随即响起。

其他部队企图借助绳索渡水，但被水流的深度和力道吓住了。

矛盾的心理出现在卷入这场桥头争斗的每一个人心中——可能恺斯人除外，战斗对于他们来说就是豪饮佩泊尔之后发泄酒劲儿的好机会，他们国家盛产这种让人失去理智的酒水。各种不确定因素引发了一系列孤立的意外事件：一门火炮炸了膛，炸死了两名炮手；一头耶尔克负伤狂奔起来，踩伤了一名来自梅特拉赛尔的中尉；一位炮兵军官从鞍上跌落水中，被人找到拖出来的时候已经奄奄一息，但是他表现出来的症状谁都不会搞错。

“瘟疫!”消息四下传开，“肥死症!”

对于在场的每一个人来说，这种恐惧早已根植于心，但这种情形却是头一次亲眼所见。尽管所有人之前都被告诫过，坎普安莱特北方平原这一带确实有瘟疫。

跟早先一样，没有什么事情是按照计划发展的。伊斯图利厦并没有像预期那样溃不成军，继而落入进攻者手中。反而是南方联军起了内乱。这些进攻定居点的人发现自己正在挨打。一场毫无组织可言的战斗就这样打响了，一时间枪弹横飞，刀光乱闪。

向前推进的锡伯纳尔人也无法继续保持他们以军纪严明闻名的阵列。满腔热血的年轻士兵勇往直前，不惜一切代价去解救伊斯图利厦。一门门用来轰炸帕诺威尔城镇的火炮被拖行了二百多里，此时却被撇在了一旁——现在如果开火，会不分敌我一起杀伤。

一场野蛮的白刃战开始了。狂风呼啸中，数个小时过去了，不知有多少人死去，有多少耶尔克和倍耶尔克滑倒在自己的血泊中。一时间血雨腥风，尸横遍野。不知什么时候，一支锡伯纳尔的骑兵队奋力冲出混战，占据了桥头，切断了进攻伊斯图利厦的敌军。

此时，锡伯纳尔军中抢先推进的有三支队伍：强大的乌斯库托什大军、一支来自施芬宁克的小分队，还有一支来自布瑞巴尔的著名步兵。这三支队伍都有法艮作为强悍的帮手。

领军大祭司艾斯比拉曼跟随着乌斯库托什大军向前骑行。至高指挥官的身影卓尔不群。他披挂着一身蓝色皮铠，护颈和腰带十分厚实，脚蹬齐膝高的黑色翻边皮靴。艾斯比拉曼是个身材高大、体形壮硕的男人，人人都知道他不发号施令的时候说起话细声细气，甚至还有些腼腆。众人却对他充满敬畏。

有传言说艾斯比拉曼样貌丑陋。没错，他长着一个大方脑袋，上面是一张四方大脸，似乎他的父母在遗传时各持己见。但他最令人瞩目的是眉宇间那股驱之不散的怒容，始终盘踞在他的鼻梁与眼皮之上，那对双眼皮盖住了那双永远保持警戒的眼睛。这副怒容犹如一味调味剂，让艾斯比拉曼最平常不过的举动也显得不怒自威。有不少人误以为那是神灵的愤怒。

艾斯比拉曼头戴一顶宽大的黑帽子，头顶上方飘扬着教会与阿佐亚希克神的大旗。

施芬宁克人和布瑞巴尔的步兵如潮水般涌上前去与敌人展开厮杀。领军大祭司把他手下的乌斯库托什战地指挥官召到身边。

他说："十分钟之后你们再冲进去。"

战地指挥官焦躁地抗议着，但被驳回了。

"稳住你的人马。"艾斯比拉曼说着，伸出戴着黑手套的手，指向一边前进一边坚决开火的布瑞巴尔步兵，"先让他们流点儿血。"

布瑞巴尔目前正挑战着乌斯库托什在北方诸国中的至高地位。其步兵现在正与敌军短兵相接，很多人因此失去了生命。乌斯库托什大军依然按兵不动。

施芬宁克的特遣队杀了进去。人口稀少的施芬宁克被誉为北方诸国中最和平的国家。它是喀尔纳巴尔巨轮的所在地，那是一处圣地；这个国家几乎没有多少战场上的荣耀可言。

卢特林·邵柯兰迪特指挥着一支由施芬宁克骑兵和法艮组成的混合旅。他穿着华丽，颇为惹眼，即便是在一帮纨绔子弟中间，他也格外突出。

邵柯兰迪特现在十三岁零三什旬。自从他向未婚妻瑛茜尔道别，离开喀尔纳巴尔前往阿斯基托什的军营以来，已经过去一年多了。

军事训练帮他甩掉了卧床期间长起来的一身肥膘。他又跟以前一样健硕了，他的举止总是流露出一种活跃与谦逊并存的气质。这两种气质永远伴随着他的一举一动，暴露出他想要隐藏起来的内心深处的不安。

有些人声称年轻的邵柯兰迪特之所以能获得中尉军衔，全是因为他父亲是巨轮的看守者。甚至他的好友，另一位军官，乌玛特·埃赛卡楠兹也会高声质疑卢特林在战斗中的表现。卢特林的言行中确实蕴含着某种东西——也许是他哥哥死后留下的某种后遗症，可能就是这点让他与朋友疏远，但当他跨上耶尔克的鞍子，他便无比坚定。

他的头发留长了。他的脸现在很瘦，貌如鹰隼，双目炯炯有神。他骑着那头剃掉一半鬃毛的耶尔克的样子，与其说像士兵不如说像庄稼汉。当他率领手下的骑兵奋勇向前时，那紧张又兴奋的神情让他成了一名值得追随的领导者。

卢特林催动坐骑去抢占桥头时，他离艾斯比拉曼很近，近到足以听清指挥官说话的声音："让他们流点儿血！"

话里透出的冷血比刺耳的号角更让他热血沸腾。一按鞍头，脚下一踹，他高举起戴着手套的拳头。

"冲啊！"他高声叫道。

他率领麾下的骑兵冲了上去。他们那纯白无瑕的旗帜上绘着伟大的巨轮圣徽纹，内外两个圆环由波浪形的曲线连在一起。大旗随着他们一起冲向敌军，在头顶猎猎作响。

后来，在战斗结束之后，由邵柯兰迪特的骑兵队发起的这次冲锋，被誉为扭转战局的关键时刻之一。

不过，此时战斗还远未结束。一天过去了，战斗仍在继续。帕诺威尔大军的火炮终于集结成排，开始对锡伯纳尔军队进行持续不断的轰击，造成了大量伤亡。他们的火力阻止了锡伯纳尔火枪队向前的突进。一名染上瘟疫的炮兵病发不支倒下了，然后是另一名。

并非所有定居点居民都被部署在城墙上射击帕诺威尔大军。男人们的妻子和女儿也都一样不惧生死，她们正忙着拆除一座谷仓，抽出里边的厚木板。

到了第二天的巴塔利克斯日出时分，她们已经修起了两座坚实的平台，一直跨过河面。锡伯纳尔人中腾起一片欢呼。随着雷鸣般的呼喝声，北方骑兵耶尔克的铁蹄跨过新架起的桥梁，冲进帕诺威尔的军阵中。那些随军人员早在一个小时之前就打算逃命去了，此时他们被射杀在逃跑的途中。

北方军在平原上散布开来，一边前进，一边扩大着他们的战线。一片片死者和垂死者的躯体展示着他们的战果。

当巴塔利克斯再次落下，战斗仍未分出胜负。弗雷耶尚在地平线之下，接下来是三个小时的黑暗。尽管双方阵营的军官想要继续战斗，可士兵们却就地倒下睡了起来，只是不时会有一支标枪从对方阵地飞来。

在这片激烈战斗过的大地上，到处都燃起了火把，一簇簇火星窜入夜空。许多伤员变成了孤魂野鬼，他们最后一口呼吸被四周呼啸不止的寒风夺走。楠第族从他们的地洞里钻出来，偷取死者的衣服。啮齿类动物扫荡着溅落各处的血肉。甲虫拖着一截截碎肠子返回它们的洞穴，给幼虫带去意想不到的大餐。

那颗太阳又升了起来。女人和护理员四下忙碌，给勇士们带来食物和饮水，说着激励的话语。即使是那些没有受伤的人也面色惨白，他们三三两两低声交谈着。每个人都明白，今天要一决胜负。只有法艮站在一旁，自顾自地抓挠着自己的身子，他们猩红的眼睛转向升起的太阳，心中既没有希望，也没有不安。

战场上弥漫着恶心的腥臭味。那些污秽的无名尸体在脚下堆积，战场上不断形成新的战线。每一个小坑、每一座土包、每一株小树都成了争夺的焦点。太阳升起没多久，火枪又开始射击。战斗再次打响，但疲惫已经让所有人失去了前一天的意志。人族流下鲜血的地方一片殷红，法艮流下鲜血的地方一片金黄。

那天发生了三场主要的交锋。对伊斯图利厦圆形围墙的攻势继续着，帕诺威尔入侵者全力攻下了定居点的一角，并以此为中心抵抗着来自定居点居民和一支洛拉贾小分队的反攻。乌斯库托什军队想要弥补前一天按兵不动的失误，却被堵在了大桥南端，被双方军队夹在了中间；长长的阵线里，士兵们匍匐在地缓缓推进、相互射击，直至陷入肉搏战；第三场战斗发生在坎普安莱特后方的补给大车之间，那是一连串缠斗不休的小规模战斗。卢特林·邵柯兰迪特的队伍再次一马当先。

在邵柯兰迪特的队伍之中，法艮与人类并肩作战。雌性和雄性一起战斗——而雌性往往还随身带着他们的幼崽——全家人同生共死。

卢特林在为自己的家族积累荣誉。战斗的欲望让他失去了应有的谨慎，他好像受了点儿伤。与他一起战斗的那些人，包括他的朋友，都被这股豪情所感染，激发出无比的勇气。他们毫无惧色也毫无怜悯地切入帕诺威尔大军之中，敌军四散奔逃——起先还负隅顽抗且战且退，但很快就溃不成军了。施芬宁克人一路追杀，不是驾着坐骑，就是徒步奔袭。他们风驰电掣般一路砍杀，直到手臂累得抬不起来，血水一直浸染到肩头。

蛮族大陆的大溃败只不过才刚刚开始。

在帕诺威尔大军主力开始撤退之前，那些靠不住的盟友已经开始各自寻找回家的路了。伯多兰的人马不幸落入邵柯兰迪特的冲击路线里，乱了方寸，惨遭屠戮。他们的指挥官班戴尔·埃瑟·拉尔奋不顾身地喝令手下作战。而伯多兰人所做的就是在他们的大车后面躲避追杀。随即一场枪战开始了。

进攻方朝着大车开火，许多伯多兰人死于枪下。交火中突然出现了一阵间歇，其他战场上的厮杀声灌进了他们的耳朵。硝烟飘荡在战场上，随风聚散。

卢特林·邵柯兰迪特看到了决胜的关键点。他朝骑兵呼喝一声，猛冲出去，奋不顾身地冲进了伯多兰人的阵脚，乌玛特·埃赛卡楠兹紧随左右。

在家乡的野外，卢特林对于孤身一人狩猎早就习以为常，而且沉醉其间。他从孩提时代起就对捕猎者与被捕猎者之间那种微妙的平衡了如指掌。他很善于与猎物共情，让自己像鹿那样思考，或是像那种长着凶猛犄角的山地山羊，它们可是猎物中最难对付的，他知道哪一刻会决定生死。

即将大功告成，他对此十拿九稳。羽箭会在那一刻飞出，并正中要害——野兽死去的时候，那种混合着喜悦与悔意的感觉，那种与性高潮一样刺激的感觉，会让自己的心深深悸动。

这次猎物换成了人族，那种扭曲的胜利感将要强烈千万倍！跃过挡住道路的尸体，卢特林面对的正是班戴尔·埃瑟·拉尔。他们四目相对。他再一次感受到那一刻的来临！卢特林抢先开了火。伯多兰人的首领双臂一甩，扔下手中的枪，身子一弯，捂住了突然涌出的肠子。他翻身跌落，就这么死了。

看到指挥官阵亡，伯多兰人的抵抗立刻崩溃了。拉尔那位年轻的妻子被卢特林俘获，一同收入囊中的还有价格不菲的战利品和各种装备。乌玛特跟其他同伴过来拥抱他，高声欢呼，然后开始大肆搜罗战利品。

施芬宁克人搜罗到的战利品中有相当一部分是给养，包括牲口的饲料，有了这些东西，返回故乡，返回遥远的施芬宁克山脉的旅程，将会轻松许多。

在战场上的各个角落里，南方大军遭受了彻底的失败。很多人带着伤继续战斗，虽然希望越来越渺茫，但仍在继续战斗。他们并不缺少勇气，缺少的是他们所信奉的无数神灵的庇佑。

帕诺威尔大败的背后，是一段长期动荡的历史。在气候缓慢恶化的时候，当生活变得日益艰难之际，千教之国中的内乱却愈演愈烈，信仰之间相互冲突。

只有“收取者”这个狂热的宗教团体有力量维持帕诺威尔城的秩序。这个宣誓成立的兄弟会生活在奎金特山最为幽深的隐秘处，它依然坚定不移地信仰着古老的神灵阿克哈纳巴。

“收取者”和他们的严格纪律是多个世纪以来的典范，他们若是出现在战场上，也许会扭转颓势。但在这个动荡不安的时代里，领导者却认定他们最好还是待在老家附近。

在这惨烈的一天结束之际，风仍在吹，大炮仍在响，人们仍在战斗。一群群逃兵仓皇南去，逃向奎金特寻求庇护。有些人本就是从未摸过枪的农民。锡伯纳尔大军也消耗颇大，难以追击败走的敌军。他们燃起篝火，陷入战斗带来的倦意之中，沉沉地昏睡过去。

夜幕中时不时传来哭喊声，还有大车咯吱咯吱的响声，它们正往安全的地方撤去。然而，即便是那些朝着遥远的帕诺威尔撤退的人，也还有新的危险、新的磨难等在前方。

人族被卷入眼前的纷争不能自拔，这平原对他们来说只是征战的角斗场，他们无法察觉到其他事情的发生。他们并没有把这片平原视为一个各方力量在此纠缠博弈、并催生出实质变化的关系网，将目光延伸至遥远的往昔岁月，它目前只不过是一片终将被遗忘的平原而已。

大约有六百种野草覆盖着帕诺威尔北方的草原地带。在气候的影响下，它们要么在扩张，要么在退缩。任何一种野草的获胜，都决定着食物链上那些以它为食的动物与昆虫的命运。

野草中富含二氧化硅，要求牙齿有结实耐磨的珐琅层。在人族看来草原十分贫瘠，但草籽中含有的营养其实很高——这营养足够供大量的啮齿类动物和其他小型哺乳动物生存。这些哺乳动物会成为更大型捕食者的猎物。这条食物链的最顶端是一种生物，其杂食性曾经让它成为这颗行星的主人。法艮什么都吃，肉也吃，草也吃。

现在气候对他们来说更有利了，自由法艮正朝着海拔更低的地带移动。在这块赤道大陆的东端，耸立着雄伟的恩克特莱赫克高地。恩克特莱赫克远非一道介乎于中央平原与阿丹特海之间的屏障那么简单：它那连绵不绝的高原逐步抬升，就像一串巨大无比的台阶，复杂的峡谷与群山拾级而上，使其构成一个独特的世界。树木逐渐让位于高原地衣，然后又让位于冰川削蚀形成的贫瘠谷地。一片高踞于海平面之上九英里[1]的高原则俯视着这一切，那里只有光秃秃的岩石，高耸在平流层之上。

在几个世纪的漫长夏季里，剑族生活在高地草原上，远离人类的迫害。当暴虐的严冬渐渐逼近他们这片庇护所的时候，他们一路而下，前往更为富饶的坡地。他们的人口数量在错综复杂的恩克特莱赫克山麓地带开始攀升。

一些法艮群体已经冒险进入了人族熙来攘往的地域。

在这片战场上，在夜色掩护之下，一伙法艮骑乘而来，有雄性，有雌性，还有他们的幼崽，总共有十六名。他们骑着赤褐色的铠骥，幼崽紧紧扒在父母身上，在他们粗硬的皮毛中几乎透不过气来。成年法艮粗糙的手里抓着长矛。一些雄性的双角之间缠绕着刺钩。在他们上空，牛鹂乘着寒冽的夜风，如影随形地盘旋着。

这队劫掠者是在战斗渐止之后，第一支冒险进入战场的法艮。其

1. 1英里=1.609千米。

他的则在后方不远处紧紧跟着。

一辆大车咯吱咯吱朝着帕诺威尔驶去，在夜色中被卡住了。车夫想赶着它直接穿过一片大地之痕，这是一片自东向西把平原分割开来的蜿蜒林带。尽管跟夏季比起来，大地之痕已经衰败了不少，但也还是挺繁茂的，犹如一道篱笆，大车的两根车轴之间被小树卡住了。

车夫站在那里骂骂咧咧，使劲抽打骅骊，想要移动车子。

大车上载着十一名普通士兵，其中六个是伤员，还有够一匹骅骊吃的饲料，两个粗壮的年轻女子负责做饭，或是负责满足其他什么需求。一个去掉犄角的法艮奴隶拴着链子跟在车后徒步行进。这队人马连累带伤，早已疲惫不堪，他们一个挤着一个睡着了，有的靠着大车侧板，有的倒在车里。那几匹时运不济的骅骊困在车辕中间，只得站着。

骑着铠骥的法艮族群从夜色中冲了出来，沿着大地之痕那散乱的线条排成一列向前移动。接近大车了，他们聚拢起来。牛鹂落到了草地上，小心翼翼地聚在一起，从喉咙深处发出叫声，就像是迫不及待地等着什么发生。

事情发生得很突然。挤成一团的人们什么都不知道，直到那硕大的身影出现在眼前。一些法艮跳下了坐骑，其余的干脆坐在鞍子上用长矛戳刺。

“救命呀！”一个妇人尖叫起来，旋即没了声音，她的喉咙被刺穿了。两个半躺在大车边的男人惊醒过来想要逃走，却立刻从后面被打死了。去掉了犄角的法艮奴隶开始用剑族本语辩解，但它也被毫不留情地处理掉了。一个负伤的男人在被杀死前，尽全力开了一枪。

劫掠者从大车上捡起一口金属锅和一麻袋给养品。他们牵走了骅骊，其中一个法艮一口咬断了随军马夫的喉管，他还没死透，然后他们一踹胯下那身形壮硕的坐骑，重新隐没在了辽阔的平原上。

尽管有许多人听到了牲口的叫声，但在这巨大的战场上，并没有人前来援救大车上的这些人。相反，那些听到劫难发生的人都在心中感谢神灵让自己免遭此难——不管他们供奉的是何方神圣，随后这些人就陷入了大战后的沉沉昏睡之中。

在清晨的第一缕光芒里，在炊烟升起之时，这场残杀被人发现了，情况终于有所改变。周围爆发出一阵阵叫喊声。此时劫掠者已经远逃，但马夫被撕开的喉咙说明了一切。流言不胫而走。远古时期那恐怖的身影——带犄角的剑族骑着带犄角的铠骥——再一次驰骋在大地上。毫无疑问：凛冬将至，古时那些恐怖传说中的事物正在蠢蠢欲动。

此外还有另一个可怖的身影，同样古老，甚至更为恐怖。它并没有离开战场。它在战场中不断滋生，似乎是火药和排泄物滋养了它。肥死症的受害者已经表现出令人毛骨悚然的症状。瘟疫卷土重来，用它那热情似火的唇亲吻着战场上的伤口。

这就是大捷之后的那个黎明。

II

寂静的存在

在卢特林·邵柯兰迪特心里，胜利的感觉之中还混杂有其他的情感。他现在是个男人了，而且成了英雄，一股豪情勃然而生，仿佛耳边响起了高昂的号角声。事实让每一个人都不会再质疑他的勇气，除了他自己。此外，他还感到一股兴奋，因为他俘虏了一个美丽而无助的女人。然而他的思绪一直躁动不安，他很熟悉这股内心涌动的暗流，那是他自我的一部分。这股暗流不断把各种各样的问题带到他眼前，他对父母的责任，对家族的义务，以及随之而来的种种限制，还有他哥哥的死——这件事仍然无法解释，着实令人痛苦——还有他重病卧床一年多失去的记忆。总而言之，诸般疑虑让胜利显得不那么有分量了。这就是十三岁的卢特林所感知到的世界。他沉沦于一种迷茫之中，托莱丝·拉尔的气息与声音将诸般情感时而安抚下来，又时而激发唤起。没有什么人可以倾吐内心的声音，他的对策就是将其压抑、隐藏起来，脸上装出一副什么都不在乎的样子。

于是在黎明的第一缕光芒里，他一跃而起，行动起来。他发现置身危险之中才是最好的镇静剂。

“最后一击。”领军大祭司艾斯比拉曼说道，“然后今天的荣耀就属于我们了。”他那不怒自威的面孔穿行在千百张冷酷的面孔中，嘴唇干裂的众人开始准备再次投入战斗。

命令呼喝着传了下去，法艮聚集起来。耶尔克饮饱了水。男人们再一次翻身跃上鞍头，大口啐着唾沫。大平原在巴塔利克斯的黎明中亮了起来，灼人的烈日再次开始移动。而那团更为灿烂的光辉则升起得更为缓慢：日渐衰微的弗雷耶已经无力攀爬到远离地平线的高空去了。

“前进!”骑兵缓步开拔，步兵跟在后面。枪弹横飞，阵线艰难推进，不断有人倒下。

锡伯纳尔人的进攻只持续了不到一个小时。帕诺威尔军队的士气急转直下，部队一支接一支被击垮，仓皇撤退。卢特林·邵柯兰迪特麾下的施芬宁克军队一路追击，但很快就被召回了，艾斯比拉曼可不希望看到这位年轻的中尉立下更大的战功。北方军撤回到那条河的北边。伤员被送到伊斯图利厦一间建在谷仓里的战地医院中。那些缺胳膊断腿的人被悉心安置，血水流淌在干草堆上。

敌军从平原上撤退之后，战斗的代价便呈现在眼前。这里就好像是海难的现场，惨白的躯体散落在它们最后触及的沙滩上。这里，那里，到处都有翻倒的大车和燃着的火苗，淡淡的黑烟缓缓飘过这片污迹斑驳的大地。

死者中有人影在移动。其中一个是一名帕诺威尔军队的炮兵军官，但现在他几乎无法辨认。他像狗一样嗅着一具尸体，使劲翻扯那具尸体的外套，直到把袖子扯掉。然后他开始啃食那条手臂。他断断续续地啃噬着，整个面部都已经扭曲变形，嘴里塞得满满的，不停咀嚼，偶尔抬起头四下窥探。

当一名步枪手接近时，他还在不停地嚼着，窥探着。步枪手举起武器近距离开了火。炮兵军官被打得向后翻倒，双臂伸开，一动不动地躺在了那里。这名步枪手与同伴一起执行着类似的任务，在这片死亡之地缓慢走动着，射杀那些啃吃尸体的人。这些不幸的家伙染上了肥死症，处于神经性贪食症的痛苦之中，被病痛驱使着狂吃死尸。战争双方都有感染瘟疫的报告。

帕诺威尔大军的主力狼狈撤退时，身后留下了一小队打造纪念碑的石匠。

并没有什么胜利值得石匠纪念，不过他们的生意必须要做下去。回到帕诺威尔之后，吃了败仗的指挥官们必然会宣布取得了大胜。而在这里，在他们的这块疆域里，谎言要被深深刻在石头上。

尽管这片平原上没有采石场，石匠们还是在附近找到了一座早已倾圮的纪念碑。他们把纪念碑拆解成块，再把拆下的石头带到那条阴郁河流的大桥旁。

这些行会工匠对自己的手艺引以为豪。凭借老道的手法，他们在新位置几乎是原封不动地重新竖起了那座纪念碑。石匠大师在纪念碑的基座上刻下这个地方的名字和日期，然后，用气势十足的字体刻下了那位年高德劭的大统帅的名字。

所有人稍稍退后几步，骄傲地注视着这座石刻的丰碑，然后返身跳上了他们的大车。这些把信仰倾注在这件事上的人没有一个意识到，自己其实拆掉了一座千万年前一场类似战斗的纪念碑。

憔悴的锡伯纳尔人心情复杂地看着溃败的敌人往南方撤退。他们也蒙受了巨大的损失，而且有一件事显而易见：继续追击也不会有更多收获；何况其他的定居点都被摧毁了，到伊斯图利厦避难的人带来的消息无一例外地证实了这一点。

活下来的人感到一种解脱，他们从挑战中活了下来。然而战场的某些角落却滋生出另一种情绪，战斗并不是一件多么光彩的事情——不光彩，甚至毫无价值，经过了好几个月的训练和准备，这战斗是为了什么？是为了这块必须舍弃的土地，还是为了荣耀？

为了消除这些疑虑，艾斯比拉曼宣布，要在夜里举行一场盛宴来庆祝锡伯纳尔的胜利。一些刚刚抵达伊斯图利厦的艾羚会被宰杀掉；这些艾羚肉和从敌方获得的战利品将会让这场宴会无比丰盛。而那些用于返乡的军需配给则不得动用。

死者埋葬在附近划出的祭祀圣地上，这并没有影响大家按部就班地准备庆典。坟地位于一片浅浅的巨大谷地，面对着辽阔的苍穹，烹饪的香气缭绕在尸体上空。

定居点的人们在忙碌时，士兵则安然休息着。那些经过训练的法艮趴在他们身边。这是畅快酣睡的一天，也是医治伤痛的一天，还要缝补制服、靴子，修理挽具。很快他们就会再次开拔。他们不能在伊斯图利厦久留，这里可没有足够的食物供养无所事事的军队。

天色渐暗，木柴燃烧的气味混合着烤肉的香味儿弥漫在充斥着恶臭的战场上。赞歌颂唱起来，感谢阿佐亚希克神赐予美食。男人吟唱的声音中间夹杂着挚诚的铃铛声，居民中的一些女人潸然泪下，她们的生命就是由这些唱着赞歌的人挽救的。若是帕诺威尔军队入侵成功，她们免不了遭受奸淫掳掠。

危险来临时，孩子们都被锁在无上和平大教堂里，现在他们都撒开了欢。他们兴高采烈地叫着闹着，让这夜晚有了几分热闹。他们在士兵中间爬上爬下，看着士兵争先恐后去喝清淡的伊斯图利厦啤酒的样子，哈哈笑个不停。

暮昏的天色笼罩了大地，吉时已到，宴会开始了。烤艾羚一转眼就被争抢一空，只剩下一副七零八落的骨架。这是另一场值得纪念的胜利。

之后，来自定居点议会的三位庄重长者走到领军大祭司面前，躬身一礼。他们并没有握手，锡伯纳尔人的高级阶层不喜欢与他人有身体接触。

几位长者感谢艾斯比拉曼给伊斯图利厦带来了安全。他们中间年纪最长的那位郑重说道："尊贵的大人，您了解我们这里的形势，这里是锡伯纳尔最后一个定居点，也是最南端的定居点。曾经有/维持着更多的定居点深入坎普安莱特，甚至远达卢恩斯莫尔。所有那些定居点都被蛮族大陆的人攻陷了。在您的军队将要/必然返回我们的故乡大陆之前，我们恳请您为了伊斯图利厦全体居民着想，留下一支强有力的驻军，以使我们不会/避免遭受那些邻居同样的命运。"

他们的灰发稀稀落落，鼻子在油灯下泛着光。他们说着尊体语，用含糊的时态加以润色，过去进行时，未来强迫时，虚拟休止时，而祭司军士也以类似的修辞回应，同时，他的目光回避着他们的眼睛。

"可敬的绅士们，我不确定你们是否能/将/可以供养得起超出的这些额外人员。尽管现在是小周期年的夏季，天气温和，你们的收成却很差，正如我所看到的，你们的牲口也在忍饥挨饿。"艾斯比拉曼说话的时候，眉宇间仿佛笼罩着一团阴云。

长者们面面相觑。随即这三位同时开口了：

“帕诺威尔的强大势力会回来复仇。”

“我们每一天都祈祷/正在祈祷天气会越来越好，变得就像以前一样。”

“没有驻军，我们会死亡/将是/无可避免。”

也许是用这种古体语言来表达未来宿命的缘故，艾斯比拉曼愁眉更浓。他那张四方大脸似乎被拉长了；他垂下目光盯着桌子，紧闭双唇，点着头，就好像在跟自己订下什么见不得人的协议。

按照艾斯比拉曼的指示，年轻的中尉邵柯兰迪特被安排坐在他身边的尊位上，也好让指挥官能沾一些这个年轻人的荣耀。艾斯比拉曼把头转向邵柯兰迪特，问道：“卢特林，你会/敢于给这些长者的要求做出什么样的答复？用尊体语说或是随便怎么说都行。”

邵柯兰迪特意识到这个问题里潜藏着危险。

“由于这个要求并非仅仅来自三位代言人之口，而是来自伊斯图利厦全体人民，大人，这问题对于我来说太过于重大，我无力回答。只有您的经验能找到合适的答案。”

领军大祭司抬起了目光，望向屋檩，望着它投下的长长影子，他抓挠着腮帮子。

“没错，这个决定可以说是我做出的，是代表寡头院所做的。另一方面，也可以说神灵已然做出决定。阿佐亚希克神告诉我说，不可能继续维持这个定居点了，甚至北方的那些定居点也难以维持了。”

“大人……”

跟这些长者说话的时候，四方大脸上的一条剑眉挑了起来。

“收成一年不如一年，尽管祈祷做得很足。这还只是个寻常问题而已。我们这些位于南方的定居点曾经种满了葡萄，而现如今你们努力劳作它才长出大麦和发霉的土豆。伊斯图利厦不再是我们的骄傲，反而变成了负担，所以最好是遗弃这个定居点。两天后，等大军开拔的时候，每个人都应该一起走。没有其他办法能让你们免遭饥荒，最终臣服于帕诺威尔。”

听到这番话，老者中的两位不得不搀扶住第三位。所有在一旁侧耳倾听的人都爆发出惊愕之声。一个女人冲向领军大祭司，抱住了他那双泥泞不堪的靴子。她叫喊着说，她跟她的姐妹们是在伊斯图利厦土生土长的，她们无法想象离开家园还怎么活下去。

艾斯比拉曼把双脚从女人的环抱中挣脱出来，伸手敲打着桌子，让大家注意。瞬间一片寂静。

“让我把这事儿跟所有人说清楚。要记住，我的地位使我有权——不，是迫使我——站在教会和政府的立场说话。我们必须看清楚幻象。我们是一个讲求实际的民族，所以我知道你们将会接受我所说的话。我们的主在生命出现之前就存在于世，所有的生命都围绕在他周围，他在一条布满乱石的路上早已安排好了这一代人前进的方向。所以依此而行吧。我们必须欣然踏上那条路，因为那正是他的意愿。

“今晚与你们一起庆贺的这支勇武大军，是从各个辉煌卓越的国家万里挑一选出来的勇士所组成，将必然再次动身返回北方。如果军队不即刻开拔，就会因为军粮短缺而挨饿。如果留在这里，留在伊斯图利厦，这支大军会让你们所有人跟着它一起挨饿。身为农夫，你们很了解这种事情。这都是神灵和自然定下的法则。我们最初的打算是全力以赴征服帕诺威尔，那是大寡头给我们的命令。但现在恰恰相反，我必须让我的人马在两天后启程返回家乡。不多不少，两天之后。”

一位长者问道：“祭司军士，为什么计划变化得这么突然？你们的计划不是取得全面胜利吗？”

那张四方大脸竭力挤出一丝笑容。他环视着那一张张被火光映得通亮的油腻脸庞，大家都被他的话所吸引，于是，他凭着教士的直觉调整了一下自己的语调：

“不错，我们最初的计划是全面获胜。但阿佐亚希克神在上，未来不是属于我们的。有史为鉴。我们希望能够寻求支持和给养的那些南方定居点都被摧毁了，被蛮族大军毁掉了。气候恶化得比我们所预料的更为迅速——你们很清楚，弗雷耶在这些日子里越来越懒得起床。据我判断，帕诺威尔，那个异教徒的贼窝，距离我们的胜利太遥远了，距离我们的失败倒是近在咫尺。如果我们继续前往那里，将无人能活着返回这里。

“肥死症就是从南方传播过来的，我们之中已经有人染上了。最勇猛的战士也惧怕肥死症，当瘟疫如影随形时，是没有人会投入战斗的。

“所以我们应向自然屈膝，返回家乡，回到阿斯基托什，去向寡头院报告我们的胜利。就像我说的，五十个小时之后我们就会出发。好好享受这段时间吧，居民们，好好利用这段时间。之后，你们中那些决定要跟家人一起返回锡伯纳尔的人将会受到欢迎，可以跟随我们一起返回北方，还能得到军队的保护。

“那些决定留下的人，也可以留下。你们会死在伊斯图利厦。锡伯纳尔大军不会，也无法再次来到这里了。不管你们做出什么样的决定，你们都还有五十个小时计议，神灵保佑你们所有人。”

定居点里有两千来人，有男有女，也有孩子，大都是在这里出生的。他们只知道原野中的艰苦生活，或者打猎的生活——仅限于养尊处优的人。他们害怕离开自己的家园，害怕越过大草原前往锡伯纳尔的旅程，他们甚至怀疑在国境线上可能会遭受到可怕的待遇。

然而，当几位长者在教堂举行的会议上将这些情况摆在居民面前时，大多数居民都决定离开。一个又一个小周期年过去，气候日益恶化，毫无缓和的迹象，这种境况持续的时间比任何人所能记忆的时间都更长。年复一年，与北方家乡的联系越来越少，而来自南方的威胁却越来越大。

营地里到处都是眼泪和哀歌。一切就这样结束了，他们为之奋斗的一切到头来就是被遗弃。

巴塔利克斯升起了，奴隶被派到田地里，尽其所能收割所有的庄稼，而留在家的人则开始收拾家当。打算离开的人和少数不惜一切代价也要坚守的人之间爆发了一场混乱，后者叫嚷着要保留庄稼。

被赶出去干活的奴隶有三类：去掉犄角的法艮，他们干的活儿介于普通奴隶和干重活的牲口之间；然后是人族奴隶；最后是非人族血统的奴隶，玛第，或者是更少见的莫迪雅特族。身为奴隶，不论雌雄，人族和非人族都被视为贱民。他们的社会地位与死人无异。

保有奴隶的数量显示着主人的地位：奴隶越多，地位越高。很多没有奴隶的锡伯纳尔人看着那些有奴隶的人都会眼红，渴望着哪怕拥有一个法艮。在更为惬意的年代里，锡伯纳尔的城市里常常闲养着一些奴隶，差不多可以算是宠物了。在定居点，奴隶和奴隶主则会肩并肩干活儿，当日子变得更为艰苦的时候，奴隶主的态度发生了变化。奴隶变成了苦力，个别情况例外。定居点的奴隶从田里返回之后，又被拉去建造大车，或者其他一些他们力所难及的事情。

领军大祭司约定的两天时间过去之后，军号声响起，所有人都集结在了定居点外的那片空地上。

锡伯纳尔军队的军需官搭好了野营厨房，为返乡的旅程烤好了面包。由于给养不足，人均配给将会很少。议论片刻之后，众族长宣布，要去往北方的居民必须把奴隶打死，或是给他们自由之身，从而削减吃饭的人数。剑族免受这道命令的惩罚，在这片土地上，他们可以像干重活儿的牲口一样繁衍生息，也能给自己搞到够吃的草料。

“请大发慈悲！”奴隶和主人都高声叫喊着。法艮则伫立不动。

“杀死法艮！”一些男人带着怨恨说。

其他一些人，一些记得古老历史的人应声道：“他们曾经是我们的主子……”

居民们现在受军法约束，抗议无济于事。没有奴隶，各家的主人们就没法搬运他们那么多的东西。但该杀的还是要杀。奴隶已经没有存在的必要了。

超过一千个奴隶在定居点附近的一条古老河床里被屠杀。尸体由法艮草草掩埋，与此同时，成群结队的食腐鸟从天而降，悄无声息地栖在不远处的围墙上，等着机会。风继续吹。

一阵哀号过后，一片死寂。

艾斯比拉曼站在那里，注视着整场仪式。当一名定居点的女人在他旁边抽泣着经过时，他表现出了一丝同情，伸出一只手搭在她的肩上。

“保佑你，我的女儿。不要悲伤。”

她抬眼望着他，毫无怒色，她的脸上泪迹斑斑：“我爱我的奴隶玉理。人族不该悲伤吗?”

不顾法令的要求，还是有许多奴隶被他们的主人饶了性命，特别是那些用于性服务的。他们被隐藏起来或是乔装打扮，跟家人一起上路。卢特林·邵柯兰迪特也保护着自己的俘虏，托莱丝·拉尔，他给了她一条长裤和一顶绒皮军帽，好隐藏身份。她一个字都没说，把栗色的长发盘到帽子里，走到一旁抓住了卢特林那头耶尔克坐骑的辔头。

大队人马开拔了。

登时，一片喧嚣。大车上被塞进了尽可能多的东西，还有些车上要安置伤员，六支艾羚牧群也不声不响地上路了；它们爬过圆形的围墙，跟它们的牧羊犬一起急匆匆走进了大平原。它们的生活才是充满野性的自由生活。

艾斯比拉曼独自站在他那头黑色的耶尔克身旁，心中缭绕着他那黑暗的想法。他让一名传令官去把邵柯兰迪特中尉找来。

卢特林到了，他在他面前颇为不自然，看上去有些稚嫩。

“邵柯兰迪特中尉，你能不能找出两个可靠的人和坐骑，脚程要快，我希望我们大捷的消息能以最快的速度呈给大寡头，赶在他通过其他渠道听到之前。”

“我能找到这么两个人，没问题。我们这些来自喀尔纳巴尔的人都是很棒的骑手。”

艾斯比拉曼眉头一皱，这话似乎让他不悦。他取出一个皮革夹子，夹在了胳膊下面。

“这条消息必须由你最可靠的手下带到边境城镇科理安图拉。在那里转交给我的一名探子，他会把它亲自转交给大寡头。你那两个心腹的职责到了科理安图拉就结束了，明白吗？一切准备好之后就向我汇报。”

“遵命，大人。”

他那只带着蓝手套的手从胳膊下抽出皮革夹子，递给了邵柯兰迪特。它用领军大祭司的印戳封印着，标明了呈送给锡伯纳尔的至高大寡头——居于乌斯库托什的都城阿斯基托什的托尔坎兹二世。

邵柯兰迪特挑选了两个他熟悉的可靠年轻人，在施芬宁克的时候他们就跟兄弟一样。两人告别了战友和并肩战斗的法艮，跨上修剪过鬃毛的耶尔克，只背了几个干粮袋和水囊。不出一个小时他们就踏上跨越大草原的旅程，带着呈送给那位令人畏惧的大寡头的信件，绝尘北去。

但是，这片辽阔而萧瑟的大陆的统御者，锡伯纳尔的大寡头，他的耳目遍布各地。他的一个亲信已经快马加鞭，送出了这场战斗的消息，此人一直就安插在大祭司军士艾斯比拉曼身前左右，因为大寡头更关注的是瘟疫北上的进程。

是时候道别了。北上的旅程在一团混乱中拉开了帷幕。每一支部队都带着他们的大车、牲口、法艮和枪支一起启程。嘈杂声灌满了那片浅浅的洼地。他们你推我挤地通过这条几天前才走过的路。行将离开伊斯图利厦的居民中很多都是这辈子第一次离开家园，他们从没这么忙乱过，拖家带口不说，大车都已经超载了，装不下的家什只得自己扛着。

决定留下的人与他们洒泪告别。这些如同被流放的人站在围墙外面，直挺挺地立着，举着手。他们刻意塑造着自己反抗命运的形象——他们也意识到，自然的力量正积蓄起来与他们相抗衡。从现在起，能够保护他们的就只有阿佐亚希克神和他们自己了。

卢特林·邵柯兰迪特骑行在施芬宁克大军的前头，他意识到自己如今的地位跟上一次走过这条路时相比已经发生了变化。现在他是个英雄。他的俘虏托莱丝·拉尔戴着帽子，穿着马裤，乔装打扮，被迫与他同乘一骑，坐在他身后抓着他的腰带。她丈夫的死仍然令她痛不欲生，她一言不发。

心如刀割的托莱丝·拉尔完全不害怕耶尔克，这种动物样貌凶恶，但性情温顺。它的犄角在毛烘烘的脑袋上扭曲盘绕，眼睛被毛茸茸的眼皮遮着，让这牲畜看起来一副全神贯注的样子。它那厚厚的下唇翻卷着，仿佛蔑视着它在人类历史中所看到的一切。

定居点渐渐消失在身后。一个个枯燥无味的相似洼地从眼前一直铺展到天际。风持续在吹，草叶窣窣作响。

沉默笼罩了这支行进的队伍，但有一位选择离开伊斯图利厦的老者一直喋喋不休，似乎十分享受听到自己的声音；他催着坐骑一路向前，一直骑到了邵柯兰迪特和他的那些士兵中间，打算跟他们一起打发时间。邵柯兰迪特话不多。他的心思全都放在不久的将来以及返回父亲宅邸的那段漫长旅途上。

“我猜确实是至高大寡头亲自下令要解散伊斯图利厦的。”老者说。

没人答话。老者又试了试：“他们说大寡头是一个伟大的独裁者，他对整个锡伯纳尔都很霸道。”

“冬季会更霸道。”一名中尉大笑着说。

又走了几里路，老人蛮有把握地说道：“我猜你这个小伙子并不同意艾斯比拉曼的做法……在我看来，你要是有他的地位就会命令一支驻军留下来保护我们。”

“这决定不是我能做的。”邵柯兰迪特说道。

老人笑着点点头，露出了仅存的几颗牙齿，“啊，但是当他宣布旨意的时候，我看到你脸上的表情了，我心里想——实际上我跟其他人说起来着——‘现在有一个长着一副慈悲心肠的年轻人……一位圣人。’我说……”

“走开吧，老家伙。省几口气好好赶路。”

“但如此解散一个很好的定居点也太草率了。过去，我们会把吃不完的粮食运回乌斯库托什。但现在却要解散它……我们还以为大寡头会感恩。我们都是锡伯纳尔人，难道不是吗？这事儿你还怎么反驳？”

邵柯兰迪特有了反驳的机会，可是他并没有开口去争论。老人用手背抹了抹嘴，说：“你认为我离开那里是明智的决定吧，年轻人？但那里毕竟是我的家啊。也许我们全都应该留下。也许大寡头的另一支大军——一支对于自己同胞更宽宏大度的大军——将会在一年或是两年后再次走上这条路……好吧，今天对于我们来说是一个悲苦的日子，我要说的就是这个意思。”

老者正要掉转坐骑离开，邵柯兰迪特猛然伸手揪住了他的大衣领子，差点把那个老人从鞍上拽下来。

“你的眼光如此短浅，对这个世界一无所知！我对领军大祭司的看法无关紧要。他做出了唯一正确的决定。你要用用脑子思考，而不是到处散布不满。看没看到这么大一群人？到了暮昏时分，我们的队伍会拉得更长，从地平线这头一直扯到那头。步行的，骑着坐骑的，都是等着吃饭的嘴……天气也会越来越阴冷……你自己好好想想吧，老家伙。”

他朝着不断移动的队伍做了个手势，朝着所有那些灰色、黑色、褐色的士兵的脊背挥了挥手，每个人的背后都负着一个背囊，里边带着够吃三天的硬饼，还有没用掉的弹药，每条脊背都朝向南方，朝向那颗苍白的太阳。整个队伍分散得越来越宽，给那些吱吱作响的大车让出了更多的地方。队伍移动的时候伴随着一种令人昏昏欲睡的单调声音，在低矮的丘陵间回响。

乘着坐骑的人中间是徒步的人，他们一般都扯着鞍子上的系带。一些大车上堆满了装备，另一些载着伤员，车子的每一次颠簸都让他们痛苦不堪。扛着重物的法艮在主人身边步履艰难地跋涉，弓着腰，望着地面。剑族战斗部队曲着怪异的关节迈步前行，与众人稍稍拉开了些距离。

那天夜里扎营的时候，简直是乱成一锅粥，哪怕军官们高声呼号和军号声都无法维持秩序。各支部队各自寻找地方驻扎下来，依照各自的情况决定搭不搭帐篷，这给其他那些要找个好位置的队伍带来不少麻烦。牲口必须要喂食喂水，喂水就需要让装水的大车离开大队，到队伍两边的黑暗中去寻找隐藏在山丘间的细流。人们窃窃私语的声音，牲口骚动不安的活动声，在这短暂的夜里似乎永无休止。

云开雾散。天气更冷了。

施芬宁克的小分队聚成了团。由于都是年纪相仿的年轻人，他们大都聚集在卢特林·邵柯兰迪特身边准备痛饮一番来打发这个夜晚。他们的军用水壶里灌满了雅达尔烈酒，这种酒是用海藻发酵酿造的，有着红宝石般的色泽。他们用雅达尔酒庆祝最近的这次胜利和卢特林的英雄之举，抒发身处辽阔平原上，他们胸中油然而生一股豪情，因为这平原相比起他们那群山连绵的家乡来说太壮阔了，他们也纯粹因为活下来而感到欣喜……无论是哪个理由，都值得让他们举杯庆贺。紧接着，他们纵声高歌起来，全然不顾那些要睡觉的人的抱怨。

但是，雅达尔酒并没有让卢特林·邵柯兰迪特想要引吭高歌。他跟那些来自喀尔纳巴尔的同伴拉开了些距离，心思都放在了他那个风姿绰约的俘虏身上。她已经结婚了，但他很怀疑她没有他岁数大，尽管她的气质显得很成熟。蛮族大陆的女人基本岁数不大就结了婚。

他想占有她。然而他的父母早已在喀尔纳巴尔给他许下了亲事。但为什么要让那件事跟这个地方，跟查奥斯荒原上的事情扯上关系？他的朋友们会取笑他瞻前顾后。

他的思绪回到了锡伯纳尔大军离开边境小镇科理安图拉南下之前的那个夜晚，当时他的小分队已经受命要离开。他的朋友乌玛特想拉着他去放纵一下，但他没去，他就像个傻瓜一样犹犹豫豫。

其他人都去开怀畅饮、寻欢作乐，卢特林独自走在铺着卵石的街道上。他走进了一家占卜者的店铺，它坐落于一个紧挨着老戏院的广场边上。

占卜者向他展示了许多稀奇古怪的东西，包括一个小小的好像手链的玩意儿，说是来自另一个世界，还有装在罐子里的一条百寸长的绦虫，那是占卜者从一位美丽女士的肠子里取出来的（用一只小小的银制槽夹取出来的，他准备把这东西卖个好价钱）。

“我具备战斗的勇气吗？”卢特林问这个占卜者。

于是，老头子用卡尺和其他各种测量工具对着卢特林的头骨一通忙活，然后说：“你不是圣人便是罪人，年轻的大人。”

“我问的不是这个。我是在问，我是英雄还是懦夫？”

“这是同样的问题——要成为圣人需要勇气。”

“成为罪人就什么都不需要吗？”他想起来自己是如何不敢去跟朋友们寻欢作乐的。

一头乱发的脑袋点个不停，“那也需要勇气。每一件事都需要勇气，甚至那条绦虫也需要勇气。你介不介意把你的生命囚禁在某个人的肠子里，哪怕是一位窈窕淑女的肠子？如果我告诉你，那样的命运就在未来等着你，你会开心吗？”

卢特林对于他的闪烁其词有些不耐烦了，说道：“你打不打算给我一个答案？”

“很快你自己就会得到答案了。我要说的是，你将会展现出无比的勇气……”

“但是？”

他露出一个请求宽恕的微笑，“年轻人，问题在于你的天性。你将会发现自己兼具圣人与罪人的品质。你将成为一名英雄，但我却看到了你将像恶人一样行事。”

在赶往伊斯图利厦的时候，他又记起了那番对话——还有绦虫。现在他成了英雄，他还敢当个恶人吗？

他坐在那里，喝着酒却没有唱歌，乌玛特·埃赛卡楠兹一把抓住他的靴子，粗暴地把他拽到火堆旁。

“别那么闷闷不乐的，老伙计。我们还活着，我们成了英雄——特别是你——我们很快就会回家了。”乌玛特长着一张肥嘟嘟的大脸，跟他父亲别无二致，不过现在这张脸上满是坏笑。“这是一片可怕的空旷大地，所以我们才唱歌——用声音把它填得满满的。可你的心里还有别的事儿。”

“乌玛特，你的声音是我听到过的最悦耳的声音，包括兀鹫也算在内，但我要睡觉了。”

乌玛特告诫似的晃了晃手指，“啊，我料事如神。你那个俊俏的俘虏！我们让她好好爽一爽吧，从我开始。我保证不告诉瑛茜尔。”

卢特林在乌玛特的小腿上踢了一脚，“瑛茜尔的运气怎么这么背，居然有你这么个兄弟，我永远都搞不懂。”

又饮了一大口雅达尔酒，乌玛特开心地说：“她是个好姑娘，就是瑛茜尔。好好想想吧，如果我掐着你的后脖子，让你对她动点儿真格，她可能会很感激我。”

所有人一起爆发出狂笑。

邵柯兰迪特踉踉跄跄地起身，向他们道了晚安。他费了点儿力气才回到了自己紧靠在一辆大车旁的宿营地。周遭一片漆黑，只有头顶繁星点点。在这个纬度，看不到喀尔纳巴尔常见的极光。

他抓过水壶，半倚半躺靠在他那头耶尔克身上，一根穿过左耳烙孔的缰绳将它拴在地上。他跪下来爬到那个女人身边。

托莱丝·拉尔蜷成一团躺在那里，双手抱着膝盖。她抬眼望着他，没有说话。她的脸在昏暗中显得那么苍白。她的眼睛里映着苍穹之上的点点繁星。

他抓过她的手臂，把水壶塞给她。

“喝点儿雅达尔。”

她默不作声地摇了摇头，动作不大，但是很坚决。

他抽了她脑袋侧面一巴掌，把皮制水囊塞到她面前，“喝，你这个婊子，我告诉你。这会让你回过神的。”

她又摇了摇头，但他一把抓住她的胳膊一扭，直到她痛得叫出声来。她只好抓过水壶吞了一口这烈酒。

“对你有好处，多喝点儿。”

她咳嗽着把酒喷了出来，喷了他一脸。邵柯兰迪特猛地吻在了她嘴上。

“发发善心，我求求你。你不是野蛮人。”她的锡伯语说得相当好，虽然口音很重，可在他听来并不难听。

“你是我的犯人，小娘们儿。你的态度可不怎么好。不管你以前是谁，现在你是我的，是我胜利果实的一部分。就算是大祭司也会像我这样处理你，如果他是我的话……”他自己也吞了一大口酒水，打了个嗝，重重地倒在了她身旁。

她紧张地躺在那里，发现他的动作似乎有些迟钝，然后她开始说话。在不哭的时候，托莱丝·拉尔的声音就像是潺潺的流水，仿佛一条小溪在她的喉咙间流淌。她说："今天下午在你身边说话的那个老人，他认为自己会变成奴隶，就像我认为自己会如此一样。当你对他说大祭司做出了唯一正确的决定时，你是指什么？"

邵柯兰迪特默然倒在那里，醉意涌了上来，这个问题让他愈发头痛，他努力克制着想要揍这个姑娘的冲动，她如此放肆地想要转移他的欲望。这阵沉默之中，他心底涌出一个比去亵渎她更加阴暗的念头，他意识到了一种无法改变的命运。他又饮下几口酒，结果那个念头更盛。

他翻了个身，好让自己的话显得更加强势。

"你是说，决定？小娘们儿？决定是阿佐亚希克神做出的，或者是由大寡头做出的——不是由某个他妈的圣徒做出的，那个圣徒只会为了实现目的眼睁睁看着自己手下去流血。"他指了指围坐在篝火边那些眉飞色舞的朋友，"看到那边那群小丑了吗？跟我一样，他们都是从施芬宁克来的，那是位于这个球形世界另一边的一个地方，距离乌斯库托什的边境足有两百里。我们满载着各种装备、必需的饲料和食物，一天才走了不过十里。你觉得我们在这个季节里是怎么喂饱自己肚子的？女士？"

他摇晃着她，直到她的牙齿咯咯作响。她抓住他，惊恐地说："你们的食物够吃，对吗？我看见你们的大车装着补给，你们的牲口可以吃草，对吧？"

他笑了，"喔，我们的食物够吃，真的吗？说实在的，吃什么？你认为我们在这么一大片土地上有多少人？答案是大约一万人族与半人类种族，还有七千头耶尔克和其他牲口，包括骑兵的坐骑。其中的每一个人，每天，都需要两磅[1]面包，还要有额外一磅的其他供给，包括

1. 1磅=0.454千克。

雅达尔酒。这些加起来一天就得有十三吨半。

"人饿一点儿没事。我们现在就饿着呢。但你必须要让牲口吃饱，否则它们就会生病。一头耶尔克一天需要二十磅草料，七千头就是六十二吨多。光是喂饱人和牲口我们就得带上七十五吨给养，或者想方设法弄来这么多吃的，可我们只能装载九吨……"

他沉默了，躺了下来，就好像要在脑子里把这幅图景转换成图表。

"我们怎么弥补这个不足？我们必须在行进中弥补。我们可以从沿途经过的村镇里征调——只可惜查奥斯根本就没有村镇。我们必须从土地里弄出吃的来。单就面包的问题举例……你要用二十四盎司[1]面粉来做一个两磅的烤饼，这就意味着每天要找到六吨半的面粉。

"这跟牲口饲料的分量比起来简直不算什么。你需要一亩地的青饲料来喂五十头耶尔克和骅骊……"

托莱丝·拉尔开始抽泣。邵柯兰迪特用一条胳膊肘支着身子，说话的时候眼睛远远望过营地。四下里零星的火光在空旷的大地上闪烁着，有人经过火光时，光点会时不时消失一下。一些男人在唱歌，还有一些蜷伏在地与逝者交谈。

"想象一下，我们要花二十天才能抵达边境的科理安图拉镇，那样的话，我们的坐骑就需要耗费两千八百亩的饲料。你那个死去的丈夫肯定算得跟我也差不多吧？

"一支大军行进，每一天都要花费比行军更多的时间来寻获食物。我们不得不自己研磨谷物——这片地区除了野草和猪仔芑，几乎什么都没有。我们不得不派人去砍树、收集木料来烧火，不得不架设野营烤炉，不得不为耶尔克牧食饮水……也许你会渐渐明白，为什么我们不得不放弃伊斯图利厦。这是历史的安排。"

---

1. 约为672克。

“喔，我干吗关心这些。”她说，“你说的那些每天吃多少东西的牲口，我是不是其中的一只？你们都经得起饿，你们全部，我只在乎这一点。你沉醉于杀戮，现在又沉醉于雅达尔。”

他用低沉的声音说道：“他们觉得我在战斗中没什么用，所以在科理安图拉的时候，我被派去负责管理牲口饲料。对于一个父亲是巨轮看守者的人来说，这就是一种侮辱！你这小娘们儿，我是被逼无奈才去搞明白那些数据的，不过我现在觉得这很有意义。我完全理解了。年复一年，原本不断延长的季节正在缩短——只不过在首尾两头各短了一天。这个夏季令农民感到失望，查奥斯地岬饥荒严重，你会看到的。所有这些情况艾斯比拉曼都知道。不管你怎么看他，他可不傻。这样的一次远征，一万一千人的远征，以后再也搞不起了。”

“所以这块不幸的大陆终于能够摆脱你们这群可恨的锡伯人了。”她说。

他大笑起来，“代价高昂的和平。一支大军穿越这地方简直就像一场蝗灾——如果路上没有吃的，这些蝗虫就会死掉。那个定居点很快就会同外界断绝联系，它在劫难逃。

“小娘们儿，这个世界正与我们越来越对立，而我们还在浪费着资源……”

卢特林倚在了她僵硬的身子上，把脸埋在手臂里。不等睡着，醉意又涌了上来，他重新撑起身来问她多大。她拒绝回答。他狠狠抽打她的脸。挨打后她呜咽起来，说自己十三岁零一什旬。她比他小两什旬。

“这个年纪当什么寡妇？”他饶有兴趣地说，“而且……别以为明天晚上你能轻易逃脱。我可不再是管牲口饲料的军官了。明晚可不会促膝谈心了，小娘们儿。”

托莱丝·拉尔没应声，她一直都很清醒。此刻她神色木然，悲伤地注视着头顶的星空。巴塔利克斯黎明将近时，云层笼罩了天空。临死之人的呻吟声传入她的耳中。夜里有超过十二个人死于瘟疫。

到了早晨，生者一如既往起身了。他们伸展着肢体，无忧无虑，在大车前面排队等着拿配给面包，跟朋友们开着玩笑。每人可以领到两磅烤面包，她至今还记得当时那个苦涩的场景。

在这条长长的返乡人流中，没有哪个士兵会承认自己很享受这段旅程。然而，在例行公事般地搭建、拆除营地的过程中，在同袍之情中，在感觉到家乡一点点接近的时候，在每天身处于不同地方的时候，每个人显然或多或少都能找到一些乐趣。离开燃尽的篝火，坐在新燃起的篝火边，看着新生的火焰吞噬掉树枝和野草，都会给士兵们带来一些单纯的快乐。

这些事情，连同它们所产生的快乐，跟人族本身的历史一样古老。确实，一些行为更为古老，因为人族的思想已经进化了——就好像新燃起的火焰吞噬着枯枝败叶——那是人族在熬过第一次从赫斯帕戈尔特向东方的长途跋涉时产生的飞跃。当时他们放弃了在剑族的保护之下生活，抛弃了那种身为驯化动物的存在方式。

从北方锡伯纳尔环极地地区吹来的风十分凛冽，然而对于这些正在返乡的士兵来说，空气的味道吸进肺里感觉十分美妙，连土地踩在脚下的感觉都变得美妙起来。

跟手下的士兵比起来，军官们的心情可没那么放松。对普通士兵而言，能从战场生还并能返回家乡就足够了，并不在乎会有什么迎接着他们。而对于那些考虑问题更深的人而言，问题可就复杂了。锡伯纳尔境内本就有着日益严峻的政权冲突，现在这场胜利则进一步激化了矛盾。

尽管艾斯比拉曼手下的军官不断谈论着胜利，然而在那个支配着这个世界的物极必反的规律之下，一切事物都将无可避免地、持续不断地被转换成为其对立面，这场胜利越来越让人觉得像是一场失败——除了伤疤、死亡名单以及那么多张额外需要吃饭的嘴，他们撤退时什么也没带回来。

让失败感愈发强烈的是，肥死症一直在他们中间不遗余力地传播着，轻而易举地跟随着他们的脚步。

在大周期年的春季，骨热病让人口数量锐减，幸存者的体形变得骨瘦如柴。在秋季，肥死症则会再一次削减人口数量，这次让他们的身材变得更敦实。越来越多的人开始将其理解为一种宿命。但恐惧仍然随着“瘟疫”这个词扩散开来。到那时，每个人都不会相信自己身边的人，因为谁都有可能携带瘟疫。

到了第四天，前行的队伍越过了其中一个提前赶往锡伯纳尔的信使。信使的尸体脸朝下倒在一条水沟里，看上去已经被野兽啃食过。

士兵们老远就绕开那具尸体，但似乎就是没法不去看它。艾斯比拉曼被叫来的时候，久久地望着这可怖的景象，然后对邵柯兰迪特说：“那个静默无声的存在与我们同行。毫无疑问这可怕的灾祸是法艮带来的，我们与他们共处，招致了阿佐亚希克神的惩罚。唯一赎罪的方式就是杀掉所有与我们一起行进的剑族。”

“我们的屠戮还不够吗？大祭司，难道就不能把剑族赶到荒野中去吗？”

“让他们吃饱喝足，之后再跟我们作对？我年轻的英雄，让我来处理本就属于我的事务吧。”他拉长的脸上显示出严峻的神色，他说，“这比以往更需要立即向大寡头禀明。我们必须尽一切可能尽快觐见并获得援助。现在，我安排你亲自带上我的信件前往科理安图拉，再带一个可靠的同伴，把情况进一步向大寡头呈报上去。你能做到吧？”

卢特林的目光投在了地上，就像常常在父亲面前那样。他习惯于服从命令。

“我一小时内就能跨上鞍子，大人。”

艾斯比拉曼的眉头之下总是潜藏着一丝怒容，给他的眼神抹上一层怒火，当他凝视属下时更是如此。

“想想吧，这项任务可能会救下你的性命，卢特林中尉。但话说回来，可能你一路骑行，最终却发现那个静默无声的存在已经在科理安图拉守候着你。”

他伸出戴着手套的手指，在额头画了一个巨轮的符号，然后转身离去。

III

《居住人员限令》

科理安图拉是一座宏伟的财富之城。宫殿的地板用黄金铺就，赏心悦目的房屋里，瓷砖贴出线条优美的穹顶。

无上和平大教堂坐落于码头区沿岸一线的中心，码头区是这座城市财富的来源，教堂那极尽奢华的装饰风格跟一位朴素的神灵不太协调。“他们在阿斯基托什就不可能纵容这样的铺张浪费。”科理安图拉的居民总是喜欢这么说。

甚至在这座城市较为寒酸、一直延伸到山脚下的区域里，各式各样的精妙建筑也充斥其间。不知道哪里冒出来的一道拱门后面展示着精美的装饰物，藐视着周围的贫穷。一所窄窄的庭院里任性地修起了一座喷泉，还有一溜锻铁栏杆的阳台，足以让最乏味的灵魂得到洗礼。

不可否认，科理安图拉跟其他地方一样，也有贫富差异和观点分歧。姑且看看寡头院发布在城市大街小巷里的公告和反馈吧。在富人区，新发布的公告可能会博得一句：“哦，真明智，多好的主意！”与此同时，在城镇另一头，同样的公告只会得到一句：“嗯，看看他妈的又在谋划些什么！”

大多数边境城镇都是令人丧气的地方，那是一个文明社会的渣滓与另一个文明社会的糟粕狼狈为奸的地方。科理安图拉在这方面是个例外。尽管在更早的年代里它以乌托什恺闻名，但如今却风光不再，就像老名字所暗示的那样，它本就是一座纯洁的乌斯库托什式的城市。从东方来的外国人，特别是来自远在查奥斯海岬另一侧的上哈孜泽和库基-尤威科的人，已经融入其中，并赋予它一种大多数锡伯纳尔城市所不具备的生机勃勃的气象，并在它的农业和艺术方面留下了那种活力的烙印。

“科理安图拉的面包太贵了。”有人说，“而戏院的票又太便宜。”

另一方面，科理安图拉也是一个交通要冲。它直指南下的道路，通向南方的蛮族大陆，而且——不管有没有战争——商人都很容易从这里航行到其他港口去，比如帕诺威尔的铎尔黛。它还矗立在那条繁忙的航海线路的尽头，航线远达施芬宁克和谷物产地卡尔坎潘与布瑞巴尔。

不过话说回来，科理安图拉十分古老，而且它与更为古老的时代之间的联系不曾有过断层。后街的那些文物店铺里，依然有可能找到用古文字书写的资料与书籍，断圭缺璧般记录着那早已逝去的岁月。每一条巷子似乎都通向往昔的时光。许多折磨过其他边境城市的灾难都不曾造访科理安图拉。在它身后耸立着绵延不绝的山岭，它们不过是一片更加雄伟的群山的垫脚石，无尽的群山形成了极地山脉，永不消融的寒冰覆盖着极地山脉，犹如喷吐着寒气的利齿，对这片大地虎视眈眈。在城市两翼，一侧是无边的大海，另一侧是一堵陡峭的斜坡，若是有人意欲离开荒芜的查奥斯台地进入锡伯纳尔，必须攀上那道陡坡才能进到城市里。来自坎普安莱特的入侵大军从来不曾活着越过这片岩架台地，更不曾攻上那道陡坡。

科理安图拉对所有敌人来说都易守难攻，除了日渐逼近的寒冬。

尽管有许多军事人员曾驻扎于科理安图拉，可他们并没能成功地把它降格为一座驻军城市。和平的贸易欣欣向荣，奥蒂姆家族正是因此才生活在这里。

奥蒂姆的买卖沿着克莱蒙特驳岸一侧的码头排开。他家的宅子距离此处不远，那片地方在城里既算不上最整洁的，也算不上最寒酸。这天的生意做完了，伊戴普·芒·奥蒂姆，这个大家族的顶梁柱，目送他的员工离开店铺，查看了一遍库房，确保窗户都拴好，然后才跟他的头号情人从边门出来。

这位头号情人是个活泼的女子，名叫贝熙·贝萨米卡利。在奥蒂姆手忙脚乱锁上店铺的门户时，她就替他拿着大包小包。等他完成这套常规操作之后，他转过身来向她露出了温柔的笑容。

“现在我们分头上路，我很快就会在家里见到你。”奥蒂姆说。

“好的，主人。”

“快点儿走。路上瞧着点儿那些当兵的。”

她只需要走一小段路，转过拐角进入希尔路就行了。而他走向了另一个方向：本地的教堂。

伊戴普·芒·奥蒂姆腰背挺拔，不像已经步入中年的人。他把胡须拢进绒面皮外套里。他走路的姿态十分高贵：昂首阔步，不顾寒风，始终保持着这副姿态。他一转弯走进教堂，及时赶上了仪式，这是他每晚打烊之后雷打不动的习惯。在那里，他仿佛置身于美好的乌斯库托什，在阿佐亚希克神面前屈身礼敬。这是一个简短的仪式。

与此同时，贝熙·贝萨米卡利已经到了奥蒂姆家门前，叩响了房门。守门人打开门让她进去。

奥蒂姆的宅邸在这条通往克莱门特驳岸的街道上是顶头的一家。高层的窗户视野很好，看得到港口以及更远处的帕诺威尔海。这栋房子是两个世纪以前由库基-尤威科大商人建造的。为了避免高昂的科理安图拉土地税，这栋楼房的每一层都要比下面的一层稍大一些。最顶层非常宽敞，这里有最好的视野，最底层的房间最小，只能用作门厅，外带一个给坏脾气守门人和他的猎犬栖身的小房间。一道窄窄的楼梯盘旋而上。二楼、三楼、四楼那些沉闷的房间里住着许多沉闷的奥蒂姆家的亲戚。顶层由奥蒂姆本人和他的妻子、孩子所独享。伊戴普·芒·奥蒂姆是个库基-尤威科人，尽管他出生在这栋房子里。至于贝熙，那就真是说来话长了。

贝熙是个孤儿，不记得父母双亲是谁，尽管有很多传言说，她的母亲是从遥远的帝马里亚姆来的一名女奴。有些人声称这名女奴曾陪着她的主人前往圣地喀尔纳巴尔朝觐，可在主人发现她怀有身孕之后，就把她扔到了大街上。不管真实与否（贝熙总是这样欣然说起），这故事倒挺像是真的，因为那类事儿屡见不鲜。

贝熙能熬过童年，全凭街头跳舞，就在那些她母亲曾经被遗弃的街道上。因此，她引起了阿斯基托什的法院里一位权贵的注意。在这个男人手中惨遭种种蹂躏之后，贝熙想方设法从那栋囚禁着她的房子里逃走了。逃走之前，她和其他女人都被藏在那栋房子里一口空置的海象油大罐子里。

把她从油罐里救出来的是伊戴普·芒·奥蒂姆的一个侄子，他代表叔叔在阿斯基托什谈生意。她让这个敏感的小伙子着了迷，尤其是当她祭出王牌，为他跳上一支舞的时候，他干脆跟她结了婚。他们过得很快活，可惜好景不长。在他们结婚四个什旬之后，这个小伙子从他叔叔的一间货仓阁楼上摔下来，脖子断了。

身负孤儿、舞女、奴隶之名，还有其他种种惹人非议的传闻，现在又成了一个寡妇，贝熙 · 贝萨米卡利在乌斯库托什的社交圈子里彻底没有了地位。

然而奥蒂姆本人是一个库基-尤威科人，一个纯粹的生意人。他保护了贝熙——不止让她免遭那帮亲戚的蔑视——而且他还发现，这个姑娘除了那些尽人皆知的才艺之外，还很有思想。由于她美貌依旧，他便将她纳为头号情人。

贝熙很感激。她变得更丰满了，但看上去并不轻浮，她一直在账房里协助奥蒂姆工作；她能及时统计那些货物往来的复杂订单，也会查验装货单据。被关在大寡头法院那个海象油罐里的日子，已经被她抛在了脑后。

跟守门人简短说了几句，她爬上蜿蜒的楼梯往自己的房间走去。

她在二楼一间小小的厨房跟前停了一下，老祖母正和一名女仆忙着准备晚餐。老妇人向贝熙问候了一声，接着转回身继续做她的油酥煎饼。

暗淡的灯光摇曳着，蜂蜜色的光线在锅碗瓢盆、勺子、筛子和粗笨的面口袋上勾勒出简单的线条。苍老而斑驳的双手把一团团无形无状的油酥揉成烤饼一样薄。年轻的女仆靠着墙，目光空洞地望着空中，不时用手指揪着下嘴唇。木炭火炉上的长柄小锅里，水烧得吱吱作响。一只佩鸪在笼子里啁啾鸣唱。

奥蒂姆说的话可能并不是真的。他说在科理安图拉，每一天的生活都充满威胁……但只要老祖母还在用那双巧手捏出完美的半月形煎饼，日子就是安全的。每个煎饼都有一条带有小波浪的直边，头部挤出一抹油酥。这些美好的小煎饼所带来的满足感是不可能被打破的。奥蒂姆担心的事情太多了。奥蒂姆总是一副忧心忡忡的样子，其实什么都不会发生。

除了奥蒂姆，今晚贝熙心里还想着另一个人。家里住着一位神秘的士兵，早上她瞥见过一眼。

底下那几层不怎么样的房间全都被奥蒂姆的亲戚们占了，那里几乎形成了一座小镇。贝熙与他们之中任何人的关系都不怎么样，除了老祖母，贝熙对于他们借着奥蒂姆的好脾气在这里蹭吃蹭喝的寄居生活很是不满。她昂着头从他们的房间穿行而过，鼻头歪向一边，方便她看到这片令人萎靡的居所里都发生着些什么。

奥蒂姆家那些上了岁数的远亲妇人在这里颐养天年，如同一群懒惰的怪物。年轻些的妇人体态松垮，因为生育了数量众多的小奥蒂姆，她们只能成天都穿着宽松的衣衫。青春年少的奥蒂姆家少女们身材苗条，散发着令人窒息的匝尔黛尔香水味儿，她们对一切都很节俭，苍白的脸上长满了斑点。人数众多的小奥蒂姆们则穿戴着鲜亮的罩衫和童装，很难分得清男孩跟女孩，不过也没什么人想去分辨，这帮小崽子有的在生病，有的蹿来蹿去，有的吵吵闹闹，有的在吃奶，有的在喊叫，有的在耍脾气，还有的在睡觉。

目光所及只有不多几个男人，像坐垫一样散落各处，典型的女多男少。由于长期依赖伊戴普·芒·奥蒂姆生活，他们仿佛被阉割了力量，留着浮夸的长须，或是抽着薇若尼卡烟，或是吆五喝六地吼着不会有人遵从的命令，竭力维持自己作为男性的支配地位。所有这些远亲近戚，不管什么辈分，都尽显疲态，面黄肌瘦，两眼无神，下颌松垂，体态臃肿，而且嗜睡无度，这就是他们家族相似的一面，令人厌恶，贝熙从来都没有心思去搞清楚谁是谁。

然而这些奥蒂姆之间却分得一清二楚。尽管已经严重人口过剩，他们仍在各自占据的房间里想方设法保护自己的那份财物，在各个角落肆无忌惮地争吵，或是在明确划分界线的地毯上懒洋洋地歇着。狭窄的通道穿过每一间拥挤的厅室，任何冒险走进对手地盘的小孩子，哪怕是亲姨妈家的孩子，都会被劈头盖脸地骂出去，才不管你是什么缘由闯进去。夜里，兄弟们睡在各自的地盘里，妖娆的小姨子就躺在两尺开外，他们垂涎着却又不敢越雷池一步。他们用丝带，或小毯子，或是挂着碎布料的绳子仔细标记着自己的领地，那寸土不让的劲头好比捍卫边境的两国。

贝熙用厌恶的眼光看着这一切。她看到墙上的壁饰被主人的大家庭弄得污渍斑斑，那些肥胖的身躯在平滑墙壁上留下汗渍。壁画上描绘着一大片沃土，两颗太阳当空高照，鹿群在高大的树木间嬉戏，姑娘和小伙倚在落满鸽子的树丛边打闹着，吹着撩人的长笛。那幅田园诗画是两个世纪以前绘制的，那时这栋房子才刚刚建成，画里描绘着往昔的世界，那已经消失了的库基-尤威科山谷的金秋时节。

那幅绘画以及它即将被毁坏的命运让贝熙心中的不满更甚，但她现在只想找个地方躲开主人的目光，享受一点自己的私人空间。她在不断增强的厌恶中走完了这段路，但就在这时，她听到了大门被人拍响的声音，看门狗随即狂叫起来。

她跑到楼梯边向下望去。

伊戴普·芒·奥蒂姆从教堂回来了，脚已经迈上了楼梯。她看到他的绒皮帽子、绒面皮革外套，还有那双擦得铿亮的靴子，所有这些在她的眼睛里都变了形。她也瞅见了他那长长的鼻子和长长的胡须。跟所有的亲戚不同，伊戴普·芒·奥蒂姆是个身形瘦削的男人，一个小个子；既要管事，又要管钱，他那腰围自然阔不起来。他允许自己享受的唯一乐趣就发生在自己的卧室里，贝熙是知道的，他跟做生意一样记录着这些事情，将它们写在一个小本子里。

她拿不准要做什么，便站在了原地。奥蒂姆拾级而上，看到了她。他点点头，露出一丝笑容。

“不要来打扰我。”他经过时说道，“今晚我不需要你陪。”

“如您所愿。”她说着一句早已说烂的话。她知道是什么事情让他担心。伊戴普·芒·奥蒂姆就是瓷器贸易的晴雨表，而目前瓷器生意很艰难。

奥蒂姆走上最高层，关上了房门。他的妻子准备了一顿美餐，香味弥漫在房子里，一路向下，飘到了没那么容易吃饱肚子的地方。

贝熙站在原地，站在被拥挤的房客们熏得臭烘烘的灰尘里，有意无意地听着周围的声响。当士兵沿着克莱蒙特驳岸行进的时候她能听到门外军靴的声音。她的手指依然纤细，在栏杆柱子上弹奏着无声的曲调。

她就这样，从楼下那些人的目光中隐藏了起来。不多时她看到那位年老的守门人从自己的房间里爬出来，鬼鬼祟祟地四下张望一番，溜出了大门。也许他是打算去看看大寡头的士兵究竟在干些什么。尽管贝熙很久以前就很注意跟他套近乎，可她也知道，没有奥蒂姆的允许，守门人是绝不会让她出门的。

片刻之后，门又开了。进来的是一个全身戎装的男子，八字胡把他的脸沿着水平轴线平均地一分为二。这个男人就是贝熙站在此地俯身窥视的理由。他是哈宾·法施纳基德上尉，他们的新房客。

看门狗从守门人的小屋里窜出来一阵狂吠。贝熙忙不迭往楼下跑去，灵巧得就像一头丰满的小羚羊蹿下陡坡。

她连声喊道：“别叫，别叫。”那条狗把头转向她，晃动着黑色的下巴，冲着楼梯脚一阵呼噜。它伸出一截舌头，把贝熙的手舔得满是口水，却丝毫没有放松警惕的意思。

她说道："趴下，乖。"

上尉穿过门厅，一把抓住她的胳膊。他们相互凝视着，她的眼睛是深深的棕褐色，他的则是一种令人惊叹的灰色。他又高又瘦，是个纯正的乌斯库托什人，不管从哪方面看都与那些臃肿的奥蒂姆截然不同。因为大寡头大军的调动，上尉这几天被安排在奥蒂姆家住宿，奥蒂姆勉为其难地在这一大家子人中间，也就是顶层，给他找了个地方。在上尉和贝熙第一次彼此对望的时候，贝熙立即爱上了他——要知道，经历过九死一生的她可没那么容易冲动。

她心里冒出个主意。

"我们出去散个步。"她说，"守门人不在。"

他更加用力地抓住了她。

"外面很冷。"

她蛮横地微微摇头，以示不在乎那点儿寒气，接着他们俩往门口走去，一边在暗中抬头望了望楼梯的阴影。奥蒂姆的房门紧闭着，他在自己的房间里，某个女人正在演奏贝纳杜锐琴，为他演唱着库基-尤威科那些被遗弃的城堡的歌谣，那里的少女们遭到背叛，在暮昏中遗失的那双白手套将被永远珍藏。

法施纳基德上尉用沉重的皮靴蹬住猎犬的胸口——那条狗显然是打算跟随他们离开这个囚禁之地——他轻轻搂着贝熙·贝萨米卡利到了外面。在情场里，他可是个当机立断的男人。他紧紧抓着她的胳膊，带着她穿过庭院，走出了挂着油灯的大门。

两人不约而同转向右边，走上了卵石铺成的街道。

她说："教堂。"两人再没说什么话，因为从极地山区吹来的风冰冷彻骨，一阵阵扑在他们脸上。

在街边，随着街道弯曲的走势生长着一排惨淡的犬绒蓟树，夹在两排犹如峭壁的石头房子之间犹显苍白。它们的叶片在风中乱拍。一队士兵浑身上下裹得严严实实，垂着头走在街道另一侧，他们的靴子引来阵阵回声。天空泛着淤泥般的灰色，灰色充斥着天空下的每一处角落。

教堂里灯火通明，一些教徒正在颂唱着晚祷。由于这间教堂名声不佳，奥蒂姆从不来这里。在教堂墙外，立着一排排一人多高的石头，比士兵的队伍还整齐，纪念着那些早已逝去的人。这对鬼鬼祟祟的情侣在这些纪念碑中间拣了一条小路，藏进了一堵墙壁的阴影里。贝熙伸出双臂搂住了上尉的脖子。

他俩耳语了几句，他伸手探进了她的皮大衣，摸进了她的衣衫。他的抚摸夹带着的寒气，让她大声喘息起来。她如法炮制回敬于他，他在她那双冰冷小手的抚弄下哼喘连连。他们越搂越紧，肉体享受着冰火交织的刺激。贝熙满足地注意到上尉正沉浸其中，却并不那么迫不及待。她想，相爱是如此简单，不禁在他耳边呢喃着："就这么简单……"而他只顾探向更深的地方。

他们融为了一体，他紧紧搂住她把她抵在墙上。她的脑袋用力向后仰着，靠在粗硬的石头上，喘息中喊着她不久前才知道的他的名字。

事后，他们一起靠在墙边，法施纳基德淡淡地说："这样真好。你跟你的主人在一起开心吗？"

"怎么这么问？"

"我希望有一天自己能出来做番事业。等眼前的这场麻烦结束，也许我会买下你。"

她依偎在他怀里，什么都没说。军旅生活吉凶难料，成为一名上尉的奴隶跟现在的安稳比起来简直是天壤之别。

他从口袋里掏出一个小酒瓶，饮了一大口。她闻到了烈酒的味道，心想，谢天谢地，奥蒂姆不喝酒。当兵的都是酒鬼……

法施纳基德喘了口气，"我没那么大的魅力，我自己知道。事实上，姑娘，我很担心我正在干的这件差事。他们置我于一坨狗屎之中，我那个吃屎的军团。”

“你不是科理安图拉人，对吧?”

“我是从阿斯基托什来的。你在听我说话吗?”

“太冷了，我们最好回去。”

他不情愿地起身了，拉着她的手臂走在街上，这让她觉得自己是个自由的女人。

“你听说过领军大祭司艾斯比拉曼这个名字吗?”

风在她脑袋周围打着转，她只是对他点了点头，其实他并不像她想象的那么浪漫。她在一个什旬之前亲耳听到过领军大祭司讲话，当时他在城里的一处广场上举行了一场仪式。他说起话来十分有煽动性。他的手势很有魅力，她很爱看。艾斯比拉曼!——真是天生的演说家！后来，她和奥蒂姆看着他率领大军穿过城市，从东门鱼贯而出。扛枪经过的大军让大地也为之颤抖。那些年轻人大踏步离去……

“领军大祭司在我晋升上尉的时候见证了我为大寡头效忠的誓言。那还是不久之前的事情。”他抹了抹浓密的胡须，“现在我是真的有麻烦了。肏那哨兵!”

贝熙很讨厌有人在她面前说这种粗话。只有最低贱和最堕落的人才会这么说。她把胳膊从他手里抽出来，加快了脚步。

“那个人在我们对抗帕诺威尔大军的战斗中赢得了一场巨大的胜利，我们在阿斯基托什的人群中听到这个消息。然而这事儿被当成秘密掩藏了起来。秘密……锡伯纳尔就喜欢狗屎一样的秘密。你觉得他们为什么要这么做?”

“你能不能给守门人一点儿好处，好让他不会大惊小怪地去向奥蒂姆告状?”他们走到大门外的时候，她停下了脚步。墙上新贴了一张布告，在黑暗中她没法细看，也不想看。

当法施纳基德按照贝熙的提议在口袋里摸钱的时候，他用自己标志性的平淡语调说："我被派到科理安图拉来协助组织一支军队，在领军大祭司的大军从查奥斯返回的途中伏击他们，我们得到的命令是不留活口，包括艾斯比拉曼。你觉得怎么样？"

"听着挺可怕的。"贝熙说，"我最好在有麻烦之前赶紧进去。"

第二天早晨，风停了，科理安图拉笼上了一层褐色的轻雾，两颗太阳的光芒透过薄雾时隐时现。贝熙望着伊戴普·芒·奥蒂姆那瘦削的身子，他正在吃早餐。只有等他吃完了，才会允许她吃。他没有说话，但她知道他此时跟平常一样，心情平和。即便她在回忆法施纳基德上尉带来的欢愉，她也知道自己是喜欢奥蒂姆的，不论发生什么。

似乎是心情颇佳，奥蒂姆允许一位远亲到楼上来跟他聊天，那人是他的远房表弟，自称是一位诗人。

"我有一首新诗，表兄。《历史的颂歌》。"这人躬身一礼，开始朗诵。

> 我的生命属于谁？历史是否是一份财产，
> 只属于那些创造了它的人？
> 难道我那更为绝妙的幻想就不能
> 放进我心中的道德准则
> 将它塑造一番，正如它塑造我？

然后又是类似的词句。

"非常好。"说着，奥蒂姆起身用一条丝织餐巾抹了抹满是胡须的嘴，"感情不错，表达也很好。抱歉，现在我必须下楼去办公室了。经过你那华丽思想的洗礼，我感觉焕然一新了。"

"您的赞赏让我感激涕零。"远房表弟说着，退了下去。

奥蒂姆又啜了口茶。他从来不喝含酒精的东西。

一位仆人帮他穿上外套，他把贝熙召到身边。他下楼的整个过程中，贝熙都顺从地跟在身边，这一路走得很慢，当他们走进那帮亲戚中间时，那些奥蒂姆就像八哥一样在每一层楼叽叽喳喳地叫嚷着。这些亲戚说着甜言蜜语，却又不是在乞求什么；挤成一团，却又不在推搡；碰到了他，却也没有撞到他；呼喊着，却并没有惊声尖叫。他们想把裹着襁褓的小奥蒂姆送上去给他看看，却也不会径直塞到奥蒂姆面前。他每天顺着楼梯螺旋而下的时候，这些人都会来这么一出。

“叔叔，小胡弗拉的算术已经能算得很好了……”

“叔叔，我很不好意思，但我必须私下里告诉您又有一起奸情……”

“亲爱的老叔，稍微停一下，我要跟您说说我的噩梦：梦里有一种可怕的闪闪发光的生物，像龙一样要吞掉我们所有人。”

“您对我的新衣服还看得上眼吗？我可以穿着它为您跳上一段。”

“您有没有我那个债主的消息？求您了。”

“老叔，尽管您再三申斥，肯尼格还是会踢我、拽我的头发，让我这辈子都过不上好日子。请让我给您当个仆人吧，好让我能远离他。”

“亲爱的伊戴普，你忘记了那些爱你的人。把我们从饥饿中拯救出来吧，我们一直都在这么恳请您。”

“您今天看上去真是风度翩翩，伊戴普叔叔……”

这位商人既没有对这无休止的哀求表现出厌烦，也没有对那些热情的恭维表现出什么兴趣。

他在一堆由奥蒂姆的肉体、奥蒂姆的汗臭和香水味形成的密林中缓缓推开一条路，朝这边说一句，往那边道一言，露着笑容，不得不用手捏一把一个年轻大侄女贴过来的芒果形乳房，有时候甚至要把一枚银币塞进一只伸得老长的手里。他似乎认为——他确实这么认为——生活总是充满忍耐，尽量不要向别人施舍恩惠，但为了他们的自尊还是要作出一副关怀的姿态。

一直等他到了门外，等贝熙在他身后关上大门，奥蒂姆才流露出真实的情绪。那边，就在墙上，贴着两张布告。他走近一看，顿时大吃一惊，不由自主揪了揪胡子。

第一张布告警告说，**瘟疫**正威胁着乌斯库托什公民的生命。**瘟疫**在港口地区特别活跃，最严重的是**科理安图拉城的著名老城区**。布告警告居民说，从即日起取消一切公共集会。在公共场所，有超过四个人在一起就都会被判处严厉的惩罚。

依照大寡头的命令，为了防止**肥死症**的扩散，还将有更进一步的严格规定。

奥蒂姆把这张布告看了两遍，非常严肃。然后他转向第二张。

《居住人员限令》

该限令涉及住宅、领地、出租屋、客房，以及其他居住设施，尤其适用于非乌斯库托什血统的户主。迹象表明这类人尤其容易传播瘟疫。这类人员数量从即日起将受到严格限制，每个人占用的建筑面积不得超过两平方米。奉大寡头之命。

这张公告并不意外。这旨在清理城市中的脏乱地区，寡头院一直都看不顺眼。奥蒂姆在本地议会里的一些朋友早就警告过他会发生这种事情。

乌斯库托什人再一次展示着自己的种族偏见，而寡头院一向善于利用这种偏见。很久以前，法艮就被法令禁止在锡伯纳尔的城市里随意走动了。

即便奥蒂姆和他的老祖宗们已经在这座城里住了好几个世纪，他也不会享受到什么法外之恩。《居住人员限令》让他再也无法为家人提供保护了。

奥蒂姆迅速四下扫了一眼，把布告从墙上撕下，卷起来塞进他那件绒面皮革大衣里。

这个举动让贝熙一惊，就跟昨晚上尉那句突如其来的承诺带来的感觉一样。她还从来没见奥蒂姆干过什么不法之事，他遵纪守法，一向尽人皆知。她不由深吸一口气，大张着嘴盯着他。

“凛冬将至。”他说了这么一句话，脸上浮现出苦涩。

“扶着我点儿，姑娘。”他又喉咙沙哑地说道，“我们必须做些事情了……”

雾气让码头区呈现出一副仙境的模样，微微晃动的桅杆像是一丛矮林飘浮在墨褐色的光芒里。大海一片迷离，甚至连往日常常听到的帆索拍打桅杆的声音也消失了。

奥蒂姆没有心思去欣赏风景，他一转弯进了一道坚实的拱门，上面写着“奥蒂姆优质瓷器出口公司”。贝熙跟着他从一众躬身施礼的职员身前走过，去了他里间的书房。

奥蒂姆猛然停下脚步。

他的办公室里有位不速之客。一名军官站在那里，在煤火炉前取着暖，用一根火柴剔着牙。两名全副武装的贴身士兵站在一旁，跟普通保镖一样不动声色。

为了摆出迎候的姿态，那位军官把火柴棍吐在地上，将手背在背后。他是个高个子的男人，穿着一件粗笨的外套，头发灰白，嘴巴向前突出，样子同样粗笨，一副军人的派头，满嘴牙齿似乎正等着从嘴唇后面呲出来，狠狠咬上这个平民一口。

“我能为您做些什么？”奥蒂姆问道。

少校没有理会这个问题，狠狠嚼着牙根，大声说起话来：

“我是加迪特拉克少校，大寡头第一卫队的，恶名在外，没啥人喜欢。我要从你这里拿一份清单，跟你有利益往来的所有船只的航班安排，包括今天和下星期的。”他声音低沉，每个音节都是同样的分量，仿佛说出口的每一个字词都在甩着正步。

“我可以提供，没问题。您要坐下来喝杯茶吗？”

少校的那口牙又呲出来一些。

“我要的是那份清单，此外什么都不要。”

“当然，长官。我去找我的书记员过来，请您随意……”

“我很随意。别耽搁我，我已经等了你六分钟。清单快给我。”

尽管北方大陆锡伯纳尔有着诸多劣势，但这里拥有着其他地方无法比拟的丰富矿产和褐煤矿层，而且这里还盛产各种黏土。

瓷器和玻璃酒瓶在科理安图拉早就是日常用品了，而蛮族大陆的那些小领主还在用他们的木头碗喝雷瑟尔酒。早在大周期年春季，偏僻如卡尔坎潘和乌斯库托什等地方，就已经会利用褐煤把烧窑加热到一千四百摄氏度的高温来制造瓷器。历经若干世纪之后，这些精美的器具备受珍视与追捧，被奉为稀世藏品。

伊戴普·芒·奥蒂姆没怎么涉足瓷器制造业，尽管他的经营场所里也有附属的瓷窑。他的生意主要是出口。他将科理安图拉当地的精美瓷器出口到施芬宁克和布瑞巴尔，但主要是运往坎普安莱特，在那里，作为库基-尤威科血统的人，他要比他的锡伯纳尔竞争者更受欢迎。他并不拥有那些载货的船只，他只是利用它们做生意，他还会从银行贷款，甚至会借钱给他的竞争对手并从中获利。

他大部分的财富来自蛮族大陆，来自它北方的沿海港口，来自韦恩沃施、铎尔黛、铎沃韦尔，甚至来自更为偏远的沃瓦切特和珀佩温，他的竞争对手是不会去那里做生意的。这正是奥蒂姆买卖里的风险因素……想到这里，他把航班时间表递给那位少校时，手不由微微颤抖起来。不用别人告诉他也知道，就士兵来说，时间表中出现外国名字不是什么好事。

少校的目光和外面的雾气一样是灰褐色的，叫人看不透，他一目十行地看着这张印出来的纸。

“你的生意主要都在外国港口。”最后他开口了，那声音就像是坚韧的皮革，“那些港口都是瘟疫重灾区。我们伟大的忠心侍奉阿佐亚希克神的大寡头，正在奋力拯救他的人民于瘟疫之中，而瘟疫的源头就在蛮族大陆。从现在起，不再允许任何船只前往坎普安莱特的任何港口。”

“不允许有船只前往？但是你不能……”

“我能，而且我说了，不能有船只前往。直到有进一步通知。”

“但是我的生意，我的买卖，长官开恩……”

“女人和小孩的生命比你的生意更重要。你是外国人，对吧？”

“不，我不是外国人。我和我的家族已经在乌斯库托什生活了三代。”

“你不是乌斯库托什人。你的样子，你的名字都不一样，你说是不是？”

“长官！我只不过有一位先祖是库基－尤威科人。”

“从今天起，这座城市处于军事管制之下。你要服从命令，明白吗？如果违令，如果你有一件货物离开这里的港口去外国，你将被军事法庭判处……”

少校的这句话只说了一半，然后他用更坚韧的皮革般的声音加了两个字：“死刑！”

“那对我和我的家族就意味着毁灭。”奥蒂姆说着，尽力挤出一丝笑容。

少校朝一名贴身卫兵点点头，那人立刻从束腰外衣里取出一份文件。

少校把它丢在桌上。

“全都在这里。签名，确保你都明白了。”当奥蒂姆看也不看签下名字的时候，少校又龇了龇牙，然后说道：“是的，身为外国人，你今后每天早上都要去我手下军官那里报到，他负责这一整片地区。他刚刚在隔壁货仓安排了办公室，省得你跑远路了。”

“先生，让我再说一遍，我不是外国人。我从出生就在这一带。我是本地商业联合会的主席。问问他们好了。”

就在他做出恳求的手势时，那张卷起来的布告从衣服里掉落出来。贝熙赶忙迈步上前，小心翼翼地把它放到了火上。少校自始至终都没理会她，他只是把舌头伸到牙齿和上嘴唇之间，像是在考虑要如何处置奥蒂姆的无礼，然后说：“今后每天早上到我手下的军官那里报到，就像我刚才说的那样。他是法施纳基德上尉，就在隔壁。”听到这个名字的那一刻，贝熙的身子倾向了火焰上方。一定是那张布告燃烧的火苗在她脸上烤出了一团红晕。

等加迪特拉克少校跟他的卫士离开之后，奥蒂姆关上房门，走进小屋，坐到了火炉边。他缓缓俯下身，从地毯上捡起那根被人嚼过的火柴棍，把它抛进了壁炉深处。贝熙跪坐在他身边，握着他的手。两人好一阵子没说话。

最后奥蒂姆眼睛一亮，一脸神秘地说：“好吧，我亲爱的小贝熙，我们陷入困境了。我们该怎么面对？我们所有人要去哪里生活？留在这里，也可以。也许我们可以抛弃那个很少使用的瓷窑和那栋住了一大帮亲戚的房子。那房子可能还算不错……但如果不允许做生意，那么……喔，我们所有人就都要走上绝路了。他们知道这点，那群无赖。这些乌斯库托什人会把我们所有人充作奴隶……”

“那个人真可怕，不是吗？他的眼睛，他的牙……就跟螃蟹一样。”

奥蒂姆在椅子里坐直了身子，用手指敲打着扶手，“尽管如此，咱们的运气还算不差。首先，我们要开始跟隔壁仓库的那位法施纳基德好好相处一下。算是走了狗屎运，那个上尉目前在我家借宿——你可能见过他了。他爱看书，也许他挺开化的，而且我妻子给他的伙食很好。也许我们能说服他帮我们。”

他抬起贝熙的脸蛋，她不得不直视着他的眼睛。

“总有些事可以去做，小丫头。你去法施纳基德上尉那里，请他到这儿来，就说我有礼物给他。他会给我们通融一下，肯定会。而且，贝熙……他丑得像山妖，不过别介意。要对他非常非常亲热，嗯？小丫头？跟他在一起的时候能有多甜腻就多甜腻。甚至来点儿诱惑……懂吗？哪怕做点儿出格的事情都行。我们的性命就靠这个了……”

他轻轻敲了敲自己的长鼻子，得意地笑了。

“快跑过去吧，我的小鸽子。记住——不惜一切代价把他拿下。”

IV

军旅生涯

《居住人员限令》如同寡头院以往发布的公告一样产生了不同的反响。在特权阶层的城区里，人们纷纷点头说："真明智，多好的主意。"在码头附近，人们抱怨道："他妈的那帮人又在谋划什么！"

伊戴普·芒·奥蒂姆回到他那栋五层楼的家里时，并没有过多流露心中的沮丧之情。他知道警察用不了多久就会登门告知他违反了那条新法令。

那天夜里，他拍着自己的孩子，消瘦的身子躺在已呼呼入睡的妻子身边，做着进入通灵的精神准备。他什么都没跟老婆说，因为他很清楚要是她伤心落泪起来，会是怎样一番光景，她会在屋里从这一头冲到那一头，中途停下来用她那水肿的嘴唇亲吻三个孩子，这样做根本无济于事。等她的呼吸渐渐平稳，犹如吹拂在库基-尤威科秋日峡谷的微风时，奥蒂姆聚拢心神，进入了濒死之境，进入了通往通灵的大门。

对于穷人、受苦受难之人、遭受迫害之人，永远都有一个庇护所：一片茫然的通灵状态。在通灵之中，他们可以与那些早已不生活在大地之上的生命进行交流。政府和教会在亡者的国度里没有管辖权，那个巨大的亡者国度没有对于任何人员的限令，阿佐亚希克神在那里也毫无神威。这片井然有序的湮灭之域只存在幽魂和更为杳渺的亡魂，它们朝着原初注视者那永不升起的太阳下降，她敞开怀抱接纳一切曾经鲜活的生命。

伊戴普·芒·奥蒂姆那个战战兢兢的灵魂就像一根羽毛往下沉去，去和那个曾经是他父亲的幽魂谈话，他不久前才离开大地之上的那个世界。

那位父亲现在犹如一个随意拼凑的镀金骨笼。在这黑曜的虚无空间中很难看清它，但是奥蒂姆的灵魂毕恭毕敬地向它问候，那个幽魂扭动了一下作为回应。

奥蒂姆倾吐着心中的苦闷。

幽魂听着，可怕的气息中喷吐出一小股明亮的尘埃，诉说着安抚的话。它与下方那一排排明灭不定的祖先轮流沟通着。最终它把忠告转达给奥蒂姆：

“善良而又可爱的儿子啊，你的列祖列宗十分赞赏你为家族担负起的责任。家人必须依赖家庭，因为政府对家人漠不关心。你那位好哥哥奥蒂锐·楠离我很远，但他就像你一样，对我们这些可怜的人存有一份矢志不渝的爱意。去找他，去找奥蒂锐·楠。”

那无声的话语在一阵旋涡中湮灭了。这话让奥蒂姆心中一动，他爱他的哥哥奥蒂锐·楠，不过那位兄长生活在遥远的施芬宁克。可是跨越群山，返回依然生活在库基－尤威科山谷中的那个远亲家族，会不会更好呢？

“此地那些在我身边仍能发声的人忠告说不要返回库基－尤威科。新近降临此地的人都在说，翻越崇山峻岭的道路一个月比一个月更危险。”那副细瘦的骨架甚至在它讲话时都在摇曳不定，“而且，那些山谷已变得更加贫瘠，牛群也更瘦了。扬帆西去吧，去找你的兄弟，去找那个深爱你的人，那个最有责任心的年轻人。好好考虑一下。”

“父亲，听到您美妙的声音，我必将顺从它的乐谱。”

奥蒂姆心满意足，灵魂穿过黑曜向上飘去，就像一缕余烬穿过布满星辰的虚空。逝去的一代代先祖从视线中消失了，然后他痛苦地找到那具呆滞地躺在床垫上的虚弱躯体，开始寻找进入的入口。

奥蒂姆返回了自己的肉体之中，这趟旅程让他疲惫不堪，而他父亲的智慧却又给了他力量。在他身边，丰满的妻子还在呼吸，无忧无虑地睡着。他把一条胳膊搭在她身上，依偎在她的温暖之中，就像一个孩子依偎着母亲。

有人热爱秘密，他们差不多在奥蒂姆行将入睡时就起身了。有人热爱夜色，他们在黎明之前行动，好赶在同伴之前。有人热爱寒冷，他们体质不同寻常，在寒夜人族抵抗力最弱的那几个小时里，反而找到了满足。

凌晨三点的钟声响起，加迪特拉克少校穿着皮革裤子站在那里，剃须的时候一直盯着镜子里的自己。

加迪特拉克少校对通灵嗤之以鼻。他视自己为理性主义者，理性是他的处世原则，也是他家族的处世原则。他对于阿佐亚希克神没有信仰——参加教会游行是另一码事——对于通灵就更不相信了。让自己的思维受限于一个有生命的黑曜客观世界里，那个没有光明的世界里，这种事是绝对不可能发生在这位少校身上的。

现在，随着剃刀一下一下刮过喉咙，他思忖着如何让科理安图拉居民的生活雪上加霜，还有那位下属军官哈宾·法施纳基德上尉。加迪特拉克来自一个拥有理性传统的家族，他完全有理由去讨厌法施纳基德，更不用说他办事不力。他是个理性的人。

曾经有一位伟大的国王统治着锡伯纳尔，那还是在上一次亡哀之冬之前。他以“丹尼斯王”之名流芳百世。丹尼斯王的宫廷建立在阿斯基托什老城，他居住的那座华厦如今被称为秋宫。传说中是这样。

丹尼斯王从世界的各个角落召集饱学之士来到他的宫廷。这位伟大的国王为了锡伯纳尔的存亡而奋战。为了让锡伯纳尔能在历时几个世纪的残酷亡哀之冬中幸免于难，他还曾指挥大军跨过海洋，痛击帕诺威尔。

国王的学者们编纂了目录和百科全书，给每一种有生命的事物都起了名字，分门别类，只有那个缓缓脉动的亡者世界被拒之于外，因为那与无上和平教会相悖。

随着丹尼斯王逝去，紧随而来的是一段漫长的蒙昧时期。冬季降临了。锡伯纳尔七个国家的大家族联合起来，形成了寡头院，试图用理性和科学来统治这片大陆，就像丹尼斯王提议的那样。他们派出饱学之士远赴海外，去教化坎普安莱特诸国，甚至去往偏远如伯里恩西南方的基瓦赛恩那样的古文明中心。

当前这个大周期年的秋季，见证了寡头院最为开明的一条法令：寡头院更改了锡伯纳尔历法。在以前，除了上哈孜泽那样死气沉沉的地方，锡伯纳尔的各个国家提到年代总喜欢说：自丹尼斯加冕已经过去多少年了。寡头院废除了那种以加冕之年为元年的纪年方式。

自此以后，小周期年按照天文学家的规定来纪年，从海利科尼亚以及它那个较为势弱的伴星巴塔利克斯距离弗雷耶最远的那一刻开始纪年：换句话说，从远星点的那一年开始纪年。

一个大周期年有一千八百二十五小周期年，每小周期年有四百八十天。当前的这一年，就是艾斯比拉曼的大军侵入查奥斯的这一年，是远星点后一千三百零八年。在这个天体历法体系之中，不会有人搞错他们位于季节变化中的哪个位置。这是一种符合理性的算法。

加迪特拉克少校充满理性地剃完须，擦净脸，接着用一种理性的方式开始刷他那副令人畏惧的牙齿，把每一颗牙的每一面都仔仔细细刷好几遍。

历法的革新让农民们感到不安，但寡头院知道自己要做什么。它开始秘密行事，在各地布置眼线。在整个秋季里，它发展出了一支秘密警察力量，去监控与自己利益相关的一切。它的领导者大寡头逐渐成了一个神秘的人物，一个臆想的事物，一个盘旋在阿斯基托什上空的黑暗传说。而丹尼斯王则相反——至少传说里是这么说的——他深受人民爱戴，而且勤政亲民。

所有寡头院的法令和敕令，都是经过理性讨论之后颁布的。当理性由加迪特拉克这样的人予以贯彻时，它便成了一门残酷的哲学。理性给了他很好的理由去恃强凌弱。每天晚上他都在食堂里为理性举杯痛饮，将自己那副大牙伸进玻璃杯，把烈酒灌入喉咙。

现在，洗漱已毕，他让仆人给他穿上靴子和威风凛凛的大衣。理性地穿戴一番之后，他走出门去，进入了黎明前雾气迷蒙的街巷里。

他的那位下属军官，哈宾·法施纳基德上尉虽不理性，但他和少校一样也很嗜酒。

法施纳基德的嗜酒一开始只是一种友好的社交习惯，他会跟那些年轻的低级军官一起痛饮。由于法施纳基德对于大寡头的怨恨之心日渐增长，他需要借酒消愁。有时候，这种习惯会失控。

一天夜里，那还是在阿斯基托什的军官食堂里，当时法施纳基德正在安安静静地饮酒、看书，全然不去理睬周围那些同伴。一个名叫奈布迪戈的热心上尉停在了法施纳基德的椅子跟前，把骅骊的鞭子甩在翻开的书页上。

“总是在看书，哈宾，你真是条不合群的狗！我猜都是些淫词秽语吧？”

法施纳基德合上书，用平静的声调说：“这不是你这类人看的作品，奈布迪戈。它是一本关于各个世代神圣建筑的历史书。一天我在一个小摊上发现了这本书。它是三百年前印刷的，它解释了后来这些日子里我们已经忘记的那些神秘事物。比如说，那些令人感到满足的秘密，如果你对它们也感兴趣的话。”

“不，老实说，我一点儿都不感兴趣。听上去真是无聊透顶。”

法施纳基德站起身来，把那本小小的书装进制服口袋里。他举起酒杯一饮而尽。“我们的军团里净是你这样的蠢蛋。在这里我还从来没碰到过什么有趣的人。你不介意我这么说吧？当个傻瓜你很骄傲，对吧？你找到的书里都没有淫词秽语，对吧？”

他身子微微一晃。奈布迪戈喝得太多了，开始破口大骂。

就是在那个时候，法施纳基德对寡头院、对大寡头不断增长的权力的怨恨突然爆发了。

奈布迪戈又往喉咙里倒下一杯烈酒，挑起了一场决斗。不用召集，给双方捧场的人就立刻聚集起来加油起哄，他们巴不得有热闹瞧呢。

一场新的争吵爆发了。两名军官让那些给自己捧场的人闪开，然后两人拔枪对射。

子弹四下乱飞。

但有一颗子弹直奔目标。

它击中了奈布迪戈的脸，击碎了颧骨，穿过左眼进入脑袋里，又从后脑穿了出去。

在决斗一向随意的军营里，法施纳基德很轻松就把事件的缘由编造成了维护一位女士的尊严而决斗。祭司军士艾斯比拉曼召集的军事法庭很容易就会相信。而且，奈布迪戈，这个来自布瑞巴尔的军官，并不讨人喜爱。结果法施纳基德免受指控，只是他的良心无法平静，毕竟他杀死了一位同袍。跟他一起喝酒的同伴越是不责备他，他就越内疚。

他申请休假一段时间，回阿斯基托什北方他父亲那里去探亲，那是一片山峦起伏的穷乡僻壤。他在那里决意改过自新，不再沉迷酒色。哈宾的父母年事已高，可他俩依然会每天在田野林间骑乘——就跟过去的四十多年一样。

哈宾的两个弟弟掌管着庄园，他们的妻子堪称贤内助。两兄弟精明强干，在精细作物长势不好的时候就播种粗粮，选择生长周期更短的品种，在大风吹倒树木的地方种植耐寒的喀丝匹桉树苗，建造坚固的篱笆阻挡那些从北方平原一路横冲直撞而来的弗兰勃牯兽群。面如生铁的法艮在兄弟俩的指导下顺从地干活。

这座庄园在哈宾的童年时代简直就是一座天堂。现在，它一片凄凉。他看到需要付出很多劳动才能在一直恶化的气候面前维持现状，而且他一点儿也不想参与其中。每天早晨，他宁愿忍受着父亲的唠叨，也不愿到外边去跟兄弟一起劳作。后来，他干脆躲进了图书室里，郁郁寡欢地徜徉在古老的书籍中间，那让他陶醉，偶尔他也让自己喝上一杯。

哈宾·法施纳基德常常对自己的一事无成感到伤心。他无法实现自己的志向，也一向意识不到自己这种气质会让多少人，特别是让女人倾心。若是在更为和平的年代，他必定会成为一位伟大的成功人士。

但他很敏锐。两天以后他就注意到，他最小的弟弟跟妻子发生了争吵。也许他们之间的分歧只是暂时的，但法施纳基德就此对这个女人产生了同情。他跟她聊得越多，他要改过自新的决心就越动摇。他开始对她下手。他讲一些军旅生活的故事来逗她，同时抚摸着她，向她笑着，装出十分伤心的样子——也不全然都是装出来的。他就这样赢得了她的芳心，成了她的情人。这事儿简单得都有些荒唐。

这可不是什么理性的行为。

即便在父母那所乱糟糟的两层住宅里，这种事也不可能维持秘密。由于被爱冲昏了头脑，法施纳基德根本做不到谨慎行事。他给他的新爱人源源不断地送上礼物，多到无法理喻，包括一个柳条编的吊床、一只双头的山羊、一个士兵玩偶、一个牙雕匣子——里边装的是手稿版的《潘尼帕特传说》、装在镀金笼子里的一对佩鸪鸟、一个银制的长着一张女人脸的骅骊小雕像、一盒镶着珠母螺钿的游戏牌、打磨光滑的石头、一架古钢琴、丝带、诗歌、用雪花石做眼睛的玛第头骨化石。

他甚至从城里找来乐师给她唱小夜曲。

那个女人也投桃报李，她生命中第一次遇到一个全然不懂种土豆和佩拉山茶的男人，令她情难自禁。她在他的阳台上为他跳舞，一丝不挂，只戴他送给她的手镯，唱着野性十足的权衡之神舞。

这事儿长不了。衰败的乡村之地容不下这样的张狂举动。一天夜里，法施纳基德的两个弟弟撸起袖子冲进爱巢，踢翻了古钢琴，把法施纳基德打出了门外。

法施纳基德吼叫着:“肏那哨兵!”就算是那些雇来在庄园里干活的苦力都不被允许大声说出这样的脏话。

他在黑暗中爬起来，拍掉身上的灰土。双头山羊在一旁嚼着他的裤子。

法施纳基德伫立在老父亲的窗下，又是咒骂又是恳求:“你和母亲一生都很快乐，真该死。你们那一代人将爱视为一种意志。‘意志让我们有别于动物，爱让我们有别于无爱之人。’诗人是这么说的。但你们结婚主要是屈从于生活，你听到了吗?你这老傻瓜。好吧，现在的世道不一样了。意志左右不了天气……

“必须抓住爱，趁一切还来得及……作为父母，你们不是有义务让我幸福吗?回答呀，傻瓜老蠢货。如果你们真跟傻瓜一样幸福，为什么就不能让我也幸福?你们什么都没给我。凭什么我就应该总是受苦?”

黑洞洞的房子里没有传来回答。一个士兵玩偶从窗户里丢出来砸在他脑袋上。

除了返回阿斯基托什的军营，他无处可去。但流言在拥有土地的家族之间传得很快，丑闻始终跟随着法施纳基德。正所谓屋漏偏逢连夜雨，加迪特拉克少校正好是那位被他侮辱名声的女人的一个本族叔叔，就是不久前在他的阳台上裸着身子跳舞，唱着狂野的权衡之神的那个女人。从那以后，哈宾·法施纳基德在军营里的处境就越来越窘迫。

他继续把钱大把大把地花在书、女人和酒上。对于某些事情了解得越多，他对大寡头越反感，他看清了独裁的传统是如何支配着北方大陆的，这种力量已经凌驾于长达好几个世纪的令人困倦的秋季之上。在积满了老古董的阁楼里搜寻的时候，他偶然发现了一份清单，上面记载着各个乌斯库托什庄园每年需要上缴的收入，法施纳基德庄园榜上有名。清单上写着:这些庄园已经“宣誓供养寡头院”。不过，没有对于这句话的解释。

法施纳基德琢磨这句话的时候正在执行军事任务。他进而相信他自己就是那宣誓供养的一部分。

游离于美酒和淫妇之间，他回想起父亲曾夸夸其谈的一些事。那位老人不是曾宣称自己见过大寡头本人吗？没有人见过大寡头，也没有大寡头的画像。在法施纳基德的心里从来都不曾有过大寡头的形象，大寡头可能只是一双伸在锡伯纳尔大地上的巨型魔爪。

在驻防任务之后的一个夜晚，法施纳基德让自己的仆人给骅骊备好鞍鞯，他跨上坐骑，一路狂奔到了父亲的庄园。

他弟弟就像恶狗一样冲着他咆哮，不允许他哪怕看一眼他心中的挚爱，他只来得及在她被拖走时瞥见一眼消失在门边的那条赤裸的手臂。他认出了那可爱的手腕上戴着的手镯。她跳舞时手镯撞击的声音多么动听啊！

他的父亲躺在日间休憩的沙发上，盖着一条毯子。老人几乎无法回答儿子的问题。他胡言乱语地拖着时间。法施纳基德伤心地在父亲的谎言和虚伪中认清了自己的处境。老人仍声称自己曾见过托尔坎兹二世，那位至高大寡头。但那已经是四十年前了，那时他还是个小伙子。

“名号都是随意取的。”老人说，“他们故意隐藏真名实姓。寡头院本身就是个秘密，其成员以及大寡头本人的名字都要保密，好让人们不知道他们是谁。至于为什么，他们相互都不认识……就这样……”

“所以，其实你从来都没见过大寡头本人？”

“从没有人说自己见过他。但当时是一个特殊场合，他就在隔壁房间，就是大寡头本人。当时就是那么说的。我知道他就在那边，我一直都是这么说的。就我所知，他可能就是一只巨大的龙虾，长着巨大无比的螯伸向天空，但他那天就是在那里——如果我去开门就能看到他，看到那对鳌以及所有的一切……”

“父亲，你在那里干什么呢？那是个什么特殊场合？”

“那里是埃森山，如你所知。每个人都知道它在哪儿，但即便是寡头院的成员也彼此互不相识。保守秘密很重要。记住这个，哈宾。孩子要诚实，女人要贞洁，男人要保守秘密……你知道我祖父告诉我的那句老话，‘锡伯纳尔人总是留着后手’，这话可是至理名言。”

“你在埃森山是什么时候？你有没有代表这座庄园向寡头院承诺什么什一税？我必须知道。”

“职责，孩子，职责所在。不仅仅是给女人买玩偶。如果你承诺了，庄园就会得到保护。冬季来了，而你要往前看。我正在变老。安全的保证……你没有必要失落。在你出生之前就达成协议了。那时候我也算得上是个人物，你一辈子也……我猜现在你应该是个少校了吧，儿子，但是从加迪特拉克告诉我的情况来看……那就是我为什么要签字同意，让我的长子在大寡头的军队中效力，为了维护那条国法，当我……”

法施纳基德说道：“你在我出生之前就把我卖给了军队？”

“哈宾，哈宾，男儿都要当兵。那是勇武，也是虔诚。那是虔诚，哈宾。就像教堂里的教诲那样。”

“你把我卖给了军队？你得到了什么回报？”

“心中的平和。一种责任感。还有安全，我说过了，只是你没听。你母亲同意了的。你问她好了，是她的主意。”

“注视者在上……”法施纳基德走过去猛灌了一口酒。烈酒吞进喉咙时，他的父亲坐起来用清晰的声音说：“我得到了一个许诺。”

“什么样的许诺？”

“未来。我们庄园的安全。哈宾，多年以来我自己就是圣堂成员。正因如此我才会签字让你去军队。那是一种荣耀……一份好职业，很好的职业。你应该跟年轻的加迪特拉克把关系搞得更……”

“你卖了我。父亲，你把自己的儿子像奴隶一样卖了……”他开始哭泣，从屋里冲了出去。他从他出生的这个地方狂奔而出，再没有回头看一眼。

几个月之后，他和他的队伍一起被派往科理安图拉，成了那位对头的手下——就是那位加迪特拉克少校。他们接到命令，要为艾斯比拉曼凯旋的大军准备一场盛大的欢迎仪式。

有史以来，锡伯纳尔就比坎普安莱特那些乌合之国更为团结。北方大陆的各国之间也有差异，但在面对外部威胁时他们还是能团结一心。

在气候更为温和的岁月里，锡伯纳尔是一块令人心仪的大陆。从大周期年的春季早期开始，弗雷耶升起后便不再落下，北方大陆得以在极昼中长期稳定发展。现在，大周期年正在衰落，寡头院正忙于收紧它权力的缰绳——带来了另一种黑暗。

寡头院和平民都很明白，冬季正在毫不留情地逼近，它会让社会像冻裂的水管一样分崩离析。严寒的巨大破坏力，食物的难以供给，这些都可能招致文明崩溃。梅耶柯威尔日之后，黑暗和冰雪将会覆盖大地三个半世纪，距离那一天已经没几年了。从那以后，便是亡哀之冬，那个时候，极地的狂风将肆虐锡伯纳尔大地。

坎普安莱特在冬季的重压之下将会解体，那片大陆上的诸国将自顾不暇，所有人都将再次成为蛮族。而锡伯纳尔虽然处于更为残酷的环境中，但通过理性的计划，它将会渡过难关。

哈宾·法施纳基德仍然在寻求着慰藉，于是开始与祭司和圣徒结交。教会本身就是知识的宝库。他在那里找到了锡伯纳尔能够生存下去的答案。从根本上来讲，他已经从父亲的庄园里、从那片他弟弟劳作的田野和树林中被流放。对于他心中的困扰，这些答案有着揭示真相的力量，因为让锡伯纳尔陷入极端境地的，并不是这片大地本身。

辽阔的大陆有相当大的一片都被覆盖在极地冰雪之下，所以锡伯纳尔可以看作是一圈濒临大海的狭窄环形陆地。大海中蕴藏着锡伯纳尔在冬季的生存之道。冰冷的海水比温暖的海水更富含氧气，冬季来临之后，海洋生物就会在海水中欣欣向荣。持续不断的海洋食物链会产出更为丰富的物产——即便在他被驱逐的那些庄园被冰雪覆盖之后。

这令人震惊的历史记录啃噬着法施纳基德的内心。他曾经以天、以什旬为单位思考着人生，却从没试着以十年、以世纪为单位去思考。他开始努力与酗酒的习惯抗争，而且他跟祭司相处的时间居然跟妓女相当了。有一位在阿斯基托什军事礼拜堂做事的祭司侍者成了他的知己。有一天，法施纳基德向这位祭司坦述了自己对于寡头院的痛恨。

“教会也痛恨寡头院。”这位祭司温和地说，“然而我们要一起工作。教会和政府，你中有我、我中有你。你之所以不满寡头院，是因为你迫于它的压力才进入军队。但你性格中的瑕疵是属于你自己的——不是军队的，也不是寡头院的。

“我们应该赞扬寡头院积极的一面。赞扬它的永恒，还有仁慈的力量。据说寡头院从不休息。我们应该感到放心，因为有它守护着我们的大陆。”

法施纳基德沉默不语。他费了些时间才搞明白为什么这位祭司的话让他不安。“仁慈的力量”这是个充满了矛盾的词汇。他是乌斯库托什人，但实际上他被卖进了军队当奴隶。至于寡头院从不休息……任何不休息的人都可以划分到非人族之中，也因此与人族为敌，就和法艮一样。

过了些时日，他才意识到这位祭司谈及寡头院时用到的词汇，其实跟提到阿佐亚希克神时别无二致。阿佐亚希克神也因为永恒和仁慈的力量而被人赞颂，阿佐亚希克神也守护着大陆，而且教会不也宣称自己从不休息吗？

从那一刻起，法施纳基德不再跟教会亲近了，而且比以往更加坚定自己的见解：寡头院就是一个畸形的怪物。

大寡头第一卫队幸免于跟随艾斯比拉曼讨伐坎普安莱特北部。然而，仅仅几星期之后，第一卫队便又接到命令转移到科理安图拉，驻扎在这里保卫边境。

法施纳基德鼓起勇气，向加迪特拉克少校质疑转移的原因。

“肥死症正在传播。”少校粗声粗气地说，“我们不想边境城镇发生任何骚乱，对吗？”他对于自己手下这位军官的不满，在于他跟自己讲话的时候没有看着自己的眼睛，而是盯着他的胡须。

在阿斯基托什的最后一夜，法施纳基德跟一个此时他很喜欢的女人在一起，她叫萝丝塔黛儿。她住在距离军营几条街的一间阁楼里。

法施纳基德喜欢萝丝塔黛儿，也怜悯她。她是个无家可归者，来自北方的一个村镇。她一无所有，没有财产，没有政治倾向或是宗教信仰，也没有亲属。可她能做到待人和善，并且将她那间租来的屋子收拾得像家一样整洁而朴素。

他突然从床上坐起来说：“我必须走了，萝丝塔黛儿。给我来一杯喝的，好吗？”

“出什么事了？”

“给我来杯喝的。痛苦沉重不堪，我没法留下。”

她没有抱怨，溜下床给他拿来一杯酒。他一饮而尽。

她垂下目光看着他，说：“告诉我，是什么让你不安？”

“我不能说……这事太可怕了，这个世界充满了邪恶。”他开始穿衣服。她披上了那件污迹斑斑的纱袍，一语不发，思忖着他还会不会付钱，只有一盏油灯照亮着眼前的一切。

系好靴子的鞋带，他收起放在床边的书，给了她一些锡伯币。他的样子看起来很悲伤。他看到她一脸惊恐，却又没法安慰她。

“你会回来吗，哈宾?”她的双手绞在一起。

他抬头看着开裂的天花板，摇了摇头，然后他走了出去。

恶毒的冰雨落在阿斯基托什，排水沟里泛着泡沫。法施纳基德对这一切视若无睹，他快步走过空无一人的街道，尽力抛开心中的愁绪。

前一天晚上，一名信使骑着筋疲力尽的耶尔克走过同一条街道。他一直骑到山顶的军营总部。尽管这事儿被压下来不许外传，可军营食堂里很快就传遍了。信使是大寡头的一个探子，他带来一份关于艾斯比拉曼的报告，也带来了战胜坎普安莱特联军和解除了伊斯图利厦之围的喜讯。报告里说，艾斯比拉曼期待着在他返回锡伯纳尔时有一场凯旋的欢迎仪式。

带着这封信的信使在广场上跳下坐骑后便一头栽倒在地。他表现出肥死症的所有症状。一名高级军官将他当场击毙。

一两个小时后，法施纳基德的母亲出现在他的梦里，异常激动地说:“兄弟就应该手足相残。”而他则挂在一个吊钩上荡来荡去。

两天之后，法施纳基德被派往科理安图拉。

当他从加迪特拉克少校手中接过命令的时候，他清楚地知晓了大寡头设计的阴谋。只有一个风险会打破帮助锡伯纳尔渡过亡哀之冬的计划，这个风险甚至比寒冷更具破坏性：肥死症。在肥死症引发的疯狂之中，连亲兄弟都会相互啃食。

午夜信使的死给大寡头带来了警告，艾斯比拉曼大军的返回将会从蛮族大陆带来瘟疫。于是，一个理性的决定达成了：军队绝不能返回。法施纳基德所效力的第一卫队前往科理安图拉的目的只有一个：在艾斯比拉曼的军队抵达边境时，将其彻底消灭掉！反瘟疫法令，那部《居住人员限令》，就是在这座城市强制实施的，强加在伊戴普·芒·奥蒂姆身上的那些法令，其目的就是为了在大屠杀发生的时候更容易让人们接受。

当哈宾·法施纳基德躺在奥蒂姆家的寝室里时，这些可怕的念头在他脑海中徘徊不去。和加迪特拉克少校不同，他不爱早起，但他也无法在睡眠中逃避脑海中的思绪。现在，他觉得寡头院就像是一只蜘蛛，安坐在黑暗中的某个角落，不惜让普通民众付出任何代价来让自己平安度过冬季那漫长的年月。

这就是他父亲那番话的言外之意——用交易得来的对未来安全的许诺。他用儿子的一生换来了这个许诺。他父亲作为一名寡头院的前成员，已经确保了自己的安全，全然不顾其他人所要付出的代价。

当法施纳基德终于将身子从床上挪起时，他在心中暗自说道："我得行动起来。"光线透进他那扇小小的窗口。在他周围，他听得到奥蒂姆这个庞大的家族正开始躁动起来。

他边穿衣服边说："我得开始行动。"一个小时后，当那个姑娘贝熙·贝萨米卡利进入他的办公室时，他从她的身体语言中看出来，他可以对她予取予求。就在那一刻，他清楚地意识到他可以利用她和奥蒂姆来破坏大寡头的计划，并拯救艾斯比拉曼的大军。

在科理安图拉东边，那面陡降到查奥斯地峡的断崖是锡伯纳尔和坎普安莱特两块大陆的交会点。断崖南面破碎的地面一直延伸到西边那片紧邻大海的湿地，断崖在绵延几英里之后终止在象牙绝壁，这道绝壁就像一列哨兵矗立在查奥斯平原前面——任何想要穿过那道断崖、逼近乌斯库托什的队伍，都必须自己寻出一条路来。

哈宾·法施纳基德和手下的三名普通士兵在象牙绝壁的脚下勒住耶尔克的缰绳，下了坐骑。他们找到一个岩洞躲避寒冷的风，法施纳基德命令一名手下生起一小堆火。他自己则从口袋里掏出随身酒瓶饮了一口。

他已经开始利用贝熙·贝萨米卡利。她告诉了他一条能穿过科理安图拉后巷的下山小路。这条路可以避开第一卫队沿着断崖堡垒部署的卫兵。如果要较真的话，法施纳基德现在算是个逃兵。

他们让耶尔克卧倒，拴好它们，这样能靠在这些牲口身上借点儿热气。他们就在这里等着艾斯比拉曼。坐下之后，法施纳基德取出一本爱情诗集看起来。

等了几个小时，这些人开始相互抱怨。雾散了，天空现出蒙眬的蓝色。远远地，他们听到了嘚嘚的蹄声。有骑手正从南方赶来。

象牙绝壁是这片荒凉高地的脊梁，仿如一列堡垒，划出一道曲线环绕着查奥斯海岬。它们形成了一片地形复杂、遍布沟壑的峡谷地带，任何想过来的人都必须穿行其中。

法施纳基德把诗集塞进口袋，一跃而起。

跟过去一样——他感觉到自己的意志无比软弱。数小时的等待，更不用说那些令人萎靡的情诗艳词，已令他的行动决心开始动摇了。不过，他还是向手下发出明确的命令，让他们不要从隐蔽点现身。他本以为看到的是一支大军的先头部队，但事与愿违，他只看到两名骑手。

那两名骑手缓缓而来，两个人瘫坐在耶尔克的鞍子上，疲惫不堪。他们穿着军装，耶尔克按照军队的样式把鬃毛剃掉了一半。法施纳基德命令他们停下。

一名骑手下了坐骑，缓步上前。他顶多不过是个毛头小伙儿，风尘仆仆，一脸疲态。“你们是从乌斯库托什来的吗？”他嘶哑着声音喊着。

“是的，从科理安图拉来。你们是艾斯比拉曼部队的人？”

“大军在我们身后三天行程的地方，或许更快。”

法施纳基德心念飞转。如果让他们通过，两名骑手就会被加迪特拉克少校的眼线拦住，也许会让他的计划败露。他不认为自己有本事冷血地把他们杀掉——为什么要那么干？这个年轻的家伙是个中尉。想要拦住他们就必须告知即将降临在他们那支大军头上的命运，全力争取他们的合作。

他朝着中尉走近了一步。后者立刻掏出左轮枪搭在弯起的左臂上瞄准，然后他把枪筒斜指向下，说：“别再靠近了。你还带着其他人吗?”

法施纳基德伸开双手，“看，别这样，我保证不会伤害你。我只想谈谈。你看上去会想要喝上两口。”

“我们都待在原地好了。” 中尉没有放下斜指的枪口，冲着同伴叫道，“过来把那家伙的枪缴了。”

法施纳基德紧张地舔了舔嘴唇，希望自己的人会上来救他；可另一方面他又不希望他们来，因为那样的话可能会让自己挨枪子儿。他看着第二名骑手下了坐骑。靴子、裤子、斗篷、绒皮帽子。面色苍白，身材不错，没有胡须。那个人的动作不对，法施纳基德觉得她是个女人，他可是这方面的专家。只见那个女人犹犹豫豫地走上前来。

等她走到跟前，法施纳基德猛冲上去一把抓住了她伸出的手腕，把她手臂一扭让她转过身去。用她在他和那个人之间作为掩护，他从枪套里抽出自己的手枪。

“扔掉你的武器，否则我就打死你们俩!”等对方服从后，法施纳基德叫来了自己的人。几位士兵小心翼翼地现身出来，看上去并没有要开打的意思。

那名骑手扔下了自己的枪，面对法施纳基德站着。法施纳基德仍然端着自己的左轮枪，他另一只手伸进了俘虏的大衣里，感觉到了她的双乳。

“你这傻瓜是谁?”他大笑起来，那个女人开始抽泣，“你显然是个喜欢跟自己的营妓同骑的家伙……还是一个不赖的女人。”

“我叫卢特林·邵柯兰迪特，中尉军衔。我在为至高大寡头执行一件紧急任务，所以你最好让我通过。”

“然后你就会陷入麻烦。”他命令一名手下收好邵柯兰迪特的枪，把那个女人转过来摘掉了她的帽子，好让自己能好好看看她。托莱丝·拉尔站在他面前，满眼怒火。他拍了拍她的脸蛋，对邵柯兰迪特说："我们之间没有争端，根本没有。我只是想给你们一个警告。我会把我的枪放到一边，我们会像男人之间那样正常地握手。"

他们小心地握了握手，打量着对方。邵柯兰迪特拽过托莱丝·拉尔的手臂，把她拉到自己身边，什么都没说。至于法施纳基德，双乳摸起来的感觉让他为之一振；就在他欣喜一切尽在掌握的时候，另一名一直在把风的手下喊起来，说有骑兵正从北方逼近，从科理安图拉的方向。

一队骑兵正在接近象牙绝壁，队伍中间飘扬着一面大旗。法施纳基德从大衣口袋里抽出望远镜观察着这支队伍。

他骂了一声。率领这支队伍的不是别人，正是他的顶头上司加迪特拉克少校。法施纳基德的第一个念头是贝熙出卖了他，但更有可能是有科理安图拉的居民看到他离开城区而去打了小报告。

那些人还很远。

他十分清楚被抓住之后是什么下场，不过现在仍有时间行动起来。他的行为和话语都起了效果，邵柯兰迪特跟那个女人不由对他有了几分信任，觉得跟他在一起会更安全，而不必选择逃跑——特别是当法施纳基德给他们俩换了新坐骑后。他朝手下人招呼了一声，让他们就守在那里并告诉少校说，在绝壁另一端有一支全副武装的队伍。接着，法施纳基德飞身上了耶尔克，全力冲了出去，邵柯兰迪特和托莱丝·拉尔紧随其后。在他们前面同行的，是一头没有人骑的耶尔克。

绝壁脚下是一条狭窄的隘路，其间的某个地方有一条岔路。法施纳基德驱赶着那头没人骑的耶尔克顺着小道一直向前跑去，他则带领其他人沿着隘路前进。他算计着那头跑掉的耶尔克会把敌人引到那边去。

这道隘路越走越窄，最后就只剩一道裂缝了。他们催动坐骑一路往前，攀上了更高处的平地。最终他们从一块破碎的巨岩中间出现，生长在那里的小棵树木和灌木丛因为长年累月经受大风吹拂，树干都弯向了南方。在他们脚下的某个地方，传来了少校队伍冲过时发出的隆隆声。

法施纳基德抹掉额头上的冷汗，在乱石中探出一条往西走的小路。两颗太阳在天空中离得很近，弗雷耶跟往日一样低垂在西南方，巴塔利克斯正落向西方。

三人快马加鞭穿过一连串被侵蚀的小山，绕过一块房子大小的碎裂巨砾，能看到有人居住过的痕迹。在远处，下沉的大地之外，露出了一抹波光粼粼的大海。法施纳基德停下来，拿出小酒瓶喝了一口。他把酒瓶递给邵柯兰迪特，后者摇了摇头。

“我对你已经很信任了。”邵柯兰迪特说道，“不过现在我们已经避开了你的那些朋友，你最好告诉我前因后果。我的职责是尽可能迅速地把消息带给大寡头。”

“我的职责是从大寡头眼皮底下逃开。还是这么跟你说吧，要是你们出现在他面前，你们会被就地击毙。”他对邵柯兰迪特讲了为艾斯比拉曼安排的那场“欢迎仪式”。

邵柯兰迪特听了连连摇头。

“寡头院命令我们进入坎普安莱特。如果你觉得他们会在我们返回的时候对我们进行屠杀，那你绝对是疯了。”

“如果大寡头不在意个体，那他也不会顾虑对于一支军队。”

“没有哪个正常人会消灭自己的部队。”

法施纳基德开始激动地打着手势，大声劝说。

“你比我年轻，你经验不足。理智的人往往最具破坏性。你相信自己生活在一个人人拥有理性的世界上？什么是理性？那难道不是一种期望？期望其他人的行为准则跟我们一样？如果你相信所有人的心理都差不多的话，那你在军队里待的时间可能还不太长。直说吧，我认为我的那些朋友都疯了。有些人是被军队逼疯的，有些人疯到一定程度就去干一些愚蠢至极的事情，有些人纯粹只是因为天生就是疯子。我曾听过祭司军士艾斯比拉曼的布道。他说的话充满力量，我相信他是个好人。世上还是有好人的……但大多数军官更像我这种人，我可以告诉你——只有疯子才会追随他们。”

这阵爆发之后迎来的是一阵沉默。过了好一会儿，邵柯兰迪特冷冷地开口了：“我当然不会信任艾斯比拉曼，他甚至让自己手下的人去送死。”

“‘若一个人只看到苦难，智慧瞬间就会化作疯狂。’”法施纳基德引用了一句诗，又道，“一支携带着瘟疫的大军，寡头院会很乐意将其消灭，反正现在坎普安莱特已经没有威胁了。另外，阿斯基托什把布瑞巴尔的特遣队牺牲掉也是合情合理的……”

似乎想不出其他说辞，法施纳基德转过身背对着两人缓缓饮了一口。巴塔利克斯沉向远方的那一抹大海，白云在天空上流过。

“所以你打算怎么办？如果我们不想夹在两支大军之间的话……”托莱丝·拉尔大着胆子问道。

法施纳基德指了指远处，“在湿地那边有一条船，女士，我的一位朋友就在船上。那就是我要去的地方。你们想不想来，自己决定。如果你们相信我，那就来吧。”

他缓缓翻身跨上鞍子，在下巴底下将衣领收拢，抹了抹胡须，点头告别。他一踹坐骑，飞奔而去。耶尔克垂着脑袋，顺着遍地碎石的山坡下去了，朝着远方那片波光粼粼的大海疾驰而去。

卢特林·邵柯兰迪特冲着那条正在消失的背影喊道：“你那条船要往什么地方开？”

灌木丛在风中发出窸窸窣窣的声音，几乎淹没了远远传来的回话：

“最后的终点是，施芬宁克……”

那条纤瘦的身影骑着耶尔克走进了海边湿地的迷津之中；那头坐骑甩开毛茸茸的四蹄，惊得鸟群四起，远远望去仿佛一只小小的两栖动物渐渐消失在鸟群之下。无数生灵在雨点婆娑的水塘上不断跃动着。在那个人前进的路线上，但凡是会动的东西都急慌慌地逃开了去。

哈宾·法施纳基德上尉的心情失落至极。他甚至无法去思考一个问题，为什么人族在其他所有生灵中处于如此孤寂的位置。然而这个问题，乃至其无法给出的正确答案，早已存在于另一个世界上，这个世界就运行在这颗行星上空的环极地轨道上。

这是一个人造世界。它的名字是地球观测站“阿佛纳斯号”。它距离行星表面1500公里，从地面上看就像是一颗快速移动的亮星，这颗行星上的人将它命名为铠骥。

在观测站上，有两个家族监测着它在掠过海利科尼亚时自动记录的数据。他们要保证让数据传送回远在一千光年之外的行星地球，还要确保其丰富性、复杂性以及无与伦比的细节毫发无损。出于这个目的，EOS，即地球观测站，建造了起来。出于同样的目的，从地球来的人类在此繁衍生息。此时此刻，再过几个地球年便是“阿佛纳斯号”的四千岁生日了。

“阿佛纳斯号”是一个化身，融合了人类文明里最为先进的科技，也融合着那个难以解答的亘古难题：为什么人类要同曾经栖身的环境相隔绝。在长久的隔绝状态中，“阿佛纳斯号”成了最为终极的象征。它代表着人类曾取得的最高成就。人类全力征服太空并奴役自然，然而自身却反被奴役。

为此缘故，“阿佛纳斯号”正在死亡。

自它存在以来的这段漫长时间里，“阿佛纳斯号”经历了许多场危机。它在技术上没有什么缺陷；不可能有那方面的问题——观测站巨大的外壳直径有一千米，被设计为一种自主独立的系统，各种伺服机器人像寄生虫一样在表皮之下忙忙碌碌，覆层材料和设备需要更换的时候，它们自会完成。伺服机器人移动迅速，相互之间通过不对称的辅臂发送信号，就好像一群奔波在无人海滩上的螃蟹，它们之间用一种只有控制它们工作的计算机才能理解的语言进行通讯。在四十个世纪里，伺服机器人持续不断地提供服务。这些螃蟹是不知疲倦的。

辅助卫星中队伴随着“阿佛纳斯号”在太空飞行，有时也向各个方向飞散出去，就像从火堆中迸出的火花。它们在各自的轨道上一圈又一圈地运行，有些比眼球大不了多少，有些则具有复杂的形状和功能，来来去去各自忙碌着自动设定的工作，进行着信息的汇集。它们对永不停息的数据流如饥似渴。如果其中有一个失灵，或者被经过的彗星碎片报废了，“阿佛纳斯号”的服务舱里就会飞出一个替代品取而代之。跟那些螃蟹一样，这些火花也是不知疲倦的。

“阿佛纳斯号”内部也毫不逊色。它那光滑的可塑隔板后面有一套相当于内骨骼的结构，或者，从更为动态的层面来说，是一套神经系统。这个神经系统比任何人类的神经系统都要复杂无数倍。它对应着这个庞大无机物的大脑，还有肾、肺、肠子。相对于它所服务的这个身体而言，它在很大程度上是独立的。它要解决所有的问题：过热、过冷、冷凝、微环境调节、废物处理、照明、内部通讯、视觉影像，以及其他成百上千种问题，凡此种种，都是设计来为船上的人类创造出适宜生存的环境。跟那些螃蟹和卫星一样，神经系统同样是不知疲倦的。

然而人类却已经疲惫不堪了。八大家族中的每一个——后来减少到六大家族，现在只剩两大家族——都以各自擅长的方式将自己奉献给那唯一的目标：将行星海利科尼亚上的繁杂信息尽可能多地发送回遥远的地球。

这目标太单一，太抽象，太缺少灵魂了。

渐渐地，众家族沦为一种感观性神经衰弱的牺牲品，失去了对现实世界的认知。地球，那颗生机勃勃的星球，对他们已不再是家园。剩下的只有对于地球的责任，一个意识天平上的秤砣，一条精神的锚链。

甚至在他们视线之内的这颗行星海利科尼亚，也变得抽象了，这颗正在发生着壮阔变化的星球，在两颗太阳的光芒中闪耀着，投下的锥形阴影形成的尾迹就好像它迎面吹着光明的风。居民们无法亲身造访海利科尼亚。造访就意味着死亡。尽管上面也生活着人类，尽管这些人巨细靡遗地呈现在地球人类的眼前，可是他们被一种像阿佛纳斯的机制一样不知疲倦的复杂的病毒机制保护着，难以与外部进行接触。那种病毒，海利科病毒，对“阿佛纳斯号”的居民来说，在所有季节里都是致命的。有一些男人和女人去到过行星表面。他们在那里活动了一些日子，惊异于那场体验之后就会死去。

在“阿佛纳斯号”上，一种令人泄气的极简主义盛行了很久。人们接受了精神上的匮乏。

随着秋季的脚步缓缓走向下方那颗行星，当弗雷耶从海利科尼亚和它的姊妹星身边一天天、一年年远去——从巴塔利克斯和弗雷耶之间236天文单位的近星点朝向可怕的710天文单位的远星点走去——观测站上的年轻人在绝望中成长起来，并推翻了他们的导师。尽管他们的导师本身就是奴隶，可那又怎样？禁欲主义的时代过去了。老一辈的人被屠杀。极简主义被肃清。享乐主义取而代之。地球已经抛弃了“阿佛纳斯号”。没关系，轮到该“阿佛纳斯号”抛弃海利科尼亚了。

一开始，盲目的肉体放纵尚能令人感到充实。光是打破那枯燥的职责束缚就足够荣耀了。但是——在这个“但是”中隐藏着人类可能的命运——享乐主义被证实还是不够充实。事实证明滥交和逃避一样，是条死胡同。

残忍的变态行为在“阿佛纳斯号”那染污的温床上滋长起来。伤害、残杀、同类相食、鸡奸、强迫肛交、性虐司空见惯。抽筋剥皮、集体乱伦、兽奸、股交、致残——这样的事情成了家常便饭。性欲日盈，智慧日亏。

与堕落有关的每一件事物都在蓬勃发展。试验室制造出越来越怪诞的变异体。通过活体杂交，拥有超大生殖器的矮人成功制造出来。这些“性爱玩偶”靠自己的腿行走；后来的型号又通过包皮肌肉组织得到改进。这些生殖怪兽会在公开场合勃起，并相互交媾，或是遇到人类，把他们搞到七荤八素。这些器官越来越精致，越来越醒目。它们勃起着、插入着、搅动着、被吸吮、被润滑，它们数量激增。它们的色彩时而鲜艳，时而暗淡，随着松弛或充血的状态发生变化。在它们的进化晚期，这些拥有自主能力的生殖器变得十分巨大；一小部分变得狂暴，像色彩斑斓的鼻涕虫一样在玻璃缸壁上疯狂地撞击，它们就在那些玻璃缸里消磨着类似水下的生活。

好几代阿佛纳斯人崇拜着这些怪异的多态生物，仿佛它们是那些很久以前被观测站驱逐的神灵，而下一代人则无法容忍它们。

一场内战爆发了，一场两代人之间的战争。观测站变成了战场。那些变异的器官逃了出来；很多都被摧毁了。

战斗持续了好些年，甚至持续了很多人的一生。很多人死了。长期稳定的古老家族结构，基于地球经验模式的耐久结构就此瓦解了。坦氏家族和品氏家族形成了两股势力，但家族名称与其曾经所代表的意义已经完全不同。

“阿佛纳斯号”，这个科技的天堂，代表着人类智慧的积极性与探索性的圣殿，沦为了一个角斗场，野蛮人不时会从藏身处冲出来，砸碎另一个人的脑壳。

V

更多的法令

在科理安图拉和查奥斯之间覆盖着一片独特的凸堰地貌，如同静脉网络一般。堰坝纵横交错，绵延不绝。那些交叉点上有时候会有一些粗陋的大门，可以防止自家的畜群乱走。堰坝顶已经被来回行走的动物和人们踏出了凌乱的小径。堰坝侧面长满了茂密的野草，草丛渐渐消失在了芦苇丛中，它们滋生于流着黑水的沟渠边。深一脚浅一脚走在上面，可以看出大地被这些地貌特征分成一块一块的。粗壮的牲口小心翼翼地穿行其间，偶尔会驻足在黑黢黢的水塘里喝口水。

从几里外看去，卢特林·邵柯兰迪特和他的女俘虏是这片地方唯一的人类身影。他们行进中时不时会惊起鸟群，一阵喧嚣腾空而起，在空中低矮地飞过，猛然间如黑云一般的鸟群又突然收拢，齐刷刷落到地面上。

男人离大海越来越近，跟随他的那个女人与他之间的距离却越来越越远，身后流淌的那些细流越来越臣服于大海，水里的咸味越来越重。潺潺流水为耶尔克嗒嗒的蹄声伴奏着。

邵柯兰迪特停下来等托莱丝·拉尔。他想要冲她喊一声，却又打消了念头。

邵柯兰迪特认定，那位陌生的法施纳基德上尉是在说谎，他声称在科理安图拉之脊的那场欢迎仪式其实是一场伏击。如果相信法施纳基德，那就意味着要质疑自己生活其中的那套体系的正直性。尽管如此，那人莫名的诚意还是让他不由得谨慎起来。邵柯兰迪特的职责是把消息带到科理安图拉的军队总部，因此他的职责包括避开可能会遭到的埋伏。最明智的做法似乎就是假装相信上尉，从查奥斯乘船逃走。

湿地上的光线让人恍惚。法施纳基德的身影已经消失了。邵柯兰迪特的行进速度不如人意。尽管他是沿着堰坝顶部的小径一路骑行，可每一步似乎都拖泥带水，像是要陷进泥地里似的。

他对托莱丝·拉尔叫道：“跟紧我。”声音听上去闷闷的。他一抖缰绳让耶尔克继续前进。

褐色的雨不是好兆头，迟早会变成那种“起伏不定的乌斯库托什”，正如这个古老词汇所蕴含的意味。它的披巾已经向南方掀起，在湿地上洒下一片迷乱的光影。在一些人看来，这场景可能会有几分凄凉，然而，即便在这偏远地带，一些规律也在永不停息地运转着，对争夺海利科尼亚统治权的两个物种——剑族与人族——的健康来说，至关重要。

大潮给堰坝周遭的水塘灌满海水，海生的藻类随着潮水涌动一起一伏。它们与昆布属植物很类似，通过细瘦的指状褐色叶梗从水中提炼出碘。水藻将碘元素以化合物的形式散发到大气中，最典型的就是甲基碘。甲基碘在大气中分解成碘元素之后，又随着风循环到这颗星球的各个角落。

剑族和人族没有碘就无法存活。他们的甲状腺体吸收着它，通过含碘激素调节新陈代谢。

大周期年的这个阶段，就在七蚀之日的触发点之后，这些激素中的某些种类，会导致人族对于海利科病毒比往日更为易感。

邵柯兰迪特的思绪仿佛陷进了迷宫，不住原地打转。他不断回想起自己在伊斯图利厦的赫赫战功——但他已不再感到自豪。他的同伴们因为他的勇气而敬仰他，他打出的每一发子弹，劈砍敌人的每一剑，都带上了一层传奇色彩。然而现在，他曾经的那些壮举，他当时所产生的兴奋感，却转化成了恐惧。

还有那个女人。在他们一路北上的孤寂旅途中，他占有了托莱丝·拉尔。与他交欢的时候，她毫不抗拒地躺在那里。肉体带来的感觉依然让他很享受，而且他掌控着一切。但他心怀愧疚地想起了他的未婚妻，瑛茜尔·埃赛卡楠兹还在喀尔纳巴尔守候着。如果看到他与这个来自蛮族大陆中心的外国女人睡在一起，她会怎么想？

这些念头此起彼伏，搅得他头疼。突然之间，他想起了小时候关于母亲的一段记忆。他任性地跑进她的房间。那个模糊的身影就站在那里，总是把自己关在那间屋子里（自从费温死后更是如此）。一名女仆正帮她穿衣服，她对着雾蒙蒙的银镜子看着，镜子里映出她那堆脂粉香水的瓶子，好像远方城市的尖塔和穹顶。

他的母亲转过身面对着他，没有斥责，没有鼓励，没有说一个字——在他的记忆里就是这样的。她正让人帮着她穿那件礼服，准备去参加什么特殊场合的盛大仪式。这件礼服是饱学的巨轮委员会送给她的，通体刺绣着一幅海利科尼亚地图。各个国家和岛屿用银色描绘出来，蔚蓝色的是大海。母亲的头发尚未打理，一席黑发如瀑布般垂下，从北极倾泻到恩克特莱赫克高地以下。礼服从背后系扣，他注意到她站在那里的时候，女仆正俯身为她系上位于蛮族大陆奥多兰都城的纽扣，那片大陆正好覆盖了母亲的私处。他一直觉得很羞耻，自己当时居然会注意到那一点。

在他眼中，现在踩在脚下的那片浓密的湿地草丛就像是粗硬的体毛。野草以一种令人困惑的方式聚拢成堆。他看到小小的两栖动物从那丛毛发的缝隙里蹦出来，他听到水声淙淙，他看到小巧的带着斑纹的雏菊倒在耶尔克的蹄子下面，如同被蔽蚀的星辰。整个宇宙扑面而来。他从鞍上翻身滑落。

在落地的最后一刻，他勉强用双脚站在地上。他的腿仿佛不是自己的了。

“你怎么了？”托莱丝·拉尔骑着坐骑赶了上来。

邵柯兰迪特发现想要抬起脖子望向她都十分困难。她的眼睛被帽子遮住了。他不信任她，想要拔枪，然后又想起来枪藏在鞍子上。他一头扑倒，脸埋在了那头耶尔克毛茸茸、潮乎乎的屁股上。他一下子瘫倒在地，感觉自己顺着堰坝侧坡滑了下去。

他浑身僵硬起来。身体部位已经不听使唤了。他听到托莱丝·拉尔下了坐骑，蹚着水来到了他瘫倒的地方。

他意识到她用胳膊搂着他，他听到她的声音，看到了她的焦虑，感觉到她用力试探着他的反应。她正帮着他起身。现在他的骨头很痛，他痛得想要大叫，但却发不出声音。骨头痛，四肢痛，疼痛钻入他的脑髓。他的身体扭曲变形。他看到天空仿佛一开一合。

托莱丝·拉尔说道："你病了。"那种疾病的名字令人恐惧，她说不出口。

她放下他，让他躺在潮乎乎的草地上。她站起身来环视着这片空荡荡的湿地，望了望远处光秃秃的山丘——他们就是从那边过来的。南方的天空依然飘着雨。小小的螃蟹在她脚边的细流里跑来跑去。

她现在可以逃走了。俘获她的人正无力地躺在她脚下，她完全可以用他的枪把他毙了。可是长途跋涉返回坎普安莱特太危险了，更何况还有一支军队在大草原上缓缓逼近。科理安图拉就在西南方几英里之外，标记着边境的那一线断崖远在地平线上，就好像一道污渍。可那是她的敌国的地盘。天色正在变暗。

犹豫不决中，托莱丝·拉尔来来回回踱着步子。然后回到了趴在地上的卢特林·邵柯兰迪特身边。

她说："好吧，看看能做些什么。"

她奋力把他弄回鞍子上，爬到他身后坐稳，一踹耶尔克，牲口动了起来。她的那头耶尔克走走停停，似乎只是想在夜里找个伴儿。

她被一股焦虑驱动着，催动坐骑加速前进。黄昏将尽的时候，她终于瞅见了前头的法施纳基德，他的身影犹如一道剪影，映衬在远方的大海上。

她举起邵柯兰迪特的手枪，朝天放了一枪。四周的鸟群惊起四散，尖叫不止。

又过了半个小时，朦胧的夜色笼罩了大地，只有四下微光粼粼的水塘模糊地映出西南方海平面的光影，弗雷耶就潜藏在那里。她再也看不见法施纳基德了。

她用脚连踹几下耶尔克，让邵柯兰迪特的身子倚着自己。

水花泛上了小径的两侧。水声更响了，托莱丝·拉尔相信这意味着潮水正在上涨。她以前从未见过大海，她惧怕它。在蒙眬难辨的光线中，她发现面前有一处小小的码头，直到这时她才发现自己到了何处。这里泊着一条小船。

浅浅的海水拍打着淤泥，发出贪婪的声音。颖草和苔草发出鬼魅般的簌簌声。轻浪拍击着小艇的船身。看不到任何有人活动的迹象。

托莱丝·拉尔从耶尔克上爬下来，把邵柯兰迪特放到堤岸上。她小心翼翼地上到泊着小船的那个吱吱作响的小码头上。

“谁！不许动！”

一声大喊传来，她轻轻惊叫了一声。一个男人从小码头下面跳出来用枪指着她的头。

她闻到了他嘴里的酒气，看到了他浓密的胡须，认出他是法施纳基德，不由得舒了口气。他咕哝了一声算是打了招呼，既不是高兴也不是生气，那样子仿佛对麻烦不断的现实无可奈何。

“你怎么跟来了？你把加迪特拉克引来了吗？”

“邵柯兰迪特病了。你能帮帮我吗？”

他转身朝着小船喊了一声：

“贝熙！出来吧。安全了。”

裹着一身裘皮的贝熙·贝萨米卡利从藏身的帆布下面钻了出来，走上前来。几天前她听着上尉说起这次计划时并没有流露出惊异的神色，他当时情绪激动异常，决意要从大寡头手下解救艾斯比拉曼——他要破釜沉舟，去见领军大祭司，并带着他一起乘坐骑来到海边，贝熙会带着一条船在那里等着。这条船是托伊戴普·芒·奥蒂姆的福才借到的。她绝不能让他失望。自己的生命和忠诚正在接受巨大的考验。

奥蒂姆已经听过这个计划了，这个姑娘愉快地给他讲了一遍。而一旦法施纳基德卷入一场违法的勾当，奥蒂姆就能掌控他了。他会尽己所能搞到一条小船，再配上一名水手，贝熙可以绕出海湾跟他和他的同伴碰头。

就在安排这些的同时，大寡头的法令在人们头上越压越紧。随着日子一天天过去，科理安图拉的街道逐渐陷入军事管制之下。奥蒂姆看着这一切，什么都没说，只是担心着他那一大家子人，同时制定着自己的计划。

此时贝熙帮着托莱丝·拉尔把浑身僵硬的卢特林·邵柯兰迪特搬到了船上。“我们必须带着这两位吗？”她问法施纳基德，一边厌恶地盯着那个病人，“他们肯定会传染疾病的。”

“我们不能把他们丢在这儿。”法施纳基德说。

“我猜你连耶尔克也想让我们带上。”

上尉没理会这句话，朝水手打了个手势示意开船。耶尔克站在岸上，瞅着他们离去。其中一头壮着胆子走进泥塘，脚下一滑，又退回了岸边。它们呆立在那儿，看着小船朝着科理安图拉的方向驶去，然后消失在了水面上。

水上很冷。水手靠着船舵，其他人蜷缩在帆布下面避开寒风。托莱丝·拉尔不想说话，但贝熙不停地问这问那。

“你从哪儿来？听你的口音不是本地人，这人是你的丈夫？”

托莱丝·拉尔不情愿地承认自己是邵柯兰迪特的奴隶。

“好吧，想要摆脱奴隶身份还是有方法的。”贝熙颇有感触地说。“方法不多。我为你感到遗憾。要是你的主人死了，你的处境会更糟。”

“也许我能在科理安图拉找条船带我回坎普安莱特——我是说等卢特林·邵柯兰迪特中尉痊愈之后。你会帮我吗？”

法施纳基德说：“女士，就算不需要帮一个奴隶逃走，我们回到科理安图拉之后的麻烦也够多了。你是个漂亮女人——你应该找个好归宿。”

托莱丝·拉尔没理会自己的归宿问题，说：“什么麻烦？”

“啊……那就要看神灵、大寡头，还有一位加迪特拉克少校的安排了。”说着，法施纳基德掏出小酒瓶，仰天饮了一大口。

尽管有几分不情愿，他还是主动把酒瓶递给了女士们。

邵柯兰迪特在帆布下面一字一顿地说：“我不想再有什么麻烦了……”

托莱丝·拉尔伸出一只手扶在他滚烫的脑袋上。

法施纳基德说：“你很快会发现，生活的本质就是一系列不断重复的表演，我可爱的中尉。”

锡伯纳尔的人口还不到邻居坎普安莱特大陆的四成，然而，位置偏远的各国首都之间的交通状况普遍比坎普安莱特好，路况基本都很好，除了像库基-尤威科那样的偏远地区；由于人口中心几乎都在滨海地带，大海就成了主干道。只要那座最为强大的城市阿斯基托什维持强大的意志，这块大陆便很好统治。

阿斯基托什的街道被规划成一圈圈半同心圆的样子，圆心是宏伟的教堂，雄踞在水边，这座教堂尖塔上的灯光在距离海岸很远的地方便能看到。在这个半圆形后面，距离大海一里多远的地方就是埃森山，花岗岩山丘上耸立着一座城堡，镇守在内的便是阿斯基托什乃至整个锡伯纳尔最为强大的意志。

这个意志会确保纵横于这片大陆的海陆交通始终处在繁忙的状态中——忙于军事准备，忙于军事准备之前的准备，忙于发布公告。公告不会漏掉任何一座城镇，哪怕是最小的村庄。宣布一条限令之后又接着宣布另一条。这些公告的内容通常都被伪装成关注民生：为了阻止肥死症的传播，为了限制饥荒的扩散，为了逮捕危险分子……但它们最终都是为了剥夺个人自由。

那些为寡头院工作的人一般都认为，这些限制了北方大陆居民生活的法令代表着最高寡头——托尔坎兹二世的意志。从来都没有人见过这位托尔坎兹。如果他真的存在，那他也从未走出过埃森山城堡的那些房间。而当下这些正在发布的限令也符合他的形象，一个把自己关在不见天日的屋子里，对自己的自由毫不在意的人。

那些身居高位的人对于最高寡头也心存疑虑，他们常常认为那只是一个空头衔，政府实际上操控在寡头院的内阁手中。

这样局势充满矛盾。这个国家的核心是一个几乎跟阿佐亚希克神一样虚无缥缈的存在，正如那个神灵是教会的核心一样。托尔坎兹被理解为一个推选出来的名号，而且很可能有不止一个人在用这个名号。

然后，还有一套专门的话术来传达大寡头的指令——有人管它叫作“喙”。

我们可以在议会里争辩。但是记住，这个世界不是一个辩论厅。它更像是行刑室。

不要介意人们说你邪恶，那是统治者的命运。去任何一个街角倾听一下，你会发现人们心里想的全是邪恶。

只要有可能，就要利用挑拨离间，它比军队省钱。

教会和国家是兄弟姐妹，终有一天我们要决定哪一方应该继承家族的财产。

这类充满语言智慧的食物通过内阁这条食道被送入政治的躯体。

说到内阁，其成员本该很了解那个意志的本质。然而并不是这样。内阁的成员——他们现在正在开会，都戴着面具——就算把他们加在一起，也不比山下那些阴潮街道上的无知平民更明确意志的本质是什么。他们与那个令人敬畏的意志是如此接近，以至于不得不进行伪装回避。他们戴的面具只不过是一层外皮，用来掩饰虚伪；这些大权在握的人彼此之间没有多少信任，于是每个人都有一套对大寡头本质的看法，从而让真相更加扑朔迷离——这就好像昆虫一般，食肉的虫子会把自己伪装成无害的东西，借此骗过它的猎物；而本身确实无害的虫子，会伪装成体内有剧毒的样子，骗过要猎食它的捕食者。

因此，来自布瑞巴尔首都布莱瑟的那名成员若是知道那个统治着他们的意志的真相，他可能会跟至交好友说起这个真相，或者讲述一个有所保留的真相，或者他也可能会用这样或那样的方式编造谎言，就看哪种情形对他最有利了。

以布莱瑟的这名成员为例，在实际情况中，他的话到底几分真几分假是很难判断的，毕竟他处在这个强加的大陆联合国之下，接受许多庄严条约的束缚。同时乌斯库托什与布瑞巴尔还处于战争状态，一支来自阿斯基托什的军队正在围攻莱塔甘，一座岛上的堡垒。

不止于此，其他成员会佯装信任那名来自布莱瑟的成员，因为他们都暗自钦佩他的国家敢于挑战乌斯库托什的领导权。一切都是伪装。所有的真诚都是惺惺作态。

没有人绝对安全。大家心知肚明却也都很知足，自欺欺人地相信身边那些同伴比自己更容易受摆布。

因此，这颗行星上最有权力的城市的灵魂，却拥有一个极为困惑与迷茫的核心。伴随着这种迷茫，他们选择迎接季节变化带来的挑战。

成员们目前正在讨论通过一项大寡头的最新法令。这是迄今为止最具挑战性的法令。这道法令将禁止通灵，因为它违背教会的原则。

如果这条法令通过，整个大陆上的每一个村庄里都可以实行永久驻军，用来执行禁令。

这些成员都认为自己是饱学之士，于是他们便从容不迫地探讨着这些议题。他们的嘴唇在面具下蠕动着。

“这条法令符合我们的本性。”来自库基－尤威科的首都尤瑟尔的成员说道，“我们在这里谈论的是一种古已有之的习俗。但古已有之并不代表它是神圣不可侵犯的。一方面，我们拥有无可替代的教会，还有它的基础神灵阿佐亚希克神，这是锡伯纳尔人团结的基础；另一方面，我们拥有未被教会承认的通灵习俗，通过这种方式，生者可以沉入一种迷离的状态去和先祖的灵魂交流。正如我们所知，那些灵魂正向着原初注视者这个高深莫测的母体形象沉去，也可以说那些灵魂是从原初注视者中产生的。一方面是我们的宗教，它纯粹、理智、科学；另一方面却是这种母性本源的模糊概念。

“对于我们来说，准备好迎接那个即将到来的，更为残酷、寒冷的时期是十分有必要的。为此，我们必须让自己武装起来，与我们内心深处那个母性本源对抗，并且把它彻底地从人群中铲除。我们必须打击这个信仰原初注视者的邪教。我们必须消灭通灵。我坚信我所说的只不过是阐明伟大意志的那令人鼓舞的最新法令背后蕴含的智慧。

“更进一步讲，我要在此地宣布……”

大多数内阁成员都很年老，也习惯了年老，这老迈的状态也保持了很久。他们在一间古老的房间里开会，这间屋子里的每一件事物，不论是铁制的还是木制的，都历经了奴隶们几个世纪的擦拭，个个光鲜油亮。他们围坐的那张铁桌子、拖鞋踩着的地板、坐着的锻造精美的椅子，这一切都在泛出温润的光泽。墙上冷峻而朴素的铁制镶板反射出成员们扭曲变形的身影。囚笼般的壁炉里，一堆火苗扑烁不止，透过铁格栅散发出的烟比火焰还要多；它并没有驱散这间厅室里的寒意，内阁成员们都严严实实裹着毛毡，仿佛是古戏中的伶人。在一片阴暗中，唯一让人眼前一亮的饰物是一面巨大的挂毯。绯红的背景上描绘出一个巨大的轮子，身穿浅蓝色衣服的桨手划着它穿行在天庭，每一位桨手都朝一个叹为观止的母亲形象露出笑容，她的鼻中、口中、双乳中喷涌出漫天星辰。这件古老的织物给房间增添了一抹恢宏的气息。

内阁成员们依次发表长篇大论，他们啜着香浓的佩拉山茶，垂目看着自己的指甲，或是望向狭长的窗户外面，那些窗户把阿斯基托什的景色切割成了竖长条的形状。

“有人声称原初注视者的神话是自我的理想化意象。”遥远的卡尔坎潘行省的成员说道，“可仍然得确定是否真有那样一种……自我的存在，如果它真的——虽然不太可能，但允许我杜撰一下——独立存在。它可能存在于我们的自我之外。那也就是说，自我可能就是海利科尼亚本身的一个组成，因为我们身上的原子都是海利科尼亚的。在这种情况之下，破坏与注视者之间的联系，可能会带来某种危险。这是我必须向诸位尊敬的成员指出的问题。”

“不论危险与否，人们必然要服从大寡头的意志，否则亡哀之冬将会毁灭他们。我们必须拯救我们自己。只有服从才会让我们度过那三个半世纪的冰天雪地……”这番陈词滥调来自铁桌子的另一头，那边的阴影和铁墙反射的光影融为了一体。

阿斯基托什的景色成了一幅墨褐色的黑白画。整座城市陷入了著名的“淤雾”之中，一层稀薄的干冷空气如帘幕般从城市背后的高原落到城市上空。从无数烟囱里升起的烟尘让它变得浓稠，乌斯库托什人正想方设法让自己暖和起来。这座城市渐渐消失在了由自己制造的阴影之中。

“一方面，在通灵状态之下与祖先进行沟通能极大强化我们的自我，”一个花白胡子的老者说，“特别是在逆境当中。我的意思是，我猜在座的各位都没什么必要通过与幽魂交流来获得安慰。”

这时传来一个急躁的声音，一位来自洛拉贾的港口城市伊吉薇柏的成员说道：“顺便提一句，我们的科学家发现，那些幽魂和亡魂现在对我们的灵魂很是和善，而久经验证的圣约书里说它们曾经对我们深怀敌意。有没有可能是一种季节性的变化？你们是否认为……在冬夏两季和善，在春季充满敌意？”

一位来自尤瑟尔的成员回答:"如果我们颁布摆在面前的这条法令，摒弃幽魂和亡魂的话语，这个问题也就无关紧要了。"

透过窄窄的窗户，可以看到政府出版发行机构的屋顶，在进一步讨论一两天之后，最高寡头托尔坎兹二世的法令成了一纸公告。成千上万张公告从印刷台上飘落下来，以加黑加粗的字体宣告，从今以后，便有了"进入通灵罪"，无论是私下里秘密进行还是与其他人结伴进行。这被解释为另一种预防瘟疫来袭的措施。违反者将被处以一百锡伯币的罚款，再犯者将处以终身监禁。

阿斯基托什有一套自己的轨道运输系统，蒸汽车以每小时十到二十英里的速度拖着货物运行。这些车很脏，但很靠得住，这套系统正向着城市外延伸。这些车将一捆捆公告送往城市边缘的配送点，送往码头，再由码头上的船只运送到版图之内的所有站点。

于是，一捆捆布告很快来到了科理安图拉。张贴员跑遍全城张贴新法令。其中一张就贴到了那栋奥蒂姆家族居住了两百年的房子墙上。

但那栋房子现在已经空了，留给了大大小小的老鼠。前门最后一次上了锁。

伊戴普·芒·奥蒂姆把祖宅甩在了身后，用他惯有的僵硬步态一路走了下去。但他仍保持着自己的体面，他的面孔丝毫不会出卖心中的悲伤。

在这个特殊的早晨，他特意绕了条远路前往克莱蒙特驳岸，顺着朗格班阿斯科什街去往南庭。他的奴隶加格瑞姆跟着他，提着他的袋子。

他意识到，自己所走的每一步，都是这辈子最后一次踏足在科理安图拉。历数过往的这些年，他的库基-尤威科背景让他一直把这里当作一个流放地，只有现在他才真正意识到这里多么像一个家。

他尽最大努力为离开这里做了准备，幸运的是他还有一两个乌斯库托什人朋友和商业伙伴，他们为他提供了帮助。

朗格班阿斯科什街往左分出一条岔道，街道很陡。奥蒂姆在转弯处停了一下，就在教堂的院子前面，回头四下望了望。他的老房子就在那里，基座很小，顶部宽大，封闭式的木阳台悬在上面，就像是热带鸟儿的巢穴，陡峭的屋顶向外伸出弧形的屋檐，几乎要碰到对面房子的屋顶。那里面，已经没有了人丁兴旺的奥蒂姆家族，只有沉静的光线、阴影、空寂，以及墙上古老的壁画，描绘着如今只存在于想象中的库基-尤威科的往昔生活。他坚定地把胡须拢进大衣里，快步走了下去。

这里是小手艺人的地盘——银匠、钟表匠、书籍装订师，以及各种各样的艺术家。街道一边坐落着一家小小的剧院，那里曾上演精彩的演出，都是难登城镇中心那些大雅之堂剧院的演出：夹杂着魔法和科学的戏剧，涉及可能和不可能的事物的幻想剧（因为这两者难分彼此），让人摔杯掼盏的悲剧，关于大屠杀的戏谑剧，还有讽刺剧……全是那些权威们既不能理解也不能容忍的冷嘲热讽，所以这类小剧院常常被迫关门。现在它就关着，街道也因此而显得死气沉沉。

在南区住着一位老画家，他为剧院画布景，也为那些奥蒂姆做出口贸易的工厂画瓷器。耶赛拉贝现在老了，但他的手仍然稳健，可以给那些盘碗瓶盏绘制精细图案；他常常给奥蒂姆家工作。奥蒂姆很看重他，尽管他说起话犀利刻薄。现在奥蒂姆来给老画家送上一份临别的礼物。

一个法艮领着奥蒂姆进屋。南区有很多法艮。乌斯库托什人对于剑族通常都有明显的反感，反倒是搞艺术的人似乎很喜欢他们，尤其喜欢他们安静又能干的性子。奥蒂姆本人对他们身上散发出来的浑浊恶臭没什么好感，他尽可能快速地从法艮身边走过，来到耶赛拉贝面前。

耶赛拉贝坐在那里，裹着一件老式的纱袍，双脚蜷在沙发上，他身前是一只便携式火炉，身边则摆着一本画册。他缓缓起身迎接奥蒂姆。奥蒂姆坐在他对面一张丝绒面的椅子上，加格瑞姆站在了椅子后面，抱着袋子。

老画家听完奥蒂姆的话，满脸阴郁地摇了摇头。

“好吧，对科理安图拉来说，这可真是个糟糕透顶的时节，谁都没有错。我从来都没听说过还有更糟的。这事情太可悲了，奥蒂姆，因为局势艰难，你被迫离开，但话说回来，你从来都不属于这里，对吧——你，还有你的家族。”

奥蒂姆不动声色。他想也不想，缓缓说道：“其实不然，我就是属于这里的，而你的话让我诧异。我生在这里，就在这片地方，在我之前我父亲也是。这是我的家，正如这是你的家一样，老伙计。”

“我想你是库基-尤威科来的？”

“我的家族源自库基-尤威科，没错，而且我以此为傲，但我既是锡伯纳尔人，也是科理安图拉人，这毋庸置疑。”

“那你为什么要离开？你要去哪儿？别那么一副被冒犯的样子。来杯茶吧，或者来支薇若妮卡烟？”

奥蒂姆捋了捋胡须，“新法令不可能让人留下。我有一大家子人，而且我必须尽我所能照顾他们。”

“喔，是，是，你必须那样。你有非常大的一家子，不是吗？我本人是很反对那种事情的。我从没结过婚，也没有亲戚，总是忙着我的艺术。我就是我自己的主人。”

奥蒂姆眯起眼睛，说：“不是只有库基-尤威科的家族会变得越来越庞大。我们并不是原始人，你知道的。”

“我亲爱的老朋友，你今天很敏感……我没有指责的意思。活下去，并且要活好。你打算去哪儿？”

“这个嘛，我还是不说了。隔墙有耳。”

艺术家咕噜了一声："我猜你是要回库基-尤威科。"

"既然我一辈子都没去过那里，也就谈不上回。"

"有人跟我说你的房子里满是壁画，都是关于那个世界的。我听说它们都很精美。"

"是啊，是啊，古老而精美。由一位从未给自己留下名字的伟大艺术家创作的。但它已不再是我的房子了。我不得不卖掉它，锁上，封存，交货。"

"好吧，那么……我想你卖了个好价钱吧？"

奥蒂姆被迫接受了一个少得可怜的价钱，但他给自己找了个台阶，"不算太差。"

"我觉得我会想念你的，尽管我没有结交朋友的习惯。我现在几乎从来不去戏院，这股北风已经侵蚀了我的老骨头。"

"老伙计，我很高兴跟你有超过二十五年的交情，误差不会超过一个什旬。我也很感激你所做的工作，可能我从没给你付过足够多的工钱。尽管我是个商人，但我很欣赏人们的艺术天分，在整个锡伯纳尔没有人能像你那样，可以如此精美地在瓷器上绘制鸟儿。我希望送你一件临别礼物，它太过精致，不方便带着长途跋涉，我认为你会喜欢这东西的。我本可以把它拿去拍卖，但它我想你值得拥有它。"

耶赛拉贝挣扎着坐起身来，满脸期待。奥蒂姆示意奴隶打开袋子。加格瑞姆取出一个物件交给了奥蒂姆。奥蒂姆捧起那东西，神神秘秘地举到了艺术家眼前。

这是一只钟，形状和尺寸都跟鹅蛋相仿。表盘的圆周上以传统的方式标记着一天二十五个小时，每个小时四十分钟。但在整点报时的时候——可以通过按动一个按钮来让它在任何时间报时——钟会旋转起来，短暂地显示出背面的第二个表盘。背面表盘上还有两根指针，外圈的指针指示着星期、什旬、小周期年的季节，内圈的指针指示着大周期年的季节变化。

表盘是珐琅的，蛋体是金的。一个玉石做的造型将它从顶面到底面牢牢嵌住，形成一个栩栩如生的原初注视者造像，她坐在一个台子上，那个台子就是钟表的底座。在她身边的一侧是麦子，另一侧是冰川。这件物品美轮美奂，细节精美：在注视者的凉鞋里，隐隐露出的脚趾上连趾甲都清晰可辨。

耶赛拉贝伸出满是皱纹的双手，接过那只钟，细细品味良久，一语不发。他的眼中流下了泪水。

“这是件美妙的东西，绝对的艺术品。手艺登峰造极。我认不出它的出处。是来自库基－尤威科吗？”

奥蒂姆立刻昂起了头，“我们这些‘野蛮人’可都是很优秀的工匠。你不知道我们都生活在粪坑里，一辈子打打杀杀，还能制造精美的艺术品吗？这不就是你们骄傲的乌斯库托什人对我们的印象吗？”

“我没有要冒犯你的意思，奥蒂姆。”

“好吧，它来自尤瑟尔，如果你必须要知道的话，那是我们的首都。收下它吧。他会让你记住我哪怕五分钟。”在他说这话的时候，他转身看了看窗外。一队士兵正在一名士官的指挥下搜查着对面的一栋房子。奥蒂姆看到两个士兵正把一个男人拉出来带往广场上。那人垂着头，似乎羞于被别人看见自己这副模样。

“我真遗憾你要离开，奥蒂姆。”艺术家抚慰他说。

“魔鬼在世界上大行其道，我不得不走。”

“我不相信魔鬼。那是错的，是的，没有魔鬼。”

“那也许是因为你害怕相信它的存在。有人的地方就有魔鬼，它就在这间屋子里。再见，老伙计。”

说完，他转身离开了那位捧着钟表、想从积满灰土的椅子上起身的老人。

在走出耶赛拉贝家的掩护之前，奥蒂姆警惕地看了看四周。那队士兵已经带着他们的俘虏消失了。他快步走在南区，尽力从脑海中驱散刚才与那位艺术家会面的印象。这些乌斯库托什人呀……说到底，他们一直都很难对付。离开他们是一种解脱。

他已经完全准备就绪，只等出发。尽管仓促，但每一件事都按照合法的手续办好了。由于贝熙·贝萨米卡利已经在两天前把那位逃兵上尉法施纳基德接到了小艇里，奥蒂姆完全可以集中精力去把自己的事情处理好。他把房子卖给了一个交情不怎么样的亲戚，他的出口生意则卖给了一个交情不错的同行。在法施纳基德的协助下，他购置了一条船。他会去跟自己那个远在施芬宁克的兄弟团聚。能再次见到奥蒂锐会是让人高兴的事情，他们现在可以相互帮助，他们已经不像当初那样年轻……

奥蒂姆暗暗对自己说，希望的化身就是奋斗，然后他挺直腰板稍稍加快了脚步。别放弃，生活会变得更轻松，不管有没有冬季。你不能只想着挣钱了，你的思想已经被无所不能的锡伯币控制了。逆境对你有好处，到施芬宁克去，在奥蒂锐的帮助下，我就不用干得那么辛苦了。我要像耶赛拉贝那样画画，也许我会成名的。

不住念叨着这些安慰内心的话，他一转弯上了驳岸。一辆缓缓而过的蒸汽拖车打断了他的自言自语。它朝东边驶去。有人说很快就会爆发一场大战，这是尽快离开这座城市的又一个理由。拖车十分笨重，当它从铺着卵石的街道轰隆隆驶过时，地面都颤抖起来。它那咆哮的发动机喷吐着浓烟，里面的活塞在飞速运转。小男孩们追在它周围，兴奋地大喊大叫。

蒸汽拖车一路沿着克莱蒙特驳岸跟随奥蒂姆，笨重的排气管正对奥蒂姆要走的方向。为了躲开它，奥蒂姆拐弯走进了**奥蒂姆优质瓷器出口公司**，加格瑞姆紧紧跟着。

展厅和货仓里乱糟糟的，因为已经没人干活了。雇来的那些工人和奴隶都抓住了这个不用干活的空当，他们大都在门边闲聊，百无聊赖地看着驶过的蒸汽拖车。他们对于这位前任老板没有表现出什么尊敬之情，只是在他要进门的时候，懒洋洋地挪了挪，给他让了条路出来。

这没什么，他对自己说。我们在下午涨潮的时候就会启航了，这些人想干什么都行。

一个人过来传话说这里的新主人就在楼上，想见见他。奥蒂姆心头掠过一丝不安。这情形不像是新主人在这里的样子，何况按照合同规定，移交手续要到午夜时分才会正式生效。但他告诉自己，别这么焦虑，然后稳住心神上了楼梯。加格瑞姆跟在身后。

接待室是一间装修风格典雅的长廊，窗户俯瞰着码头港口。几面墙上挂着壁毯和琳琅满目的小画像，这些都曾属于奥蒂姆的祖父。奥蒂姆的瓷器样品摆在光洁的大桌子上。这里是招待特殊客户和进行重要商业谈判的地方。

今天早上，只有一位特殊顾客站在这低矮的房间里，他那身制服表明他的生意可不怎么讨人喜欢。

加迪特拉克少校背对着窗户站在那里，头向前探着，前突的嘴和厚厚的嘴唇转向伊戴普·芒·奥蒂姆。在他身后是面色苍白的贝熙·贝萨米卡利。

“进来。”他说道，“关上门。”

奥蒂姆猛地在门口停下了脚步，加格瑞姆一下子撞在他身上。加迪特拉克少校裹着厚厚的大衣，质地粗糙的外套上钉着一溜纽扣，仿佛弗兰勃牯的眼睛，间隔均匀地排列着，犹如站岗的哨兵，那衣服上的口袋鼓出来，像是一个个小箱子。不管怎么看都让人有一种感觉：就算主人不在，这身衣服也能替主人办事。然而加迪特拉克本人就在这里，当奥蒂姆按照吩咐关上房门的时候，他的目光就从那列纽扣上牢牢盯着他。

最让奥蒂姆感到恐惧的，不是这位少校，而是出现在他身后的贝熙。奥蒂姆望了那姑娘一眼，她那苍白的面孔告诉他，她是迫不得已讲出了他的秘密。他的心思飞转，立刻想到了那些隐藏在他公司里的秘密：哈宾·法施纳基德，一个官方通告中的逃兵；一名来自敌方大军的中尉，现身患肥死症；还有一个伯多兰姑娘，她是一个奴隶，在护理那个中尉。他很清楚，在他看来，单纯的人性在加迪特拉克那双圆鼓鼓的眼睛里都会变成十恶不赦的罪行。

奥蒂姆瘦削的身子里燃着怒火。他的确是被吓坏了，但愤怒战胜了恐惧。从这位少校出现在他楼下的那一刻起，他就深深憎恶这个因为手中有权而格外膨胀的令人作呕的冷血军官。这畜生绝不能干涉奥蒂姆那个保护所有人安全的计划。

加迪特拉克朝着贝熙点了点头，说道："这个女奴隶告诉我说你窝藏了一名军队的逃兵，他叫法施纳基德。"

贝熙抢道："他等在这里，他逼我……"加迪特拉克抬起戴着手套的手一巴掌抽在她脸上，那手套上也钉着纽扣。

"你在这个地方窝藏逃兵。"说着，他朝奥蒂姆走来，一眼也没瞅那个姑娘，她捂着嘴靠在墙上。

加迪特拉克从他那小箱子一样的口袋里掏出一把手枪，指向了奥蒂姆的肚子，"你被捕了，奥蒂姆，白痴外国佬。快带我去你窝藏法施纳基德的地方。"

奥蒂姆揪着胡须。尽管贝熙挨揍的画面让他心头一紧，但也让他的决心更为坚定了。他直瞪着少校。

"我不知道你说的是谁。"

一副大黄牙从两片嘴唇间呲了出来，接着又被嘴唇包裹进去。这是这位少校特有的笑容。

"你知道我说的是谁，他住在你家里。他跟你的这个女人去了一趟查奥斯，无疑是在你的默许之下。他会因为当逃兵被捕。一个码头工看到他来了这里。带我去他那儿，否则我就把你带到总部审讯。"

奥蒂姆后退了一步。

“我带你去见他。”

长廊另一头有一扇门通往这栋建筑后面。加迪特拉克跟着奥蒂姆走去，顺手把一张挡道的桌子推到一边，上面的瓷器摔得粉碎。

奥蒂姆不露声色。他示意加格瑞姆上前，“打开这道门。”

加迪特拉克说：“让你的奴隶跟在后面就好。”

“在白天由他拿着这些钥匙。”

钥匙装在加格瑞姆的口袋里，用链子拴在腰带上。他哆嗦着双手打开门，让那两位进去。

他们站在了一条通往后面办公室的通道上。奥蒂姆领着路，他们顺着通道走下去往左一转，这里有四层台阶通到一扇金属门前。奥蒂姆示意奴隶打开。这需要一把特别大的钥匙。

穿过这道门，他们出现在了一个俯瞰院落的阳台上。院子的大部分地方都堆满了木头，还有两口老式的瓷窑。这两口窑很少使用；此时有一口窑已经生起了火，因为当地驻军有一份紧急订单。此外，奥蒂姆的大部分瓷器都来自科理安图拉其他地方的公司。有四个隶属于公司的法艮站在那边，照看着正在工作的瓷窑。这口窑年头很久了，隔热很差，热气和黑烟充斥在院子里。

奥蒂姆犹豫了一下，加迪特拉克催道：“人呢？”

“他就在那边的阁楼里。”奥蒂姆一指院子对面。他们所处的阳台由一道跨越院子的天桥与他指的那间阁楼相连。这天桥几乎跟下面的瓷窑一样老旧；它的木梁快要散架了，被烟熏得漆黑。

奥蒂姆小心翼翼走上了天桥。走到一半，一阵烟雾腾起，他不由停下脚步，用一只手扶住栏杆稳了稳身子。“我感觉不舒服……我最好先退回去。”说着，他朝少校转回身，“看那口窑。”

伊戴普·芒·奥蒂姆不喜欢暴力，他这辈子都讨厌武力，哪怕是生气的样子都让他觉得厌恶——至少他自己不会让怒火形于色。他约束着自己要有礼节，要恭顺，就像他的父母那样。现在他把这套规矩抛到了九霄云外。趁着加迪特拉克朝下看去的时候，他双手紧紧扣在一起用力挥出双臂，重重抡在他后脖子上。

“加格瑞姆！”奥蒂姆叫喊起来，可那个奴隶一动都不敢动。

加迪特拉克往侧面一倒，靠在栏杆上想要抽出枪。奥蒂姆踹在他膝盖上，又往他胸口一撞。这位军官的体型足有两个他那么大，尤其那件厚大衣似乎抗得住任何击打。

然后，他听到了栏杆断裂的声音。左轮枪响了，加迪特拉克开始下坠，奥蒂姆手脚并用地趴在天桥上，生怕自己也掉了下去。

加迪特拉克跌落下去，一边惊恐地大叫。

奥蒂姆看着他落下，双臂乱舞，野兽般的嘴大张着。下落的距离并不远。他落在了那口生着火的双孔瓷窑正中间。窑顶都是砖头碎石。受到这一撞击，瓷窑顶部随即裂开，裂缝不断扩大，里面闪着红光。热气腾空而起，奥蒂姆连忙趴倒在天桥上避开热浪。

少校连声尖叫，试图站起来，但他的厚大衣就像一层老旧的皮壳，已经闷烧了起来，他的腿也卡在了屋顶的裂缝里。这时拱顶塌了，火焰犹如飞溅的液体腾空而起。瓷窑里的温度超过一千一百度！加迪特拉克浑身上下燃起火焰，一转眼便跌落进去。

之后，奥蒂姆全然不记得自己在天桥上趴了多久。贝熙冒险顺着天桥过来帮他返回了长廊。加格瑞姆早就逃走了。

她搂着他，用一块布擦拭他那张被烟火熏黑的脸。他意识到自己正在一遍又一遍对她说：“我杀了人。”

“你救了我们所有人。”她说，“你很勇敢，我亲爱的。现在我们必须上船，尽快出发，一定要赶在有人发现出事之前。”

“我杀了人，贝熙。”

“是他自己摔下去的，伊戴普。”她吻了吻他干裂的嘴唇，不由自主哭了起来。他搂住了她，他还从来没有在白天这么做过，她感觉到他那骨瘦如柴的身子在不住地颤抖。

就这样，伊戴普·芒·奥蒂姆生命中井然有序的日子结束了。从现在起，一切都得随机应变。跟他父亲一样，他期盼通过精细的账目、平衡的收支、诚信待人、和睦友好，通过他所能做到的每一种方式来控制自己那个小小的世界。一场大祸之后，这一切都离他而去。整个系统崩塌了。

贝熙·贝萨米卡利不得不扶着他穿过码头区，走上那条等候的船只。与他们同行的还有两人，那两个人的生活与他们一样，也被彻底摧毁了。

从湿地的小码头开出二十里之后，哈宾·法施纳基德上尉跟贝熙前往滨海地区时，看到自己那张脸被草草绘制在红色的通告上。这张通告是新近从军方强征的印刷厂里印出来的，上面的糨糊都还没干。对于法施纳基德来说，奥蒂姆的船正合心意，不只是为了逃离乌斯库托什，还能跟贝熙厮守在一起。法施纳基德决定了，如果他重新开始自己的生活，那他就需要一个拥有莫大勇气和坚定决心的女人来照顾他。他快步走上跳板，迫不及待地想要从军旅生活和它的阴影中逃脱出去。

在他身后跟着托莱丝·拉尔，那位伟大的、最近刚刚在战斗中牺牲的班戴尔·埃瑟·拉尔的遗孀。自从她丈夫亡故，她被卢特林·邵柯兰迪特抓获之后，她的生活就变得跟奥蒂姆或是法施纳基德一样迷茫无助。现在，她发现自己身处一个外国的港口里，即将航向另一个外国的港口，而俘获她的那个人正躺在船上，身受肥死症的折磨，被捆绑了起来。她本可以逃脱的，但托莱丝·拉尔不知道一个奥多兰都女人如何从锡伯纳尔安然无恙地返回家园，所以她决定留下来照料邵柯兰迪特，希望他会因此而对她感恩——假设他能幸免于难。

对于瘟疫，她可不像其他人那么恐惧——在家乡奥多兰都的时候，她是一名医生。让她同时感到恐惧和好奇的那个词语，正是邵柯兰迪特家乡的名字，喀尔纳巴尔。在遥远的奥多兰都，这个词被提起的时候，总是传奇和浪漫的象征。

奥蒂姆为了得到这条船，跟中间人打了不少交道，他们是一群本地的朋友，跟祭司水手行会里的人颇有些来往，知道谁能派上用场。他卖掉房子和生意的钱全都用来购置这条“新季节号”。它现在就停靠在克莱蒙特驳岸的海岸边，这是一艘排水量六百三十九吨的双桅横帆小帆船，前桅和主桅上挂着方形的横帆。这艘舰船是二十年前在阿斯基托什的船坞建造的。

货已经装完了。“新季节号”上装载了奥蒂姆短时间内能搞到的一切供给品，此外，还有一群艾羚，许多精美的奥蒂姆瓷器，一位身患瘟疫的病人，还有一个伺候病人的女奴隶。

奥蒂姆想方设法从码头老板那里得到了许可，那是一位多年经手奥蒂姆货物并收益颇丰的老相识。费了一番口舌，这艘船的船长终于同意尽可能简化那些由占卜者和圣术士为平安远航所进行的烦琐仪式。这条船离开锡伯纳尔时，他们鸣放礼炮致敬。

甲板上诵唱起一首歌颂阿佐亚希克神的简短赞美诗。趁着涨潮和起风，船只与克莱蒙特驳岸之间的距离被拉远了。“新季节号”开始了前往遥远的施芬宁克的航程。

VI

G4PBX/4582-4-3

站上遭受破坏最严重的区域正是那些与人类活动关系最密切的区域，比如食堂和餐厅，以及为其提供补给的蛋白质加工设施。球形外壳内，大面积的农田变成了战场。男人为了食物而相互捕杀。那些能行走的巨大性爱玩偶，那些滥用基因工程制造的生殖怪兽，也被猎杀并且吃掉。

自动运行的观测站继续在内部显示屏上播放着下面那个鲜活世界的画面——这确确实实在继续丰富着内部的环境氛围，从而让人性不至于被剥夺那种永恒的外部刺激。

幸存下来的部落再也无法维系曾经的联系。他们接收到的那些画面，显示着猎人、国王、学者、商人和奴隶，早已与其实际背景相去甚远。这些东西都被当作来自另一个世界的访客，不是神灵便是魔鬼。先祖们带着蔑视的眼光所研究的这一切，如今只会给他们带来无比的惊异。

“阿佛纳斯号”上的叛乱者——一开始只是一群持不同见解的少数派——为了比他们想象中更大的自由行动起来了。他们将自己搁浅在忧郁的存在主义沙滩上，将头脑让位于口腹之欲。

在“阿佛纳斯号”上，就是那个飞奔在海利科尼亚上空的铠骥星，野蛮带来的寂寥笼罩了一切。伊戴普·芒·奥蒂姆对于那只库基-胡威科钟表高超的工艺充满了理所当然的自豪感，而这正体现了社会的某种局限。正如库基-尤威科会出产如此具有生命力的艺术品，但“阿佛纳斯号”上的一片野蛮却只出产被砸碎的头颅、持续的伏击、部落的鼓点，还有类人猿般的狂欢。

在阿佛纳斯文明，这里工作了无数世代的人时常会表现出一种渴望，渴望从虚无感和极简主义的禁锢中解脱，它们都是被恩主地球这个概念强加于身的。有些人宁愿死在海利科尼亚上，也不想在阿佛纳斯的秩序之下苟延残喘。如果有人问起，他们会说自己更喜欢的是野蛮，而非文明。

野蛮的无聊比极简主义的束缚更无边无际。品氏和坦氏家族无时无刻不处在恐惧和匮乏的感觉中。方方面面被能够自我控制的科技环绕，他们比坎普安莱特上许多部落的处境都要好得多，那些部落可是被沼泽、森林以及大海环绕着。野蛮释放了他们的恐惧，也削弱了他们的想象力。

但是照料居民并非“阿佛纳斯号”的优先职责。它的首要职责是把信号持续不断地传送回远在一千光年之外的行星，地球。在观测站存在于世的几千年里，那些包含着丰富信息的信号从未中断过。

信号形成了一条数据大动脉，源源不断传回地球。依照那个以宏伟的星际探索计划为己任的技术精英团队所制定的最初计划，这条动脉从未枯竭过，甚至在阿佛纳斯的居民退化到近乎野蛮人的状态时也一如既往。

卡戎，一个遥远的太阳系前哨站，那里有着一套复杂的接收系统，建设在这颗寒冷卫星的甲烷表面。在这个前哨站上，最接近于智慧生命的就是维护它的仿生人，来自海利科尼亚的信号就在这里进行分析、分类、存储，并传送到太阳系以内。往回发送的信号就远没有那么复杂了，只是一些确认，或者是发送给阿佛纳斯的一条命令，希望在这片或那片区域增加观测覆盖率。这些来自地球的新闻简报很久以前就停了，因为有人说，给阿佛纳斯的人看一千年前的新闻太荒唐了。因此阿佛纳斯如今对地球上的事情一无所知——当然，也完全不放在心上。

至于地球上发生的事情：那些拥挤的国家在二十一世纪大部分时间里都陷入在一系列不愉快的冲突之中：东方威胁西方，北方威胁南方，第一世界援助并欺诈第三世界。人口增长，资源匮乏，持续不断的局部冲突，星球表面逐渐变成一堆碎石。“恐怖主义国家”的概念席卷了世纪中期；罗马古城就是在那个时期被毁掉的。尽管未来一片惨淡，但那个终极死神，核战争，并没有降临人世。部分是因为超级大国将军事行动掩藏在一些由他们操纵的代理国背后，还有部分原因则是对邻近宇宙空间的探索成了发泄侵略性的某种安全阀。

尽管科技和电子系统发展迅猛，可二十一世纪的人类认为这是一个令人伤感的时代。他们看到生产食物的每一块田地和每一座工厂都是由电子系统保护着，或是由人类巡查着。他们也感觉到自己的生活不断被系统化，然而其内在结构，隐藏在文明深处的那套系统被保留了下来。尽管处处受限，却也不难超越。

很多有天赋的人让这个世纪无比辉煌，至少在回顾时感觉是如此。一些男男女女从无名之辈开始，凭借天赋赢得了巨大的声望。他们创造的辉煌，他们的底层背景和反叛精神，点亮了旁观者的心灵。当德里科·埃里克·艾博萨勒姆去世的时候，据说半颗星球的人都为他哭泣，但是他那些美妙的即兴歌曲依然抚慰着后来者的心灵。

一开始，在太阳系之外的宇宙空间里，地球上只有两个国家在竞争。后来这个数量攀升到四个，最终止步于五个。星际旅行的开支太过巨大，没有更多国家负担得起，即便是在人们将科技当作宗教信仰的年代。但与宗教不同，宗教是穷人的希望，科技是富人的玩具。

星际探索带来的兴奋在地球的民众间重燃起来。许多人理智地加以赞许。许多人为他们自己的团队感到欢欣鼓舞。一项又一项计划被郑重地捧出来。巨大的花销，辽阔的太空，无比的威望：这些因素结合在一起，打动了居住在那些丑陋城市里的纳税人。

在星际旅行的全盛期，不时会有星际飞船发射上天，那大约是在2090到3200年间。这些飞船携带着存储于计算机里的殖民者，在发现宜居星球之前能够长久地在真空中巡游。

人类最先踏足的系外行星被郑重其事地命名为新地球。它是围绕着人马座比邻星两颗没有卫星的星体中的一个。一位评论员说它"胜似阿拉伯的荒漠。"但是当新地球那单调的景观铺展在眼前，很多人还是感到无比震撼。

这颗行星主要是由砂土和起伏连绵的山地构成的。

它唯一的海洋覆盖了不到五十分之一的地表。在上面没有发现什么生命体，除了某种异常巨大的蠕虫和一种生长在咸海边缘地带的海草。至于空气嘛，尽管可以呼吸，但水蒸气含量极低；人类在如此干燥的空气中呼吸几分钟嗓子就得冒烟。新地球那令人目眩的地表上从来没有雨点落下。它是一个荒凉的世界，而且一直都是如此。它本身不可能发展出生生不息的生物圈。

好几个世纪就这样过去了。

新地球上建立起了一个基地和修整中心。探索飞船朝着更远的地方进发。最终他们踏遍了太空中一个直径几乎有两千光年的球形区域。这片区域对于一个刚刚驯服野马的种族来说堪称无比浩瀚，可是从整个银河系的尺度来看其实微不足道。

人类发现了很多行星，也探索了很多行星，但没有一颗上面有生命。对地球来说，那些都是富裕的矿产资源，但不是生命。在一颗巨型气态行星的黑暗氤氲之下，人类发现了一种不断翻滚的生物，似乎具备某种意识。它们甚至会围绕那些人类的水下探测器活动。历时六年，探险员费尽心力试图与那些翻滚着的东西建立联系——从未成功。在这个时期，在被污染的地球海洋里，最后一头鲸鱼死去了。

在一些新发现的星球上，人们建立基地，开采矿产。发生了一些事故——不过没有报告回地球。巨行星威尔金斯被拆解了；聚变发动机在它的大气中咆哮，将氢元素转变成铁和更重的金属，然后行星就瓦解了。能量按照预计释放了——但比预计的要迅猛得多。

致命的短波辐射杀死了所有参与这一项目的人。在奥罗格拉克星，两个竞争对手的基地之间爆发了战争，一场短暂的核大战将这颗行星变成了冰雪荒原。

也有开发成功的星球。甚至新地球都算是成功的，至少对那些在饱含化学物质的大海边建立基地的人们来说，算足够成功了。小型殖民点陆陆续续在二十九颗行星上建立起来，其中一些甚至繁衍了好几代。。

尽管其中一些殖民点衍生出了有趣的传奇故事——这大大丰富了地球的文化储备——却没有一个故事能够发展得足够庞大，足够复杂，滋养出与母星地球不同的文化和价值体系。有一个很少为大家所承认的事实，就是每一个地球人都是疾病储藏库；所有的种族群体中，都有相当比例的人在一生中有一定时间处于不适状态——且原因不明。如今很多人呼吁要将SUDS（无症状未治疗疾病综合征）正式确认为一种疾病。在无重力条件下，SUDS的患者会激增。

SUDS一直以来都被认为是无法治愈的。神经系统失效了，记忆开始编造虚假的生活经历，视觉变成了幻觉，肌肉系统僵化，胃部灼痛。太空痴呆症成了日常疾病。恐怖的阴影笼罩着穿越太空的灵魂。

尽管存在着身体的不适和幻想的破灭，向银河系的渗透却始终没有停止。没有愿景，人类就会消亡——于是便有了一个愿景。在那个愿景中，知识需要去追求，尽管充满了各种危险；终极的知识就蕴含在对生命的理解之中，蕴含在它与那个没有生命的宇宙的关系中。如果不理解知识，它就一文不值。

一支中美联合舰队在勘测距离地球七百光年的蛇夫座的一片尘埃云。这一区域包含着巨大的分子簇，各向异性的重力，共生的行星，以及其他各种反常现象。在这片蕴含早期物质的星云中，新的恒星在不断诞生。

舰队的某个计算机集群控制的一颗天体物理卫星获取到距离蛇夫座星云大约三百光年的一个非典型双星系统的摄谱仪数据，最终显示出这个星系里至少有一颗行星拥有类似地球的环境。

一颗正在衰老的G4型黄色恒星与一个白色的超巨星围绕着同一轴心运行，而它们在这条轨道上一起运行的时间没有超过一千一百万年，这一古怪现象引起了中美联合舰队上那些天体学家的兴趣。这份光谱分析报告促使他们进行实际的勘察活动。

这个遥远双星系统中的那颗疑似类地行星被命名为G4PBX/4582-4-3。在他们穿越尘埃云的漫长返航途中，信号也被发送回了地球。

舰队的旗舰驻泊在蛇夫座尘埃云内，派遣出一艘自动控制的殖民飞船在尘埃云边缘巡航。然后，按照程序设定，这艘殖民飞船被派往G4PBX/4582-4-3。这一年是公元3145年。

殖民飞船在公元3600年进入了弗雷耶-巴塔利克斯星系，随即立刻开始了程序设定的任务，建立观测站。

G4PBX/4582-4-3简直就是一个梦幻世界！真实，但超乎想象，甚至令人神往。

随着更多的信号从新观测站传送回地球，这颗行星与地球的相似性便越来越清晰了。跟地球一样，它上面不仅生存着无数形式多样的生命体——这跟以前发现的行星相比着实令人鼓舞——更有甚者，它上面还存在着令人惊奇的半智慧与智慧物种。智慧物种之中有一种是类人生物，还有一种是长着犄角、浑身粗毛、状如牛头怪的生物。

信号最终到达了太阳系边缘的卡戎，仿生人在那里将数据传送回仅仅五光时之遥的地球。

在第五个千年的中期，地球上的摩登时代开始衰落。求知的时代成了一种记忆。除了居于权力中心的极少数精英之外，探索银河系对于所有人来说早已变得抽象起来，成了官僚机构强加于世的负担。G4PBX/4582-4-3改变了这一切。这个神秘的星体从它的三颗姊妹行星中脱颖而出，饱含着丰富的色彩与个性。它成了海利科尼亚，一颗美妙的星球，一片隐藏在黑纱之后的生命世界。

海利科尼亚的两颗太阳具有强大的象征性。神秘主义者为其赋予了某种寓意，弗雷耶-巴塔利克斯似乎暗喻着人类心理上的分歧，在很久以前的亚洲传说故事中就曾有过传颂：

桃树上有两只鸟儿长相厮守：
一只吃果子，一只在看着。
一只鸟是我们个体的自我，品尝这世界所有的恩赐：
另一只是宇宙的自我，见证着一切却又心怀疑虑。

当最初几帧人类与法艮在那片冰天雪地里挣扎的画面出现时，人们热切地研究着它们！一想到此，人类心中便充满了难以言表的感激之情。他们终于打造出了一条与另一种文明生物的联系通道。

就在“阿佛纳斯号”建造起来，并进入海利科尼亚轨道运行时，就在殖民飞船上的代理母亲将人类抚养起来时，地球人的太空殖民活动半径却在缩减。太阳系中有人类居住的那颗行星正在朝着中央集权政府的方向发展，后来则演化成了COSA（Co-System Assemblage，协作系统联合体，科萨）；他们的时间精力全都耗费在各种复杂事务上。遥远的殖民地被抛弃了，任其自生自灭，就像荒岛上的鲁滨孙·克鲁索一样在那些遥远的半宜居星球上孤立无援。

地球和它的几颗近邻行星已经成了一座仓库，储藏着太多未被消化的信息。当这些数据返回地球得到处理时，其中蕴含的知识并没有被消化吸收。从部落时代起就开始存在的相互敌意，以及建立在恐惧和占有欲之上的对立情绪，一直处在休眠之中。空间的不断减少将它们重新唤醒。

公元4901年，整个地球都由一家公司进行管理了，它就是COSA。司法系统已经让位于利润盈亏。通过一套套指挥系统，科萨拥有了每一栋建筑，每一个行业，每一种服务，每一座工厂，以及这颗星球上每一个人类的藏身之处——哪怕是那些反对它的人。资本主义到达了它辉煌的顶点。呼吸的每一口氧气它都要抽几分利。而它付给股东的红利则是二氧化碳。

在火星、金星、水星，以及木星的几颗卫星上，人类相对自由一些——可以自由建立自己的小型国家并自生自灭。他们构成了太阳系的二等公民。他们获取的每一样东西都要给COSA支付报酬——而这些获取的东西在他们的生活中发挥着重要作用。

在4901年，这项负担变得难以承受，也正是在4901年，地球上的一个政治家犯了一个小小的错误，对火星上的居民使用了一个古老的贬义词“移民”。是年，爆发那场行星间的核战争——史称“一个词引发的战争”。

尽管末日前留下的记录十分稀少，不过我们知道那时候的人自视甚高，认为其文明已经高度发达，不可能会有那样一场战争。他们唯一恐惧的是会有一个精神错乱的家伙按下按钮。事实上，按下那个按钮的人神智健全，只是在响应一套操练成熟的指挥系统而已。对于大毁灭的恐惧一直都存在。核武器一旦发明出来就无法被抹掉。任何事物都逃脱不了阴阳平衡、物极必反的法则，于是恐惧变成了希望，导弹朝着目标轮番发射，人们像蜡烛般燃烧起来，发射井和城市都在喷吐着不熄的大火。

那是一场各个行星之间的战争，正如之前所预言的那样。火星成了一片永恒的死寂。其他行星只用出了他们全部火力的一小部分进行反击（而且也都被摧毁了）。只有不超过十二枚百亿吨级的核弹落在地球上。这已经足够了。

一团巨大的蘑菇云在COSA的首都上空腾起。尘埃之中裹挟着煤灰，还有建筑、尸体、植物，以及各种矿石的碎屑，一直上升到平流层。炽热的飓风席卷各个大陆。森林、山脉被它吞噬。当最初的大火熄灭之后，当大部分的辐射物沉积到惨遭涂炭的大地之上，云层却没有散去。

那云层是致命的。它覆盖了整个北半球。阳光被遮蔽。光合作用，一切生命的基础，无法进行了。所有的一切都冻成了冰。植物死掉了，树木死掉了，甚至连野草都死了。幸存者在一片越来越像格陵兰的大地上艰难求存。地面气温迅速下降到了零下30°。核冬天降临了。

大海没有完全冻结，但是寒冷，还有上层大气中的尘埃，像一张床单一样铺展扩散开来，继而覆盖了南半球。寒冷甚至席卷了宜人的赤道地区。黑暗与严寒统治了地球。那团蘑菇云似乎是人类最后一项富有创造性的产物了。

海利科尼亚因其漫长的冬季而闻名。但那些冬季是自然的产物：自然带来的并非死亡，而是休眠，那颗行星会再次苏醒。核冬天的到来并不意味着春天就不远了。

这场战争的恶果不知不觉地成了另一种冬季。山上的雪，到了所谓夏季也不会消融；到了下一个冬天，更多的雪落在了未消融的积雪上。冰雪日积月累，变成了永久的冰盖。一片永冻的雪床连上了另一片。一口冻结的湖水使得另一口也封了冻。极北的冰床流向南方。大地跟天空呈现出一样的颜色。冰川时代卷土重来。

太空旅行早已被遗忘了。对于地球人来说，到一英里之外再次成了一种冒险活动。

“新季节号”乘客的心中涌起了对这场冒险的向往。双桅横帆小帆船有惊无险地离开了港口，很快吹向东南方的清风便兜起了船帆，船开始顺着锡伯纳尔的海岸线往西方驶去。法施纳基德上尉吹起了一支角笛。

伊戴普·芒·奥蒂姆在甲板上陪着他那位身宽体胖的妻子和三个孩子。他们默不作声站成一排，回望着科理安图拉。天气晴朗起来。弗雷耶在南方海平线上熊熊燃烧着，耀眼的巴塔利克斯几乎挂在天顶。帆索在帆布和甲板上投下了错综繁杂的影子。

奥蒂姆礼貌地告辞，去了船尾，贝熙·贝萨米卡利正独自一人站在那里。一开始他以为她晕船，但随即看到那颗脑袋一直在颤抖——她正在哭泣。他伸出一条手臂搂住了她。

“看到心爱的人在浪费眼泪，真是心痛。”

她抱住了他，“我觉得很内疚，亲爱的主人。是我给你带来这么多麻烦……我永远都忘不了那个人的样子……浑身冒着火……全是我的错。”

他尽力抚慰着她，但她一直说个不停。现在她又开始责怪哈宾·法施纳基德。那天早上他让她出去买些书，当时身边没有其他人，可到了街上她就被加迪特拉克抓住了。

“就是他那些古怪的书！而且他还说那是他身上最后一笔钱了。他居然把最后一笔钱浪费在书上！”

“那个少校……他做了什么？”

她又哭起来，“我什么都没跟他说。但他知道我是属于你的。他把我带进一间屋子里，那里还有别的士兵、军官。他让我……让我给他们跳舞。然后他拉我去了我们的办公室……这得怪我。我就不该那么傻，去买那些书……”

奥蒂姆抹了抹她的眼泪，没再说什么。等贝熙平静了些，他郑重地问道：“你对这个哈宾上尉真的动心了？”

她又抱住了他，“再也不会了。”

他们默默地站着。科理安图拉在海平线上缓缓沉了下去，“新季节号”正驶过一片遍布鲱鱼厢的海域。鲱鱼厢撒下排网，拖网捕鱼。上面除了渔夫，还有腌制工匠和桶匠，猎物一拖到船上他们就把内脏清理干净，立即腌制起来。

贝熙抽着鼻子说：“当那人死在瓷窑上时，你就永远无法忘掉这件事了，对吗，亲爱的主人？”

他抚摸着她的头发，“科理安图拉的生活结束了。我已经把所有属于那里的事情都撇在了身后，我劝你也这么做。等我们到了施芬宁克我哥哥家里后，生活就会重新开始。”

他吻了吻她，回到了妻子身边。

第二天早晨，法施纳基德把奥蒂姆叫了出来。他高大的身躯让奥蒂姆显得分外纤瘦。

“我感激您的善意。”他说，“等我们到了施芬宁克，我会给你支付足额报酬，我向你保证。”

奥蒂姆说：“不用担心。”然后他再没说什么，他不知道怎么应付这位军官。现在法施纳基德是一名逃兵，但他还是会跟往常一样对人以礼相待。这条船挤满了人，都是一群为了逃离大寡头的法令而乞求上船的人，所有人都给奥蒂姆付了报酬。他的舱室里现在装满了各种各样的珍宝。

“我说话算数——你会得到足额的报酬。”法施纳基德又说了一遍，目光严肃地低头看着奥蒂姆。

“好的，好的，没错。谢谢……。”说着，奥蒂姆转过身去。他余光瞥见托莱丝·拉尔也来到了甲板上，于是朝她走去，好借机从法施纳基德眼前逃开。贝熙跟着他，她避开了法施纳基德的目光。

“你的病人怎么样了？”奥蒂姆朝那个伯多兰女人问道。

托莱丝·拉尔靠着栏杆，闭着眼睛，深深吸了几口气。她那白皙清爽的面容因为紧张而变得有几分透明，原本白嫩的俏脸蛋上有了黑眼圈。她没有睁眼，说道："他很年轻，也很有决心。我相信他会挺过来。这种事常有。"

贝熙说："你不该带一个染上瘟疫的人上船，瘟疫会危及我们所有人的生命。"她的声音里带着一种以前没有的莽撞口气，她之前甚至不敢在奥蒂姆跟前抢先开口说话，但在这趟旅程中一切都发生着变化。

"从科学角度说，叫'瘟疫'并不是很确切。瘟疫和肥死症是两码事，尽管我们往往不加区分地使用这两个词。肥死症的症状确实可怕，不过大多数患上它的健壮年轻人都会康复。"

"可它像瘟疫一样传播，不是吗？"

托莱丝·拉尔没有转过头来，她答道："我不能扔下邵柯兰迪特，听任他就那么死了，我是个医生。"

"如果你是医生，你应该知道其中的危险。"

托莱丝·拉尔说："我知道，我知道的……"她摇着头，从他们中间冲出去，快步走到梯口下了甲板。

她在安置邵柯兰迪特的小舱室门前停了一下。她把头抵在了手臂上，仿佛看到自己的生活正在发生转折，看到了自己苟活的悲伤，还有笼罩在这条船所有人身上未卜的命运，这一切就要发生翻天覆地的变化。一个人能看到即将发生的事情，却无力改变所做的一切，那又有什么意义？

她正在护理那个夺走了她丈夫性命的人。而且——哦，是的，她感觉得到——她已经感染了那种病。她知道，即便不在这条局促的船上，那也是很容易传染的，但"新季节号"上不干净的环境让这里成了传染病的天堂。为什么生活还要继续？即便是现在，是否在她内心深处的某个地方享受着这种生活？

她打开门锁，肩膀在门板上一顶，进了小舱室。接下来的两天她都待在那里，谁也不见，只有在呼吸新鲜空气的时候才爬上甲板。

与此同时，贝熙被安排去监督奥蒂姆家那些挤在主舱房里的亲戚们。她最大的精神支持便是那位会烹制美味油酥煎饼的老祖母。这位老妇人依然在那口小小的木炭炉上烹饪美味，舱房里充满了温馨的香气，抚慰着这一大家子人心中的焦虑。

这一家人躺在箱子和行李中间，放纵着自己以往的坏习惯还不忘抱怨艰苦的海上生活。就像演戏一般，他们会向贝熙以及任何会听他们讲话的人慷慨陈词，一个接一个地述说着航海的危险。但是贝熙心想，还有瘟疫带来的危险呢！如果传播到这间舱室，你们这些不堪一击的老家伙有几个能存活下来？因为奥蒂姆的嘱托，她决意不管发生什么都要跟他们在一起，而且暗中还准备了一把匕首防身。

托莱丝·拉尔依旧独处，跟谁都不说话，甚至在她上甲板时也是如此。

第三天早晨，她看到水面上有小小的冰山。也就在这天早晨，她感觉自己有些发烧，她像往常一样回去做自己的看护工作，开这扇门的时候她感觉比以往更费力。

卢特林·邵柯兰迪特被捆在“新季节号”船头一间不规则的小舱室里。这舱室中间立着一根支柱，留下的空间足够在柱子边放一张床铺，此外还有一个水桶，一大堆干草，一只炉子，还有四头惊恐万状的艾羚，它们就拴在小小的炮眼下面。炮眼透进来的光线足够让托莱丝·拉尔看见地板上的污迹，和那个拴在床铺上的粗壮身躯。她锁上身后的门，靠着门站了一会儿，然后朝躺在床上的那个人靠近一步。

“卢特林！”

他全身一颤。他的手腕被她用皮带捆在床铺的立柱上，脑袋往上一探，就像乌龟一样。他睁着一只眼，透过一头乱发盯着她，嘴巴大张着，发出嘶哑的声音。

她用长柄勺从炉子后面的水桶里舀来一勺水喂给他，他喝了下去。

“还要吃。”他说。

听到这话，她知道他会康复。自从他们把他带到“新季节号”上的这个地方以后，他终于说了第一句话。这证明他又能正常思维了。然而她还是不敢碰他，尽管他的手腕、脚踝都给捆得牢牢的。

炉子上放着焦煳的烤肉，那是她宰掉的最后一头艾羚。她用砍刀把它劈成小块，在炭火上弄熟，将生着螺纹的犄角、白色的绒毛，和其他垃圾一起堆在角落里。

她给他扔过去一块肘子，托莱丝·拉尔头一次觉得这烤肉看上去真是美味。邵柯兰迪特用胳膊肘把它夹住，啃吃起来。他的目光时不时投在她身上，他的眼睛里不再有那种癫狂的愤怒了，神经性暴食症过去了。

他先前那种野蛮吃食的画面折磨着她。她看着他赤裸的肢体，早先拼命挣扎时冒出的汗水闪着光泽，想象着自己的牙齿在发病后会怎样咬进他的肉体。她从炉子上一把抓起烧焦的肉。

铁链和镣铐早就备好了。托莱丝·拉尔跪在地上爬到它们中间。她把自己的双腕锁好，笨拙地把钥匙一甩，扔到了自己够不到的地方。这地方的气息裹住了她，那男人身上的臭味夹杂着关在这里的牲口的气味和排泄物的味道，而这一切又都混在炭火的烟气里。就在她觉得气闷的时候，一阵僵硬袭来。她开始用尽浑身力量把链条绷紧，双膝笨拙地伸在身前，头缓缓地往后仰去，直到仰不动为止。她将那块焦肉搂在一条胳膊下面，像是搂着一个孩子。

那个男人躺在那里，一动不动地看着。最后，这个女人的名字来到了他的唇边，他开始呼唤她。她与他的目光短暂相遇了，但那是一个呆滞的目光，她的眼珠翻转着。

邵柯兰迪特耷拉着下巴张着嘴，扭动着身子坐起来。他被紧紧捆在床铺边。海利科病毒侵入了他的下丘脑，精神错乱伴随的挣扎达到了巅峰，但还不足以令他挣断那些束缚着他手腕和脚踝的皮带。

在他挣扎时，他发现一把带爪的黄铜夹钳靠在他旁边，是用来拨弄炭火的，可这东西没法割断绑着他的皮带。他睡了一会儿。醒来之后，他再次想方设法让自己脱身。

他叫喊起来，但没人会过来，大家对肥死症的恐惧太强大了。这个女人几乎僵直不动地倚着那根柱子，他的脚可以够到她。牲口咩咩叫着，在它们的干草堆边没完没了地转来转去，它们的眼珠在昏暗中闪着黄色的荧光。

邵柯兰迪特被捆在那里，可以翻过身，脸朝下歇着。关节上的僵硬感渐渐消失了，他能扭动着脑袋四下看看。他注意到了头顶上方那张床铺上的织网。床身一半的位置上，插着一根木头横杠来固定。这根杠子上插着一把长锋匕首。

他吃力地仰起脖子看着那把匕首，时间一分钟一分钟过去。匕首的手柄就在他上方不远处，但他够不到它，因为他被捆得很结实。他的头脑渐渐清晰起来，是托莱丝·拉尔把匕首放在那里的，在她染上疾病之前。但是为什么呢？

他感觉到皮带勒进他的皮肉。他明白了其中的联系，这表明她非常聪明。他扭动着身子，想方设法把火钳往床铺下方挪，直到他能用双膝把它夹住。经过一阵痛苦的扭动，他转过硬邦邦的膝盖，把火钳举到了匕首下方。他忙活了一个小时，两个小时，痛苦带来一身的汗水和阵阵呻吟，不过最后他终于让匕首的柄牢牢夹在了钳子里。接下来，把匕首弄下来就是时间问题了。

匕首终于落在了他的大腿上。邵柯兰迪特歇了好一会儿，等力气恢复了，就把匕首顺着床铺一路往上挪。最终，他用牙咬住了匕首。

锯开皮带可是个苦活儿，但总算是锯开了。他脱出了一只手，然后让自己彻底脱身。他在床上躺倒，喘着气。他终于从这张臭烘烘的床上爬了起来。

他走了一两步，然后便虚弱地靠在木头柱子上。他双手扶着膝盖，凝视着托莱丝·拉尔，她缓缓地扭动着。尽管他感觉自己的身子仿佛根本不属于自己，可他此时清楚理解了她在身染瘟疫时为他着想而做出的打算——他因为发烧而神智癫狂时，永远不会有协调能力去弄到匕首，而如果没有匕首，等他康复之后又没法让自己脱身。

歇了一会儿，他站起身来，终于感觉到自己那污秽不堪的身子的重量。他变了。

他从肥死症中活下来了，并发生了变化。他遭受痛苦的身体扭曲变形，这让他的脊椎被严重压迫；现在，他估计自己比以前矮了三四寸。曾经一度反常的食欲会让他直往活人身上扑。在那个阶段，如果托莱丝·拉尔没有给他喂熟肉，他会吞吃任何东西，床上的毯子、自己的粪便、老鼠。他不知道自己吃掉了多少头牲口，现在他的身材更敦实了。他低着头，难以置信地看着自己水桶般的胸廓。现在他的块头更小了，更浑圆，更结实。他的体型完全被重塑了。

但是他活下来了！

他穿过针眼活了下来！

不管发生了什么，总比死亡和腐朽好。生命是一种不可思议的感觉：无意识的呼吸，吃喝拉撒的享受，不受束缚的身体，漫无目的的思绪。这是一种感觉，一种智慧，甚至连退化和病痛都无法剥夺。当他享受着这一切的时候，在这间充满了恶臭的小屋里，重获健康的感觉也渗透到了他的肌体之中。

仿佛拉起了一重幕帘，他又一次看到了年少时在喀尔纳巴尔的山岭中，在巨轮那里看到的一幕幕场景。他回想起父亲和母亲。他再次回忆起在伊斯图利厦战场上的英雄壮举。一切都清晰地涌现出来，历历在目，就像发生在别人身上的事情。

他又一次想起击倒班戴尔·埃瑟·拉尔的那一幕。

他抓获的这个寡妇没有让他自生自灭，他对此心怀感激。是因为他没有强奸她，没有殴打她吗？或者说不管他对她干过什么，她还是会这么善良？

他俯下身看着她，看到她面如死灰，心里很难过。他伸手搂起她，闻到了她身上刺鼻的恶臭。她的脑袋耷拉着摇来晃去，像是要靠在他身上歇一歇。她干巴巴的嘴唇一缩，露出了牙齿，狠狠咬在了他肩头。

邵柯兰迪特赶紧从她身边退了回去。他给她递过去一块肉，她咬下一大口，满嘴都是，却不咀嚼。还要过些时候，才会到达完全癫狂的阶段。

“我会照顾你的。”他对她说，“我要上甲板去洗洗，呼吸一下新鲜空气。”他的肩膀在流血。

已经过去多长时间了？他一把拉开门。船上各处传来嘎嘎吱吱的声音，梯口投下重重光影。

享受着重获自由、轻松自如的肢体，他爬上梯口四下张望。甲板上空荡荡的。舵轮边也没有人。

“嗨!”他叫喊着。没人应声，但他听到了令人不安的窸窸窣窣的声音。

他心头一紧，往前跑去，一路叫喊着。桅杆旁边有一具半裸的尸体。他低头看了看。尸体胸口和上臂的肉都被残忍地砍掉了，而且——哦，没错，他猜到了——那是被啃掉的……

VII

黄色条纹的飞蝇

确实，跟锡伯纳尔的其他山峰比起来，埃森山可谓其貌不扬，看起来只不过是一个普普通通的小山包。但是它统辖着周围的平地，阿斯基托什那一圈圈的外环。埃森山城堡又统辖着这座小山，几乎包围了整个山头。

北方来的风呼啸着带来了雨水，大雨从天而降，泼洒在屋顶上、堡垒上，还有城堡里那些狰狞的尖塔上，雨水如柱般倾泻在阿斯基托什人的身上，仿佛在传达着来自大寡头本人的问候。

在这毫无掩护的地方有一个优势——这优势只对大寡头和他的内阁有用——城堡里可以迅速获得各路消息：不单来自那些踩着泥泞山路前来送信的人，还有远方另一处高地上日光仪传送的信号。遍布锡伯纳尔的信号站形成了一条完整的通信链条，最主要的通信干线精准地沿着阿斯基托什所处的纬度线架设起来。就这样，穿越查奥斯到达科理安图拉的那支凯旋大军的讯息被送到了大寡头手中——总得假设他本人是存在的。

那支军队在查奥斯与锡伯纳尔接壤的那道断崖下暂时停下了前进的脚步。它等候着，足足等了两天，一直等到掉队的人马都赶上来。死于瘟疫的人被就地掩埋。不管是人还是坐骑，都比他们从伊斯图利厦出发的时候更显消瘦，那已经是几乎半个什旬之前的事情了。发号施令的依然是艾斯比拉曼。部队士气高昂地收拾装备和整理着装，准备踏着凯旋的步伐进入乌斯库托什。士兵们擦亮了武器，演练着军步。军团的大旗招展开来。

所有这一切都是在大寡头第一卫队那隐藏的枪口下进行的。

当艾斯比拉曼的人马向前推进、进入第一卫队的射程后，大寡头的大炮便一齐向着他们开火了。

枪炮轰鸣。子弹如雨。手榴弹四处炸开。

勇士们倒下了。他们的耶尔克倒下了。他们口吐鲜血，面朝土地栽下。尚能喊出声的人止不住地尖叫着。硝烟滚滚，土石横飞。人们四散奔逃，慌不择路，被震惊到麻木，无法理解眼前发生的一切。保养得铿亮的乐器停止了演奏。艾斯比拉曼朝着身边的号手大叫着，让他吹响撤退号。他们没有向自己的同胞还击一枪一炮。

在这场阴险埋伏中幸存下来的人像荒原中的野兽一样隐藏了起来。很多人被吓得心胆俱裂，魂魄丧失。

“肏那哨兵!”至少他们还能骂出这句话，这是锡伯语中很禁忌的骂人话，甚至连军人都不太说得出口。这是一句反抗宿命的怒吼。

一些幸存者爬进了强风呼啸的山坳里；一些人在湿地的迷津中走失了；另一些人重新集结起来，决定再一次穿越大草原，与那些留守伊斯图利厦的人会合。

至于艾斯比拉曼，他正打叠起精神，想要说服已经瓦解的手下回到队伍中来，但他收到的是一片不绝于耳的骂声。军官和士兵都不再相信权力。“肏那哨兵……”他们朝着那张面无表情的脸咒骂着。

一片绝望中，这句古老的咒骂之语此起彼伏。它真实的意义，就跟它的起源一样，早已在时间的洪流中不知所踪。一个稍微文明点儿的解释是说要玷污那两颗太阳。在北方大陆，人们蜷缩在环极地地区那永不止息的朔风之下，他们骂出这句话来针对阿佐亚希克神——也针对着其他所有那些仍被人铭记或者忘却的神灵——似乎在召唤永恒的黑暗降临人间。

“肏那哨兵!”这是一句对光明的亵渎。人们冲着艾斯比拉曼咆哮着这句话，接着就逃走了。艾斯比拉曼不再发号施令。他眉头间的怒色不断积攒，他将自己裹在斗篷里，准备好迎接自己的救赎。然而，身为教会的一员，那句古老的咒骂之语沉重地压在了他的心头。他感到自己也被亵渎了。

这个重磅消息由一名信使带回来，送到了坐在阿斯基托什那座石山中的大寡头手里。于是，这位人民的统治者知晓了他在科理安图拉安排的那场致命欢迎仪式的效果。

下一步行动不需要太费心思。内阁经过一番商讨之后，将一份公告一直贴到了这片大地最遥远的角落。公告宣称有一支瘟疫肆虐的部队蓄意在整个大陆传播疾病和死亡，不过第一卫队已经在边境将其英勇地消灭了。希望所有人更加努力地工作，以示庆祝。

科理安图拉的老渔妇双手叉腰站在那里，念叨着上面写的东西，说："总是让我们'更加努力地工作'……怎么做才算是比我们现在更努力地工作呢？"她们聚在一起，不以为然地看着第一卫队踢着正步从眼前走过，喧嚣声一路传向西方。

而那支分崩离析的大军残部留在一片无主之地，他们还有另一场仗要打。

自从坎普安莱特的最后一位卡萨尔在四百七十九年前死去之后，法艮就一直在积蓄力量。甚至在致命的弗雷耶爆发出最为强大的能量并进入衰退之前，他们族群的数量就已经开始增长了。人族本以为法艮会随着卡萨尔死掉一些。那些较为胆怯的剑族——归顺人族并在弗雷耶之子中间生存的剑族——已经给生活在恩克特莱赫克高地的那些好战族群送了信。第一拨劫掠者在海利科尼亚这个大周期年的初冬之际已经出动，横行于大地。

一队剑族骑着铠骥，如疾风般掠过这片令人类望而生畏的草地。剑族在此横行的原因很简单：雌性、雄性、铠骥都可以吃草，并且能只靠吃草在此存活，而弱不禁风的弗雷耶之子在这样的地方只能等死。

然而，恩克特莱赫克高地的族群始终远离这片通往锡伯纳尔的草地，除非有特别具有诱惑力的目标吸引他们来到这里。锡伯纳尔令剑族恐惧。他们的头脑里深深烙印着飞蝇的恐怖记忆。

那个记忆——甚至不只是记忆了，更像是一种程序——告诉他们，锡伯纳尔的酷寒之地正是那种飞蝇的乐园。环极地地区下方那片平原上，生活着无数的弗兰勃秸，飞蝇令它们难以忍受。黄色条纹的飞蝇生活在弗兰勃牯兽群中，雌性飞蝇将卵产在这些动物的皮下，幼虫在那里孵化，进入血液，最终形成皮下囊肿，直至最后爆裂开来，幼虫得以降临到这个世界上。

蛴螬差不多有人类的拇指节大小。它们会啃噬出一条通道穿透宿主的皮层，跌落到地上化蛹。

这种黄纹蝇似乎除了让弗兰勃牯生不如死之外，再没有别的作用了。事实并非如此。黄纹蝇的存在令别的动物不敢冒险进入它们统治的地域，于是弗兰勃牯活动的地盘在正常情况下都不会遭受过度牧食。

然而这种飞蝇仍然是一种诅咒，成了弗兰勃牯苦难的根源——它们总是沿着风最烈的山岭飞奔，不顾危险，徒劳地想要摆脱自己的宿命。剑族，弗兰勃牯的后裔，在他们的原圣思维中仍然保留着被黄纹蝇痛苦折磨的记忆，因此绝不踏足这片飞蝇统治的帝国。

但一支溃败的人族大军徘徊在查奥斯的荒原上，这对剑族有着一种特别的诱惑。他们犹如一阵疾风，手握长矛，身后的背囊里装着步枪，在风中一路疾驰，朝着弗雷耶之子紧逼而来。

他们逢人便杀，甚至连那些在艾斯比拉曼军中效力的法艮也毫不留情地砍倒，杀戮之气遍布大地。

一些人族部队还维持着军队的纪律，他们训练有素地在补给大车后组织起来，朝着敌人开火。很多法艮倒下了。

这群劫掠者跑到远处，停了一阵，看着人族的抵抗意志在干渴和寒冷中渐渐瓦解，然后再次发起进攻。他们一个活口都不留。

对这些士兵来说，投降毫无意义。他们一直战斗到最后一人，或者干脆一枪轰掉自己的脑袋。也许在他们心中也有一种种族的记忆：夏季，弗雷耶最为灿烂的时候，那是人类至高无上的时代；当漫长的冬季来临便轮到剑族主宰这颗星球了。所以人族士兵们明知没有希望，也要拼死一战。女人则跟她们的男人一起死去。

不过有时候弹药会用完，这时法艮也不会杀掉所有人，他们会把人族成员拉走当作奴隶。

尽管大寡头并没有意识到这一点，但是剑族事实上已经成了他的最佳盟友——艾斯比拉曼的大军残部被剑族彻底消灭掉了。

在锡伯纳尔的法艮族群却不怎么显露出好战的一面。他们之中相当一部分是从主人那逃出的剑族奴隶，或者是本就习惯于一代代辛勤劳作，甘受奴役的低地法艮。这些生物成群结队地游走在乡野，尽其所能远离人类聚居地。

当然，任何属于弗雷耶之子的东西，只要防御松懈，都会成为他们的目标。他们对人族那根深蒂固的敌对态度从来都没有消失过。当这样一支队伍远远望见海岸附近有一艘双桅小帆船时，就立刻盯上了它，那正是“新季节号”。这条船顺着洛拉贾萧瑟的海岸朝凄苦湾西边前进时，这支队伍一直跟着它，前方正是乌斯库托什疆域的尽头。

这支队伍里有八个成年雌性，一个雌性幼崽，三个上了岁数的成年雄性，还有一个雄性幼崽。除了雄性幼崽，其他法艮的犄角都被去掉了。他们还牵着一头耶尔克驮着主要的口粮——肉糜饼和稠粥。他们全副武装。

尽管离岸的风把帆船吹离陆地，但自东向西流向海岸的洋流又缓缓把它带了回来。法艮一路跟着它，不知疲倦地跟了一里又一里，他们之间的距离不断缩小。在他们的欲念深处，深知那一刻总会到来，到时候他们就能俘获那条船并把它毁掉。

可以看到甲板上时不时有人活动，有一天晚上还开了几次火。还有一次，有个男人跑到了右舷栏杆那边，两个女人尖叫着在追赶他。女人手里闪着刀光。男人纵身跳下了船，奋力朝岸边游去，最后淹死在了冰冷的海水里，哼都没哼一声。

小小的冰山像天鹅般浮在海面上，它们从凄苦湾涌出之后顺水朝西漂去，时不时会撞到“新季节号”的船身。卢特林·邵柯兰迪特坐在肮脏的小舱房里也能听到这种声音，托莱丝·拉尔就躺在他身旁。

他把门锁上了，但坐在那里的时候他始终攥着一柄小斧头。肥死症引发的神经性暴食症让船上的每一个人都成了潜在的敌人。他偶尔会用斧头在舱板上劈下一些木头。他要用这些木头生起一小堆火，烧烤那只宰杀好的艾羚。邵柯兰迪特和托莱丝·拉尔在这段时间里就靠吃这些长着四条长腿的山羊过活，他估计还得在海里熬上八九天。

肥死症通常发作一个星期左右。在那段时间里，患者要么死去，要么像他这样康复，身体功能毫发无损，但体型发生了变化。当那个女人挣扎时，她的身体渐渐变得敦实起来，他一直看着。托莱丝·拉尔一边挣扎，一边扯掉了身上的衣服，常常是用牙齿撕咬。她还啃咬那根绑着她的立柱，她的嘴磨破了，流着血。他深怀爱意地看着她。

那一刻终于来了，她回视了他的目光。她笑了。

她又睡了几个小时，气色更好了，感受着从肥死症死里逃生后的幸福。

邵柯兰迪特松开了她的四肢，用一块布和一碗盐水给她擦洗身子。当他试着帮她站起来时，她吻了他。她看到自己赤裸的身子哭了。

“我就像一只水桶。我本来那么苗条。”

“这很正常。看看我好了。”

她透过泪水盯着他，然后大笑起来。

他们一起笑着。她那曼妙的身体在他眼前一览无余，洗浴的水还没干，身体泛着光泽，漂亮的双肩、双乳、肚腹和大腿尽收眼底。

托莱丝·拉尔说：“这是新世界的身材比例，卢特林。”他头一次听到她叫他的名字。

他伸出手臂，在舱壁上蹭了蹭指节，“你活下来了，我终于能放下心了。”

“因为你照顾着你的俘虏。”

自然而然地，他伸臂搂住了她，自然而然地，他吻上了她磨破的嘴唇，更加自然而然地，他们倒在了不久前他们痛苦挣扎的甲板上。在那里享受着性爱的欢愉。

事后，他对她说："你不再是我的俘虏，托莱丝·拉尔。我们现在都是对方的俘虏。你是我爱的第一个女人。我要带你去施芬宁克，我们要去我父亲生活的大山里，你应该见见喀尔纳巴尔巨轮的奇迹。"

她已经开始释怀之前发生的事情，毫不介怀地说起来：

"即便是在奥多兰都，我们也听说过巨轮。既然你这么说了，那我就跟着你。这条船现在很安静。我们是不是应该看看其他人怎么样了？他们可能全都患上了瘟疫……奥蒂姆和他那一大家子人，还有船员。"

"再陪我多待一会儿。"他躺在那里，双臂搂着她，看着她黑色的眼睛，他不愿破坏这气氛。这时候，他已经分不清这是爱意，还是重新恢复健康的快意。

她轻快地说："我在奥多兰都是个医生，照料病人是我的职责。"说着，她把脸从卢特林眼前转开。

"瘟疫是从哪儿来的？法艮传染的吗？"

"是来自法艮，我们确信这一点。"

"所以我们那位英勇的上尉说的没错，之所以要阻止军队返回锡伯纳尔，就是因为我们会传播瘟疫，它就在我们中间。所以大寡头的法令不但算不上恶毒，反倒挺英明的。"

托莱丝·拉尔摇了摇头。她开始缓缓地、享受般地梳理起自己的头发。她说话的时候看着一面小小的镜子，而不是看着他，"这种所作所为太粗暴了。大寡头的法令是彻头彻尾的邪恶之举。杀戮生命永远都是邪恶的。他的法令不止恶毒，事实上也是徒劳的。对肥死症的传染性，我很了解——尽管在大周期年的大部分时期里，肥死症都处于休眠状态，从而很难进行研究。人们总是好了伤疤忘了痛，对研究也不上心。”

他希望她继续讲，可她陷入了沉默。他一直盯着她的脸庞，她放下梳子，舔湿手指头抹了抹眉毛。

“谈论大寡头的时候要当心，他比我们知道的都要多。”他说。

这时候她才转过脸望着他。他们的目光相遇了，她带着一丝同情说道：“我可没有必要尊重你们的大寡头。跟寡头院不同，肥死症发威的时候自有其仁慈的一面——死于它的主要是老年人和过于年幼的孩子，而大部分的成年人都会存活下来，绝对超过一半。幸存者们会成功地发生体形变化，就跟咱俩一样。”她用那根湿漉漉的手指头捅了捅他，并非完全在开玩笑，“我们这种紧致的身形代表着未来，卢特林。”

“可有将近半数的人会死掉……整个社会都会垮掉……大寡头不允许那种事情在锡伯纳尔发生。他会采取强硬措施……”

她不屑地做了个手势，“在庄稼枯萎、饥荒盛行的时候，你就会看到这种‘自我消耗’所蕴含的仁慈了。健康的幸存者会受益，生命会得到延续。”

他笑了，“间歇性的……”

她好像突然有些不耐烦了，摇了摇头，“我们必须看看这条船上有谁活了下来。我不喜欢这么安静。”

“我希望能向伊戴普·芒·奥蒂姆感谢他的善意。”

“我相信你会的。”

他们在这间污浊的小房间里相互搀扶着站起身来，在麦草色的光线里注视着对方。邵柯兰迪特吻了吻她，不过在最后一刻她挪开了自己的嘴唇。然后他们壮着胆子进了走廊。

很久以后他才回想起那时的场景。过了好些时日，他才明白托莱丝·拉尔的内心对他保留了太多。她的身体令他十分着迷，但她那种独立的态度比他自己当时所意识到的更令他痴迷。只有当这种独立随着时间渐渐松动之后，他们才真正开始了解彼此。

但是不管他选择哪条路，邵柯兰迪特对于事物的看法全然建立在根深蒂固的误解之上，他对事实尚且难以正确理解，在情感上也无法接受。他还有些天真，距离成熟尚有一步之遥。

邵柯兰迪特先走了出去。在梯口另一侧，这条走廊一直通到主舱房，奥蒂姆一家就安置在那里。他到门前听了听，里面有人在行动，那声音十分诡异。走廊两边的舱房里则一片寂静，他推了推其中一扇门，又敲了敲。锁着，没人应声。

他走上甲板，托莱丝·拉尔跟在他身后，看到三个浑身赤裸的男人正快速跑开躲起来。他们撇下一个女人的尸体，这具尸体四肢伸开躺在后桅下面，已经被部分肢解了。托莱丝·拉尔走过去看着。

邵柯兰迪特说："我们得把它扔下船去。"

"不。这个女人已经死了，留着她吧，让活着的那些人有口吃的。"

他们的注意力很快就转移到了"新季节号"当下的状态上。跟他们感觉的一样，这条船不再移动了。洋流带着它缓缓触到了海岸。"新季节号"搁浅在一片从陆地蜿蜒伸出的沙洲上。

船尾那边有一小堆浮冰堆积起来。只需从船头这边纵身一跃就能上岸去散步，连脚都不会打湿。守护这片沙地的是两块巨石，有一块比这条船的桅杆还高，立在岸上，任潮水涤荡。它们应该是很久之前被火山爆发抛到如今这个位置的，尽管现在往内陆方向看不到任何像火山那样显眼的东西。这一带的海滨只有一道颓败的低矮断崖，就好像是被炮火炸塌的一堵老墙，在断崖那边是一片暗黄色的沼泽地，阵阵寒风从那里袭来，让眺望那边的两个人泪水涟涟。

邵柯兰迪特使劲眨了眨眼睛挤掉泪水，再次望向那块巨大的岩石。他很确定看到那边有东西在动。刹那间，两个法艮出现了，他们好奇地探索着，随即从海边溜走了。显而易见，他们打算跟出现在高处的另外四个同类会合，手里还拖着什么动物的尸体。紧接着，有更多法艮从岩石后面出来迎接打猎归来的队伍。

最初那十三个剑族组成的队伍在那天早晨遇到了另一支更大的队伍，他们也是由逃跑的奴隶组成的，有四个法艮曾经在大寡头的军队里当过运送货物的苦力。现在总共有三十六个法艮。他们在那块巨石朝向陆地那面的凹陷处生起一堆火，看来他们打算把狩猎队打来的那头弗兰勃牯整只烧烤。

托莱丝·拉尔忧心忡忡地看着邵柯兰迪特。

“他们会攻击我们吗？”

“他们对于水的反感众所周知，不过顺着那片沙洲他们可以轻松登船。我们最好看看有没有健康的船员——要尽快。”

“我们是最先染上肥死症的，所以我们可能是最先康复的。”

“那我们必须找找，看有没有什么武器能守住这条船。”

在船上的一番搜索让他们惊骇不已——这里已经成了屠宰场，没有人幸免于瘟疫。那些把自己锁在舱室里的人都死了。有些人是独自死去的，而两三个人一起藏身的，最先发病的也许是被杀掉了。船上的牲口都被宰杀吃了，它们的尸体引来不少争斗。大舱房里更是同类相食，奥蒂姆一家人就在那里。这一家本来有二十三口，十八个已经死了，基本都是被自己的亲戚弄死的。有五个活了下来，其中三个仍处于癫狂状态，听到有人喊叫立刻就会逃走。两个年轻的女子已经能说话了，她们的身体已经完全发生了形变。托莱丝·拉尔把她们带到自己和邵柯兰迪特曾经藏身的小舱房里。

通往船员区的舱门锁得牢牢的。下面传来动物般的声响和独特的歌声，没完没了地吟唱着：

他看到他那美丽女仆身上的伤口

哦，那最后的幻象

哦，那最后的幻象……

在船头方向的一个储藏柜里，他们发现了贝熙·贝萨米卡利和老祖母。贝熙瞪着双眼直视上方，躺在那里，茫然的表情冻结在她的脸上。她俩都死了。

在前舱，他们看到有一些结实的箱子在这场灭顶之灾中居然毫发无损。

“谢天谢地，最好是步枪。”邵柯兰迪特不由得喊了出来。他打开脚边的箱子，扯出一些粗麻布。里边的每一件东西都裹着纸，原来是一整套极为精美的瓷器，上面画着温馨的居家图案。其他箱子里也都是瓷器，奥蒂姆出口公司最好的瓷器。这是奥蒂姆给他那位远在施芬宁克的哥哥带的礼物。

“这可赶不走法艮……”托莱丝·拉尔苦笑着说。

“总有办法的。”

当他们在血迹斑斑的船上巡查时，时间似乎停止了。由于现在是小周期年的夏季，巴塔利克斯白昼的时间很长，弗雷耶总是挂在地平线上，几乎不会落下去。寒风不停地吹着，突然随风传来一阵雷鸣般的声音。

“雷声”过后，一片寂静，只有海浪那单调的拍击声，不时把碎冰拍打在船身上。然后又有那种像雷鸣的声音传来，这次很清晰，而且持续不断。邵柯兰迪特和托莱丝·拉尔不解地看了看对方，想不出那是什么声音。而法艮们想都没想就知道那是什么。对于他们而言，绝不会认错弗兰勃牯兽群狂奔的声音。

在极地冰帽周边地区生活着数以千万计的弗兰勃牯，它们遍布环极地地区。在锡伯纳尔所有的国家之中，洛拉贾提供了一片最适于弗兰勃牯生活的区域，广袤的森林里生长着耐寒的埃尔达温树，丘陵和湖泊连绵不绝。弗兰勃牯跟耶尔克不同，它们是性情温和的杂食性动物，但凡能捕捉到的啮齿类动物或是鸟类，它们都很喜欢吃。弗兰勃牯的主食是地衣、真菌、野草，有时会啃些树皮当点心。弗兰勃牯还会吃一种难以消化的苔藓，洛拉贾当地一些捕猎它们的原始部落称其为弗兰勃牯苔藓。这种苔藓富含一种脂肪酸，能保护这种动物的细胞膜免受低温伤害，也能让动物在低温环境下维持细胞的活力。

正在逼近海岸地带的兽群，有超过两百万头弗兰勃牯。洛拉贾的很多兽群规模都数倍于此。这群弗兰勃牯一路狂奔，从一片埃尔达温森林里冲了出来，路线几乎与海岸线平行。大地在无数狂奔的蹄踏之下颤抖不止。

在岸上，法艮们躁动起来。他们中断了那场原始粗陋的烧烤，来回不停奔走，扫视着地平线，跟人类一样不知所措。

他们有两条路可以逃生。一是爬到那块房子大小的巨砾顶上，二是攻占这条船。这两条路都可以让他们免遭兽群的踩踏。

为兽群开路的是一群不知疲倦的先锋。在群兽密密匝匝的肩背上空，缭绕着一团由蠓虫形成的云雾，它们伺机从弗兰勃牯毛茸茸的鼻子上扎出一点儿血来。蠓虫跟那蜂王大小的飞蝇也是死对头。一只飞蝇窜到了空中，也不知道它是从哪里窜出来的，它灵巧地落在一个法艮的双眼之间。那是一只黄纹蝇。

这群剑族立刻炸开了锅，在慌乱中四处奔逃。脸上落着飞蝇的那个家伙转身朝岩石跑了过去。他一头撞扁了那只飞蝇，自己也倒在地上失去了知觉。

其余的法艮聚到一起商议行动计划。新到来的那支队伍中有成员随身携带着一尊干瘪的小圣像，那是一位幽缚之中的先祖。这位已然遭受虫蛀的雄性曾祖法艮，几乎已经完全转化成了角质蛋白，但距离完全逝于无形仍有些时日。在它的深处，一些微弱的火花仍在跟生者沟通。他们的意识开始从头脑中飘离。他们亲密地交谈着。随后，那苍白的意识进入了幽缚之中。

在一片纯粹的白色中出现了一个精灵，它比兔子大不了多少。身为它后代的那个法艮在意识中说话了："哦，已经与大地融合的神圣祖先，你看到我们在这即将淹没的世界边缘身处绝境。源祖之兽正跑来，即将把我们踩踏在脚下。给我们力量吧，指引我们远离这危险。”

那角质化的形象将一幅幅剑族熟知的画面传递给他们的意识，画面飞速流转，一幅接着一幅。环极地地区的画面不断涌来，冰雪、沼泽、永远阴郁的森林，甚至还有奔跑在那片冰帽边缘的无数生灵。那个时候的冰帽范围更广，只有巴塔利克斯统治着天庭。画面中，猎物躲藏在洞穴里，与那个无知无觉的精灵结成了同盟，它被称作火。画面中，温顺的另族被当作宠物。还有那些恐怖的画面，弗雷耶犹如一个巨大的蜘蛛爬了过来，自上而下，玷污了大气音阶，所有生灵的精魄都为之颤抖。美丽的驰旬-赫尔离去了，它曾经在宁静的天空中泛着银色的光芒。另族变成了弗雷耶之子，肩上扛着那无知无觉的火精灵，他们逃走了。很多很多的剑族死去，在洪水中，在炎热中，在与貌如猿猴的弗雷耶之子的战斗中死去。

“赶快走，铭记仇恨。撤退到那漂浮在即将淹没世界之上的那块木头上，杀掉所有的弗雷耶之子。在那里安全地待着，抵御源祖之兽的奔袭。要英勇！要大胆！高昂利角！”

这微弱的声音流淌在那片无人知晓的大地上。他们的喉咙里纷纷发出低沉的颤鸣，感谢曾祖。

他们会听从它的话，因为那声音属于他们彼此，其间并没有什么分别。在他们那苍白的意识里，全然没有时间和观点的概念。

他们朝着海滩上的那艘船缓缓进发。

这对于他们来说绝对是个陌生的事物。他们恐惧大海，水会吞噬他们，消灭他们。橙色的弗雷耶燃烧着，在海平线之下蠢蠢欲动，即将从那片同样饥肠辘辘的大海中跃出水面。朝霞将船身清晰地勾勒出来。

他们紧握长矛，勉力迈着步子走向“新季节号”。

沙子在脚下咯吱作响。自始至终，他们头顶上的耳朵都在扑棱着，一直能听到不断逼近的弗兰勃粘发出的雷鸣声。

他们身边堆积着浮冰，不比那个紧跟在雄性法艮身边的幼崽高多少。一些浮冰挂在船身侧面，还有一些仿佛是被某种神秘意志支配着，在平静的海面上缓慢拼接出错综迷离的图案，光线蒙眬，看上去形如鬼魅，它们的倒影犹如困于水中的幽缚之态。

随着沙洲越走越窄，剑族的队伍也不得不收窄其前部，最后只剩下两个雄性法艮走在头前。这条船如同庞然大物般候在他们前方。

领头的法艮脚下有东西被踩碎，发出咔嗒作响的声音。他们立即停下，但身后的同伴涌上来，把他们一直往前挤。破碎声、咔嗒声此起彼伏。他们低头看去，脚下到处都是薄薄的白色碎片，这白色的东西一直蔓延到船身所在的地方。

“那是冰，它会破碎。”他们用剑族本语的持续现在时相互讨论着，“回去，否则我们会陷入淹没的世界。”

“我们必须杀掉所有的弗雷耶之子，就像曾祖说的那样。前进。”

“淹没的世界保护着他们，我们做不到。”

“回去。高昂利角。”

卢特林·邵柯兰迪特和托莱丝·拉尔蹲在“新季节号”的栏杆边看着他们的敌人犹犹豫豫地退回到岸上，回到岩石那边去另寻庇护。

“他们可能还会回来，我们得让船尽快驶离。”邵柯兰迪特说道，“咱们去看看有多少船员活下来了。”

托莱丝·拉尔说：“在我们离开海岸之前，应该在弗兰勃牯进入射程的时候宰它几头，否则大家都得挨饿。”

他们不自然地看了看对方。两人心头同时想起了一件事，他们正带着一船的死人和疯子航行。

他们背靠主桅破喉大叫起来，喊叫声都传到了陆地上。过了一会儿，有人叫喊着回应了。他们随即又喊了起来。

一个人从船首舱里跌跌撞撞钻了出来。他已经发生了形变，现在是个典型的桶型身材幸存者。他的衣服很不合身，曾经瘦骨嶙峋的面孔现在又宽又大，形成一张颇显古怪的宽脸膛。他们差点儿没认出他就是哈宾·法施纳基德。

“很高兴你还活着。”邵柯兰迪特一边说，一边朝他走去。

已经形变的法施纳基德警告地伸出一只手示意他站住，然后一屁股坐在甲板上。

他说：“别到我跟前来。”然后他用双手捂住了脸。

邵柯兰迪特说：“如果你觉得自己好些了，就来帮我们，好吗？我们需要帮手让船重新回到航线上去。”

对方没有抬头，只是发出了一声笑。邵柯兰迪特看到他的手上、衣服上凝着血。

托莱丝·拉尔说：“让他好好恢复一下。”

听到这话，法施纳基德发出刺耳的笑声，冲着他们大喊大叫起来：“‘让他好好恢复一下！’一个人怎么可能恢复？又为什么要恢复……我过去几天都在生吃艾羚……是的，我杀了一个人，就为了能吃到那头艾羚的……内脏，所有的东西……而我现在又发现贝熙死了。贝熙，有史以来最可爱的、最值得信任的姑娘……我为什么要恢复？我想要去死！”

“你很快就会感觉好些的。”托莱丝·拉尔说，“你都不怎么认识她。”

“对于贝熙的死，我很遗憾。”邵柯兰迪特说，“但我们必须让船恢复运转。”

法施纳基德抬眼盯着他，“你还是这副油盐不进的样子。出什么事都无所谓了，你想干什么就去干什么。让船沉了吧！我才不在乎！”

“你喝醉了，哈宾！”看着这个可鄙的家伙，他生出一种道德上的优越感。

“贝熙死了……还有什么值得在意？”他瘫倒在甲板上。

托莱丝·拉尔走到邵柯兰迪特身边，两人悄悄走开了。

他们用太平斧劈开舱房，到了下面。

邵柯兰迪特走到梯口最底下的时候，一个浑身赤裸的男人扑到他身上。邵柯兰迪特一下子单膝跪倒在地，喉咙随即被紧紧扣住了。那个攻击者是奥蒂姆的一个亲戚，他号叫着，像是一头发了疯的野兽。这人抓住了邵柯兰迪特，却没有能力把他打倒在地。邵柯兰迪特伸出双指戳在他眼睛上，趁他吃疼松劲之时扳直了他的手臂，用力推开了他。这人一跌倒，邵柯兰迪特便在他肚子上踢了两下，继而跳到他身上把他压倒在甲板上。

“现在我们怎么办？把他扔给法艮？”他问托莱丝·拉尔。

“我们得把他绑起来，关在一间舱房里。”

“我可不想冒险。”邵柯兰迪特捡起刚刚扔掉的斧头，用手柄在对手太阳穴上狠狠一击。那个男人瘫软在地。

他们开始清查船尾的船长室。他们砸开门锁，冲进去后，发现自己身处一间小巧的隔间里，窗口正好开在水面上不远。

他们突然脚下一停。一个男人背对着窗户坐在那里，端着一把老式的滑膛枪瞄着他们。

“别开枪。”邵柯兰迪特说，“我们对你没有威胁。”

那个男人站起身来，放低了枪口。

“要是你们发疯了，我就轰了你们。”

他拥有那种略显怪异的敦实体型，表明这个人已经熬过了肥死症。他们认出此人就是船长。他的部下在房间里躺得到处都是，身体都被捆着。有些人还被堵着嘴。

“我们这里有过一段令人难忘的时光。”船长说，“很幸运，我是第一个恢复的，而且我们只损失了大副……是为了有的吃，请原谅我这么说。再过几个小时我这些手下就能活动了。”

“那你可以先离开他们，检查一下这条船的其他部分了。”邵柯兰迪特急切地说道，“我们搁浅了。岸上有法艮威胁着我们。”

船长问道：“伊戴普·芒·奥蒂姆怎么样？”他陪着他们走出舱房，把枪夹在胳膊下面。

“我们还没找到奥蒂姆。”

后来他们找到他了。奥蒂姆刚觉得自己有些发烧时，就把自己锁在舱房里，带着水、鱼干和航海硬饼干。他们找到他时，看到他已经发生了形变。现在他矮了几寸，身形比之前更加敦实，那充满个性、挺直腰板的姿态已经不见了。他穿着松松垮垮的水手服，因为自己的衣服已经太紧。他眨巴着眼睛到了甲板上，就像一头冬眠的熊从洞穴里钻了出来。

他们欣喜地向他打招呼时，他正皱着眉头匆匆四顾。邵柯兰迪特缓缓走上前去，他很清楚自己就是那个把肥死症传染给全船的人。他恭恭敬敬地向奥蒂姆报上了自己的名字。

奥蒂姆没有理会他，而是走到栏杆边冲着船外面指指点点。开口说话时，他的声音在狂怒中快要哽住了。

“看看这些野蛮行径！某个贱人把我最好的盘子扔了。简直是暴行！就因为船上有疾病，这可不是借口……谁干的？我要知道是谁。犯下如此罪行的人不能跟我同乘一条船！”

“那个……”托莱丝·拉尔一噎。

“呃……”邵柯兰迪特攥着自己的双手说道，“先生，我必须承认是我干的。当时我们正受到法艮的攻击。”

他指了指那块岩石，可以看到法艮就在那边。

“你可以朝法艮开火，而不是朝他们扔精美的瓷器，你这个无能的废物。”奥蒂姆说着，控制住自己的情绪，“你当时在发疯……这就是你的借口吗？”

“船上没有武器进行防御，而那时法艮正在进攻……如果他们被逼急了，还会再来的。我是故意把盘子扔下去的，在沙洲上盖了一层。跟预料中一样，臭法艮以为他们踩在了薄薄的冰面上，于是就撤退了。

对您的瓷器我很抱歉，但它们救了这条船。”

奥蒂姆什么都没说。他低头看了看甲板，又抬头望了望桅杆。然后从口袋里掏出一个小小的黑色笔记本，仔细翻看起来。“那些东西在施芬宁克价值一千锡伯币。”他低沉地说着，怒目扫了他们一眼。

“这些瓷器拯救了船上其他所有的瓷器。”托莱丝·拉尔说，“你的其他那些柳条箱都完好无损。你家里其他人怎么样了？”

奥蒂姆口中喃喃自语，用铅笔画来画去，“也许不止一千……真是谢谢你们，谢谢你们啊……不知道什么时候才会再次生产出那么好的产品。也许要等到大周期年的下一个春天了，在很多世纪之后。我们为啥还要关心这种事？”

他的神色仍然一片茫然，但还是与邵柯兰迪特握了握手，眼睛却望着其他地方，“十分感激你拯救了这条船。”

船长说：“现在我们要重新回到海上。”

弗兰勃粘兽群的声音现在更响了。他们转过身去看那如潮水般涌过的野兽，它们就在陆地上，离这里不到一里远。谁也没有注意到奥蒂姆悄然消失不见了。

直到后来他们才明白他的举止为什么会如此古怪。让他伤心的不只是可爱的贝熙死了，他的三个孩子中，只有最大的那个叫肯尼格的男孩，从肥死症的癫狂中幸存下来。他的妻子也死了，除了头颅、躯干和一堆骨头之外，没找到什么其他的。

之后的几个小时里，船依旧搁浅在那里。船长和几名船员痊愈之后，他们终于开始尝试让船恢复运行。依然病着的人被尽可能舒适地安置在了医务室里，受伤的人得到了护理，已经进入恢复期的被带出去呼吸新鲜空气。死者则用毯子裹起来在上层甲板排成一排，死者有二十八人。幸存者有二十一人，包括船长和十一名船员。

等所有人都得到周全的安排，大家就开始听从号令了，他们集合在一起，向执掌一切的阿佐亚希克神祈祷，感恩自己能够幸存下来。

在他们颂唱那单纯的赞美诗时，他们其实并不明白，自己之所以能够幸存下来，其复杂性超越了一切神灵的能力。

目前这个阶段，海利科尼亚正向某种接近初始环境的状态衰退，在它的恒星巴塔利克斯被A类超巨星的引力俘获之前，就存在着那种状态。当时，这颗行星已经孕育了大量生物门类，小到病毒大如鲸鱼，与此同时，它的能量级别——或者说复杂性——却还不足以让这些生物的细胞组织构筑起更高级的精神功能，比如思考、推衍、领悟等需要完整意识来协同作用的功能。从某种意义上来说，剑族才是海利科尼亚至高无上的杰作。

剑族是这颗星球生态圈整个生命系统的一部分。这个完整系统的作用之一，就是要为全体生命的生存维持最佳环境——当然，系统的成员对此是毫无意识的。没有弗兰勃牯，黄纹蝇就无法生存，而从根本上来说，若是没有黄纹蝇，弗兰勃牯也无法生存。所有的生命都是相互依存的。

巴塔利克斯被超巨星俘获是一次大规模事件，对于海利科尼亚的生命来说却并非大灾变——尽管对于许多生物门类和个体来说是一场大灾难。俘获产生的影响其实是一个渐变的过程，生态圈足以承受。行星可以自行恢复。它失去了一颗卫星，但它的生命进程依旧持续着，尽管这要历经数百年狂风暴雪的考验。

新太阳剧烈喷发出的高能辐射引发了更大的破坏。更多生物门类遭到灭顶之灾，而另一些生命形式则通过变异幸存了下来。这些新物种之中的一部分，用进化学的术语说，应该算仓促进化，它们必须付出相当大的代价才能在新环境中幸存下来。海里的阿萨塔西鳟，它们从腐烂的父母尸体内以蛆虫的形式诞生；耶尔克和倍耶尔克是尸生生物，类似于哺乳动物，但没有子宫；还有人类的近亲。这些都是伴随着八百万年前出现的高能辐射环境崛起的新兴生物。

这些新生物是生态圈努力融合的产物，并且在变化最为剧烈的时期融入进来。在被弗雷耶俘获之前，海利科尼亚的大气层中含有大量二氧化碳，通过温室效应保护生存其中的生命体，平均气温维持在零下七度。被俘获之后，大气中的二氧化碳急剧减少，在近星点的地方，二氧化碳与水作用形成了碳酸盐岩。氧气含量增高，达到了适合新兴生物的水平：比如人类在氧气稀薄的恩克特莱赫克就无法像法艮那样生存。在海洋里，大分子的浓聚效应使得整个食物链都活跃了起来。所有这些生存参数都处在海利科尼亚生态圈的调节之下。

人类，是最复杂的生命形式，也是最为脆弱的。无论他们如何与自然规律抗衡，他们的生命共同体也只是自然平衡的一部分。从这个角度看，他们和鱼、真菌，或是法艮，并没有什么不同。

为了能在海利科尼亚的极端环境中发挥最佳效率，进化的压力催生出一个系统来调节人类数量。多形性海利科病毒以一种节肢动物——蜱虱——作为载体，它们很容易在法艮和人类之间进行传播。病毒只在海利科尼亚大周期年的两个阶段显现作用，也就是大周期年的春季和晚秋，这两个发病周期内又有小循环。这两种流行病被称作骨热病和肥死症。

性别之间的差异可以忽略不计。不过，两种性别都会表现出季节差异。大致说来，在整个大周期年中，雄性和雌性的平均体重都在一百二十磅左右，但是，春天和秋天会产生巨大的体重变化。

春季骨热病的幸存者，体重会减至干瘦的九十六磅，其外形在那些老眼光的人看来简直是骨瘦如柴。这种削减过的体重特征是可以遗传的。在气温不断升高的时期，这作为一种关键生存特征会持续很多世代，但其效果会越来越不明显，人类体重最终会达到一百二十磅的平均值。

临近冬季时，病毒再度发作，部分是出自腺体调节的缘故。肥死症幸存者的体型会增大，而不是变小，通常会平均增加百分之五十的体重。经过几代之后，人类平均体重会达到一百六十八磅。他们从极端瘦削的体质转变到了另一个极端。

这个病理学过程对维持人类血系起着决定作用，随之产生的一个副作用则有益于整个生态圈。这颗行星在春季开始得到更多的能量，这需要更多的生物量来维持有效的系统活动，而到了冬季，随着能量不断缩减，就需要大量减少生物量。病毒通过剔除一定数量的人口来适应生态圈的整个食物链结构。

若是没有病毒，人类就不可能生存下去。就像弗兰勃牯兽群一样，若是没有黄纹蝇的诅咒，它们最终就会不复存在。

病毒造成了毁灭，但毁灭换来了新生。

VIII

惨遭蹂躏的母亲

凛冽的寒风从岸上吹来，云开雾散，露出高悬当空的巴塔利克斯。大海泛起粼粼波光，抛洒出最为晶莹剔透的浪花，犹如一串串珍珠。“新季节号”朝着西南偏西的方向乘风破浪，帆索在风中演奏着美妙的音乐。

北面的洛拉贾海岸上矗立着秋宫，亭台楼阁连绵不绝。暴君心中那早已忘却的梦想如今禁锢在那些石头里，顺着漫长的海岸线，在空间与时间上同时伸向远方。传说中，丹尼斯王曾经居住在那些空荡荡的石墙中间。自从建造之日开始，这些宫殿就好像一直与人们保持着某种若即若离的关系，它们从未被完全占有过，也没有被全然毁弃。这些宫殿不论是对于创造它们的人还是追随它们的人来说，都太过宏伟了。自从无数塔楼在花岗岩海岸上拔地而起的那个秋天以来，已经过去了不知多少年，然而这些宫殿至今仍然有人使用着。人族——整支整支的人族部落——曾居住其间，就好像鸟儿落户在廊檐之下。

那些一直迷恋往昔的饱学之士在秋宫也有一席之地。对于他们而言，秋宫是这个世界上最伟大的文明遗迹，那些废弃的地窖之下，埋藏着更为古老的人类纪元。多么伟大的地宫啊！深入地下岩层之中，几乎无穷无尽，仿佛是要从海利科尼亚的心脏中汲取热量。有雕刻在石头或黏土上的记录，有陶罐的碎片，有早已消失的森林的枯枝败叶，有将被测量的头骨，有等待复原到颌骨上的牙齿，还有垃圾堆和逐渐变成一堆锈蚀垃圾的兵器……这颗行星的历史耐心地等着人们去诠释，然而，就像已然消失的生命，它是那么引人遐想却又晦涩难解。

秋宫毫无生气地坐落在远处，在“新季节号”右舷的远方缓缓掠过。

一身疲惫的船员不时会看到其他船只。在他们经过伊吉薇柏港口的时候，穿过了一片正在忙碌的鲱鱼厢。更远处的大海上有一艘偶然经过的战舰，这提醒着他们，乌斯库托什与布瑞巴尔之间的争端仍未平息。没有人打扰他们，甚至没有人向他们打信号。只有冰海豚在船两侧竞相追逐。

驶过科卢希特之后，船长决定靠岸。他很熟悉这一带水域，决定在驶向瑞雯约克港的最后一段航程之前，给船上加足食物。乘客们很怀疑上岸是否是明智之举，因为不久前才近距离遭遇了一支法艮小队，但船长让大家尽管放心。

洛拉贾的这一带区域处在热带北缘之内，依然肥沃，遍布着树林、湖泊、河流、沼泽，几乎无人居住。越过这片荒野之地，便是长满了埃尔达温树和喀丝匹桉树的森林，一直蔓延到极地冰帽。

海岸上，无数盔海豹在懒洋洋地晒太阳，冲着穿行其中的“新季节号”乘客和船员咆哮着。被击杀的时候，它们都没怎么抵抗。用来击打的武器是船桨。船桨得击打在那些动物下巴的底下，击在喉咙最为脆弱的部位。气管受伤的海豹会窒息而亡。等它们彻底死透可得花点儿时间。海豹痛苦地翻来滚去，乘客们不由自主地把目光转向了一边。垂死海豹的配偶常常会过来想帮它一把，可是除了凄惨的几声哀鸣之外，别无他法。

这种海豹的头部被一种仿如头盔的东西覆盖着。这头盔其实是它们的犄角为了适应环境发生变化的产物，海豹在久远的过去曾经是陆地生物，亡哀之冬的寒冷驱赶着它们返回了大海。这种适应性的产物保护着它们的耳朵和眼睛，也对头骨做出进一步的加强。

这支人类小队刚一转身离开刚刚打死的那几只海豹，长着腿的鱼就从波浪里冒了出来，纷纷冲上陡峭的斜坡。它们开始对死海豹发起猛攻，撕扯下多脂的肉块。

“嗨！”邵柯兰迪特叫喊起来，挥桨击打那些鱼。

一些鱼连忙散开钻到了石头底下。有一只被邵柯兰迪特打伤了，瘫在那里。他把它拎起来，给奥蒂姆和法施纳基德看。

这条鱼的身子有一米来长。它的六条“腿”更像是鳍，而它的下巴像是灯笼，后面拖着一丛肉须。鱼的脑袋不停地扭来扭去，下巴一张一合，雾蒙蒙的灰眼睛使劲盯着捉住它的那个人。

“看到这东西了？这是斯卡珀鱼。”邵柯兰迪特说，“很快成千上万这种东西就会冲上岸来。它们大多数都会被鸟吃掉，存活下来的就会打洞钻到地下保平安。之后，等到亡哀之冬降临，它们就会变得比蛇还长。”

“它们是乌特拉蠕虫，人们是这么叫的。”船长说道，“最好把它扔掉，先生，就连水手都不吃它。”

“洛拉贾人吃。”

船长恭敬而又坚定地说：“先生，洛拉贾人把蠕虫当作美味，这没错，不过它们有毒。洛拉贾人会用一种有毒的地衣一起烹煮，据说能以毒攻毒。我本人也吃过这道菜，先生，那可是好些年前了，当时我们在这一带的海岸失事，不得不吃它果腹，但我还是很讨厌这东西的样子和味道，更不想让我的人用这玩意来填饱肚子。”

“那好吧。”邵柯兰迪特说着，把这条一直扭动的斯卡珀鱼用力一甩，丢进了海里。

牛鹂和其他鸟在头顶上方盘旋着，尖叫着。水手们尽可能快地宰杀了六只盔海豹，然后扛着肉块兴高采烈地上船了，内脏下水则丢给了那些食肉动物。

托莱丝·拉尔在一旁静静地抽泣着。

“回船上去吧。”法施纳基德说，“你怎么哭了？”

“这地方真可怕。”这个年轻的女子说着，把脸转开，“长着腿的东西从海里爬出来，每一种动物都在吃另一种有生命的东西。”

“世界就是这样，女士。上船吧。”

他们乘着小船向大船划去，鸟儿一路跟随，喳喳地叫个不停。

“新季节号”扯起风帆在平静的水面上起航了，船头指向施芬宁克。托莱丝·拉尔试着想跟邵柯兰迪特聊聊，可是他径直从她身边掠过；他跟法施纳基德要处理些事情。她站到栏杆边，手遮在额前，注视着不断缩小的海岸。

奥蒂姆走上甲板来到了她的身边。

“你用不着伤心。我们很快就会安全到达施芬宁克的海港了，我哥哥会在那里迎接我们，那时我们就可以从这些层出不穷的波折中解脱了，好好歇息。”

她的眼泪又涌了出来，问道：“你信神吗?”她泪水涟涟的脸转向了他，“你在这趟旅程里遭受了那么多伤心事。”

他沉默了片刻，答道：“女士，我这辈子一直都住在乌斯库托什，我的一举一动都像乌斯库托什人。我的信仰也像乌斯库托什人，我服从锡伯纳尔之神，也就是说我定期去教堂礼拜阿佐亚希克神。既然我离开了那个地方，或者可以说，是被赶走的，我发现我确实不是乌斯库托什人。不仅如此，我还发现自己完全不信仰那个神灵。将这些抛开之后，我感觉如释重负。”他拍了拍自己的胸口，仿佛在释放什么压力。“我之所以可以跟你这么说，是因为你也不是乌斯库托什人。”

她朝着渐渐远去的海岸做了个手势，“这片可恨的地方……那些可怕的生物……我所经历的一切……我丈夫在战斗中被杀害……这条令人毛骨悚然的船……所有事情都一年比一年糟……为什么我没有生在春季?真抱歉，奥蒂姆……这可不像我……”

稍微停顿了一下，他温和地说道：“我明白。我也身负丧亲之痛，我的妻子，儿子，可爱的贝熙……但是我在通灵中跟妻子的幽魂交谈了，她安慰着我。你不想在通灵中找找你的丈夫吗，女士?”

她低声说道：“有的，有的，我沉了下去，寻找他的幽魂。他并不像我想要看见的样子。他安慰我，并且告诉我应该在卢特林·邵柯兰迪特身上找到幸福，这种原谅……”

“怎么了?据我判断，卢特林可是个招人喜欢的小伙子。”

“我永远都没法接受他。我恨他。他杀了我的丈夫，我怎么可能接受他?”说完这番话，连她自己都被这里面的敌意吓了一跳。

奥蒂姆耸了耸宽大的肩膀，“如果你丈夫的幽魂这样建议你的话……”

“我是个有原则的女人。也许人死了之后很容易就能谅解一切。所有的幽魂说起话来都是同样的声音，既甜蜜又腐朽，可能我要放弃通灵了……我没法接受一个把我变成奴隶的男人——无论他用什么诱人的条件来收买我，永远都不。真是令人憎恨。”

他伸出一只手搭在她的胳膊上，“一切在你眼里都很可恨，嗯？不过，也许你应该试着像我那样想，一番崭新的生活即将呈现在我们眼前，呈现在我们这些被流放者眼前。我已经二十五岁零五什旬，可我依然毫不畏缩！你还年轻得很。听说在大寡头眼中，这个世界就是一间刑房。但这只是道听途说罢了。

“当我们走在岸上，杀死这些海豹时——只不过是几千只中的六只！——我心头涌上一种感觉，为了度过冬季，我正在被某种奇妙的方式重塑着。我还披着这具皮囊，但我摆脱了阿佐亚希克神……”他叹了口气，“我发现要深入探讨这些问题很难，我其实更擅长数字方面……女士，正如你所知，我不过是个商人。但我所经历的这种形变……太奇妙了，我必须……必须要全力生活下去，与大自然这位慷慨的商人和谐相处。”

“这么说来，我应该顺从卢特林，是这样吗？”她直视着他说。

他的嘴角一扬，露出了笑容，“哈宾·法施纳基德对你也很有意思，女士。”

他俩一齐大笑起来，就在此时，奥蒂姆唯一幸存的儿子肯尼格跑上来找他，一把抱住了他。他俯下身亲了亲儿子的脸蛋。

“你是个了不起的人，奥蒂姆，我真这么想。”托莱丝·拉尔拍了拍他的手。

“你也了不起——但是也别太了不起了，不要错过幸福。库基-尤威科有句老话是这么说的。”

她点头表示赞同，眼中泪花一闪。

船只接近施芬宁克海岸的时候，天气变糟了。施芬宁克是一个狭长的国家，几乎全都是绵延不绝的山地——这个国家的名字正来源于施芬宁克山脉。这条山脉将洛拉贾和布瑞巴尔分隔开来。

施芬宁克人热爱和平、敬畏神灵。他们内心的愤怒早已被这冥府般的群山消磨殆尽了。在这片自然堡垒的幽深秘境之中，他们建造起那尊体现着自身卓然于世的圣洁与决心的建筑，那就是喀尔纳巴尔的巨轮。这个巨轮已经成为一个象征，不单纯是锡伯纳尔的，也是整颗星球的象征。

“新季节号”进入施芬宁克水域的时候，巨大的鲸鱼探出状如鸟喙的脑袋观察着它。大雪突降，肆虐地扑打在船身上，刹那间他们眼前一片茫然。

船只陷入了困境。风怒吼着，吹打着帆索，浪头拍打在甲板上，双桅帆船发疯般剧烈摇晃。尽管此时才是弗雷耶黎明时分，但天地间一片黑暗，水手接受命令，爬上横索绳梯。他们那具已经发生形变的新躯体十分粗壮，颇显笨拙。他们爬到横桅上，浑身湿透，被风浪吹打着。碍事的帆被收拢起来了。他们又回到了被大浪不断冲刷的甲板上。

船员们筋疲力尽，邵柯兰迪特和法施纳基德，还有奥蒂姆家那些力气较足的亲戚们一起帮着去抽水。两个水泵在船身中部，就在主桅后侧。八个男人，一边四个，正好能在一只水泵上施展开。这里几乎没有足够的空间让十六个人一起泵水。海水涌进船舱后，这部分主甲板遭受的水淹最为严重，泵手们时常被整个泡在水里。大家咒骂着，奋力排水，水泵就像老祖父一样气喘吁吁，海水不断拍在他们身上。

二十五个小时之后，风息浪止，气压表稳定了下来，大海不再汹涌起伏。雪花静静飘落，从陆地的方向飘来。海岸连个影子都看不到，但能感觉得到它的存在，仿佛某个庞然大物就安卧在那里，即将从古老的岩石中苏醒过来。他们都感觉到了，全都陷入了沉默。他们努力寻找着它，在纷扬密集的大雪中瞪大了眼睛，穷尽目力却什么都看不到。

第二天有所好转，这支海天交响乐进入了平缓的段落。

那阵大雪掠过碧绿的海面渐行渐远，巴塔利克斯当空照耀。一直在沉睡的那个庞然大物缓缓显露出来，起先只能看到它的脚踵。

紧接着，蓝绿色的山岭显露出来，高峻的山巅隐藏在云层里，仿如一排直插云霄的堡垒，雄伟的山影让这条船不由得自惭形秽，好似摆在水面上的一只玩具。船张开满帆，加速向西行驶，那些如同堡垒的山峰渐次展现出来。它们是一个个无比巨大的海岬，每一个都比前一个更为宏大。无数巨柱从海面耸然而起，引人遐想，仿佛在告诉人们，它们是由一只隐藏在身后的大手雕刻出来的；它们支撑着那些几乎完全竖直的嶙峋怪石。这里一片，那里一簇，到处都有树木生长，倚着岩石生长在崖壁上。积雪线形成的脉络勾勒出各个海岬的轮廓。

海岬之间的裂口形成了深邃的海湾——山峰与山峰之间的空隙犹如一只巨大的口袋，将风暴与黑暗裹藏其中。幽暗的深处不时迸发出一道闪电。白色的大鸟盘旋在水流湍急的岬湾口。幽深的凹洞里发出怪异的声响，连同回音一起穿过水面，拂动着人们的思绪，就好像嘴唇上泛起的那层淡淡的盐花，微微刺激着他们。

太阳的光芒忽明忽暗，光束不时穿透下来，照亮海湾，照射在海湾尽头那犹如瀑布的蓝冰上，巨大的瀑布仿佛永远冻结了，从那高不可及的岩石、冰雪、冰雹与寒风的发源处直落而下，而那发源处似乎永远都封禁在云雾之上，难见端倪。

接下来的这个海湾比上一个更加宏伟。这是一个黑色岩壁围绕的海湾。在入口处，一块高耸的巨岩上坐落着一座灯塔，即便最高的海浪都碰不到那里。这个人类文明的象征为眼前的景象平添了几分孤寂感。船长点了点头，说："那是瓦雅巴尔湾。你进入那里便到了瓦雅巴尔——它就像从海湾的下颌冒出来的一颗牙齿。"

不过他们要继续前进。右舷外，这颗行星的雄伟身躯仿佛伴着他们同行。

过了些时候，当他们抵达施芬半岛外的水域时，海岸变得愈加宽阔而宁静。绕过这里，就会航向瑞雯约克港了。这个半岛没有港湾，它几乎没有什么特征可言，最显著的特征就是它的宏大。就连那些常年在海上漂泊的船员在干完活儿休息时，也会聚在甲板上静静地看着。

施芬那陡峭的高坡上覆盖着一层葱绿的草木。攀缘植物悬垂而下，在风中飘摆，就像有许多小小的瀑布永无休止地落下一样，随风摇来摆去，抹拭着陡峭的崖面。空中的云雾偶尔散开，露出直插天际的巨岩，它头上顶着一层冰帽。北方极地那辽阔的火山岩高原终年积雪，从那里延伸出来的山脉蜿蜒而下，在这里到达了它的最南端。

又航行了几英里之后，就可以看到半岛上高高隆起的山脊了，它陡然拔起到海平面上方六又四分之一英里的高度，远超地球上的任何山峰。施芬宁克山脉在高度上足以与坎普安莱特大陆的恩克特莱赫克高地相提并论。它是这个行星上最宏伟的奇观之一。巨大的山脉笼罩在风暴里，它拥有自己的气候环境，极少在世人眼前显露真容，此时船上的人们可谓大饱眼福。

弗雷耶现在几乎贴着水面，平射的光芒让岩层幻化出令人窒息的光影。对于目睹此情此景的乘客来说，一切都是那么壮观，一切都是那么新奇。能亲眼见识如此壮阔的美景令他们欢欣鼓舞。然而他们目中所见的其实已亘古经年——即便以行星的形成史来看也堪称古老。

俯视着他们的这片高山已经存在了四十多亿年，那时，尚未成形的海利科尼亚地壳受到了一颗巨大陨石的撞击。施芬宁克山脉，坎普安莱特大陆上的西拜里尔斯，以及遥远的赫斯帕戈尔特大陆上的山脉，就是那一事件的残迹，它们形成了一个巨大而不完整的环形，全都由那次撞击所产生的喷发物而形成。克莱蒙特海，在水手眼里无比浩瀚，就位于那个原始的陨石坑中。

他们一天接一天航行着。壮观奇伟的半岛仿如梦境，一直展现在他们的右舷，无休无止，仿佛永远不会离去。

路上，他们绕过了一个小岛屿，它很小，充其量不过是海里冒出来的一个小山包，可能是从高悬头顶的陆地上滚落下来的一块巨石。尽管看上去那里的境况可怖，无法居住，可那座岛上确确实实有人生活。柴火燃烧的气味飘到了船上，架设在树林间的棚屋让乘客们不由得想登门拜访，但船长并不理会这些要求。

“那些岛民都是海盗，他们中很多人都是穷凶极恶之徒，在风暴中丢失了自己的船。如果我们踏上那个地方，他们就会杀掉我们抢走船。去拜访他们？我宁愿跟秃鹫为伍。”

突然，从岛上冲出三条独木舟。邵柯兰迪特用他的望远镜观察了一番，从镜筒里看到那些人弓着腰，朝着他们奋力划桨，似乎性命攸关。一艘小船的尾部站着一个浑身赤裸的女人，留着长长的黑发。她怀里还抱着一个正在吃奶的婴儿。

就在这时，一场雪暴从山上袭来，就像给大海披上了一层纱。雪花落在那个女人赤裸的双乳上，旋即融化掉了。

“新季节号”早已扬起帆，小船根本撵不上，他们远远落在了船尾后方。可那些人的热情丝毫没有削弱，从视线中消失的时候，他们还在拼命划桨，就像一群疯子。

有那么一两次，雾气和云团悄然散开，乘客们得以窥见施芬高地的真容。那时，不论是谁看到云间的缝隙，都会止不住地惊叫起来，于是其他人都会闻声跑来，气喘吁吁地仰望倒悬在他们头顶上方的岩石，那些垂直生长的丛林，还有映着阳光的积雪，一切是那样的高不可及。

有一次他们看到了滑坡。峭壁的一部分塌落下来，它一直向下落呀落，一路带下了更多的岩石。最终它坠入大海，腾起一团巨浪。有一大块楔形的冰雪坠下，消失在海面上，随即又蹦了出来。之后不断有更大的冰块坠落——都是从那高居云层之上、目不可及的冰川边沿崩落的。阵阵轰鸣令人胆战心惊。

一大群褐色的鸟从岸上冲天而起，数以万计，惊恐万状。它们从船只上空越过，拍打翅膀的声音犹如低沉的雷鸣。这群鸟花了足有半个多小时才从头顶掠过，船长趁机打下几只来解馋。

双桅帆船最终绕过了半岛开始向北方航行，在驶过瑞雯约克不到两天时，又一场风暴袭来。跟上一场风暴相比，它毫不逊色。他们被笼罩在雾气和大雪中。整整一天，两颗太阳那忽明忽暗的光芒只能勉强穿透浓雾和冰雹，落下的雹子大如拳头。

风暴渐退，操作抽水泵的人终于能拖着沉重的步伐去睡觉了，海岸线再一次缓缓展露出来。

这里的峭壁不那么陡峭，却同样令人敬畏，同样伴随着云雾和暴雨。就在一团阴沉的风暴里，突然浮现出一个庞大无比的男人形象，层层裹缠于雾气之中。

那个男人形象陡然间冒了出来，令人猝不及防，仿佛是要从海岸上纵身一跃，跳到"新季节号"的甲板上来。

托莱丝·拉尔不由得惊叫一声。

"这是那位英雄，女士。"二副安慰道，"他是我们这次旅行即将结束的一个标志……也是一处胜迹。"

当人们看清楚海岸的大小时，它的庞大便一目了然了。船长用他的六分仪证明它足有一千多米高。

英雄的双臂高举过顶，微微前伸，双膝微曲，那姿态看起来要么是想跳进海里，要么是打算起飞。他身后有一对翅膀一样的东西，或是一件斗篷，向后飘摆着，让人不由如此联想。为了稳固起见，这座雕像的双腿并没有从雕塑它的岩层中完全剥离出来。

这座塑像很有风格，表面布满了螺旋状的纹路，就像是依据空气动力学雕琢而成。他面容冷峻，形如鹰隼，但却并非完全是非人族的样貌。

似乎是为了让眼前的一切更显庄重，远处响起了钟鸣声，浑厚的钟声越过灰色的水面滚滚而来。

“一尊伟大的雕像，不是吗？”卢特林·邵柯兰迪特骄傲地说。身体形变了的乘客们全都聚集在栏杆旁望着那雄伟的雕塑，心潮澎湃。

“他代表着什么？”法施纳基德问道，双手插兜。

“什么都不代表，他就是他自己。他是那位英雄。”

“他肯定代表着什么。”

邵柯兰迪特有些烦了，说：“他就站在那里，完了。为人瞻仰，为人敬仰。”

他们陷入了沉默，思绪万千，静静地听着那忧郁的钟声。

邵柯兰迪特说：“施芬宁克是钟声之地。”

“英雄的肚子里有个铃铛吗？”年少的肯尼格问道。

为了掩盖儿子这个无礼的问题，奥蒂姆连忙问道：“谁会在那么个地方建造那么个东西？”

“我来告诉你们吧，我的朋友们，这座雄伟的雕像是由很多年前的人建造的——有人说是很多个大周期年之前了。”邵柯兰迪特说着，“根据传说，它是由一支高等人族建造起来的，他们被称作喀尔纳巴尔的筑造者。筑造者们修筑起巨轮。他们是这个世界上有史以来最优秀的建筑师。在完成了巨轮的工作之后，他们就雕刻了这尊英雄巨像。英雄一直以来都守卫着瑞雯约克和通往喀尔纳巴尔的道路。”

“注视者啊，我们到了个什么样的地方啊？”法施纳基德大声地自言自语着，他回到下面的舱室，点上一支薇若妮卡烟，翻出一本书看了起来。

后灾难期地球的荒凉臣服于了冰川纪，从海利科尼亚传来的信号在过去的三个世纪中却始终都没有中断过。冰川南移之时，没什么人有本事去查看那颗新发现的行星的历史，除了卡戎星上的仿生人。

至少可以这样来评说冰川纪。它擦净了地球那溃烂的、早已废弃的、由城市构成的外壳。以前人类聚居的地方早已成了墓场，又被冰川抹去了。田鼠、耗子、狼，这类东西奔跑在曾经是高速公路的地方。在南半球，冰雪也在移动。孤独的飞鹰巡视着空寂的安第斯山。

企鹅在迁移，一代接一代朝着那令人神往的科帕卡巴纳海滩上的冰层一步步迁徙而去。

仅仅几度的降温就足以让控制气候的那个精妙繁杂的机制彻底失常。核爆炸令充满了生命体的生态圈——也就是在地球母亲盖娅的体内——出现了一种休克状态。历来第一次，盖娅遭遇到了一股她无法谐调的残暴力量。她被蹂躏，可以说差一点被她的儿子残杀了。

历时亿万年，地球表面维持着极为苛刻的适宜生命生存的温度环境——由所有生命体与其母体世界相结合的过程中无意间产生的一种神秘关系所维系着。这种蔑视万物的关系在太阳的能量下不断增强，引发大气层的组成结构产生了戏剧性的变化。大海中的含盐量维持在稳定的百分之3.4。如果它升至哪怕百分之6，一切海洋生物就都会灭绝，这个盐度会让细胞壁分解。

大气层中的氧气含量同样被稳定地维持在百分之21。空气中的氨含量也得到维持。臭氧层同样很稳定。

所有这些稳态均衡都由盖娅来进行维护，她是地球的母亲，所有的生命体，从红杉到水藻，从鲸鱼到病毒，都以其各自特有的形态生存其间。只有人类成长了起来，继而忘却了盖娅。人类创造出了自己的神灵，占有着这些神灵，并被这些神灵所占有，将这些神灵当作武器去对抗敌人，也用来对抗他们内心的自我。人类奴役了自己，有恨有爱。在那种孤立于世的疯狂中，人类创造出令人生畏的毁灭性武器。在不断实施的灭绝性杀戮中，它几乎屠杀了盖娅。

她的恢复极为缓慢。她这场大病的一个毁灭性症状是树木的死亡。那丰富多彩的有机体，从热带雨林到北方冻原，全都被放射性以及光合作用的缺失杀死了。随着树木消失，稳态链条上一个极其重要的联系断裂了；它们为生命形式多样性提供的家园消失了。

几乎有一千年的时间，寒冷主宰了环境。地球冻僵了。但是大海还活着。

大海吸收了由核灾难释放出的大量的二氧化碳气团。二氧化碳存留在了水里，随着深层洋流进行循环，若干世纪都不会得到释放。最终释放的时候引发了一段时期的温室效应。

就像很久以前发生过的一样，生命从大海中涌现了出来。生态圈的很多成分——昆虫、微生物、植物，还有人类自己——幸存了下来，这要感谢那难耐的孤寂，感谢那莫名的风，或是别的什么天赐之福。当白色大地重新披上绿色，这些东西重又活跃起来。臭氧层重新成形，保护着有生命力的细胞免受致命的紫外线照射。随着雪粒消融，一支支独奏的管弦乐又一次开始交融成为一首伟大的交响乐。

在5900年代，环境显著好转了。羚羊在低矮的荆棘丛中欢蹦乱跳。男男女女裹着兽皮随着后退的冰川向北方跋涉。

晚上，这些谦卑的归家者为了舒适而聚在一起，仰望着星空。天上的星辰自从旧石器时代以来几乎就没有什么变化。

国家系统彻底消失了。那些发展出强大技术且颇有进取心的人，那些先是飞向行星又冲向群星的人，那些锻造出精巧的武器和传奇的人——他们把自己从这个世界上抹掉了。他们仅存的继承人是那些在外行星上忙碌的、不会繁育后代的仿生人。

有一个种族走上了前台，在更早期的时代里，他们被视为失败者。他们生活在小岛上或是荒野中，生活在山顶上或是不驯的河流上，生活在丛林里和湿地沼泽中。他们一度一贫如洗。如今他们成了地球的继承者。

他们是乐观处世的人。在最初的几代人中，当冰川退去，没有什么事情会让他们发生争端。世界再次苏醒过来。盖娅谅解了他们。他们重新找到了与这个大自然和谐生活的方式，他们本身就是其中的一员。并且，他们重新发现了海利科尼亚。

从公元6000年起，历时六个世纪，可以说盖娅逐步康复了起来。高耸的冰川迅速退回它们极地的堡垒。

一些旧时的生活方式存留下来。随着大地重见天日，旧时的技术文明城堡也重现人间——它们一般都隐藏在地下精心构筑的、错综复杂的军事设施里。在最深的堡垒中，仍然生活着曾经统御着技术文明的那些精英的后裔；当那些曾经听命于他们的人灭亡的时候，他们确保让自己生存下来。但是这些活化石在重见阳光几个小时后便全都死掉了——就像深海高压环境里的鱼被捞到水面上一样。

在那个污浊阴暗逼仄的地方，他们找到了一个希望——与另一个有生命的星球之间的联系。信号穿越太空发送到了卡戎星，召唤一支仿生人组成的队伍返回了地球。这些仿生人有着永远不会遗忘的技艺，他们开始着手建造大剧场，新生代的人类可以在那里观赏那颗遥远行星上发生的一切。

新人类的心智被他们所看到的故事塑造到了一个全新的层面。

其他行星上的地球幸存者早已和地球隔绝了联系，却也有各自的方式联系着海利科尼亚。

在一片清新的绿色大地上，大剧场就像倒置于沙滩的海螺壳一般矗立起来。每一座大剧场都容得下上万人。他们踩着凉鞋，穿着粗陋的兽皮衣，后来是各式各样的衣服，满怀惊奇地观赏着。他们所看到的是一个与他们自己的星球并没有多大差异的行星，正缓慢地从漫长的冬季苦寒中复苏。它诉说的就是他们自己的故事。

有时候，一座大剧场可能会荒废数年。新生代的人们也有自己的危机，努力让盖娅康复的大自然也还有各种灾难。他们继承的不只是地球，还有无常。

等到他们力所能及了，这些新生代的人们又回来观赏那个与他们自身的生命线平行的故事。他们的心中没有神灵；但是那巨大屏幕上出现的形象就仿佛是神灵。那些神灵不断上演着关于占有和宗教的神秘大戏，吸引着地球上的这些观众，也令他们感到迷惑。

在6344年，生命形式再次达到了一个适度丰富的状态。人类郑重立下誓约，他们施行万物公有制，宣示不只生命是神圣的，生命所拥有的自由也是神圣的。海利科尼亚中央大陆上一个毫不起眼的小村庄里发生的一桩事深深影响了他们，那里有一位名叫敖佐·卢恩的首领。他们看到一个好人如何被他自己一个自以为是的决定给毁了。对于新生代，没有什么“自以为是的方式”；只有寻常的方式，只有生命的旅程，只有公有制精神的阿赫德。

当他们亲眼看见敖佐·卢恩那巨大的影像，看到他喝水时从嘴唇上、胡须上流下的水珠，他们看到的是一千年前落下的水珠。过去几代人对此的理解让他们把往昔与现实融合在了一起。有很多年，敖佐·卢恩捧着水狂饮的画面成了十分流行的肖像。

对于新生代来说，他们对待所有的生命都以一种共情之心看待，自然而然地会去思考一件事：他们能否帮助敖佐·卢恩和那些与他一起生活的人，像前冰川期的人那样乘坐太空船飞行？他们对此毫无概念。相反，他们决定把自己那种共情的感受凝聚起来，通过海螺壳发送出去。

信号就这样从地球奔向了海利科尼亚，从遥远的彼方亘久传送而来的信号第一次有了回馈。

人类种族的特性如今淹没在了一个与从前略有不同的基因池里。继承了地球的人具有极强的共情力量。共情在冰川前的世界上毫无地位。进入另一个人的内心，富有同情地去体验他或她的思想状态，这种天赋从不罕见。但是那些精英摒弃了它——或者说把它榨干了。共情与他们作为剥削者的兴趣相悖。权力与共情不相为谋。

而如今，共情开始泛滥。如今的人类都是幸存者，这种境地使共情成为具有支配地位的特性。这里边丝毫没有非人类的成分。

海利科尼亚人却拥有一种非人类的特质。地球人对此大惑不解。海利科尼亚人恁熟于亡者的灵魂，并时常与他们进行交流。

地球上的新人类对于亡者并没有特别的关注。按照他们的理解，人死后就会被带回到伟大的地球母亲那里，并被重新吸纳收容。他们的基本粒子会重新组成未来的生命体。他们浅埋薄葬，口中放着鲜花，象征着新的力量会从他们的腐朽中诞生。但是在海利科尼亚上有所不同。他们着迷于海利科尼亚人如何能够沉入通灵，与幽魂、与那些充满生机的火花进行交流。

而且，剑族这一种族与他们的死者也有着相似的关系。死去的法艮沉陷入一种“幽闭”状态，遗体久存，逐渐皱缩，往往历时数个世代。法艮没有丧葬的习俗。

这些对死亡的认知被地球人视为生命体的一种疗愈，在海利科尼亚大周期年的过程中对于自己所经历的极端气候的一种补偿。尽管剑族的亡逝与人类的亡逝有着显著不同。

幽闭中的法艮对于子嗣永远都表现出支持的态度，作为充满智慧与鼓励的宝库，在逆境中抚慰他们。而另一方面，在通灵中所拜访的人类灵魂却总是充满了恶意。幽魂说的话永远都是斥责，以及对于糟糕生活的抱怨。

新生代中的有识之士问道，为什么如此不同?

他们从自己的经验中寻求答案。他们说：尽管法艮十分可怖，却并没有疏离于原初注视者，而那正是海利科尼亚的盖娅形象。所以他们并不会被围绕着他们的灵魂折磨。而人类却疏离了；他们崇拜许多无用的神，这让他们变得不正常。所以他们的灵魂永远都不会安宁。

对于海利科尼亚的人来说，如果在遭受磨难时能从幽魂那里得到抚慰，他们会多么开心啊——地球那些通过共情感同身受的人如是说。

于是做出了一个决定。那些有幸体验过生命，从分子进化为拥有光辉意识的生物，应该朝着海利科尼亚发送象征着他们幸福的信号，就像鲑鱼要在急流中一跃而起，释放飞翔的快乐。

换句话说，地球上的生命应该向海利科尼亚释放出一束共情的信号。不是向着海利科尼亚的生命体。那个疏离于他们原初注视者的生命体只顾忙于自己的事情，忙于自己的欲望、憎恶，不能指望他们会接收到这样的信号。但是幽魂——永远都渴望着与人接触的幽魂——可能会有所反应！存在状态无拘无束的幽魂，悬浮在黑曜中沉向原初注视者的幽魂，这些幽魂也许有能力接收到一束共情的信号。

整整一代人都在讨论这个大胆而富于幻想的计划。

这种期望值得去做吗?这个问题一直不断被问起。

哪怕失败，这也是一次伟大的统一体的体验，这就是答案。

我们真能指望自己去影响那么遥远的异类?——那可是真正的

亡者。

透过我们，盖娅能够与原初注视者进行交流。它们是近亲，不是异类。也许这个令人咂舌的想法并不是我们的，而是她的。我们必须一试。

但是我们在空间与时间上如此遥远……？

共情是很强大的事物。空间与时间不足为道。我们是否仍然对于古神话中伊菲革涅亚所遭受的放逐无动于衷？让我们试试吧。

我们应该做吗？

不管从哪方面考虑，都值得一试。盖娅的心灵下达了命令。

于是他们去尝试了。

这个计划开始了长久的论证。不论他们坐在哪里观看，不论他们踩着粗陋的凉鞋走在什么地方，一代又一代芸芸众生抛开世俗之事，朝着海利科尼亚的亡者释放出共情之力。甚至当他们对于沙耶·泰尔、雷恩泰尔·阿耶，或是任何生灵产生抑制不住的喜爱之情时，他们都会尝试与那些早已死去的人做着精神上的沟通。

在一年又一年持续地尝试之下，他们那共情的暖意发生了作用。亡魂不再哀痛，幽魂停止了责骂。通过通灵进行交流的人不再受到斥责，而是得到安慰。一种全无私欲的爱获得了伟大的胜利。

IX

岸上平安无事

沼气在炉膛里燃着火焰。两兄弟围炉交谈。

身材敦实的那一位，讲述着自己的故事，身材瘦削的那一位则时不时伸手拍拍他。奥蒂锐·楠·奥蒂姆，他的亲人都管他叫奥多，他比伊戴普·芒·奥蒂姆大一岁零六个什旬。他们兄弟二人长得很像，除了腰身差别巨大，肥死症那可怕的身影尚未在瑞雯约克浮现。

两兄弟有讲不完的话，也有许多事情要谋划。最近有一条满载大寡头士兵的船来到了港口，奥蒂姆反抗的那套规章法令也开始折磨奥多了。然而施芬宁克人并不像乌斯库托什人那样对法令规章令行禁止，瑞雯约克仍然算是一个生活安逸的地方。

奥蒂姆给哥哥带来的那些美轮美奂的瓷器虽所剩不多，却是绝好的礼物，颇受珍视。

“很快，这样的瓷器就会变得更加珍贵了。”奥多说道，“如此精美的品质可能再也不会有了。”

“因为天气每况愈下，正在步入冬季。”

“弟弟，接下来，烧瓷窑的燃料将会短缺，瓷器价格就会因此上涨。等到人们的生活变得越来越艰难，他们能用上锡盘就很满意了。”

“你接下来有什么打算，哥哥？”奥蒂姆问道。

“我跟邻国布瑞巴尔做的生意很好。我甚至把货物卖去了喀尔纳巴尔，不过要从这里往北走很远。陶瓷并不是唯一走这些路线的商品。我们必须得适应现实变化，做点儿别的生意。我有些想法……”

但是奥多永远都别指望能有太久的安宁。他跟弟弟一样，养着一大家子亲戚，此时，其中的一些人拥到了火炉跟前，喋喋不休聒噪个不停，他们满脑子都是各种各样的争执，只有奥多能调停。奥蒂姆的那些在瘟疫和远航中幸免于难的亲属们被临时安置在瑞雯约克的亲戚家中，于是那些关于楼层空间被侵占的无解问题又浮上了台面。

奥多说：“也许你不介意跟我一起去看看出了什么事。”

“我很乐意。从现在起我就是你的影子，哥哥。”

瑞雯约克的住宅都是环绕着庭院建立起来的，高墙让它们免受凄风苦雨的侵扰。家族越是兴旺，这家的墙就越高。奥蒂姆家族的各个分支就环绕着这所院落生活着——跟科理安图拉的那些亲戚比起来，他们更显无所事事。

与这些亲戚共同生活的还有不少牲口，就养在与人们的住房紧邻的牲口厩里。为了让新来的亲戚能有个安身之处，牲口们不得不挤成一团。这样的安排引发了这场争执：原先的住户把自家牲口看得比新来的亲戚还重，而且还理直气壮。

大多数施芬宁克庭院式住宅的公共卫生都是在人畜共处的基础上解决。住宅和牲口棚的所有排泄物都被冲进在庭院地下的岩层里开凿出来的一个瓶状地坑中。通过院子里的检查口可以对这个坑进行维护，所有的厨余垃圾也都从这个口子扔进去。里面的废弃物在地下腐烂发酵，释放出沼气，主要成分是甲烷。

沼气从坑里上升，收集起来后通过管道引入房间，用来烧火做饭以及照明。

这种先进的生活系统在整个施芬宁克都很发达，用以应付严酷的亡哀之冬。

奥蒂姆兄弟亲自来过问亲戚们的抱怨时，他们发现安排两个堂弟居住的那间牲口厩里有一点儿气体泄漏。这种气味让这二位觉得不舒服，于是他们坚持要挤进隔壁的住宅里，可那里早就挤得满满当当了。

泄漏的地方被堵住了。那两位堂弟为了面子还要抗议一下，不过终究还是回到了厩里。奴隶们被派去检查沼气池有没有问题。

奥多拉着兄弟的胳膊说："教堂就在附近，我们一起到城里转转，你就会看见它。我今晚在那里安排了一场小小的仪式来感恩。为你的安然无恙赞颂阿佐亚希克神。"

"你真体贴。但我要告诉你一声，哥哥，我已经不信宗教了。"

“小小的仪式是必要的。”奥多说着，伸出一根手指做了个无所谓的手势，“你会在那里与我们所有的亲戚正式见面。看上去你可不怎么精神啊，弟弟，这都是因为你连连遭受丧亲之痛的缘故。你必须要找个好女人，或者至少找个奴隶来开开心。你们一行人之中那个外国女人是什么情况？她叫托莱丝·拉尔？”

“她是个奴隶，属于卢特林·邵柯兰迪特。她是一个医生，很有个性。那个小伙子很好，来自喀尔纳巴尔。至于法施纳基德上尉么，我不怎么确定他是好是坏，只知道他是个逃兵，我倒并不很责怪这一点。在我开始这趟旅程的时候，在肥死症袭扰我们之前，我身边有一个好女人，她深深抚慰着我。哎，她病死了……”

“她是库基－尤威科人吗，兄弟？”

“不，但她就是栖息在我那棵自我之树上的鸽子。她很忠心，而且善良。她的名字，我必须要提一下，叫贝熙·贝萨米卡利。对于我来说，她甚至比我的……”

奥蒂姆猛然打住了话头，因为肯尼格跑过来了，还跟着一个新结识的朋友。奥蒂姆笑着拉起儿子的手，他哥哥说：“我来为你那棵美丽的自我之树再找一只鸽子好了。你只有一个兄弟，但天涯何处无芳草，满天的鸽子都想要找一根合适的枝条来栖身。”

卢特林·邵柯兰迪特和哈宾·法施纳基德分到了一间顶楼的小房间，这要多谢奥多的慷慨。这阁楼小房有一扇小窗可以透进光线，小窗俯瞰着整个庭院，可以看到这一大家子人和他们的奴隶进进出出。墙壁的凹龛里放着一个火炉，伺候着他们的奴隶便在这上面做饭。

这二位各有一张木床，支在地板上，铺着毯子。托莱丝·拉尔被安排睡在邵柯兰迪特床边的地板上。

法施纳基德睡觉的时候，邵柯兰迪特把她拉到了身边。他一整晚都搂着她。他起床时，法施纳基德躺在床上打着趣。

“卢特林，你怎么这么有精力？”说着话，他瓮声瓮气打了个哈欠，“昨晚你没喝够奥蒂姆家的美酒吗？歇会儿吧，伙计，看在阿佐亚希克神的份儿上，我们先从这趟可怕的旅程中恢复一下。”

邵柯兰迪特走过来低头看着他，笑道：“我喝足了美酒。现在我想尽快出发去喀尔纳巴尔。我的处境还不明朗，我必须得看看我父亲怎样了。”

“该死的父亲们……愿他们的幽魂去啃破皮鞋。”

“我还有另一桩急事——这事你最好留心听着。尽管大寡头与布瑞巴尔的战争打得焦头烂额，可他在这里的港口居然有一艘船。也许还有更多的船要来。他们可能在暗中盯梢我们。我越快启程去喀尔纳巴尔就越有好处。你为什么不跟我走？那里很安全，你还能为我父亲工作。”

“喀尔纳巴尔永远都天寒地冻的。他们不都这么说吗？从这里往北要走多远才到那里？”

“通往喀尔纳巴尔的道路要跨越超过二十二个纬度。”

法施纳基德大笑起来，“你去吧，我要留在这儿。我会找条船去坎普安莱特，或是赫斯帕戈尔特，怎么都比你那个冰天雪地的避难所强。你的好意我心领了。”

“那你随意吧。我们确实相处不来，对吧？男人必须融洽相处，才能在前往喀尔纳巴尔的路途上活下来。”

法施纳基德从皮毛褥子里探出手臂，朝邵柯兰迪特伸出一只手，“好吧，好吧，你是个系统中的男人，而我反对系统，但别放在心上。”

“你总是喜欢说我是系统中的人，但自从形变以来，我就与它决裂了。”

“是吗？可是你却盼着回到喀尔纳巴尔的父亲身边。”法施纳基德笑道，“真正的系统派都感觉不到自己在系统里。我挺喜欢你的，卢特林，尽管我很清楚，你认为我抓住你并毁了你的生活。恰恰相反，我从大寡头的魔爪之下救了你一命，所以表示一下感激吧。要是你想谢谢我，今天上午就把你的托莱丝送到我床上，好吗？”

邵柯兰迪特脸一红，“我出去的时候她可以伺候你吃喝。除此之外，她是我的人。想要什么，就跟奥蒂姆的哥哥要好了——他的奴隶多得很，而且他对此一点儿都不介意。”

他们二人对视着僵持了片刻。然后邵柯兰迪特转身离开了房间。

“我能跟你一起去吗？”托莱丝·拉尔叫道。

“我会很忙的，你留在这里吧。”

等他一走，法施纳基德就从床上坐了起来。那个女人正忙着穿衣服。她朝那位上尉投去尴尬的目光，而他抹着自己的胡须笑了起来。

“别那么急急忙忙的，小娘们儿。到我这儿来，甜美的贝熙死了，我需要安慰。”

她不作声，他赤着身子爬下了床。

托莱丝·拉尔朝门口跑去，但他抓住她的腕子把她拉了回来。

“别那么急急忙忙的，我说了，不是吗？你没听到吗？”他温存地揪了揪她那头褐色的长发，“女人都会因为得到法施纳基德上尉的眷顾而受宠若惊。”

“我属于卢特林·邵柯兰迪特。你听到他刚才说的话了。”

他扭过她的胳膊，咧着嘴冲她笑起来，“你是个奴隶，所以你属于任何人。而且，你对他恨之入骨——我见过你看他的样子。我从来都不会强迫女人，托莱丝，这是真的，根据我夜里不小心听到的动静，我觉得你会发现我更在行。”

“请让我走，否则我就告诉他，他会杀了你。”

“过来吧，你这么可爱，怎么会威胁我呢？别装了，是我把你从死亡线上救回来的，不是吗？你跟他一路骑乘，走向一个陷阱。你那位卢特林，他真是天真得要命。”

他把一只手伸进她的双腿之间。

她挣脱出右手，用力抽在他脸上。

一阵暴怒之下，法施纳基德扭住她猛力一提，使她双脚离地，然后一把将她扔到了床上，他马上顺势压在她身上。

“现在，在惹毛我之前，你听我说，托莱丝·拉尔，我们是同一条船上的。邵柯兰迪特虽然很不错，可他要回家保平安，保住他的地位——而你和我早就失去了这一切。还有，他还计划带着你往北走不知多少里的漫漫长路。那里除了冰雪，除了宗教，除了那个巨大的轮子之外，还有什么？”

“那是他生活的地方。”

“喀尔纳巴尔只适合统治者生活，其余人都得死在严寒里。你没听说过巨轮的名声吗？它早已变成一座监狱，是这个世界上最可怕的监狱。你想在巨轮里了结余生吗？

“死心塌地跟着我吧。我见过你这类女人，你也见过我这类男人。我是个无家可归的人，但是我能照顾好自己。在你踏上漫漫长路，前往那个你永远都无法逃脱的冰雪堡垒之前，动动脑子，动动脑子，你这小娘们儿，死心塌地跟着我才有好果子吃。我们从这里扬帆远航前往坎普安莱特，去气候更好的地方，也许我们甚至可以回到你最怀念的伯多兰。”

她面色煞白。他的脸几乎贴在她的脸上，令她的视线一片模糊，只看得到他的眉毛和那双极具穿透力的眼睛，还有那一大丛浓密的胡须。她害怕他会打她，甚至杀了她——而邵柯兰迪特根本就不在乎。身为俘虏，她的意志早已不堪一击。

“他拥有我，上尉。你为什么要和我讨论这些事情？只要你坚持，你想怎么对我都可以，难道不是这样吗？毕竟他就是那样对我的。”

“这样最好。”他说，“我不会伤害你的……脱掉你的衣服。”

卢特林·邵柯兰迪特对瑞雯约克港很熟悉。它一直都是人们口中的大城市，在喀尔纳巴尔大家总是带着向往提起它，那些兴致勃勃造访过它的人也是这样说。但现在的他已算得上见多识广，这座城市在他看来其实挺小的。

至少，能再次脚踏实地，已经让他感觉很惬意了。现在走在路上，他还是觉得脚下仿佛有些打晃儿。他朝码头方向一路走去，进了一家小酒馆，要了一大杯雅达尔酒，听着水手们聊天。

“这些士兵啊，他们在这里什么都不是，只会招人讨厌。”旁边的一个人正跟同伴说着，“我猜你已经听说昨晚在聪明巷里被人捅死的那个家伙了，我可一点儿都不吃惊。”

“他们明天就会扬帆开拔了，”他的朋友说道，“他们今晚会被勒令待在船上，你看着吧，这帮兵痞总算是安生了。”他又压低声音说，“他们奉大寡头的命令去跟正派的布瑞巴尔人作战。布瑞巴尔人对我们干过什么坏事吗？我可真说不上来。”

“他们可能已经拿下了布莱瑟，但是莱塔甘坚不可破，大寡头是在浪费时间。”

“我听说那地方是在一片湖泊中间。”

“那就是莱塔甘。”

“喔，我真高兴自己不是当兵的。”

“你那么笨，干不了别的，只能当水手。”

两人一起大笑起来。邵柯兰迪特的目光注意到门边的墙上贴着一张布告，它宣布说，从今以后凡是进入通灵状态均属违法。进入通灵，不论是独自进行还是结伴进行，都等于帮助传播那种名为肥死症的瘟疫。违者将被处以一百锡伯币的罚款，再犯则终身监禁！奉大寡头之命。

尽管邵柯兰迪特从来都没进行过通灵，可他也不喜欢政府颁布这些新法令透露出的意味。

邵柯兰迪特喝光了杯里的酒，心想，也许他真的痛恨大寡头。当祭司军士艾斯比拉曼派他向寡头院报告时，他深感荣幸。然后，几乎就在锡伯纳尔的边境，法施纳基德把他拦截住。他花了好一阵子才相信那家伙的话，弄明白他和返回的大军将会遭遇一场冷血的屠杀。那么一支浴血卫国的大军就这样在大寡头的命令之下血染他乡，这事让他尤为难以接受。

采取合理的手段阻止瘟疫的蔓延，这个说法倒说得过去。但是禁止通灵是一个信号，独裁主义正在抬头。他伸手抹了抹嘴。

时过境迁，邵柯兰迪特不再是个英雄，而是一个逃亡者。他无法想象如果因为当逃兵被捕，他会得到什么样的下场。

“哈宾的话是什么意思，我是系统中的人？”他咕哝着，“我是个叛逆者，无家可归的人——跟他一样。”

回家去，回到喀尔纳巴尔，这本就理所应当，在父亲的权势保护之下，他会安然无恙，至少大寡头的势力在遥远的喀尔纳巴尔还碰不到他。至于瑛茜尔，还是到时候再说吧……

另一个念头随之而来——他欠法施纳基德一个人情。他必须带他一起踏上艰难坎坷的北上之路，如果能劝动法施纳基德的话。法施纳基德在喀尔纳巴尔会有用武之地的：在那里他可以作为亲历者，讲述那场对数千名施芬宁克年轻人同室操戈的大屠杀。

他暗暗对自己说：在战斗中我很有勇气，如果有必要，我也必须有勇气去反抗寡头院……在家乡，一定会有人在听到真相之后，跟我感同身受的。

他付了钱离开了小酒馆。

一条种植着拉甲巴拉尔树的林荫大道紧邻水边，气温下降的时候，这些树木开始为漫长的冬季做准备。它们不是让树叶脱落，而是收回自己的枝条，把枝叶抽回巨大的树干顶端。邵柯兰迪特在自然史书籍中看到过那些插图，书中说明枝叶如何融解，并形成一种固态的树脂条状物，以此来保护这些光秃秃的树木不会腐朽，直到下一个大周期年的春季再释放出它的种子。

在拉甲巴拉尔树下，一队从一艘挂着锡伯纳尔旗帜和寡头院旗帜的船上下来的士兵正在行军。那一瞬间邵柯兰迪特唯恐有人认出他，但是他那形变的体型成了一种保护。他转向岸上，往市场那边走了下去，那里有一些代理人，专为行脚客打理那些前往喀尔纳巴尔的事务。

山上吹来的寒风让他不得不竖起衣领，低下了头。但是代理人的门前早已聚满了渴望参拜巨轮圣殿的朝觐者，很多都是穷人，衣不蔽体。

等了好一会儿，才轮到他询问各种事宜。他被告知可以跟朝觐者一起前往喀尔纳巴尔，或者也可以单独上路，雇一辆雪橇、一支拉雪橇的小队、一个驾橇人，还得有一个万事通的向导。前一种方式更安全，但更慢，不过价钱不贵。邵柯兰迪特决定选后一种方式，这更符合巨轮看守者儿子的身份。

他缺的就是现金，或是一封担保信。

他父亲的朋友遍布瑞雯约克，其中一些在这个镇子上还是有头有脸的人物。他犹豫了一下，最终选了一个名叫赫利萨拉的老实人，此人经营着一座农场和一家为朝觐者服务的旅店，就在镇子边缘。赫利萨拉很欢迎邵柯兰迪特大驾光临，立刻就给他写了一纸担保，并且坚持留邵柯兰迪特同他和妻子共进午餐。

分别的时候他在门阶上再次热情拥抱了邵柯兰迪特。

“你是个善良又天真的年轻人，卢特林，我很高兴能帮到你。亡哀之冬一天一天逼近，经营农场愈发艰难，但还是祝愿我们能再次见面吧。”

他妻子说道：“能见到如此彬彬有礼的年轻人真是让人愉快。替我们向你父亲传达敬意。”

邵柯兰迪特离开时满面红光，给人留下一个好印象让他很开心。哈宾此时一定是酩酊大醉了。但是赫利萨拉为什么要说他“天真”？

雪花开始扑簌簌落下，盘旋席卷而来，就好像精制白砂糖消融在一杯被搅动的水里。雪积厚了，他的靴子踩在卵石路面上发出噗噗的声音。街上悄无声息，他灰色的影子拉得很长，双影相叠，弗雷耶投下的影子很暗，巴塔利克斯的影子很浅，不一会儿，云层遮蔽了海湾，把瑞雯约克的一切都裹进了昏暗之中。

邵柯兰迪特突然在一株拉甲巴拉尔树后停下脚步。

另一个人从后面赶了上来，他拢着衣领紧紧裹住喉咙，在走过这棵树的时候回望了一眼，拖着脚步，急匆匆走进了一条岔路。邵柯兰迪特略带惊讶地注意到那条巷子叫聪明巷。

出于一种莫名的谨慎，他没有在旅途中跟同行的人提起一件事情——那尊守卫着通向瑞雯约克港航道的英雄巨像头顶上，有一个日光反射信号站。可能远在这艘双桅帆船停泊在码头之前，关于“新季节号”上有逃兵的情报就已经传达到了这里……

他尽可能找了一条绕远的偏僻小路返回奥多家。这时，最猛烈的那阵雪已经过去了。

“真幸运你及时赶回来了。”邵柯兰迪特进门的时候，奥多说道，“我弟弟跟我，还有家里其他人正要去教堂为‘新季节号’的幸存者做感恩仪式。你也一来吧，好吗？”

“哦……好的，当然了。那是不对外的仪式吧？”

“绝对不对外，只有祭司和家人参加。”

邵柯兰迪特看了看奥蒂姆，他鼓励地点了点头。“你就要踏上另一趟旅程了，卢特林。我们才刚刚相识又要分别。这场仪式看起来再合适不过了，哪怕你并不信仰祈祷的力量。”

“我去看看法施纳基德来不来。”

他赶忙奔上木楼梯盘旋而上，去往奥多分配给他们的那间房。只有托莱丝·拉尔在，躺在他的床上盖着她的兽皮衣。

“我是让你干活的，不是让你躺着。”他说，“你还在哀悼你的丈夫吗？上尉呢？”

“我不知道。”

“找到他，好吗？他准是在什么地方喝酒呢……”

他又一路跑下楼去。等他一离开，法施纳基德从他的床底下大笑着钻了出来。托莱丝·拉尔绷着脸。

“我想要大吃一顿，可不要什么祈祷。”说着，他小心翼翼往窗外看去，“不过你朋友说喝酒，这倒是很勾人胃口……”

奥蒂姆家的人在庭院里聚集起来。尽管冻雨四下纷飞，奴隶们仍摆弄着长杆，在沼气池的检查口里爬进爬出。整个地方充满了情绪高昂的谈话声。

邵柯兰迪特出现了。乘坐过“新季节号”的一些女士迎了上来，以一种更传统的库基-尤威科礼仪拥抱着他，这种礼仪不同于锡伯纳尔其他地方的习俗。邵柯兰迪特身上那些规规矩矩的教养，不再与这种无拘无束的举止格格不入了。

“哦，这个瑞雯约克，可真是个好地方。”一位裹得严严实实的老姑妈拉住他的手臂说，“有很多漂亮的建筑和雕塑。我在这里会很开心的，而且打算开一家出版社出版诗歌。你觉得你们国家的人喜欢诗歌吗？”

不等邵柯兰迪特作答，这位女士已经转过身去抓住了伊戴普·芒·奥蒂姆的袖子，“你真是我们的小英雄，侄子，带我们从压迫之中全身而退。我要在教堂里挨着你坐，陪我一起走过去吧，让我感到骄傲。”

奥蒂姆冲她和气地笑着说：“我们很骄傲能跟您走在一起，姑妈。”一大堆拥挤的人群开始朝院子大门外挪去，顺着街道走向教堂。

奥蒂姆说："我们也很骄傲有你跟我们在一起，卢特林。"他唯恐邵柯兰迪特感觉受了冷落。他愉快地看了看四周，奥蒂姆这一大家子人真可谓人丁兴旺。尽管肥死症将他们筛选了一番，但幸存者的新体型也算是一种补偿了。

进入尖顶高耸的教堂时，奥蒂姆与哥哥并肩而行，胳膊肘紧挨着。他其实很怀疑奥多是不是跟他一样，对阿佐亚希克神并没有什么信仰。不过他实在很讲究礼节，不会同对方讨论这么私人的问题。就像老话说的，男人就得有自己的秘密。不过要是他哥哥在某天夜里酒后吐衷肠，那就是另外一码事儿了。至于现在，他们能够团聚，能举行仪式哀悼那些死去的人，哀悼他的妻子、孩子，还有可爱的贝熙·贝萨米卡利，能够庆祝自己幸免于难，这就足够了。

一阵高亢嘹亮的歌声响起，声音里不带一丝情绪，只有一缕夸张的忏悔之意，歌声从教堂的地井里升起，缭绕在梁椽之间。

奥蒂姆吟唱起来，感觉到自己的灵魂也随着那乐声上升到屋檩，露出了安详的笑容。信仰本应该是很美好的，即便只是希望有个信仰也是一种慰藉。

就在众人的声音随着歌声在教堂里扬起时，十名身强体壮的士兵在一位军官率领下昂首阔步地行走在教堂外的街道上，他们齐刷刷停在了奥蒂锐·楠·奥蒂姆家的大门外。守门人为他们打开了大门，躬身施了一礼。士兵一把将他推到一边，迈着大步进到庭院中央，肆无忌惮地踩在早已踏实的积雪上。

军官吼叫着下达命令。有四个人开始搜索房子的各个角落，剩下的人都留在原地注意不让任何人溜走。

"脔那哨兵！"法施纳基德骂了一声，从床上蹦起来。此刻他半披着衣服坐在床上，既能看到窗外，又能看着托莱丝·拉尔，正在漫不经心地给她念一本小册子里的诗句。她按照他的吩咐去准备用餐，从楼下的奴隶那里要来了一块燃着火的木头，正准备生炉子。

听到他恶毒的咒骂，她吓得身子一缩，尽管她早已习惯了士兵的各种脏话。

“我得有多喜欢军人的声音啊！‘没有一首歌像你在春季的天空下唱的那首……’”法施纳基德说道，“还有那军靴的踢踏声。没错，他们就在那儿。看看那个中尉，年轻的傻瓜，制服闪闪发亮。那一切我都曾……”

他注视着下面院子里的场景，在士兵跟前，那些奴隶仍在干活，往外掏沼气池里的废物，同时斜眼瞥着这帮入侵者，满面狐疑。

有人正穿着靴子踏着楼梯往楼顶的房间来。

法施纳基德咆哮一声，浓密的胡须间露出了雪白的牙齿。他冲过去，一把抽出宝剑在屋里环顾了一周，犹如一头困兽。托莱丝·拉尔站在那里，呆若木鸡，一只手捂在嘴上，伸出另一只手拿着那根冒着火苗的木头。

“哈……”他上前一把抢过那根木头，跑到了窗口，浓烟在屋里划出一道黑线。他推开窗户，尽力把脑袋和肩膀探出了窗外，拼尽全力将那根木头掷了出去。

他的军事技能还没荒废，再没有谁能如此完美地投掷出这样一颗手榴弹了。火焰划出一条抛物线，飞进昏暗的空中，消失在了沼气池的开口里。

刹那间，一片寂静。

紧接着，整个地方轰然一声炸开了！院子里各种碎片四下横飞。在无数碎片中间，一团火焰腾空而起，火焰中心爆出耀眼的蓝色。

法施纳基德心满意足地大吼一声，窜到门前一把将门拉开。一名年轻的士兵正站在那里，不知所措地回头看着来时的路。法施纳基德想都没想，猛扑上去。那人弯腰一闪，法施纳基德一脚踢出，那个士兵便头朝下地栽倒在了楼梯下面。

“现在我们得逃命了，小娘们儿。”说着，他一把拉起托莱丝·拉尔的手。

“卢特林……”她想说话，可是她太恐惧了，除了跟着他走之外别无选择。

他们跑下楼梯。院子里一片恐慌。沼气仍在燃烧。奥蒂姆家里的人大都去教堂参加仪式了，剩下的人老的老、小的小，要不就是满腹牢骚不愿意去教堂的，这些人连同牲口在士兵中间乱作一团。那名还算机敏的中尉朝天放了两枪，想要镇住场面。奴隶在尖叫，还有一间房子着了火。

穿过乱成一团的院子从大门逃走简直易如反掌。

等他们一到了街上，法施纳基德赶紧放松了脚步，宝剑还鞘，好让自己看上去不那么显眼。

他们急急忙忙走进了教堂的院子。他拉住女人，靠在一堵扶壁上不停地喘着粗气。教堂里面正在颂唱阿佐亚希克神的赞美诗。他依然格外兴奋，死死抓住她的上臂不放。

“那些傻瓜，他们在追捕我们。就算是在这么个鬼地方都……”

“哦，松开我，你把我弄疼了。”

“我会松开你的。你要进教堂去找到邵柯兰迪特，告诉他军队已经发现我们了。但现在已无法乘船逃走。如果他已经安排好了雪橇，那我们马上一起出发前往喀尔纳巴尔，能有多快就多快。进去告诉他。”他鼓励地推了她一把，“就跟他说那些人想吊死他。”

等到托莱丝·拉尔跟邵柯兰迪特再次出现的时候，街上已经有了不少人——不只是无辜的旁观者。奥蒂姆家的人号啕着跑来时，法施纳基德说：“卢特林，你弄到雪橇了吗？我们能不能马上离开这地方？”

看着其他人乱作一团，邵柯兰迪特说：“在奥蒂姆为我们做了这一切之后，你真的有必要毁了他们家吗？”

“别太相信奥蒂姆，他是个商人。我们必须得走了，军队现在应该已经缓过劲儿了。别忘了你这位可爱的托莱丝·拉尔可是一个记录在案的逃亡奴隶。你知道对此的惩罚是什么。雪橇在哪儿?”

“要等到巴塔利克斯黎明时分，那时牲口厩开放，我们才能弄到手。你这是突然改主意了，是吗?”

“那我们能在哪儿躲到天亮?”

邵柯兰迪特想了想，“有一家人是朋友，叫赫利萨拉。他和他的妻子会把我们藏起来，直到明天早晨……但我必须去跟奥蒂姆道个别。”

法施纳基德伸出一根粗壮的手指指着他说：“你可不能这么做，他会把你交出去的！到处都是士兵。你还真是天真，难道不是吗?”

“好吧，你可是够小心的。先别顾着打嘴仗了，你怎么改变计划了？今天早上你还打算乘船去坎普安莱特呢。”

法施纳基德哈哈一笑，“就当是我想跟那个伟大的神灵套套近乎吧……我决定跟着你和你的女奴前往神圣的喀尔纳巴尔。”

X

“亡者不谈政治”

每六个小周期年的第六个什旬的第六天，无上和平教会的教区代表都要在阿斯基托什举行会议。等级较低的在至高祭司宫殿后面的修道院开会，而十五位职务最高的则就在宫殿里居住、会晤。他们既代表着教众，也代表着教会统辖之下的军民各界。这些人背负着沉重的公务，是不苟言笑的一群人。

作为人类，这十五位各自都有种种缺点。有一位准要在每天十六点二十分喝个酩酊大醉，其他人在各自的寝房里要么藏着女奴，要么藏着男奴。有些人尤其钟爱一些与众不同的肮脏癖好。然而，至少他们每个人心中都长期维持着一块净土奉献给教会。鉴于这世上好人寥寥，这十五位其实也算得上是好人了。

其中最具奉献精神的是楚布萨里德，出生在布瑞巴尔，由修道院的神父抚养长大，现在是无上和平教会的至高祭司，被委任为神灵在海利科尼亚上的代表，那位神灵便是在生命出现之前就已经存在，并被所有生命环绕的阿佐亚希克神。

即便是目光最敏锐的人，也不曾观察到楚布萨里德喝过酒。如果说他有什么关于男人或是女人的性癖，也只有他自己和创造他的神灵知道。如果说他有过愤怒、恐惧或是悲恸的感觉，那这些情感也从来不曾浮现在他那张面色红润的脸庞上，而且他也并不是个傻瓜。

与在埃森山上举行秘密会议的寡头院不同，一英里之外的教区大会广受民众支持。对民众的需求教会也给予了名副其实的帮助，教会一贯支持民众，并在逆境中让他们振奋起来。而且，对于通灵教会始终睁一只眼闭一只眼。

民间流传的大寡头形象令人恐惧，就像一只长着巨螯的甲壳动物。但与从来都无人得见真容的大寡头不同，至高祭司楚布萨里德会时常在穷人中间巡视，不论走到哪里都广受他的教众欢迎。从哪方面来看，他都是理想中的至高祭司。他身材高大，面容冷峻却十分和善，有一头浓密的白发。他开口讲话的时候，人们都喜欢去听。他的谈吐虔诚却又不失风趣，既能让他的教众诚心祈祷，也能让他们放声大笑。

教区代表会议上的发言都是以最高等的锡伯语进行，充满了多重从句、繁杂的插入句和夸张的动词。今天这个场合里，他们讨论的事务与当前形势息息相关。它关系到锡伯纳尔两股最强大势力之间的紧张关系，那便是政府与教会。

寡头院颁布的敕令日渐严苛之时，教会始终警惕地注意着事态的发展。教区代表中的一位祭司正向众人发表他对此的看法。

“新颁布的《居住人员限令》以及其他由政府维持的/为代表的类似法令是为控制瘟疫而颁布的。这些法令已经引发了毁灭性的后果，与瘟疫所造成的/将要造成的/所能造成的破坏一般无二。穷人因为流浪而被驱逐，被逮捕，如若不然就只能在日渐严酷的寒冷中自生自灭。”

他满头银发，说话的声音脆如银铃，掷地有声，响彻大厅：“我们看得出这条恶毒法令背后的政治考量。随着北方越来越多的农场衰败/正在衰败，经营那些农场的农民和小农场主就会流落到城镇里，他们必然会尽其所能寻找安身之处，那类地方通常会变得过度拥挤。而那条法令企图把这些人限制在那些已然衰败的农场里，他们在那里肯定会挨饿。如果我说，他们的死亡刚好符合政府的意愿，希望这不会显得我太冷酷无情，死人可从来不谈政治。”

从桌子另一头传来一个声音：“你的意思是说，如果没有这个法令，城里会因为外来人员太多而爆发叛乱？”

“在我年轻的时候，人人都说一个锡伯纳尔人为了活命而工作，为了活命而结婚，为了活命而渴望。”银铃般的声音答道，“但是我们从来都不会反叛。那种事只有蛮族大陆的人会去做。对于这些严苛的法令，教会迄今从不评论。现在我要强调的是，那项针对通灵的法令让我们到了一个关键的节点。”

“对于通灵，我们一向都不持有什么态度。”

“在此之前，政府对此也没有态度。再说一遍，死人不谈政治，而且政府对此具有/维持认同的态度。然而寡头院现在立法抵制通灵。这导致/使得/将会使我们的教众愈发悲惨，对于这些人来说——如果各位允许我这么讲——通灵就跟分娩一样，都是生命的一部分。

“为了适应即将到来的冬季，穷人受到了不公正的惩罚。我敦促教会公开发表声明，来抵制政府最近的这些动作。”

一位上了年纪的秃顶男人拄着两根手杖站起身来，他的头发几乎不剩几根了，仅有的也早已失去光泽。

“也许你说得有理，兄弟。寡头院可能正在收紧他的拳头。我要提醒各位，他们也是迫不得已。很快，我们的后代子孙将面对/正面对着三个半世纪亡哀之冬的苦寒。按照寡头院的逻辑，大自然的苦难必然要用相应的人类苦难来匹配。

“让我提醒你们那句绝对不能说起的可怕的锡伯诅咒。它被视为最极端的亵渎，这是毋庸置疑的。然而它又是值得赞美的。是的，值得赞美。我不会/很忌讳它在我的教区被人提起，不过我很钦佩它所蕴含的反抗精神。”

他稳了稳身子。有些人觉得这位可敬的老人就要用那句诅咒来玷污他的唇齿了，其实不然，他转向了另一个话题。

“在蛮族大陆坎普安莱特上，混乱随着寒冷一起降临。他们不像我们这样有着压倒一切的秩序，他们会钻回洞穴里。而锡伯纳尔会完整无缺地存活下去。我们通过强大的组织系统将/应/会永远地存在下去。这一组织系统必然要像铁拳般严密。很多人必然会死，而国家将幸存下去。

“由于所有的法艮不论缘由都要被枪毙，你们之中有人就已经在抱怨了。我要说，他们并不是人类，枪毙就枪毙吧，他们没有灵魂。还要枪毙所有保护他们的人。枪毙那些已经破产的农场主吧。现在不是表达个人意愿的时候。个性本身必然很快/将要受到死亡的惩罚。”

一片沉默之中，他的手杖像骨节般发出一阵咯咯声，他又重新坐了下来。

这令人震惊的言论引来一片嘀咕声，充斥在整个房间里，至高祭司楚布萨里德坐在他那把貂皮座椅上温和地说："无疑，他们在埃森山说过这样的话，不过我们既然选择了这份职业，就要坚持原则，这关系到/会持续影响到我们如何心怀仁慈地与各界民众和谐相处，包括那些破产的农场主。我们的教会支持个人，支持个人的良知，个人的救赎，而且我们的职责就是要时不时将这一点提醒给我们那些在寡头院中的朋友，好让他们心中对这些问题也保持清晰的认识。

"时节可能会变得很艰难。我们不必效仿他们，教会的本质教义在最为艰难的时期可以/将会/必然存续下去，否则神灵就失去了生命。政府将此次危机视为一个它必须展现其力量的机会，而教会同样要把握这个机会。这里的十五个人中，有谁同意教会应该对政府持反对立场？"

长桌两侧所有十四位听他讲话的人都转向左右，嘀咕起来。他们猜得到，这位领导者倡议的行动一旦实施，将会遭到怎样的报复。

一名成员抬起戴着金戒指的手，用颤抖着的声音说："大人，我们确实会按您的提议摆出姿态，这个时刻可能/极有可能转瞬即至。可是对于通灵呢？当这么多世代以来我们一直小心翼翼避免涉及于此时，当有人挑衅我们的合法性时，当原初注视者的神话反对我们……"

他故意留下半句未完的话让人去思索。

教区代表中最年轻的成员是一名祭司主持，叫帕林戈尔泰，一名外表精致的男子，尽管有谣言说他的一些行为颇为让人鄙夷。他从不害怕大胆直言，而且他的话是直接向楚布萨里德讲的。

"刚刚那番令人不安的发言至少说服了我，而且我猜想你们所有人也一样。我们必须跟政府针锋相对，特别是在通灵这个问题上。咱们就别假装要辩论通灵的真实性了，或是说幽魂是否存在之类，其实只是因为这些与教义不符而已。

“你们觉得政府为什么要禁止通灵？只有一个缘故——政府犯下了大屠杀的罪行。它杀害了艾斯比拉曼大军成千上万的人！惨遭屠杀的那些年轻人的母亲会与死后的他们交流，幽魂会讲该讲的话。谁说死人不谈政治？那是胡扯。千千万万位死者都在高喊反对政府，反对杀人犯大寡头！我支持至高祭司。我们必须公开反对托尔坎兹，把他赶出政坛。”

当他的几位前辈为此鼓掌的时候，他的脸上兴奋地泛起红晕，一直红到了他那金发的发根处。

会议暂时休会。可人们仍瞻前顾后、难以决断。教会跟政府不是一直形影不离吗？非得那么大声地谈论大屠杀……他们热爱和平——他们中的一些人为了和平会不惜一切代价。

接下来是一个小时的休息时间。出去实在太冷了，他们在有暖气的起居室里闲逛着，侍从把盛着水和美酒的瓷杯端了上来。

他们各自交谈着，探讨也许能找到一条路子，避免实质性的对抗。说起来，幽魂说的话根本就没有什么真凭实据，不是吗？

钟声响起，会议继续进行。楚布萨里德私下跟帕林戈尔泰交谈着，两人面色严峻。

争论在继续，就在这时，一名身穿制服的奴隶敲门进来。他在至高祭司面前深鞠一躬，呈上一个托盘，上面放着一张小纸条。

楚布萨里德看了看纸条，然后安静了片刻，他一只胳膊肘支在桌上，用手抚摸着高高的额头。议论声停止了。所有人都等着他开口。

“兄弟们，”他环顾众人说道，“我们有位客人，一位重要的目击者。我建议把他召到我们面前。他的话，我觉得比进一步的讨论更有分量。”他朝那名奴隶做了个手势，奴隶一躬身，赶忙出去了。

一个人走进了大厅。带着从容不迫的气度，他转过身关上大门，然后朝着坐在桌子周围的十五位教会领袖走来。他从头到脚穿着一身深蓝色的衣服。靴子、马裤、衬衫、夹克、斗篷，全是蓝色，同样颜色的帽子拿在他手中。他的头发几乎都白了，唯有两鬓残留着一抹黑色。教区代表们上一次见到他的时候，他还是满头黑发。

白发让他脑袋尺寸格外显眼。他那如剑的双眉，他的眼睛，还有嘴巴，都在压抑着雷霆般的怒火。

他对至高祭司深深一躬，吻了吻他的手，然后朝众位教区代表躬身行礼。

他说："我十分感谢诸位的聆听。"

"领军大祭司，我们得到消息说您在战斗中阵亡了。"楚布萨里德说道，"发现这消息是假的，我们深感欣慰。"

艾斯比拉曼嘴唇抿出一丝冷笑，"除了我，战士们都死了——但不是在战斗中。我如何从死人堆里爬出来，身为大军中唯一的幸存者来到阿斯基托什，这是一个精彩绝伦的故事。我在查奥斯遭到伏击，就在我们这片大陆的边境上；幸存下来后又被法艮抓住了，我努力逃了出来，又在沼泽地带迷了路——好吧，简而言之，我现在能站在各位面前，全是拜神灵所赐。神灵护佑了我，将我磨砺成为正义的利器。我来就是为一桩锡伯纳尔辉煌历史中绝无仅有的、背信弃义的罪行作证的。"

"请入座。"至高祭司朝旁边的空座位一挥手，"我们洗耳恭听。您的证词比任何幽魂的话都有力。"

艾斯比拉曼讲述着他遭到伏击的故事，讲述大寡头的卫队毫不留情地朝着他那支凯旋的大军开火。

当那一切完完整整呈现在每个人面前时，事情变得明朗起来，帕林戈尔泰说的没错。教会必须跟政府针锋相对。否则，教会就沦为了那场屠杀的帮凶。

艾斯比拉曼花了一个多小时，才把那场战役和所遭受的背叛全盘托出。最终他沉默了。不过沉默只持续了片刻，然后他出人意料地把脸埋在双手里，号啕大哭起来。

“这也是我的罪行。”他哭道，“我是在为大寡头工作。我害怕大寡头。对于我来说，教会和政府是一体的，不分彼此。”

“但不再是了。”楚布萨里德说着，站起身来把一只手放在艾斯比拉曼的肩头，“感谢你成为神灵的代理人，帮我们明白认识到自己的职责。

“寡头院管辖着人们的身体，教会则管辖着灵魂。现在我们必须做好一切准备，去捍卫肉体之上灵魂的至高地位。我们必须反对寡头院。这一点大家有决心吗？”

十四名成员高声表示赞同，他们的手杖在桌子底下敲得咚咚响。

“那么大家一致通过了。”

经过进一步的讨论之后，他们达成了协议，首先应该向这片大陆每一块土地上的教堂发出一份措辞强硬的法案。法案要申明，教会保护古老的通灵行为，它被视为这片国度每一位男女众生最基本的自由。没有证据证明那些所谓幽魂说的不是真相，教会更是绝不承认进行通灵会传播肥死症。楚布萨里德把自己的名字署在了法案上。

“这大概是教会有史以来发布过的最具革命性的法案。”银铃般的声音说，“我只是想说明一个事实。承认通灵，不就等于承认了原初注视者吗？不就等于容许异教的迷信进入教会了吗？”

楚布萨里德柔声说道：“这项法案并没有提及原初注视者，兄弟。”

于是这项法案被批准了，送往教会印刷所，然后从印刷所送进这片土地上所有的教堂。

四天过去了。至高祭司的宫殿里，众位教士等候着暴风雨的降临。

一位信使从埃森山上来了，他披着防水的油布抵御寒雨，他将一份加盖封印的信件送到了宫殿里。

至高祭司打开封印，读了那封信。

信上说，由教区代表会分发的那些具有颠覆性的小册子是在宣扬叛国，他们是在藐视最近政府颁布的法令，而叛国必以死相惩。

如果这些卑鄙的罪行有一个解释，那无上和平教会的至高祭司必须亲自面陈大寡头。

这封信上有托尔坎兹二世的签名。

“我不相信真有这么个人。”楚布萨里德说道，“他已经统治了超过三十年，可是没有人见过他，甚至连他的肖像都没有。就我们所知，他甚至有可能是一个法艮……”

他顺着这个思路说了一会儿，不屑地发出啧啧声，然后去教区代表会的图书馆对比那个签名。他摆弄着放大镜连连摇头。

这一举动让至高祭司的诸位谏官紧张起来。他们觉得他应该把注意力集中在这份传唤的严重性上，至少在表面上看来，这是他的死亡宣判书。年长的谏官们相互交头接耳，提议说整个教会的中心应该立刻从阿斯基托什转移到更安全的地方去——莱塔甘就不错，尽管它正处于包围之中，但它居于湖泊中央的地理位置让它格外安全；甚至可以考虑去喀尔纳巴尔，尽管那里气候极端，可那无疑是个宗教庇护所。

但是楚布萨里德自有主张，他从未考虑过一走了之。将签名仔细比对了一个小时之后，他宣布自己会去面见大寡头。他的书记员就此写了一份回函，里面提议说会面应该安排在埃森山城堡的入口大厅，任何想要旁听他们二位辩论的人都可以前来。

楚布萨里德在文件上签好自己的名字，站在一旁的祭司主持帕林戈尔泰上前跪倒在至高祭司的椅子旁。

“大人，您去那座宫殿的时候，请允许我陪同在您身边。不管有什么事发生在您身上，我甘愿同受。”

楚布萨里德伸出一只手放在这位年轻人的肩上。

“理应如此。你挺身而出，我很感激。”

然后他朝站在众人之间的艾斯比拉曼转过身去。

“还有你，我们的领军大祭司，你愿意同来埃森山城堡吗？用你所目睹的一切去印证大寡头的罪行？”

艾斯比拉曼四下看了看，就好像是在找一扇并不存在的门，“您开口比我开口更好，至高祭司。我认为提及瘟疫的事情不太明智，我们没有治愈肥死症的良方，政府也一样束手无策。可能大寡头有着我们所不知晓的缘由，因此才希望压制通灵。”

“那样的话，我们就得听他好好说说了。你愿意跟帕林戈尔泰和我一起来吗？”

“也许我们应该带上医生。”

楚布萨里德笑了，“就算没有医生的帮助，我们也应该有能力对抗他，我坚信这一点。”

“我们是不是应该尝试一下妥协……”艾斯珀拉曼的脸看上去有些扭曲了。

“我们需要看看是否有那个可能。”楚布萨里德说，“谢谢你愿意陪我们一起去。”

天色刚刚放亮。至高祭司便穿上教士长袍，向同僚们道别。他拥抱了他们之中的一两个人。

声如银铃的那位眼里噙着泪花。

楚布萨里德冲他笑了笑，说：“不论今天发生什么事情，我都需要自身的勇气，也需要你的勇气。”他的声音坚定而安详。

他爬上车辇，艾斯比拉曼和帕林戈尔泰已经等在里边了。车子动了起来。

车辇穿过寂静的街道。遵照大寡头的命令，警察清除了围观者，所以没有往日里至高祭司出现时不绝于耳的欢呼声，只有一片寂静。

当车辇走上那条通向埃森山，铺着石头的险恶之路时，沿途的士兵十分扎眼。在城堡大门前，全副武装的士兵大步上前，推开了那些跟随在车后的祭司。车辇穿过那道笨重的石拱门，巨大的铁门在身后轰然闭拢。

一进门的庭院上方有许多窗口朝下开着，闪着让人窒息的凶光，令这片寂静愈发毛骨悚然。这些窗户都很简陋阴森，与其说像一只只眼睛，倒不如说像一枚枚粗钝的牙齿。

这三个人被毫无礼数地从车上带进了寒气逼人的建筑里。穿过宏伟的入口大厅时，他们的脚步声引来阵阵回音。士兵们穿着精心制作的国家制服列立两旁，纹丝不动。

他们被带到了后面，进了一条昏暗的通道，这里的踢脚线已经被无数靴子磨得颇有残损，仿佛有一只饱受折磨的野兽拼命想要逃出一条生路。等了片刻，通道另一头传来一个信号，向导引着他们沿着狭窄的木楼梯一路向上而去，走了两层，沿路没有一扇窗户。他们到了另一条走廊里，其破损程度愈发令人想到备受折磨的野兽。然后他们停在了一扇门前，向导敲了敲门。

一个声音吩咐他们进去。

他们进了一间屋子，里面展示着寡头院的卓著功勋。这里看上去像是一间会客室，放着一排椅子，那些椅子恐怕只有最骨瘦如柴的人去坐才能感到舒适。屋里唯一的窗户拉着厚重的皮革窗帘，显然是专门用来将日光隔绝在外的。

房间的天花板几乎就贴着头顶，让这里显得阴暗压抑，那种局促的感觉更是被昏黄的灯光渲染得无以复加。空荡荡的房子里有一只高脚烛台放在地板正中间，上面燃着一只绿油油的粗蜡烛。一缕寒风不知从何处透了进来，让烛影在人走动时吱吱作响的地板上不停摇曳。

“我们要在这里等多久？”楚布萨里德询问那位向导。

“就一小会儿，大人。”

在这么一间屋子里，即便是一小会儿也显得无比漫长，不过最终通往里间的门还是打开了。两名身穿制服、腰悬佩剑的人把门拉开，让这几位看到了更里面的房间。

里屋有沼气灯照明，每一件事物都抹上了一层病恹恹的光影，唯有房间尽头那个身穿长袍、坐在一张大椅子里的人的面孔避开了光线。沼气灯安放在他的宝座后面，他的脸完全隐没在阴影里。那人一动不动。

楚布萨里德朗声说道："我是无上和平教会的至高祭司楚布萨里德。你是谁?"

一个同样清朗的声音传了过来："你要称呼我为大寡头。"

尽管早已准备好要见他，可这几位前来觐见的人刹那间心中生出一股莫名的敬畏感，一时间他们沉默了，不由自主地往里间屋挪了挪脚步，士兵早已抽出宝剑拦住了去路。

"你是托尔坎兹二世吗?"楚布萨里德问道。

那清朗的声音又道："你要称呼我大寡头。"

楚布萨里德和艾斯比拉曼相互看了一眼。然后，至高祭司开口了。

"我们已经来了，令人敬畏的大寡头，来讨论这个国家里，传统的自由被剥夺的问题，并来与您谈谈一桩有关您最近犯下的罪行……"

那清朗的声音打断了他："你们来到这里没有什么好讨论的，祭司。你们来到这里也没有什么好说的。你们来这里是因为你们宣扬叛国，蓄意藐视最近政府颁布的敕令。你们来这里只是因为叛国必以死相惩。"

"恰恰相反。"帕林戈尔泰说道，"我们来这里是期望得到解释和正义，还要有一场公开的辩论，而不是什么花里胡哨的逢场作戏。"

艾斯比拉曼挺起胸膛抵在了一把亮出的宝剑上，说："令人敬畏的大寡头，我忠心地侍奉着您。我是领军大祭司艾斯比拉曼，您肯定认识我，我率领您的大军在战场上抵御成千上万帕诺威尔异教徒，并取得了胜利。难道您不……难道那支大军不是在返回国土的途中被您的卫队残杀的吗？”

大寡头那一成不变的声音说：“在你的统治者面前，你不可提问。”

“告诉我们，你是谁。”帕林戈尔泰说道，“如果你是个人族，就来证明这一点。”

托尔坎兹二世没有理会这番话，他给卫兵下了命令：“拉开窗帘。”

将三人带进这间令人窒息的厅室中的那位向导走了过去，地板被踩得嘎吱作响，他伸出双手抓住了皮革窗帘。缓缓地，他把窗帘从狭长的窗口前拉开了。

灰蒙蒙的光线透进屋里。另外两个人转头去看外面的时候，楚布萨里德回头望向大寡头。一缕光线洒在那阴影重重的宝座上，他纹丝不动地稳坐在那里，面目隐隐约约显现出来。

“我认得你！为什么，你是……”但是至高祭司的话并没有说完，一名士兵粗鲁地抓住他的肩膀把他推到了窗前，向导正站在那里向下指着。窗户下面就是一处庭院，完全被灰色的高墙围着。任何走在下面的人都会被那些高悬头顶的阴森窗口吓得心惊胆战。

院子中间架起了一个木笼，笼子里有一根又高又粗的柱子。令人触目惊心的是，那个笼子和那根柱子都立在一个由木板搭建的平台上，这平台又修建在一堆原木上。原木中间夹杂着一捆捆木柴，木柴的空隙塞满了细枝草叶。

大寡头说：“叛国必以死相惩，你们进入这里之前就知道这一点。论罪当处火刑——因为宣扬反对政府，你们将被烧死。”

窗帘重新拉上的时候，帕林戈尔泰厉声斥责：“如果你敢烧死我们，就是让锡伯纳尔的宗教与政府对立。每个人都会因此而反对你，你就从此活不下去了，甚至锡伯纳尔也无法存活下去。”

艾斯比拉曼冲向门口，叫喊着：“我要让整个世界都听到如此邪恶之事。”

但是门前把守的士兵把他推了回去。

楚布萨里德站在屋子中间，平静地对他说道：“镇定，我的好祭司军士。如果在阿斯基托什的中心实施这桩罪行，必然有人誓不罢休，直至阿佐亚希克神取得胜利。这位大寡头是一个相信挑拨离间比军队成本更低的怪物。但他会发现，随着挑拨而来的背叛会让他付出一切代价。”

那人依然一动不动坐在椅子上，他说道：“根本利益是要保证文明将会在今后的几个世纪中幸存下去。为了确保这一点，其他一切都必须牺牲。没有什么原则不能放弃。瘟疫横行之时，法律与秩序将会崩溃。一直以来，瘟疫都在为大周期年冬季揭开序幕——在坎普安莱特，在赫斯帕戈尔特，甚至在锡伯纳尔，都是如此。军队发了疯，文献记载被烧毁，最辉煌的国家象征毁于一旦。野蛮盛行于世。

“这一次，这个冬季，我们应该/将要在这场危机中幸存下来。锡伯纳尔要变成一座堡垒！它现在已经不允许外人进入了，很快还将不再允许有人离开。历时四个世纪，我们要维持这座法律与秩序的天堂，与此同时，寒冷将摧残万物，而我们将以大海为生。

“凡是对生存有价值的都要予以维护。我不会让教会与政府内斗。寡头院已经作出了决定，我们的计划就是唯一能够/决定拯救最广大人民的计划。

“到下一个春季，我们会重新崛起，而坎普安莱特却仍然在原始中沉沦，那里的女人会像牲口一样拖着大车——如果他们到那时还没有忘记怎么造轮子的话。到那个时候，我们就应该能够一劳永逸地解决与那些蛮族大陆之间无穷无尽的敌对状态了。

“你们把这叫作恶毒吗，至高祭司？你把这叫作恶毒吗？确保我们所热爱的大陆取得胜利，这算是恶毒吗？”

身披法衣的楚布萨里德身形优雅。他挺直了身子，在他开口之前，他故意安静了片刻，让大寡头的话减少了几分气势。

“你可以傲慢地相信事实的反面，但你的论据苍白无力。在锡伯纳尔我们有严苛的宗教，千锤百炼，正如巨轮本身一样，不受恶劣气候的左右。但是我们所宣扬的是恬淡寡欲，不是残酷无情。而你所宣扬的不过是那个古老的观点：在结果面前，一切手段都不重要。你会发现，如果你循着计划的那条路走下去，种种残酷的手段将会颠覆你想要的那个结果，而你的计划也将随之一败涂地。”

椅子上的那个人几乎难以察觉地做了个手势，“我们是有可能会犯错，至高祭司，对此我深表认同。但我们只会埋葬死者，然后放手前行。”

帕林戈尔泰清脆而年轻的声音响了起来：“所有死者都将见证你的一切罪行。幽魂会口口相传，所有人都会听到你犯下的罪行。”

大寡头那阴郁的声音答道：“死者可能会见证一切，但令人欣慰的是，死者们手无寸铁。”

“等到这件事天下皆知之时，很多人都会拿起武器反对你！”

“如果除了这些危言耸听之外你们没什么可说的了，那么是时候让你们亲自去跟地下成百上千万手无寸铁的家伙会面了。或者，鉴于我所说的话，你们之中是否还有人要考虑效忠政府呢？”

他朝卫兵打了个手势。帕林戈尔泰吼出了那句讳莫如深的诅咒：“肏那哨兵。该死的大寡头！”

全副武装的卫兵大踏步走上前来，在众位教士身后各自就位。

艾斯比拉曼下巴颤抖着，什么也说不出来。他翻眼望向楚布萨里德，楚布萨里德拍了拍他的肩膀。那位年轻的祭司抓住楚布萨里德的手臂再次叫喊起来：“若是烧死我们，你就把整个阿斯基托什投入了烈火！”

楚布萨里德也道：“我警告你，大寡头，如果你分裂了教会与政府，你的计划就永远无法成功。你将使人民分裂。如果你烧死了我们，你的计划就已经失败了。”

大寡头镇定自若地说道："我会找到愿意合作的人，至高祭司。有大把的顺民巴不得补上你的位子——而且对此感到无比荣耀，我很了解人心。"

当士兵们抓住这几个人时，艾斯比拉曼挣脱了出来。他猛地冲向大寡头的宝座，然后单膝跪地，垂下了头。

"令人敬畏的大寡头，请饶我一命。您了解我，我是艾斯比拉曼，您在战争中忠诚的仆从。您肯定不打算让这么一件有价值的利器被杀掉。对那二位您尽管处置，但请放过我，让我再次为您效力！我相信锡伯纳尔必然会像您所说的那样存活下去，艰难的年月里就应该有严苛的措施。神圣的力量必须让步于世俗的力量，以确保平安。饶我一命，我将效力……为了神灵的荣耀。"

"你才不是为了神灵呢！你只是为了保住狗命！"楚布萨里德高声说道，"起来！跟我们一同赴死，艾斯比拉曼……死亡并没有多么痛苦。"

"无论生死，我们都要接受痛苦在生命中扮演的角色。"大寡头说道，"艾斯比拉曼，伊斯图利厦的胜利者，你这么做完全出人意料。你随同你的兄弟一起到了这里，为什么不跟你的兄弟一起焚身？"

艾斯比拉曼沉默了。然后，他依然跪在那里，但他巧舌如簧。

"如今发生的一切，与其说是政治或是道德的问题，不如说是历史的进程。您希望改变历史，大寡头——这也许是所有伟人的困扰。而我们这循环的历史确确实实对变革有着迫切之需——为了变革，残忍方能有效。

"然而我只是为我所侍奉的教会说几句话而已。让这些人为它焚身吧，我宁愿为它活下去。历史向我们表明，宗教可能会消亡，就像国家一样。我并没有忘记我的历史课，那时候我还是阿斯基托什老城修道院里的孩子，在那里我学到，帕诺威尔的宗教是如何在一个邪恶的伯里恩国王及其臣子手中毁于一旦。如果我们这里的教会和政府产生了分裂，那我们的至高之神同样会受到威胁。就让我，一个忠于神灵之人，为您要的结果效力吧。”

那两位祭司被带走时，帕林戈尔泰飞起一脚猛踢艾斯比拉曼，把他踢得趴倒在了地板上。“伪君子！”他大叫大嚷着被拖了出去。

“把那两个人带到院子里去。”大寡头说道，“只要有那么一点儿恐惧扎进教会的心脏，教会以后可能就不会那么直言不讳了。”

至高祭司楚布萨里德和祭司主持帕林戈尔泰被带出去的时候，大寡头依然坐在那里一动不动。

厅室里空了，只留下一名士兵，默不作声地站阴影中。艾斯比拉曼仍然蜷缩在地上，面无血色。

大寡头冰冷的目光转向艾斯比拉曼的方向。

“对于你这类人，我总能给你们找点活儿干。”他说，“起来吧。”

XI

行脚客的规矩

锡伯纳尔大部分的河流都是向南流。其中大多数在一年中的大部分时间都在奔腾咆哮，里面流淌着的都是名副其实的冰川融水。

雯约河也不例外。它十分宽阔，充满了危险的暗流，与其说是向着瑞雯约克流淌而去，倒不如说是一路横冲直撞地扑去。

历经了无数个世纪，雯约河在这条河道中任性地奔流而下，时而安静流淌，时而洪水肆虐，完全取决于它的心情。它沿着这道峡谷奔流着，那条道路就顺着这道峡谷曲曲折折地引领着那些北上的行脚客，最终抵达喀尔纳巴尔。

那条路蜿蜒而上，越过令人心旷神怡的乡野，施芬宁克山脉那巨大的山体遮挡住了凛冽的寒风。大片大片的灌木林不惧寒霜，覆盖着这里的大地，绽放出无数花朵。小小的花朵盛开在路边，朝觐者常常喜欢采撷几株，因为在别处从未见过。

在前往喀尔纳巴尔的第一段陆上旅程中，朝觐者几乎无忧无虑。他们有的独自前行，有的结伴而行，装束各异。有些还赤着脚——他们声称能控制自己的身体，感觉不到寒冷。队伍中总是会有歌声和乐曲声。这次朝觐是一场庄重而虔诚的仪式——可以让他们更好地安度余生——同时对这些人来说，这也是一次假期，他们十分享受于此。走出瑞雯约克一段距离之后，路边会出现一些货摊，可以买到水果或是巨轮的徽章。有些是布瑞巴尔的农民——边境距此不远——他们从峡谷里爬上来向行脚客兜售各种杂货。这段路程十分轻松惬意。

而接下来，道路会逐渐陡峭起来，空气也变得稀薄了。灌木的叶片状如皮革，其间盛开的花朵更加鲜艳，但也更小巧了。几乎没有几个农民会从峡谷里爬上这里。到了这里，朝觐者之中尚有肺活量能吹响乐器的实在不多。大家都在紧张兮兮地议论着盗匪。

不管怎么说，这段特殊的旅程必然是一场冒险，也许是一场伟大的冒险。他们返回家园的时候都会被当作英雄，受一点儿苦也是值得的。

如果付得起钱，是可以住店的，不过朝觐者晚上安歇的客栈越来越简陋，而他们做的梦也越来越可怕。夜里，河流奔腾的声音无休无止——这让他们时时刻刻想到头顶上就是直插云霄的山峰。第二天一早，行脚客们默不作声地踏上旅程。大山是言语的敌人。谈话，那是在低地诞生的艺术。

道路依然蜿蜒向上，依然沿着那条桀骜不驯的雯约河。行脚客们依然循路而行，最终回报他们的是满眼的美景。

他们眼前不远就是沙拉加特，海拔五千米。云雾消散的时候，西北方一片景致豁然开朗。就在灌木丛生的山坡下，兀鹫在令人胆战心惊的山谷中翱翔。如果朝觐者有幸，而且有着媲美雄鹰的视力，就会在远方看到布瑞巴尔平原，不知是由于距离遥远还是因为落着一层冰霜，那里看上去一片幽蓝。

接近沙拉加特，街边又有了一拨一拨的商铺，有些卖干果和山地水果，有些贩卖风景画，卖画的商贩吹嘘得有多厉害，画艺就有多糟糕。标志性的景致开始出现了：道路一个转弯，又一个转弯，突然间腿肚子都累得有些僵硬了；一家卖烤饼的摊贩，紧接着一座木塔的塔尖，然后又是一个转弯，有人了；熙来攘往的人群，然后就是沙拉加特，没错，就是那座天堂！沙拉加特，那里有热水澡，还有一张干净的床。

沙拉加特到处都是教堂，有些是在效仿喀尔纳巴尔的样式。到处有人兜售描绘喀尔纳巴尔的绘画和雕刻品。有些人声称能帮你买到一份货真价实的证书，证明你已经拜访了巨轮——当然你得找对人。

说实在的，沙拉加特根本不值一提，尽管能抵达这里就算了不得的成就了。它不过是一个歇脚点，但也是一个起点。沙拉加特是前往喀尔纳巴尔的旅程真正开始的地方。但许多行脚客拼尽全力也只能到达这里了。说到底，沙拉加特是一座让人失去希望的里程碑。很多人走到这里后，发现自己太老了，太疲惫了，病得太重，或者干脆就是太穷了，没办法走得更远。他们会待上一两天，然后转身启程，顺着那条无情的大河返回它的入海口，返回瑞雯约克。

说实在的，沙拉加特才只刚刚越过北回归线，往北，在更高的山区上，气候很快就会变得更加恶劣。沙拉加特与喀尔纳巴尔之间还有数百里的路程要走，要完成这段旅程，需要的不仅仅是决心。

卢特林·邵柯兰迪特、托莱丝·拉尔，还有哈宾·法施纳基德睡在沙拉加特的星辰旅店。更准确地说，他们睡在星辰旅店那宽阔屋檐下的走廊上。因为即便邵柯兰迪特在瑞雯约克巨细靡遗地安排了所有细节，也没法预料这间旅店的混乱，其实它早就满员了。为了让他们睡得舒服点儿，旅店在走廊上摆了一张吱吱作响的三层床铺。

法施纳基德睡上铺，邵柯兰迪特睡在中铺，女人睡下铺。法施纳基德对这安排并不怎么满意，不过邵柯兰迪特给他们每人买了一大支奥柯察茄，那是一种从山区植物中培育出来的烟草，这让他们心旷神怡。他们和其他一些有点儿门路的乘客坐着一辆轻便大车来到这里，由于大车只能走到这里，明天他们得乘雪橇出发。今晚得好好休息。山上的云雾散去之后，夜晚的天空布满了熟悉的星座——王后伤痕座、喷泉座和老猎手星座。

“托莱丝·拉尔，你看到星星了吗？你叫得上它们的名字吗？”邵柯兰迪特迷迷糊糊地呢喃着说。

“我把它们叫作……星星……”她轻声笑道。

“那我应该爬到你床上，好好教教你。”

“那么多呢……”

“可得费我很多时间……”

可是还没等他行动起来，就沉入了梦乡，远处山下传来的动物嘶吼声也没能让他惊醒。

邵柯兰迪特第二天一早就起了床，感觉既颓废又疲惫。他套上冰凉的外衣，唤醒了托莱丝·拉尔。

他说："从现在起我们都要和衣而卧，直到旅程的终点。"没等她跟上，他便风风火火去了店铺，去打点之后这一个月所需的装备。那家店铺的招牌上写着"北旅商行"，还配着巨轮的绘画。

他很着急。法施纳基德是个彻头彻尾的乌斯库托什人，把施芬宁克看作一片死气沉沉的山区，而卢特林·邵柯兰迪特深知绝非如此——尽管它距离首都遥远，施芬宁克的警察和告密者在此依旧无处不在。在法施纳基德杀死了一名士兵之后，警察和军方都会追查他们。一想到他给伊戴普·芒·奥蒂姆和赫利萨拉留下了那么多麻烦，他就觉得很愧疚。

他在店里用假名字购买了各种必需物品，然后去检查了一下已经预订好的雪橇队，雪橇队会把他们载到喀尔纳巴尔，载到他父亲那座安全的庄园中。

法施纳基德这天早上倒是不慌不忙。邵柯兰迪特一离开走廊，他就不再装睡了，立即爬到了下面托莱丝·拉尔的床铺上。现在他已经击溃了她的精神防线，她全然没有抵抗。奥柯察茄烟草更是让她动都不想动弹。

她说："要是卢特林发现你干了些什么的话，他会杀了你。"

"闭嘴，享受吧，你这荡妇。只要时机成熟，我自会处理他。"他熊抱着她，用双脚折住她的脚踝，分开她的大腿，插了进去。他的抽插让这张快要散架的床铺不停撞击着走廊的栏杆。

沙拉加特分为两个区域：沙拉加特和北沙拉加特。这两部分紧挨着，之间顶多隔着一百米的距离，由一角岩壁将它们隔开。沙拉加特被一圈山峰环抱其间。而北沙拉加特则暴露在席卷而来的北风之中，气温要低好几度。那些能前往北方的雪橇队只会驻扎在北沙拉加特，沙拉加特那边会让它们变得弱不禁风。

邵柯兰迪特花了两个小时确保旅途所有必需物品都安排好了。他很了解自己要对付的那些人。他们是山地民，称自己为昂都德人，意思要么是“精神高尚的人”，要么是“精力充沛的人”——就看是谁去翻译那种复杂的语言了。

驾驶雪橇的车夫就是一个昂都德人，他的法艮奴隶会一起同行。他有一架好雪橇，还有一支由八条阿索金犬组成的雪橇队。

在他逐寸检查挽具的时候，托莱丝·拉尔出现了。她面色苍白，一脸阴沉。

“真是冻死人了。”她无精打采地说道。

他走到那堆补给品跟前，拿了一件套式的羊毛内衣回来。他笑着把它递给她，“这是给你的。现在就穿上吧。”

“在哪儿穿？”

“就在这儿。”他知道她的意思，瞥了一眼站在一旁的昂都德人和法艮，“哦，这些人可没有什么羞耻感。穿上你的新衣服吧。”

她说：“可是我有羞耻感。”不过她还是按他的吩咐做了，其他人笑盈盈地看着。

他返身回去继续查看每一件东西，询问他们的昂都德车夫，他名叫乌恩达普，个子很小，长着一双闪亮的黑眼睛，脸上满是麻点，两撇细细的髭须划过颧骨隐没在睫毛处。他十四岁了，已经在这条艰险重重的路线上走过很多次。

这家伙带着邵柯兰迪特出去看雪橇队的时候，托莱丝·拉尔穿着新衣服跟着他们，她一脸怀疑地瞅着那个昂都德人。

“驾雪橇的人都很年轻，”邵柯兰迪特告诉她说，“他们吃生肉，而且通常岁数不大就会死去。”

店铺后面有一扇门通到院子里。这里是狗栏，用高高的铁网隔开。地上的雪脏乎乎的。狗群的嘈杂声震耳欲聋。

乌恩达普走在狗栏之间的狭窄小道上。小道两侧，阿索金犬一个劲儿朝铁网上猛扑，充满利齿的大嘴撕咬着，口水飞溅。这种长着犄角的狗起身能到人的髋骨那么高，它们长有厚厚的皮毛，有褐色的，有白色的，有灰色的，有黑色的，还有杂色的。

“这是我们的雪橇队——贡塔雪橇队——很好的阿索金犬。”乌恩达普指着其中一个狗栏说着，同时抬头盯着邵柯兰迪特，“我们出发之前，你们要给头犬喂块肉排，跟他交朋友。然后你就一直跟他是朋友。明白？”[1]

“哪只是头犬？黑色的那只吗？”邵柯兰迪特问道。

乌恩达普点点头，“同样黑的那只，他是头犬。他叫乌恩达普，跟我一样。人们说，他跟我一样大，就是没那么暴烈。”

那只黑色的阿索金犬长着一对很显眼的弯犄角，犄角尖朝外伸着。乌恩达普披着一身刚硬的黑色皮毛。只有胸口和尾巴朝下的那面是白色的。昂都德人乌恩达普特别指明了头犬尾巴的特征，那是独一无二的，可以让这伙阿索金犬很容易就跟上那只也叫乌恩达普的头犬。

乌恩达普转向托莱丝·拉尔，说：“女士，给你个警告。你要给这只乌恩达普一块肉，像我说的那样。然后别再喂。你绝不能给其他阿索金犬喂肉，明白？规矩是这些阿索金犬定的，我们来服从。可懂？”

她说：“可懂。”她是在从瑞雯约克来的路上学会这句表示接受的山地方言的。

他抬头望着她，黑眼珠闪着愉快的光芒，“你大个子女人。我不给你喂肉吃。另外，我的女人，她跟我们一起到喀尔纳巴尔。再有个事，最重要的，绝不要去摸这些阿索金犬，明白？把你的手当作一块肉。”

托莱丝·拉尔浑身一颤，紧接着大笑起来，说：“我可不敢去摸它们。”

邵柯兰迪特彻底检查好每一件东西之后说道：“我们去把法施纳基德叫来，然后就出发。”各种用品和给养很充足，而且雪橇没有超载。

---

1. 乌恩达普是近人族的昂都德人，语言能力低下，因此说话会带语病，他、它不分，并夹杂所谓的“山地方言”。

他伸手拉住了她的胳膊，“你身体还好吧？这一路上要是生病了那可没人能帮你。”

“我们就不能撇下法施纳基德吗？”

“不能。他不会惹麻烦，况且万一遇上什么事，他还能帮上忙。这么跟你说吧，我很担心路上有大寡头的探子。也许他们认为，我们要是到了我父亲那里并把那些事告诉他，他就会让军队反抗寡头院，因为我父亲认识很多军队的人。我调查过，有一架被预订的雪橇会在十五点离开——正好是我们离开后一个小时，他们说是四个男人雇的。我觉得我们越早出发越好。我还带了支枪。”

“我很害怕。你信任这些昂都德人吗？”

“他们不是人族，而是坎普安莱特的楠第族的远亲。要是他摘下手套你就会看到——他每只手长着八根手指。他们容忍法艮，却从来不会真正跟人族为伍。他们很狡猾，你必须付足报酬并讨他们的欢心，否则他们就很难对付。”

一路说着话，他们从北沙拉加特走回了沙拉加特。气温的变化十分明显。

她钩着他的手臂，愤愤地说：“为什么你要让我在他们面前脱光衣服？你没有必要那么羞辱我。”

他大笑起来，“哦，那是在讨他们的欢心。他们想看，而且会因此觉得我更够意思了。”

“我可不会因此觉得你更够意思。”

“啊，因为在他心中，我是你们的头犬啊。”

她恶狠狠地说道：“那你为什么不干脆钻进我的睡袋里？你是个怪人吗？每次你欲火焚身的时候，我不都是应该任你玩弄吗？”

“哦，你是现在想要我吗？真是突如其来的变化啊……”他冷笑了一声，“那样的话，你对今晚的安排会很满意。”

他们找到了法施纳基德，他正在路边的小铺子里猛灌烈酒。邵柯兰迪特又在一家小商铺里浪费了点儿时间，为了一条色彩明艳的红黄条纹毯子讨价还价。当然，条纹中间免不了织着巨轮的图案。

“注视者啊，你真会花钱！”法施纳基德说，“我以为你很细心，早就把必需品都准备妥当了呢。”

“我喜欢这条毯子。很好看，不是吗？”

他付了钱，把毯子搭在肩上往北沙拉加特走去。其他的行脚客对他那副样子都不怎么在意，为了抵御刺骨的山风，所有人的穿戴都各有千秋。法施纳基德看到邵柯兰迪特在另一家店里为一只剥了皮的熏羊羔花了一大笔钱，愈发觉得不可理喻。

北旅商行里的一个人说乌恩达普已经睡了。邵柯兰迪特径自去到商铺后那些在岩壁上凿出来的简陋住处，就在阿索金犬栏的后面。有几个昂都德人正坐在地板上吃生肉条，其他的则跟他们的女人倚在岩壁搭建的隔板上酣睡。

乌恩达普被叫醒了，抓挠着胳肢窝打着哈欠走了过来，大张着嘴露出了跟他的阿索金犬一样的尖牙。

“你个难伺候的老大，早出发三小时太多了。我在十五点前不是你的人。”

“抱歉。看，我想尽早启程。我给你带了礼物。明白？”

他把那只烟熏小羊羔扔在地上。乌恩达普立刻往地上一坐，招呼他的朋友们过来。他掏出一把小刀，朝邵柯兰迪特招呼了一下，“都来吃，朋友。同意。然后赶快出发。”

所有人聚成一圈，乌恩达普这才想起叫他妻子过来。她翻身滚下睡觉的隔板，裹着铺盖走了过来。她浑身上下唯一能看到的就是那张圆滚滚的脸蛋，那对黑眼睛很像乌恩达普。她没打算挤进那圈贪吃的男人中间，相反，她只是顺从地站在乌恩达普身后，当他把一片瘦肉甩过肩头扔给她的时候，她灵巧地接住了。

邵柯兰迪特嚼着肉，他观察着这些人的手。那些手很瘦，却很健壮，长着八根手指。钝钝的、爪子一样的指甲全都是黝黑的，指甲缝里满是污渍油腻。

“好。”乌恩达普说话的时候，腮帮子被肉塞得鼓鼓的。

“好。”邵柯兰迪特表示同意。

其他昂都德人应和着叫道：“好。”而那个女人，由于身为女人，所以并没有人要她发表意见，说说这顿吃得好与不好。

很快，那只羊羔就只剩下一堆骨头和犄角了。乌恩达普立刻起身，他在皮衣上擦了擦手。“还有，老大，”他一边嚼着一边说，“我身后这个讨厌的皮囊，肚子里装着臭气和我的崽子，她是我的女人，名叫茅卜。你记不住也行。她要跟我们一起。你别介意。”

“她跟她的美貌一样受欢迎，乌恩达普。我带着的这条毯子是自己用的，我本不打算送人，但见了可爱的茅卜，我希望你能把它送给她作为一件礼物。”邵柯兰迪特说。

“你送吧，老大。她不会弄丢的。她会吻你。”

于是，邵柯兰迪特把那条红黄条纹的毯子送给了茅卜。

“好。”她说道，“肮脏的乌恩达普的老婆可受不起这个。”她轻巧地跳上前来用她那丰满而油腻的嘴唇吻了吻邵柯兰迪特。

“任何时候，你想上，老大，就找茅卜。她看上去很讨厌，但她们下面都一样，明白？”

“好！”他们简直成了生死之交。邵柯兰迪特心中一喜，同时回想起了小时候跟母亲一起坐着雪橇，跟庄园里的昂都德小孩一起玩的情景。在他母亲眼里，昂都德总是如禽兽一般粗俗，也许是因为他们男女之间的谈话总是有一丝辱骂的味道。后来，他跟他的朋友去了喀丝匹桉森林边缘一所简陋的木屋。他的第一次性经历就是跟昂都德女人发生的，他还记得那个胖乎乎的女孩叫伊帕艾可。伊帕艾可一直都喊他“粉嘟嘟的臭蛋”。

阿索金犬和行脚客都要严守规矩。这便是喀尔纳巴尔与外部世界之间这段路途上的规矩。

乌恩达普拿着鞭子坐在雪橇前头，茅卜懒洋洋地靠在他身后。那个法艮名叫布里耶尔，在雪橇后面立着，控制着长长的雪橇的方向，为了维持平衡，他不时跳到左边或是右边。有时候坡太陡了，他就会下来帮阿索金犬从后面推一把。那三个人族跨坐在盖着防水布的补给品上，根据风向不时换个边。

由于一不留神就会掉下雪橇，所以必须时时刻刻注意车夫，看他们要往哪边转弯。有时候，从头顶山岭上吹下的阵雪几乎让他们看不到乌恩达普。他们顺着一座木桥跨过了险峻的雯约河，现在正行进在施芬宁克山脊下，路线大致朝向东北偏北。在海拔万米以上的地方，整个大周期年都被冰雪覆盖。

没有雪的时候，那些狗呼出的热气就像蒸汽一样腾起，将它们隐没在乘客眼前。雪橇队里必然有一只母狗，这是为了让其他七只公狗都肯卖命出力。每一段行程开始之前，它们频繁地放着屁。行进时它们的喘息声甚至会压过雪橇金属滑轨发出的尖锐摩擦声，除此之外，几乎再没有什么声音了。一路上，除了路两侧矗立的雪墙，什么都看不到。狗的气味夹杂着脏衣服的气味。一切都是那么单调，让人对于危险的感觉变得迟钝。疲乏，雪的反光，脑海里似真似幻的白日梦……这一切充斥在一天又一天的行程里。

阿索金犬由二十寸长的皮质挽具套在雪橇上，它们每进行三个小时要休息十分钟。那个时候，除了领头的叫乌恩达普的狗，其余的八只全都趴在地上了。而乌恩达普本人跟那些阿索金犬的亲密程度不亚于他跟茅卜。要知道，它们可就是他的命。

阿索金犬休息的时候，乌恩达普却不休息。他和茅卜不停地走来走去，研究着各种自然现象——云的形状，鸟的飞行，任何跟天气有关的细微变化，动物的踪迹，滑坡的声音和迹象。

有时候他们会遇到同路或是返程的朝觐者——他们都要徒步完成这趟了不起的旅程。路上还有其他雪橇，铃铛一路作响。有一次他们赶上了一架慢吞吞的鲱鱼列车雪橇，只能被迫紧随其后缓缓前行，直到那家伙转弯去了路边的一处什么地方。鲱鱼列车就是陆地上的鲱鱼厢，它按照商业合同，把一桶桶腌制好的鱼运送到遥远的地方去。

只要有其他雪橇出现，阿索金犬就狂躁地吠个不停，但这些同行车夫懒得费哪怕一丁点儿的力气去打个招呼。

入夜之后的歇息也要依照严格的程序进行。乌恩达普早就在他熟悉的地方选好了让雪橇队离开滑道的位置，接着他会立刻去把这些狗安顿好。必须把它们各自分开拴好，而且要远离雪橇，免得它们啃吃雪橇上的兽皮。每只阿索金犬每三天要喂一顿生肉，一顿得吃上两磅肉；它们饿着的时候干活最卖力。但每天晚上每只狗都能吃上一条鲱鱼，乌恩达普会依次抛给它们，自然是从头犬开始。它们轻轻一跃，在半空中接住鱼，一张嘴就吞了下去。那条母狗最后一个喂。头犬与其他狗要拉开些距离睡，如果夜里下了雪，这些狗就会被雪盖住，它们的体温会使雪里形成一个个小洞穴。那个法艮布里耶尔跟它们睡在一起。

到了夜间的驻营点之后，所有的事情都要在十五分钟之内准备好，然后才能开饭。

“十五分钟是不可能做完的。规定必须十五分钟做完又有什么意义？”法施纳基德抱怨着。

“意义在于十五分钟是可以做完的，而且必须做完。”邵柯兰迪特说，“撑开帐篷，绷紧了。”

他们都被冻僵了。他们的鼻子都在脱皮，脸蛋上结了一层霜，冻得发紫。

雪橇上的东西必须全都卸下来。帐篷搭起来的时候要把雪橇罩在里面，帐篷要搭得结结实实，那可是常常要经受大风考验的。雪橇上会铺起兽皮，他们五个人就在这上面睡觉，与地面隔离开来。夜里所需的用品摆在身边：食物、火炉、刀、油灯。尽管帐篷里的温度一般都在零下，可他们发现在这局促的空间里还是会汗流浃背，特别是在寒风中奔波了一整天之后。

第一天的夜里，乌恩达普进来的时候发现那三个人族正在争吵。

他喊道："别再说了。要老实。愤怒会带来仇恨。"

法施纳基德说："这样过四个星期我可受不了。"

"如果你不服从，他只会一走了之。"邵柯兰迪特说，"他想要的只不过是这一路上你能收敛一下个性，好好睡觉。严寒中不允许发生争执，否则死亡就会来临。"

"尽管让那混蛋走好了。"

"没有他，我们都会死在这儿——你难道不懂吗?"

"来点儿奥柯察茄，来点儿。"乌恩达普说着，用胳膊肘顶了顶法施纳基德。他递给茅卜一对银狐，让她去做饭。那是他上次走这条路线时设下的陷阱逮到的。

帐篷里渐渐变得热了起来，令人十分舒服。肉的味道很好，他们就用脏兮兮的手直接抓着吃，然后共用一只大杯子喝了些融开的雪水。

茅卜问："食物，可懂?"

"好。"他们答道。

"她做饭差劲。"乌恩达普点起了一支支奥柯察茄，依次递给了大家。灯在这时很应景地熄灭了，他们静静地吸着烟。风的嘶吼声似乎开始平息。惬意席卷了诸人，钻进他们鼻孔的烟雾就像是那神秘而美好的生活气息。昂都德人是大山的孩子，大山呵护着他们。不会有任何祸患降临在这些吃过银狐的人身上。所有男人与女人之间的差异，男人与男人之间的差异，仿佛都不存在了，此时此刻大家共同享受着这份美好——这如天赐之福的烟雾从他们鼻端喷出，也许是从眼睛、耳朵或从其他的什么孔窍里喷出。在他们看来，睡眠就是进入山神的一个孔窍。有时候，在睡梦中，人也会进入银狐的梦。

到了早上，他们在沉闷而刺骨的寒风中收起帐篷，托莱丝·拉尔偷偷跟邵柯兰迪特说："你真不要脸，我真恨你！昨天夜里你居然肏了那个油腻腻的肥婆娘茅卜。我听见了。我都能感觉到整个雪橇在乱抖。"

"我是在讨好乌恩达普。这纯粹是礼节上的行为，真不是为了寻开心。"

他发现那个昂都德女人早就没有胎孕了。

"毫无疑问，你的礼节会害你得一身病。"

乌恩达普拿着两条银狐的尾巴笑呵呵走上前来。"用牙咬着这个。好东西。让脸不冻。"

"是。法施纳基德有吗？"

"那个人，他脸上长着尾巴。"说着，乌恩达普指了指上尉的大胡子，开心地大笑起来。

"至少他是好意。"说着，托莱丝·拉尔迟疑地用牙把尾巴咬住，护住了自己已经皴裂的鼻子和脸颊。

"乌恩达普是个很好的人。今晚我们歇脚的时候，你也要对他好。回报他的好意。"邵柯兰迪特说道。

"哦，不……卢特林……别这样，求你了。我想你对我是有些感情的。"

他猛地转身面对着她，"我对确保我们安全抵达喀尔纳巴尔有感情。我了解这些人的规矩，也了解这种路途上的习俗，而你不了解。这是行规，事关生死！别再想着你有多么特殊了。"

她感到一阵苦涩的心痛，说道："所以，我猜，你是不在乎我了。那个法施纳基德，只要你一转身他就强奸我。"

他丢下帐篷一把抓住了她的夹克。

“你是在对我撒谎吗？他什么时候干过？告诉我什么时候！都是什么地方，发生了几次？”

他听她讲了，一脸惨然。

“太好了，托莱丝·拉尔。”他小声咕哝着，脸色铁青，“他破坏了我们之间军官的荣誉。这一路上我们还需要他，但等到了我父亲家，我就杀了他，你明白吗？至于现在，你要守口如瓶。”

话不多说，他们已经装好了雪橇。生命里的复仇——也就是因果报应——丝毫不爽。乌恩达普正在套狗，几分钟后他们再次踏上了穿越迷雾的旅程。邵柯兰迪特和托莱丝·拉尔都咬住了分给他们的银狐尾巴。

阿佛纳斯号上那些永不休眠的机器仍然在记录着下方的一举一动，并将这一切自动传送回地球。但是观测站上已经所剩无几的人类对于这最原始的职责已经几乎没有了什么兴趣；他们首要的任务是生存。他们的人口数量急剧下降——因病减少的数量和因为战斗减少的不相上下——以至于防御措施变得不再那么必不可少了。

大量的时间都用来建立部落和部落领地，以此来消除对战。在部落之间的自然领地中，那些淫猥的性爱玩偶幸存了下来，变成了某种神圣不可侵犯、介乎于神灵与恶魔之间的东西。

尽管“和平”隆重降临，可是早先遭到破坏的食物合成设施意味着同类相食依然盛行。除了人类，几乎没有什么可以吃的肉。抵制这种行为的严格禁忌出现了。仅仅一代人就衰败到了野蛮人的程度，甚至更惨，这远远超乎了他们的心灵所能轻松承受的能力。

部落变成了母系氏族，同时，很多年轻的男人，特别是青春期的，发展出了多重人格。一具身体之中可能会寄居着多达十数种不同的人格，对于不同的年纪、不同的性别有着各不相同的取向，就好像兴趣各异的灵魂存于一身。禁欲素食主义者极为常见，与石器时代的野蛮人仅一线之隔，从规矩的制定者变成了乱舞的群魔。

由阿佛纳斯移民开启的那个与自然界相互隔离的复杂进程此时到达了极限。不只是个体之间相互不再相识：他们现在已经成了自身的陌生人。

并非所有人都能适应这种重压之下的环境。在最为激烈的战斗刚刚爆发的时候，有相当一部分技术人员离开了阿佛纳斯号。他们从观测站的一处维修船坞里偷走一条飞船逃走了。他们着陆在了阿伽尼普上。

尽管那遍布着绿色、白色、蓝色的海利科尼亚看上去很有诱惑力，可是它的危险尽人皆知。阿伽尼普在阿佛纳斯神话中占据着一个特殊的位置，就是在这里，在许多个世纪之前，地球的移民飞船在建造阿佛纳斯号的时候也建起了一座基地。

阿伽尼普是一颗没有生命的行星，包裹着它的大气几乎完全是二氧化碳，还有一点点氮。但是老基地仍然挺立着，而且可以提供一些让人安心的东西。

逃亡者建起了一座小小的穹顶。他们就生活在那严苛的环境里。一开始，他们向地球发送了信号：然后——显然是不想死等两千年——他们也向阿佛纳斯号发送了信号。但是阿佛纳斯号自己的问题够多了，根本无暇回复。

逃亡者对于人类的自然性毫无理解：其实大象和雏菊其实一样，充其量不过是一个生命统一体之中的一小部分，会对这个生命统一体起一些作用。就人类而言，确实是比大象和雏菊更为复杂的物种，但若脱离于那个统一体之外，人类也没有什么机会兴盛起来。信号自动发送了很久很久。

却无人听到。

XII

路上的艰苦

我们称之为共情的那股人类集体力量穿越宇宙空间，与海利科尼亚的幽魂进行了交流，之后会怎样？是不是并没有发生什么值得一提的事情?——或是出现了什么前所未有的剧变，却只在量子层级才看得出差异?

这个问题的答案也许永远都会裹藏在令人遐想的猜测之中；人类自有其客观世界，然而它会勇敢地去奋力扩展其感知力范畴。在生物学层面，要变成一个更为伟大的客观世界的一部分是不可能的。但也许并非如此。必须承认，如果那种前所未有的剧变、那种量子层级的变化出现了，那一定是发生在比人类的客观世界更为宏大的尺度之中。

如果这类事情发生了，那它必然是一种协作关系，也许还是多种不同因素的协作，绝不同于前往喀尔纳巴尔的那几个不同的个体之间被迫加诸于身的协作。

如果这类事情发生了，那它必然会产生一个作用。这种作用可以通过地球与新地球之间天差地别的命运来追索其踪迹——盖娅栖居在地球，而新地球却并没有那种佑护着生物圈的精神力量……

以地球之鉴为始，新地球正是依此命名：

后核爆时代两次冰川期之间的空隙间歇被视为钟摆的摆动。盖娅正在尽力调整她的钟。但这事可不那么简单，因为生物圈绝对不像一只钟表的机械结构那么简单。个中缘由可以精确地加以阐述。盖娅几乎一病不起。如今她康复了，却已变得弱不禁风。

或者说，将那种人格化的复杂进程所具有的危险性撇开不提，可以这么来讲，深海释放的二氧化碳在一段时期内引发冰雪消融。在这一阶段温室效应的末期，让环境回归正常的势头太过迅猛，整个生物圈和它那破败不堪的生态系统拼命加以调整。正所谓过犹不及，冰雪又回头了。

这一次，寒冷不那么残酷，冰帽的扩张不那么放肆，而且寒冷期持续的时间更为短暂。这个阶段最显著的特征便是一系列的震荡，就好似一只钟的钟摆渐渐放缓，直至归于一个稳定的中位。这段时期让分布稀疏的人类种族经历了若干世代的不适。比如说，在6900年代的缓和期之中，在曾经是印度的那一带出现过小小的战争，紧随其后的便是饥荒和瘟疫。

能否将这微不足道的战乱当作是康复过程中闹的小脾气呢？

这个时期的躁动唤醒了人类精神中一种相似的躁动。划分领地是不再可能了。旧世界那种政治性的地域划分方式早已消亡，永远也不会重现。

“我们属于盖娅。”这个宣言带来了一种感悟，人类确确实实算不上盖娅最好的盟友。要想看到她最好的盟友，你先得有一台显微镜。

贯穿整个历史——远至核武器出现之前很久的时候——总有那么一些人预言说，这个世界会因为人类的邪恶而终结。不管过去被证伪过多少次，这样的预言总是能一再获得广泛的信仰。对于惩戒终将降临于世的设想总是存在着，正如对于惩戒的恐惧永远不会消失。

一旦核武器出现，预言便得到了印证，尽管此时这些预言都是用世俗语言，而不是以宗教语言来讲的。

有迹象表明，这个世界可能会由一个按钮终结。政府对于这种说法的压制反而使其更具有说服力。

最终，按钮被按下。炸弹落下。

但是最终事实证明人类的邪恶还是太浅薄，根本不足以终结这个世界。与这种邪恶相抗衡的便是不知疲倦的微生物，对于它们来说，这邪恶便如同拂面的清风。

巨大的树木和植物消失了。食肉动物，包括人类，在这个场景中消失了一段时间。它们严重过剩。这些大型物种只不过是地球大戏中的明星。而剧作家本身仍存在。就在土壤下面。大陆架的海床上，微生物继续着盖娅的故事，丝毫不受放射性或是增强的紫外线的干扰。单细胞生命体的生态系统正在自然而然地重建着。它们就是盖娅的脉搏。

盖娅令自己重生了。人类是这重生过程中的一个变量。人类的精神力量被激发起来，成了意识中的一种量子跃动。

正如同大自然会形成一种多样性的统一体，如今意识也如此为之。它不再只是某一个男人或是女人的单纯感知或思考；如今意识之中只存在着共情的感思。头脑和心灵融为了一体。

随即出现了对于权力的不信任。

这个世界曾出现各种对于权力的贪欲。这些令人不寒而栗的贪欲已从心灵中渐渐消退。人性开始真正成熟起来，并带着成熟的感悟生活着，享受着。当每个人环顾着自己碰巧占据的那片领地时，不再问“我们从这片土地上能得到什么？”相反，他们问“我们在这片土地上能获得哪些最美好的体验？”

随着这种新意识的出现，人类不再局限于对自然资源的滥用，而是对于每一处地方都更为关切，并随之出现了丰富多样的新型关系。古老的家庭结构消失了，取而代之的是新型的超级家族。所有人类形成了一种结构松散的超级有机体。它并非一蹴而就，也并非作用于每一个人。有些人无法忍受这种态变。但是他们的基因渐行退化，他们的血系势必消亡。他们对于这个为新型的共情力量所占据的新世界毫无感觉。他们是唯一不会笑的人。

经过一代又一代，新种族能够感受到他们自身便是盖娅的意识。单细胞生命体的生态系统被赋予了一席之地——从某种意义上来说，是它们为自己挣得了一席之地。

甚至就在这一切正发生的时候，生物圈的康复也仍继续着。在人性进化的同时，一种完全新型的物种诞生在了地球上。

有很多生物门类消失了。由于核打击，曾经如同地球腰带的热带森林连同它种类多样的生物群都在赤道地区凋零了。脆弱的土壤层被抛进了大海，无法恢复。如今有一种全然不同的、令人惊异的替代物走到了前台。

这种新替代物不是从海洋中诞生的。它来自大雪与冰霜覆盖的北极地区。它从紫外线与核辐射中得到滋养，在冰川重新北撤的时候，它开始向南迁移。

最先遇到这种新东西的人惊得一屁股跌坐在了地上。

那是不断缓缓推进的白色多面体。其中一些比巨型乌龟大不了多少。有些能有人那么高。

除了表面那形状各异的平面之外，它们再没有什么特征了。看不出是靠什么移动的。没有手臂或是触须。没有任何形式的嘴。没有任何孔窍。没有眼睛或是耳朵。没有任何附属物，就是白色的多面体。有些表面也许不如其他表面那么白，仅此而已。

多面体不会留下印迹。它们可以挪到任何可以去的地方。它们移动缓慢，但什么都无法阻止它们，有些胆大的人试过，却失败了。它们被命名为地航体。

地航体不断繁衍，爬遍了地球。

地航体给这个世界增添了一种新的奇观，而老的奇迹也还残留着。巨大的海螺状剧场仍遍布于地球上，由仿生人进行维护，这些仿生人没有其他功能，它们的程序就是这么编制的。

在全息屏幕上，大周期年的春季变成了夏季，与此同时地球上的冰雪正在消融。美貌惊人的梅尔黛伽拉，王后中的天后，人人都知晓她的人生历程。这个人类新种族发现在那已逾千年的历史中，还有很多东西要学。

他们进行着筹划。共情作用于幽魂所带来的仁慈效果令他们倍感荣耀。但是他们自己的新世界正急切地召唤着他们，这世界那焕然一新的美丽是难以抗拒的。历经千年的春季属于他们。

不过那前所未有的剧变，那种量子层级的差异——两个世界之间通过共情产生的那种联系该怎么办？对于那些有能力从中寻觅端倪的人来说，它的痕迹是显而易见的吗？

而那个新地球也面临这样的问题：

在其他行星上也是这样，某种细微的恢复早已开始产生作用。火星和金星那死寂的世界没有大自然母亲。它们的表面温度通常都十分恶劣，那犹如棺材的大气层充满了二氧化碳。然而已经落脚在那里的不幸移民凭借智慧，利用科技，想方设法存活了下来。

这些地外人令自己产生出一种概念，地球已经精神错乱。他们一代又一代被宇宙的失范所压抑。他们永远都不会返回地球。他们觉得自己遭到了驱逐。

当他们重又掌握了先进的科技——而且能够比群居的社会人更为迅速地解决技术问题时——他们建造了一艘星际飞船，出发前往人类早先移民的最近的行星，就是那个新地球。

这是一次全体由男性参加的远征。男人们将自己的女人留在家里，他们更喜欢带上身型苗条的机器人相伴，这些伴侣都是依着富有魅力的女人设计的。他们很喜欢与这些完美的金属形体交欢。

新地球维持有可以呼吸的空气。一小片咸海被沙漠包围着——沙漠，还有荒凉的山区。赤道上有一座太空港，不远处有一座城市。太空港废弃已久。那座城市也不曾有过发展；从城里伸出的道路哪里也去不了。住在城里的人对于他们屋顶之上那片浩瀚的太空之海一无所知。

新地球人很像是没有性别的生物。他们精神之中那种具有生命力和叛逆性的东西消失了。他们没有雄心壮志，对于太空的广袤毫无感觉，对于他们的这个家园世界毫无爱意，对于黎明与日落也无动于衷。他们所讲的那种退化的语言没有条件时态。音乐作为一种艺术，也早已彻底消逝了。

一点都不令人惊讶。他们的世界本身就没有精神力量。

这些新地球人时常会去他们那片咸海的海岸上。去那里并非是为了散心，而是去采集生长在海里的不计其数的海草。这些海草是这颗行星上为数不多的生命体之一。新地球的人们将它铺在田地里，种植先祖从地球带来的谷物。

他们没有梦想，因为他们存在于一个无法养育出盖娅形象的世界里。但是他们有一个神话，他们相信自己生活在一个巨蛋里，沙漠是它的蛋黄，没有云彩的天空是蛋壳。这个神话说，有一天，天空会裂开、塌落。那个时候他们就会出生了，接着长出黄色的翅膀和白色的尾巴，会飞去更美好的地方，那里的树木就像是巨大的海藻，在令人欢畅的溪谷中到处生长，而且那里永远都在下雨。

当地外人到达这里的时候，他们很不喜欢新地球。

他们飞走了，去探查邻近的那颗行星，一颗尺寸和新地球相仿的类地行星。

新地球是一个沙漠世界，与此相对，它的姊妹行星是一个冰雪世界。

一艘探测飞行器发射了出去，对星球表面和冰面下的事物拍摄出照片，再经过电脑矫正。

那是一个封禁的世界。冰川吞没了山地。低地中只有一片积雪，看不到任何踪迹。即便是囚困于远星点的海利科尼亚冬季也不会像这颗僵死的星球这样了无生气。

勘测照片表明，冰下有冻结的海洋。不止如此。还有巨大的城市废墟和宽得不可思议的道路痕迹。

地外人降落到了表面。在一块冰原下保留着一座巨大的建筑遗迹，清晰可见。废墟的碎片散落在地面上；一些碎片被冰川裹挟着早已远远离开了地表。经过爆破，人们下到了废墟中的一块区域。

最先找到的人造物品中有一颗脑袋，是用人工材料雕刻而成的，饱经风霜。这颗脑袋的样子是一种非人类的生物。纤长的头颅向后渐渐收细，四只眼睛，没有眼睑。眼睛下有细小的羽毛。一只短短的喙与向后伸长的头颅形成了一种平衡。

脑袋的一侧已经发黑。

一个机器人伴侣说："真美。"

"你是说真恶心吧。"

"对于曾经的一些人来说，很美。"

测定时间并不难。这座城市是三千两百年前被毁的，那个时候新地球上正在进行艰苦的移民。

整颗行星被核轰炸摧毁了，鸟型的种族就此灭绝。

地外人将这颗行星叫作末日星球。他们在这颗僵死的星球上驻扎了些时候，讨论着应该做些什么，他们的心境沉浸在这无际的凄凉之中。

一位有魄力的领导者说："我觉得我们得承认，已经有诸多问题困扰了人类很多世代，而在末日星球这里，我们找到了其中一个问题的答案。

"若是人类刚刚步入太空的时候，发现没有其他智慧种族，该怎么办？人们总是假设银河系中充满了生命。事实却并非如此。怎么会是这样呢？难道几乎没有任何像地球一样的行星吗？

"好，我们真正意识到了地球是一个可爱的非同寻常的地方，在那里可以找到很多缘由。仅举一例——地球的大气中氧气含量接近于百分之二十一。如果是百分之二十五或更高，闪电就会引发森林大火——甚至潮湿的植物也会熊熊燃烧。在新地球上，氧气含量是百分之十八；那里没有植物来锁住二氧化碳、释放氧分子。如今那些蠢蛋生活在一场梦里也就不足为奇了。

“然而，从统计学上来说，肯定有像地球一样的行星。可能末日星球算是一个。假设有一个种族，其食物范围很广，获得了至高无上的地位，统治了星球，就像地球发生核战争之前那样。那么这个种族必然会利用科技寻求进步……从棍棒弓箭开始发展起来。它会掌握自然法则。

“等到科技足够先进的时候，这个种族便会面临抉择。它可能会奔向太空，也可能会用核武器去毁灭它的敌人。”

有人叫道：“要是假设这颗行星上没有敌人呢？”

“那这个种族也会制造出敌人来。就我们所知，技术所产生的竞争压力会制造出所需的敌人。这就是我的看法。在那个阶段，为了平衡一种全新的生活方式，不再受限于诞生了这个种族的那颗行星的桎梏，并且又处于那些大发现的边缘——就在这种时候，这个种族必将面临那个重大的问题：我能否发展出必不可少的外交技巧，将那些来犯之人置于我的控制之下？我能否超越自己，与敌人达成长久的休战，以使我们为了共同的利益以及所有的一切而抛弃那些卑鄙的武器呢？

“你们懂我的意思吗？如果这个种族在这场考验中失败，它就会毁掉这颗行星及其自身，从而表现出它不适合作为由宇宙空间设置的那片生命的保护区。

“末日星球不适合。它上面的人在测试中失败了。他们摧毁了自己。”

“但照你这个说法，所有地方的所有人都不适合了。我们从来没发现过其他进入太空的种族。”

领导者笑了。“别忘了，我们还仅仅是在地球的门槛上呢。在那些人认为我们值得信赖之前，他们还不会打算来寻找我们。”

“那我们值得信赖吗？”

在一片会意的笑声中，领导者说："我们还是先对付末日星球吧。也许我们能让这个垂死的地方重新活过来，如果我们按下正确的按钮。"

进一步的勘察表明这个世界曾经是什么样子。一个显著的特征是高纬度地区有一片相当广阔的海洋——在核灾难发生之前——它只是部分被冰雪覆盖。灾难过后，大气圈的放射性污染迅速遮蔽天空让大气变冷，使得高纬度的海洋水体比过冷的空气更温暖。空气从底部向上被加热了，潮湿的空气向上升腾。继而形成了剧烈的高纬度风暴，所到之地足以毁灭任何从核打击中幸存下来的人。铺天盖地的大雪落在中海拔地带，那里曾经是一片都市化的高原。冰川作用最开始是被迫形成的，继而可以自我维持了。

地外人决定在已经冻结的高海拔海洋中抛下一颗领导者所说的那种卑鄙的武器，让"万物之始"再次萌芽。但如此折腾了一通之后，冰原依然是一片冰原。这个地方的守护精灵，生物圈的心灵支柱，早已死去了。

现在他们几乎耗尽了燃料。他们决定返回新地球并征服它。他们在末日星球的发现为他们提供了一些策略。他们有一个想法——就一个——在新地球北极投放热核装置，引发大雨，改造这颗行星。海洋可以得到扩张；本地原生的那种巨蛇状生物可以派上用场，用来掘水渠。大海在受到一连串的刺激后，可以有更多的海草生长出来，最终会有更多的氧气释放到空气中。计算结果看上去不赖。对于地外人来说，要下的决心不过是再用一颗核炸弹而已，不过这是合理之举。

于是他们爬进飞船，任由末日星球去经受更长久的冰霜严寒。

对于生活在新地球上的人来说，至少他们那唯一的神话中的一部分成了现实。天空裂开，塌落了。

这里最主要的差异是什么？为什么新地球从未恢复过来？而与此同时，地球却重新繁盛起来，并产生了地航体那样的新东西？

当地球人将他们与海利科尼亚的幽魂通过共情建立起来的联系不断发展巩固的时候，宇宙中出现了一个新元素。正是地球人——且不论他们自己是否知道这一点——正在将整个生物圈的意识进行着汇聚。那种共情联系并非脆弱的事物。它是磁力或重力在心灵上的等效物；它将两颗星球连接在了一起。

对此会有一个更为令人惊异的推论，其实是盖娅在直接与她那个朝气蓬勃的姊妹原初注视者进行着联络。

当然，这是推测。人类无法看透与自己息息相关的、更为宏大的客观世界。但是他们会对自己的感观进行充分锻炼，以寻找到证据。所有证据都表明盖娅和原初注视者通过她们的子嗣投射出的联系进行着接触。人类只能对由这种接触所引发的震荡涟漪约略一窥——所幸第二次冰川期与恢复期的波澜提供了接触的证据。

据推测，盖娅的恢复是受到周遭太空中接触到的一个姊妹精神力量的激励。

证据就是地航体：安详，宁静，十分地亲切友好，一种全新的事物。按照人们的理解，它们可不是一种进化产生的畸形物，而是一种来源于新鲜而又强大的友情的灵感……

与此同时，在海利科尼亚上，威严而又庄重的季节变化进程正大踏步迈进。

在北半球，小周期年的夏季几近结束。霜降的夜晚预示着更为寒冷的夜晚即将到来。在施芬宁克山脉的大风中，冰霜已经统治了大地，那些不畏艰险来到这里的生命都臣服于它的威势之下。

清晨时分，狂风尖啸，那是从极地一路直下的寒入骨髓的气息。

补给品堆在一边，法艮和乌恩达普正在套阿索金犬。离开沙拉加特已经十七天了，他们看不出有人追踪的迹象。

至于那三位乘客，邵柯兰迪特能吃能喝，托莱丝·拉尔沉默寡言，夜里她躺在帐篷里就像是死去了，法施纳基德很少讲话，除了咒骂。一离开安身之处，他们的眉毛和睫毛上就凝起一层白霜，他们的脸蛋被冰霜打得发紫。

最后一段路是在海拔六千米之上跋涉。他们右侧，在悬浮于半空的云层之中，是一座冰雪覆盖的大山。向下只有几尺远的能见度。

乌恩达普来到邵柯兰迪特跟前，结满了霜花的脸上露出喜悦的目光。“今天路很轻松。”他喊叫着说，“一路下山穿过隧道。你记得山洞吗，老大?”

“努奈特隧道?”在大风中讲话很费力。

“亚亚，努奈特。今晚我们到那儿。吃酒，嚼肉，奥柯察茄，好。”

“好。托莱丝累了。”

昂都德人摇了摇头，“她快要跟阿索金一起吃肉了。没得肏，好，嗯?”他抿着嘴大笑起来。

邵柯兰迪特感觉这家伙还有话要说，他们不约而同转过身背对着正在收拾雪橇的其他人，乌恩达普抱起双臂。

“你那个脸上长着尾巴的朋友。”他的脸上闪过一丝狡猾的神情。

“法施纳基德?”

“你那个脸上长尾巴的朋友，雪橇队不喜欢他。雪橇队已经足够艰苦了。他又搞得更不好。我们要在努奈特隧道丢掉那个白痴，明白?”

“他骚扰茅卜了?”

“调戏?不，昨晚他又把他的男根插进茅卜。肏那皮囊，明白?她不喜欢。她怀着一肚子乌恩达普宝宝。”他笑道，“所以我们在山洞丢掉他，你懂。”

“抱歉，乌恩达普。谢谢，你告诉我这事儿——但在隧道里不能搞报复，拜托。我会在努奈特告诉他要友好，不再肏你的茅卜。”

“老大，你最好丢下那个朋友，否则会有大艰苦，我知道。”他阴着脸笑了笑，拍了拍自己的额头，然后猛地转身走了。

这个昂都德人几乎没有表现出愤怒的样子。但是他们从来都靠不住——邵柯兰迪特深知这一点。乌恩达普目前态度还不错，要是表面上的友好都无法维持，这趟旅程就永远没办法走到终点。但是昂都德人感到丢脸了，因为他把妻子的丑事告诉了一个人族。

邵柯兰迪特是受到邀请与茅卜交欢的。这是昂都德人的礼仪，若是谢绝，邵柯兰迪特就是冒犯他们。但法施纳基德未被邀请就那样做，是对昂都德法律的亵渎。昂都德法律简单而且刻板——违犯就意味着死，必遭报复。法施纳基德会被毫无愧疚地杀死，如果乌恩达普已经决定在努奈特隧道做掉法施纳基德，邵柯兰迪特的求情是无济于事的。

托莱丝·拉尔和法施纳基德那布满了血丝的眼睛向邵柯兰迪特投来好奇的目光。尽管心里烦得要命，他却什么都没跟他们说。乌恩达普一直观察着，看邵柯兰迪特是不是会给法施纳基德通风报信，要是那么做也会被算作是背叛。

布里耶尔那毛烘烘的身躯从暗处冒了出来，他顺着雪橇走到后面。在他晃动脑袋凝视他们的那一瞬，眼睛里闪着猩红的光芒，他那阴郁的目光落在了邵柯兰迪特身上。法艮的表情里什么都看不出来。

他把黏液甩在结了一层冰的鼻吻槽上，然后在风中大喊一声：“雪橇队准备粗发！爬到你们的围子上。捉紧。”

哈宾·法施纳基德从皮衣里拽出一个长颈瓶，把瓶口塞进冻裂的双唇间猛吞了几口。等他把瓶子收好之后，邵柯兰迪特说：“听点儿劝，别喝了。抓紧，按他说的做。”

法施纳基德吼道："肏那哨兵!"然后打了个嗝转过身去。

托莱丝·拉尔哀求地看着邵柯兰迪特。他狠狠地摇了摇头，无声地说，别放弃，咬紧银狐的尾巴。

等他们在雪橇上就位，他们就只看得到前面那两个大包袱了，那是乌恩达普和茅卜，茅卜裹着那条色彩明艳的毯子。那些狗被他们挡住了。

乌恩达普把长长的鞭子甩过头顶往前一抽。噼啪!! 接着金属滑轨对着雪地发出第一声尖啸。他们过夜的地方有一片黄色的污迹，那是人类和阿索金犬的尿，那地方一转眼就被抛在身后，消失不见了。

一个小时里，他们一路下坡朝着努奈特隧道进发。邵柯兰迪特因为恐惧，感到喉咙里一阵恶心。要是允许一个昂都德人杀死人族同伴，他就丢尽了自己的脸，什么理由都说不过去。他的愤怒既针对乌恩达普，也针对哈宾·法施纳基德。那个男人就在他身边，痛苦地弓着背。他俩之间什么都没说。

速度在加快，也许时速有五英里。邵柯兰迪特始终望着前方，眼睛在眉毛和脸蛋之间使劲挤着。他只能看到绵绵不绝的灰色，尽管头顶上某个地方投下了朦胧的日光。幽灵般的白树从身边不断闪过。

雪橇格格作响，鞭子在呼哨，狗在放屁，冰在碎裂，风在呼啸……在这些早就习以为常的声音之外传来了另一种声音，呜呜作响，空洞洞的，令人心头一憷。那是风在努奈特隧道里哭号。茅卜吹响一只弯曲的山羊号角作为回应。

这是昂都德人向其他雪橇队发出的警报，表明他们就要进去了，因为对面方向可能会有其他雪橇队进入隧道。

头顶朦胧的日光被突然斩断，他们进了隧道。法艮发出粗哑的吼声，专心致志地控制着后面的刹车杠，减缓前进的速度。乌恩达普的鞭子甩到那条跟他同名的头犬鼻子前面的时候，发出了一种不一样的音符，让它们放缓脚步。

刺骨的寒风就像是凝成一团砸在他们身上。这条隧道是穿过大山到努奈特站的一条捷径，外面那条道路供行人或是分量更重的交通工具通行，比山洞要多走不少路，不过相对安全得多。山洞里免不了会有迎面而来的雪橇，很有可能会撞在一起，届时争强好胜的阿索金犬会拼死搏斗，雪橇队的缰绳会绝望地纠缠在一起，最后免不了一场刀光剑影。隧道开凿的时候横截面基本是圆形，理论上来说雪橇队相遇时可以把雪橇赶上相对的墙面来错开对方，但成功的机会太渺茫了，以至于大多数车夫都会在惊恐中拼命加速，通过的时候尖叫着发出警报。

山洞有九英里长。伴随着崩落的碎石和扑面的大风，雪橇就像没有舵的船一样摇来摆去。

乌恩达普减速的动作引发了更剧烈的震动。法施纳基德骂骂咧咧。坐在雪橇前面的车夫和他的女人滑到雪橇两侧，把脚伸到地上用力刹车。

布里耶尔往前一探身子，冲着法施纳基德叫道："你瓶子甘才掉出去了。"

"我的瓶子？哪儿呢？"

法施纳基德一探身，伸头到雪橇侧面，看着法艮所指的地方，就在这时，法艮一巴掌打在他后背上！

法施纳基德尖叫一声跌了出去，他手膝着地摔在地上，一轱辘滚进了雪里。

乌恩达普立刻发出一声尖叫，在阿索金犬上空甩出一鞭。法艮把后刹车杠抬了起来。他们借着下坡往前猛冲。

法施纳基德已经站起身来，他消失在了昏暗之中。他开始狂奔。邵柯兰迪特冲着他大喊让他跟上。风声怒吼，昂都德人高声啸叫，滑轨发出尖锐的摩擦声。法施纳基德拼命追赶，他追到了雪橇后面，那张脸扭曲得不像样子，就在这时法艮抬起手臂又是一击。

孤身一人在这条长长的隧洞里必死无疑。会有别的雪橇在昏暗中冲过来，把人活活碾死。这就是昂都德人的报复。

邵柯兰迪特拼尽全力高声尖叫着，他抽出左轮枪，跪在装满货物的雪橇上，用膝盖往后退了几步。他把枪口抵在法艮那修长的脑袋上。

“我会轰掉你这个混蛋的牛头。”银狐的尾巴从他口中掉落不见了。

法艮身子一缩。

“把刹车放下！”

布里耶尔照做了，但是下坡的冲劲很猛，没多大用，只是扬起一团雪末，扑在了后面那个夺命狂奔的人身上。

鞭子仍在噼啪作响，赶车人仍在尖声催促他的雪橇队。法施纳基德被越甩越远，他大张着嘴，青紫色的脸扭曲着变了形。他那本来一向就不怎么坚定的意志正在拖累他。

“别放弃！”邵柯兰迪特吼着，朝上尉伸出了一只手。

法施纳基德又加把劲，加快了速度。当他缓缓拉近与雪橇的距离时，靴子像敲鼓一样击打着雪地。布里耶尔不敢再使坏了。风仍然尖啸着。

邵柯兰迪特用戴着手套的手抓住一根固定帐篷的绳索，探出身子伸出另一只手，他大吼着鼓励法施纳基德。法施纳基德很累了，雪橇却仍在加速。两个男人对视着彼此瞪大的双眼，他们戴着手套的手碰到了一起。

“好！”邵柯兰迪特大叫，“好的，往车上跳，伙计，快！”

他们的手扣在了一起。就在邵柯兰迪特用力的时候，乌恩达普往左猛地一甩，雪橇的滑轨冲到了山洞的侧壁上，几乎让整架雪橇倾覆。邵柯兰迪特被甩脱了，他奋力去抓从面前飞驰而过的滑轨，但没抓住。法施纳基德绊倒在他身上，两人一齐瘫倒在地。

等他们爬起来的时候，雪橇早已消失在了黑暗里。

“去他妈的烂车夫！”法施纳基德弓着腰拼命喘着气，“畜生！”

“这是故意的。这是昂都德人的复仇，就因为你这畜生居然去搞他的女人。”邵柯兰迪特不得不背着风才能说出话来。

“就那个臭烘烘的肥婆？他自己说的，就算是阿索金犬都会嫌弃她呢。”法施纳基德弯着腰大口喘气。

“他们说话就那样，你这个蠢货。现在听着，照我说的做。这个隧道会要人命的，随时都可能会再来一架雪橇，不是从这头就是从那头。根本没有办法能让它们停下，除非用我们的身子去撞。我估计，大概还要走七英里路，我们最好快点儿。”

“往回走，然后从大路过去怎么样？”

“那条路要走三十里。我们没有补给，而且走到天黑也走不到，我们会死在路上的。现在你能跑吗？因为我得跑了。”

法施纳基德伸展了一下身子，呻吟了一声，他说：“谢谢你拼命救我。”

“去你的，你个自大的蠢货。你为什么就不能试着遵守一下规矩？”

卢特林·邵柯兰迪特跑了起来，他摔下来的时候膝盖有点儿伤到了，不过好在现在是下坡路。他留心听着其他雪橇的声音，但耳朵里只有风在咆哮。

法施纳基德的脚步声在他身后回响着，他没有回头去看，他一心一意只想着要穿过隧道去努奈特。

在他觉得自己再也跑不动的时候，他还是努力继续跑。突然身边闪过一团亮光。他这才停下脚去看那是什么，顺便缓口气。原来是外侧岩壁脱落了一块，漏进了日光。凑近看，只能看到弥漫的云雾，触手可及，还有一条垂下的冰溜。他朝外面空气中扔出一块石头，仔细听着，但是听不到落地的声音。

法施纳基德赶了上来，大口喘着粗气。

“从这个洞口出去吧。”

“这里都是垂直的山壁。”

“没关系的，布瑞巴尔就在下面什么地方，有文明存在的迹象，不像这个地方。”

“你会送了自己的小命。”

就在法施纳基德试图把身子钻出岩洞时，远远传来了号角声，有雪橇过来了——也是从南方过来的。邵柯兰迪特隐约看到了灯光，他躲进这个天然的凹龛里，尽力让后背抵着法施纳基德旁边那块裂开的岩石。

刹那间，就有一架长长的黑色雪橇冲了过来，由十条狗拉着，一只铃铛在车夫头顶疯狂作响。有不少人坐在上面，大概有十二个，全都蜷缩在上面裹得严严实实。黑色雪橇一闪而过。

“是军队。”法施纳基德说，“有可能是跟着我们的吗？”

“你是说跟着你的吧……那又有什么关系？有他们在前头走，就可以保持一路畅通了，这是我们平安跑出隧道的最好机会。除非你愿意从一千尺的高处一跃而下。”

他又开始奔跑起来。过了一会儿，跑步成了一种不由自主的动作，他能感觉到自己的肺撞击着肋骨。他下巴上结起了冰，眼睛一直眯着，连眼皮都被冻住了。他失去了时间的概念。

突然间，一片光明瞬间吞没了他。他根本没办法睁开眼睛，在意识到自己终于跑出隧道之前，他还是一直在跑。他一边呜咽着，一边踉踉跄跄跑到路边的一块巨砾旁。他趴在那里，喘着气，好像永远都不会停下脚步。两架雪橇从身边经过，吹响了号角，但他已经没有力气抬头看了。

从高处落下一大块雪，迫使他又动了起来。他抓起一团雪抹了抹脸，朝前望去。天色似乎仍然很亮，风小了，云层裂开了一块。不远处有人正在闲逛，抽着薇若妮卡烟，裹着毯子。有个女人正在货摊上买东西。一个上了岁数的驼背男人正赶着一群被截去犄角的羊走在街上。有一条欢迎来客的标语：朝觐者旅店——昂都德人勿入。

终于到努奈特了。

努奈特是到达喀尔纳巴尔之前的最后一站。它其实不过是荒野之中的一个落脚点，一个可以轮休雪橇队的地方。它也提供别的补给。连接着喀尔纳巴尔、北沙拉加特，以及瑞雯约克之间的小路，顺着山脉的一条条等高线迤逦而行，充分利用着山峰提供的每一处有利地势来抵御极地的寒风。但努奈特是一个交通要冲，有一条路通向西方，穿过西方山脉中巨大的瀑布、峡谷和高原，最终进入布瑞巴尔平原。这里距离喀尔纳巴尔比那些平原更近，但与瑞雯约克比起来，平原又更近些。

乌斯库托什和布瑞巴尔之间的敌对状态，可能是当下努奈特军人数量增加的一个原因，而且也能解释这里为什么正在修建一座威严的木构建筑。建成后它将面对西方，也就是乌斯库托什的方向。

邵柯兰迪特已经疲惫不堪，什么都顾不得了。但是他心里有个念头，要从这块保护着他的巨砾旁挪起步伐。他顺着一条小路沿山坡一路向上，一直走到一所用石头搭建的羊圈跟前。他爬进去跟山羊挤在一起，一转眼就睡了过去。

等他醒过来的时候，他觉得精神抖擞，但也对自己如此浪费时间感到生气。他不怎么在乎法施纳基德的下落，他最关心的是去找托莱丝·拉尔，并找到前往喀尔纳巴尔的雪橇。一到那里，他所有的问题就都能解决了。

凌乱的努奈特就在他的下方蔓延铺开，那些破破烂烂的房子挂在山坡上，仿佛是动物身上长出的疙瘩。大部分房子倚着埃尔达温树建造，这种树会分出很多条细细的树干，房子就依靠着它们修起来，或者干脆修在枝杈中间。由于大多数房子都是用埃尔达温树的木材建造起来的，也就很难把房屋从树丛中区分开来。

到处都有小窝棚，彼此之间由人类、牲口、家禽踩出的小径相连。它们杂乱无章地分布在山坡上，这家的门槛就跟隔壁那家的烟囱一样高。田地毗邻着屋顶。每一家的宅院都炫耀似的堆着一堆劈好的木柴，有的柴堆靠着房子，有的房子倚着柴堆。能听到有人抡斧头砍柴的声音，这或者是在添加柴堆，或者是忙着扩建家宅。

有那么一小会儿，空气中没有了雾气，显露出那独特的壮观山貌。巴塔利克斯在远远的危崖上闪耀着。小男孩在满是乱石的田野里奔跑，本应该放羊，却放起了风筝。

一群朝觐者刚刚从喀尔纳巴尔徒步而来，他们的声音穿透了清澈的空气。这些人大部分都剃了头，有些赤着脚，全然不在乎地上刺骨的冰雪。他们中有老有少，甚至还有一个面色蜡黄的老妇人，坐在一把绑着滑竿的藤椅上由人抬着。几个本地的生意人聚精会神地看着他们，却没有太大兴趣，因为这群人在北上的路上就差不多已经被榨干了。

邵柯兰迪特以前走过这条路，知道乌恩达普必然要在这里停留，因为他和茅卜要休息，所有的阿索金犬都要各自拴好、喂食，头犬乌恩达普要额外多吃一些肉。雪橇和挽具也要彻底检修一番，以完成最后的行程，前提是昂都德人打算继续前往喀尔纳巴尔。而他们会怎样处置托莱丝·拉尔呢？

他们不会杀她的，她太值钱了。作为一个奴隶，她可以卖掉，但是人类基本不会从一个昂都德人手里买一个人族奴隶。剑族则另当别论……他很为她担忧，压根儿忘了法施纳基德。

纵观锡伯纳尔，剑族很稀少，可是那些逃脱的奴隶常常会自行寻路去往施芬宁克，在山野之中寻找适合自己的安身之地。他们有过被奴役的经历，因此更具有让人族当奴隶的倾向。一旦托莱丝·拉尔被他们带走，消失在山里，那她就算彻底从人间消失了。

走在房屋后面的小径上，他可以避开整个镇子的目光。到了镇子边缘，他走到一处木栅栏跟前。他一走近，栅栏另一边就传出一阵狂吠。他望了过去，看到拉雪橇的阿索金犬，有的拴着，有的关在笼子里，各自分开。他一出现，它们便直扑过来，链子和铁网顿时都被绷得紧紧的。

这肯定就是驿站了，现在他记起来了，上次路过时下着雪，雪暴之中几乎什么都看不到。现在差不多有十五条处在半饥饿状态的阿索金犬关在围栏里。

他没再刺激它们，小心翼翼地绕着边缘溜走了。

驿站是努奈特最北边的一栋建筑。有人在喊叫，说明他被人看到了，尽管他并没有看到有人。昂都德人太谨慎了，要是不仔细，根本别想发现他们。

随即冒出来三个人，手里握着鞭子。他知道他们拿起鞭子时，可是会要人命的，于是他停下脚步，在额头上画了个和平的符号。

“我要找我的朋友乌恩达普，明白?”

他们看上去不怎么友好，站在那儿一动不动。

“没见乌恩达普。乌恩达普的肥婆娘很痛苦。”

他说：“我知道。我带来帮助。茅卜要生了，亚亚?”

他们闷闷不乐地给他让出一条路。他告诉自己，这是陷阱，他应该做好准备，应付一切可能。

在一处像是谷仓的建筑入口，昂都德人凑在一起停了下来，相互交换了一下愠怒的眼神，然后示意他进去。

里面很暗，一副不欢迎外人的样子。他闻到了奥柯察茄的味道。

他们把他一把推了进去，紧跟着关上了大门。

他往前跑了几步，一个趔趄趴在地上。鞭子甩过他的肩头，发出清脆的声音。他一翻身靠在了旁边的墙上。

他扫视一圈，看到茅卜裸着身子，只有胸口裹着他给她的那条毯子。她正躺在一张大木板上，双腿张开。托莱丝·拉尔蹲在她身前。托莱丝·拉尔的上臂被一条绳子捆着，这样可以让她用手干活，远处还有三个去掉了犄角的法艮，绳子的另一头就抓在其中一个法艮手里，他们一动不动靠墙站着，正好在邵柯兰迪特靠着的这堵墙对面。那只叫乌恩达普的头犬拴在谷仓中间，发疯似的扯动着拴它的皮带，随时想要扑到邵柯兰迪特的身体上咬一口，但现在它只能对着空气狂咬。

而那位乌恩达普，他早就听到或是看到邵柯兰迪特了——谷仓有狭长的窗户。他跳到门梁上稳稳站住——这对于他们的种族来说易如反掌——准备再抽一鞭子。他这么做的时候摆出一副笑脸，却没有丝毫的笑意。

邵柯兰迪特手里握着枪，但他很清楚不能把它指向昂都德人——那么做会激怒乌恩达普和法艮。而对于茅卜做出任何威胁的动作也无法阻止乌恩达普当下的打算。

邵柯兰迪特把枪指向了那条狗。

“我杀死你的狗，结束，好，明白？你跳下来，聪明的，扔掉鞭子。你来这里，小子，你乌恩达普。否则你的狗下一秒就很痛苦！”

说话的时候，邵柯兰迪特已经站了起来，双手握枪指着那条狂躁的狗的喉咙。

鞭子落到了地上。乌恩达普跳了下来，笑着，他一躬身，摸了摸自己的额头。

“我的朋友，你在隧道里跌下雪橇。不好。我很担心。”

“如果你再对我做那种混账事，你就有条死头犬了。松开托莱丝·拉尔。你还好吗？托莱丝？”邵柯兰迪特说。

她的声音在颤抖，说：“我之前接生过婴儿，现在再做一次而已。但看到你让我太安心了，卢特林。”

“你们有什么打算？”

“法艮打算为乌恩达普做些事情，我是送给他们的礼物。我吓坏了，不过我没受到伤害。你呢？”她的声音还在颤抖。

法艮始终一动不动。在忙着解开绳结的时候，乌恩达普说：“这个非常漂亮的女士，亚亚。毛人他很喜欢……给他机会，亚亚。没有伤害。”他笑起来。

邵柯兰迪特咬着嘴唇，心想乌恩达普必须得找回面子，而自己几乎身无分文了，形势所迫，只能依靠他才能到喀尔纳巴尔去。

托莱丝·拉尔被放开之后，她对乌恩达普说：“你很善良。等你的孩子出生之后，我给你和茅卜买两支奥柯察茄，明白？”

邵柯兰迪特看到她如此冷静颇感惊诧。

乌恩达普笑了，从牙齿之间打了个呼哨，说：“你给孩子多买一支？我三支一起抽。”

“亚亚，如果你在我接生时把这些毛人踢出去的话。”她面对着他，脸色煞白，但是说话的声音不再颤抖了。

乌恩达普仍然觉得自己的名誉挽回得还不够。

“你现在拿钱，茅卜去买三支奥柯察茄，最好天黑前离开努奈特。”

“茅卜破水了，要赶紧分娩。”

“婴儿二十分钟内不会出来。她去买烟很快。抽烟，分娩。”他拍着八根手指的巴掌又笑了起来。

“婴儿几乎都要出来了。”

“那娘们儿是个懒婆娘。”他伸出手臂揽起茅卜。她毫不抗拒地坐起身来。托莱丝·拉尔和邵柯兰迪特交换了一下目光。他点了点头，她掏出几个锡伯币递给那女人。茅卜把她的宝宝整个裹进那条红黄条纹的毯子里，一路摇摇晃晃出了谷仓，没有一丝不乐意的样子。

邵柯兰迪特说：“在那儿别动。”托莱丝·拉尔坐在了水渍斑斑的凳子上。头犬蹲坐在自己后臀上，红色的舌头耷拉着。乌恩达普打了个手势，那几个法艮推开一扇破烂的大门，排着队从谷仓另一头出去了。

外面，在狗笼旁边，放着乌恩达普的雪橇，没套挽具。

“你脸上长尾巴的朋友呢?”乌恩达普一脸纯真地问道。

“我丢了他。你的计划真不怎么样。”

“哈哈，我的计划很好。你还想去喀尔波尔?”

“你要走那条路吗？已经给你付过报酬了，乌恩达普。”

乌恩达普坦诚地伸开手做了个手势，露出了他那十六枚泛着黑色光芒的指甲。

“如果你的朋友告诉警察，那不好。对我不好。那个坏人可不像你那么了解昂都德。他想要复仇。我们最好快走，明白，等到那个婆娘从胯下挤出孩子就走。”

“同意。”现在没有争执的必要，他把手枪收回了口袋里，恢复表面上的友谊并非什么难事。

他们一直盯着对方，阿索金犬把皮带扯得笔直，等在一旁。茅卜一路拖着步子回来了，仍然裹着那条毯子。她把两支烟草给了乌恩达普，然后又回到床板上，躺在了托莱丝·拉尔身边，第三支叼在了她嘴里。

她说：“宝宝现在出来了。好。”一个小昂都德男孩安然降生在了这个世界上。托莱丝·拉尔把这个小家伙捧起来的时候，乌恩达普点了点头，然后转过身子。他冲着谷仓角落啐了一口唾沫。

“男孩。不赖。不像女孩。男孩能干活，很快就能肏了，也许一年。”

茅卜坐起来笑了，“你肏起来可不怎么样，你个蠢蛋。这个男孩属于法施纳基德。”

他俩一齐大笑起来。他走上前去搂住她，他们没完没了地亲吻起来。

这一幕吸引了在场的每一个人，以至于没人留意外面传来报警的口哨声。三名警察端着上了膛的来复枪，从大路那边进入了谷仓。

领头的冷冷地说："你们被指控了。乌恩达普，你和那个女人的名下有一堆命案。卢特林·邵柯兰迪特，我们从瑞雯约克就一直跟着你。你作为从犯，殴打一名中尉，并且在一名士兵执行任务时杀死了他。另外还有当逃兵的罪名。至于你，托莱丝·拉尔，作为奴隶，也犯下了潜逃的罪名。我们接到特许令，在努奈特就地处决你们。"

"这些人族家伙是谁？"乌恩达普愤愤地指着邵柯兰迪特和托莱丝·拉尔说道，"我没见过他们。他们到这里才一分钟，造成很大的痛苦。"

警察头目没搭理他，对着邵柯兰迪特说："如果你试图逃跑，我会奉命立即击毙你！现在扔掉你的武器。你最近结交的那位同伴呢？我们也要抓他。"

"你们说的是谁？"

"你知道是谁。哈宾·法施纳基德，另外一个逃兵。"

"我在这儿。"一个意想不到的声音出现了，"扔掉你们的枪。我能打死你们，可你们碰不到我，所以就别费劲了。我数到三，然后我会朝你们之中某个人的肚子上开一枪。一、二……"

来复枪被扔到了地上。这时他们看到一把左轮枪从一扇狭长的窗户里探了进来。

"把枪拿走，还有，卢特林，看上去你还活着。"

原本一动不动的邵柯兰迪特照着他说的行动起来。法施纳基德从后门进来了，引得所有的阿索金犬狂吠起来。

"你怎么会找到这儿来？"托莱丝·拉尔问道。

他沉着脸，"大概跟这几个蠢货一样吧。跟着那条绝对不会认错的红黄条纹毯子走就行了。否则我可想象不出你们能在哪儿。正如你们所见，我是个不留踪迹的人。"

他们注意到了。法施纳基德已经把一脸浓密的大胡子刮掉了，头发也剪短了。他说话的时候十分专业地举着左轮枪指着警察。

“这些来复枪值不少钱。”乌恩达普嘀咕着，“先割了这些人的喉咙，明白？”

“别操那个心了，你个吃脓包的。如果你的毛人在这里，我会立马撂倒他。不过幸好他不在，这个地方挤满了警察和士兵，我可不想搞出什么声响。”

“我们最好赶快离开。”邵柯兰迪特说，“现在是绝佳时机，哈宾。你还是有点儿军官样子的。乌恩达普，要是我们能让这三个警察不出声，你和茅卜能尽快把狗套好吗？”

昂都德人立刻忙活起来。他让两个女人把雪橇拖进谷仓，给滑轨上油，他坚持说这是必须的。他们让警察面朝墙站在那里，双手扶在墙上，裤子褪到了脚踝。头犬乌恩达普被解开的时候，所有人都向后退开，头犬和另外七条犬被安放到各自的位置上。乌恩达普一边忙活，一边对每只狗用不同的语调连哄带骂。

托莱丝·拉尔催促着说：“请快点儿。”但她那副紧张不安的神情出卖了她。

而那个昂都德人一听，干脆走到他妻子刚刚生孩子的床板边坐了下来。

“就歇一下，明白？”

他们等着，没人动弹，直等他觉得自己赚足了面子。当他有条不紊地检查挽具时，大雪从后门扑卷进来。

突然有叫喊声和呼哨声从街上传到他们耳中，这是因为有很多人在寻找那三个警察。

乌恩达普抓起鞭子。

“好。上来。”

他们跳上雪橇的时候，把来复枪匆匆忙忙塞到了捆绑雪橇的绳索下面。乌恩达普冲着头犬吆喝一声，雪橇动了起来。那三个警察见他们要跑，立即扯开嗓门大喊大叫。外面寻找警察的人回应的喊叫声马上传来了。雪橇撞开后门猛冲而出。

外面，那些饥饿不已的阿索金犬凶猛地扑在了笼子的铁网上。乌恩达普站起身子，把鞭子甩了个圈，鞭梢朝着笼子门抽去。笼子的搭扣是用一根木楔子扣住的。雪橇飞过的时候，鞭梢将木楔子抽了出去。

在狗的挤压之下，笼子门一下被冲开了，这些长着皮毛和利齿的恶犬一涌而出。它们一股脑冲进了谷仓，随即传来了警察鬼哭狼嚎的声来。

雪橇不断加速，冲过坚硬的路面，左摇右摆。乌恩达普呼喝着号令，熟练地耍着鞭子，鞭梢挨个舔过每一只狗，似乎他的手臂永远不知疲劳。乘客们则抓得死死的。伴随着刺耳的摩擦声，他们冲上山坡，上了北去的道路，身后的狂吠声和凄惨的叫喊声渐渐消失了。

邵柯兰迪特回头看了看，没人跟着，透过大雪依然能隐隐听到嗥叫。然后道路转过了一个弯。托莱丝·拉尔抓住了他，她的一只手臂下面搂着一个脏兮兮的破布包袱，里边是一个初生的婴儿。它抬头望着她咧嘴笑着，露出了尖利的奶牙。

沿着这条路走了一里多，乌恩达普放慢速度转过身来。

他用鞭子柄指着法施纳基德。

“你，讨厌的家伙。你跳下去。不需要。”

法施纳基德什么都没说，他看了看邵柯兰迪特，做了个鬼脸。然后跳下了雪橇。

走了几米之后，他的身影就被一阵卷过的大雪遮住了。耳边隐隐听到了他的最后一句话——正是那句可怕的诅咒：“肏那哨兵！”

乌恩达普转回身子望向前方的道路。

他高声大叫：“喀尔波尔！”

法施纳基德绕开了努奈特，和一队朝觐的布瑞巴尔人不期而遇，他们正顺着从喀尔纳巴尔与努奈特蜿蜒而下的道路返回家乡，沿着蜿蜒的小路朝着西方的山谷走下去。为了不被人认出，他已经剃掉了大胡子，并且想尽办法从人们眼中消失。

他跟着朝觐者走了还不到二十五个小时，这支队伍便遇上了另一队从布瑞巴尔上来的人。这些人带来了一个灾难般的消息，这让法施纳基德坚定地认为自己走错了方向。但也许根本就没有正确的方向。

据这些难民们讲，大寡头的第十卫队神兵天降般出现在布瑞巴尔的大裂谷，他们奉命占领或是摧毁那两座伟大的城市——布莱瑟和莱塔甘。

大裂谷的大部分都灌满了布莱瑟湖钴蓝色的湖水。湖里有座岛屿，岛上矗立着一座巨大而古老的城堡，那就是莱塔甘城。要想进攻那座城堡，除了乘船别无他法。但凡有敌人想要摆渡，炮兵就会从阴森的城墙上将它击沉。

布瑞巴尔是锡伯纳尔一处辽阔的谷物产地，它肥沃的平原一直延伸到热带地区。在冰雪再次侵袭之前，其北方遍布着苔原屏障，其边缘是连绵不绝的喀丝匹桉树林，甚至足以抵挡肆虐的亡哀之冬。

布瑞巴尔的居民大都是农夫，不过有一支精锐的武装力量驻扎在布莱瑟和莱塔甘这两座城里，威胁着圣城喀尔纳巴尔。布莱瑟想要从繁荣的锡伯纳尔身上分一块更大的蛋糕。布瑞巴尔的农夫一直以来都在把粮食送往乌斯库托什，却几乎没有什么回报；为了给寡头院施压，他们对喀尔纳巴尔发起了一次试探性的攻击，因为那里离他们居住的平原不远。

作为对这一举动的回应，阿斯基托什派来了一支军队。很快，布莱瑟就被它攻克了。

现在，第十卫队就驻扎在布莱瑟湖边，对莱塔甘虎视眈眈，但一直没寻到什么战机，只好饥肠辘辘地在冷风中瑟瑟发抖。

而短暂的秋季已然降下寒霜，湖面开始结冰了。

莱塔甘人知道，肯定会有那么一个时刻，冰层会足够结实，敌军能够跨过湖面走过来。但现在水面还不够厚实，目前顶多能让一只狼走过湖面。也许还要花一个什旬才能让冰面承受那些士兵们的重量。不过到了那个时候，岸上的那些敌人已经饿得爬回家去了。莱塔甘人对这片湖泊的习性了如指掌。

身处堡垒之中，他们自己并不会挨饿。古老的大裂谷有很多缝隙，其中一条隧洞就从湖面下方通往西北侧的岸上。那是一条潮湿的通道，里面的积水一直齐膝高，不过食物可以从这条路线通过，所以莱塔甘的守军耗得起，就像他们之前经历过的无数次危机一样。

一天夜里，北方突如其来的一阵大雪让弗雷耶消失不见了，第十卫队发起了一次孤注一掷的行动。

冰层承受得起走在上面的狼，那么也能承受得住由风筝扯着的人，风筝会减轻一部分重量，让他们比一只狼重不了多少，但他们和狼一样凶残。

军官们宣称莱塔甘的女人妖娆极了，以此来激励手下，军官们说，那些美女就在城堡里的那些男人身边，暖着他们的床……

北风吹个不停，凶猛而平稳。风筝扯着士兵们的双肩，他们勇敢地跑上了薄薄的冰层，勇敢地让风带着自己跨过了冰面，直扑灰色的城墙脚下。

城墙里面，就连哨兵都挤到避风的角落里取暖酣睡，结果他们哼都没哼一声就送了性命。

第十卫队的敢死队割断风筝的绳索，跑向中央主楼。鼾声如雷的驻军指挥官在睡梦中被杀死了。

第二天，寡头院的大旗飘扬在了陷落的莱塔甘上空。

这可怕的故事，这戏剧性的情节，在篝火旁被绘声绘色地讲述着，法施纳基德被说服了。如果明智的话，他就应该立刻返回努奈特，找条路南下。

他告诉自己，跟历史进程纠缠不清只会令人痛苦，同时伸手接过了在朝觐者间传递的酒瓶。

XIII

“一个宿敌”

这是一个躁动的夜晚。大雪下得很密，片片雪花落下时扫过人的面颊，犹如巨兽身上的皮毛扑在脸上。鹅毛大雪让人感受到的不是寒冷，而是窒息——原本属于空气和声音的空间被它塞得满满的。但是当雪橇停下的时候，他们远远听到一口铜钟的浑厚声音冲破雪幕传来。

卢特林·邵柯兰迪特帮托莱丝·拉尔下了雪橇。漫天飞舞的大雪让她心醉神迷，她拢着双肩站在那里，用手遮在眼睛上方。

“我们在哪儿?”她问道。

“到家了。”

她什么都看不到，影影绰绰只见一只动物摇摇晃晃朝她走来，她认出那是邵柯兰迪特，他现在看上去就像一只会走路的熊，朝着雪橇前方蹒跚而去。他过去拥抱了乌恩达普和刚刚当上母亲的茅卜，把她的宝宝塞进她那条艳丽的毯子里。

乌恩达普举起鞭子道别，脸上又露出那副不值得信赖的笑容。刺耳的铃声哗哗一响，他将鞭梢甩过雪橇队，整架雪橇连同上面的一切转眼间就被狂风暴雪吞没在了黑暗里。

邵柯兰迪特和托莱丝·拉尔摸索着往一扇大门走去，浑身缩成一团。门上燃着一盏昏黄的灯，他扯动一只金属把手拽响了门铃。二人筋疲力尽地靠在门边的一根石柱上，直到一个裹得严严实实、一身军人装束的身影从门栅后面某个避风的地方钻出来。大门打开了。

他俩赶紧钻了进去，喘着粗气，什么话都没说。卫兵关好大门回来，拎着手里的灯笼端详着他们。

卫兵看上去是个老兵。他的嘴紧抿着，目光回避着对方的注视，从他的表情上什么都看不出来。他站在那儿问道：“你来干什么?”

“你是在跟一个邵柯兰迪特家族的人讲话，伙计。你的眼力见儿都到哪儿去了?”

这不驯的口气让卫兵凑上前来仔细端详，他的表情仍旧没有任何变化，最后他说道：“您不会就是卢特林·邵柯兰迪特吧？”

“我离开的有那么久吗？你这傻瓜。你是打算站在那里让我挨冻？”

这人的目光落在了卢特林那已经发生了形变的身躯上，什么都没说，目光中却流露出鄙夷的神情。“这就找辆车来接您，先生。”

在卫兵转身离开的时候，卢特林仍然因为自己没被认出来而耿耿于怀，他继续问道：“我父亲在家吗？”

“目前不在，先生。”

卫兵把那只空闲着的手抬到嘴边，冲着门卫小屋后面一个鬼鬼祟祟的奴隶大喊了几句。片刻之后，一辆轻便的篷车从大雪中钻了出来，拉车的是两头耶尔克，身上的积雪已经冻成了一层硬壳。

从大门到老宅子有一里路，要穿过那片仍然叫作葡萄园的地方。现在它成了一片条件恶劣的牧场，在这里喂养着本地品系的耶尔克。

邵柯兰迪特高兴了起来。大雪在老宅宅邸的角落里打着卷儿，仿佛故意要把他们冻成冰棍。女人闭着眼睛抓着邵柯兰迪特的皮袄，他们循着有如鬼魅般影影绰绰的建筑轮廓，爬上台阶走到了嵌着钢条的大门前。头顶传来阴郁的钟声，拖着长音，就好像是从水下听到的一样。其他各处的钟声在远处回响，不同的音调融入其中。

门开了。朦胧之中，卫兵的身影出现了，帮着两人进了屋。待门闩在他们身后插好，雪仿佛瞬间停了，咆哮的风声与钟声也止住了。

在一间回音激荡的漆黑大厅里，邵柯兰迪特与一位身影模糊的仆人交谈着。一盏灯火高悬在大理石墙壁上，它的光芒也只能映亮那面结着霜、反射着灯光的墙壁。他们一步一步走上了楼梯，每一步的声音都显得与这儿格格不入。一幅厚重的幕帘被拉上了，仿佛是在唆使黑暗与诡秘的力量随后现身。他们走了进去。女人站在那里，仆人点起一盏灯，然后躬身出了屋子。

房间里一股死气沉沉的味道。邵柯兰迪特拨亮了灯芯。

一个房间跃然眼前。低矮的天花板，无力阻挡黑夜的窗扇，一张床……他们颇费了一些力气才脱掉那身脏兮兮的衣物。

离开沙拉加特之后，他们已经旅行了三十一天，每天只能睡六个半小时，只少不多，完全要看乌恩达普是否觉得有警察在接近他们。他们的脸被冰霜打得青紫，皱纹里写满了疲惫。

托莱丝·拉尔从榻上拿起一条毯子，准备睡在床边的地板上。他爬到床上招呼她到他身边来。

“现在你跟我睡。”他说。

她站在他面前，她的神情仍然因为旅途劳顿而一片茫然，“告诉我，现在我们在什么地方。”

他笑了，“你知道我们在哪儿。这是我父亲在喀尔纳巴尔的宅邸。我们的麻烦结束了，我们在这里很安全。上来吧。”

她挤出一丝笑容，“我是你的奴隶，我服从，主人。”

她上了床躺在他身边。她的回答并不让他满意，但他还是伸出胳膊搂住她开始做爱。然后，他立刻睡了过去。

等她醒来的时候，邵柯兰迪特已经不见了。她躺在那里盯着天花板，思忖着他把她独个儿撇在这里有什么目的。她躺在这张舒适的大床上，觉得自己根本不想挪动身子，不想去面对那些必须要去面对的挑战。卢特林很在意她，而且不止于此，她对于这一点毫不怀疑。对于他，她只感觉到仇恨。他随随便便就把她丢给那个赶雪橇的畜生，这种羞耻感依然徘徊在心头，而这也仅仅是他最近一次表现出那粗俗的待人之道而已。当然，她内心清楚，他做这些事并不是为了针对她，他只是按照传统对待奴隶的方式来对待她而已。

她有充分的理由期望他能够为她恢复社会地位，那时她便不再是奴隶了。但是如果因此必须嫁给他，嫁给这个杀死她丈夫的凶手，她觉得自己更无法接受，哪怕只是为了保证自己的安全。

更糟糕的是，她对自己被带来的这个地方有一种恐惧感。这里笼罩着一种气息，充满敌意，令人不寒而栗。

她在大床上闷闷不乐地翻了个身，发现有一个女奴正默不作声地跪在门边候着。托莱丝·拉尔坐了起来，拉起被单遮住了赤裸的胸脯。

“你在那里干什么?”

“卢特林主人派我来伺候您，在您醒来之后为您沐浴，女士。”女孩说话的时候始终垂着头。

“别叫我女士，我跟你一样是个奴隶。”

这回答只会让这个女孩更加局促不安。托莱丝·拉尔只得放弃解释，被这情形弄得有些哭笑不得。她光着身子从床上爬起来，娇贵地抬起了一只手。

“伺候我!”她说。

那个女孩遵从地点了点头，走上前来搀扶着托莱丝·拉尔进了浴室，热水从黄铜质地的水龙头里流出来。奴隶解释说，整栋宅邸都是用沼气加热的，水也是。

托莱丝·拉尔懒洋洋地躺在奢侈的热水里，观察着自己的身体。由于旅途艰辛，她的身子已经不那么粗壮了。顺着大腿两侧，乌恩达普抓出的伤痕正慢慢愈合。更糟糕的是她可能怀孕了，而且她吃不准是谁的。不过她很感激注视者，昂都德人与人类交配不会生育后代。

伯多兰和她的家乡奥多兰都远在万里之外。如果想要再次见到生她养她的那片乐土，她需要的可不仅仅是运气。一个女奴的生命通常是悲惨而短暂的，她想要问问那个伺候她的女孩对此有什么想法，但她很明智地管住了自己的嘴巴。如果卢特林·邵柯兰迪特娶了她，她的处境就将会是天壤之别了。

他会怎么说？他会要求她什么？告诉她什么？不管他接下来怎么做，她都必须咬牙坚持。

等女仆为她擦干身子之后，她披上了一件专为她准备的萨泰拉礼服。然后她又躺回了床上，让自己陷入通灵状态。这是她离开瑞雯约克后第一次沉入幽魂的世界。在她下方，在黑曜之中，所有的决定都早已做好了，她亡夫的火花在等候着，呼唤她来到他的身边。

庄园看上去与以往一样美丽。持续不断的北风将夜间落下的雪一缕缕吹散，裸露出干净整洁的地面。每一株树木的南侧都躺着一道雪线，被风打磨得就像鸟骨一样光滑。大管家是个随和的人，卢特林从孩提时代就认识他了，此时他正跟随在卢特林左右进行巡视。习以为常的生活又开始了。

巨大的喀丝匹桉树和卜拉希米蒲树随着风势往一侧倾斜着。四下望去，远远近近耸立着许多积雪的山峰，那些群山的女儿，总是因为被裹在云雾中而闷闷不乐。北方，云雾透开一道缝隙，让人能一窥圣山，巨轮就居于其中。卢特林中断了谈话，抬起戴着手套的手向它敬礼。

他在外衣上又套了一件暖和的大衣，他的腰铃又挂在了腰带上。在圈养牲口的场院里，光着膀子的奴隶为他牵来一头冈杜鸵坐骑。这些两条腿大耳朵的生物，靠长长的尾巴来平衡身体，用状如鸟爪的双脚奔跑。跟那些野外的耶尔克和倍耶尔克一样，冈杜鸵也是尸生生物，属于那种必须通过自身死亡才能生育后代的物种。卢特林的母亲就不无苦涩对他说："跟人类也没有多大区别。"

冈杜鸵没有子宫，精子在腹腔里变成蛴螬，在那里啃食，不断往外拱，一直进入动脉血管。它们顺着动脉遍布整个身体，导致母体迅速死亡。蛴螬要经历好几个阶段才能化蛹，它们在腐尸上吃食，直到长成可以在外部世界生存的小冈杜鸵。

长成的冈杜鸵可以驯化成坐骑，但它们很容易疲劳，所以只适合短途骑乘，比如巡察邵柯兰迪特家的庄园。

在这里他感到很安全，警察永远都不会进入一座大庄园。他父亲离开家去享受狩猎之乐时，他就是一家之主。尽管他离家很久了，尽管他的身体发生了形变，但他还是轻松担起了这个角色。从大管家到最底层的奴隶，每个人都认识他。他完全没必要去思考其他的出路。而且他现在还是无可争议的独子。

他有他的职责，许多事他得去照应。他必须把托莱丝·拉尔引见给母亲。而且他也必须向瑛茜尔·埃赛卡楠兹说明，那可能有点儿难对付……与此同时，还有更重要的职责。

他成熟了。他开始领会到一点，父亲不在家也并非坏事。在这之前，他总是会想念父亲。洛班思特·邵柯兰迪特的话在这一带就等同于法律，对他唯一在世的儿子也是如此。不过，那位令人敬畏的巨轮看守者时常不在家。他说，他喜欢艰苦的生活，而且他狩猎一次就要离开两三个什旬。外出的时候，他会带上他的狗和耶尔克。有时候只带着他那位沉默寡言的狩猎队长理帕罗廷。他挥挥手便转身离开，随即进入那杳无人迹的荒野。

从孩提时起，卢特林就记得那个漫不经心的挥手姿势。在他和母亲目送他离去时，这一挥手并不是对母子二人展示爱意，倒更像是跟那些掌管着孤寂大山的精灵打招呼。

卢特林在成长过程中一直思念着父亲，而他那位隐于深闺的母亲也几乎不怎么陪伴他。有一次他坚决要陪着父亲和哥哥费温一起去。当他穿行在那些骄傲的喀丝匹桉树林中时，他感到无比骄傲，但洛班思特却因为两个儿子在身边而心烦意乱，那次狩猎没超过一个星期就回家了。

他抽了抽鼻子，告诉自己他也是一个孤独者，就像父亲一样。然后他的思绪又飘到了哈宾·法施纳基德身上，最后一次见到这家伙还是乌恩达普把他赶下雪橇时。直到现在卢特林才意识到自己很喜欢法施纳基德，而且当时应该为他做些事情。没错，他占有过托莱丝·拉尔，不过卢特林的嫉妒与愤恨已经褪去了。

现在，卢特林回想起了哈宾·法施纳基德脱口而出那句无礼诅咒时的样子，还有他的笑容。他可真是一个被抛弃的浪子！也许正因为如此，他才如此怨恨法施纳基德把卢特林称作是系统的牺牲品，无论具体用的是什么措辞。但转念一想，那位上尉的天性中也有好的一面。

他和大管家来到了刺囊兽围场，这种动作迟缓的生物跟他记忆中没多大变化，据说邵柯兰迪特家饲养刺囊兽已经超过四个大周期年。刺囊兽看上去就像是裹着茅草的大毛毛虫，在它们完全伸长的时候，就像是倒下的大树。它们是动物与植物的结合体，是融雪时代整个行星沐浴在高能辐射之下诞生的一种突变体。

奴隶们正在骅骊围场忙碌着。骅骊兽群曾经遍布山地、四处游荡，现在它们正进入冬眠。在庄园的一角，奴隶们要收集这些牲口，把它们从藏身的角落里翻出来，并存放进干燥的仓房里。这些动物会迅速陷入收缩的玻璃态，它们的活力会缓慢流失，最终变成类似半透明的小雕塑。有些已经开始褪掉黯淡的褐色，显现出多彩的水平条纹，就像它们在大周期年春季时的样子。

在冬眠期，骅骊被称为幽闭兽，也许不全是因为它们闪闪发光的样子，也因为它们像幽魂一样，并没有完全死去。

庄园的管理员是一个自由人，他走上前来碰了下帽子，算是行礼。

“很高兴看到您回来，主人。我们正在收拾幽闭兽，用干草垫着来保护这些牲口，就像您看到的这样。春天到来的时候它们会跟以往一样安然无恙的。”

“会的，只不过是几个世纪罢了。”

“你们这些有学问的人说什么都对。”说着，管理员朝大管家心照不宣地笑了笑。

“为了春季，从现在就得组织起来，这是原则。把这些骅骊安全存放，而不是交给反复无常的大自然，这样我们就能确保到时候有一匹好坐骑。”

“那要等到我们离世之后很久了。”

“我毫不怀疑，那时候这里的人会感谢我们当年的远见。”

但卢特林说话的时候心不在焉，心里仍在想着法施纳基德。

他回到宅邸之后，召来了父亲的秘书，那位颇有学识、离群索居的埃文珀瑞尔。他指示埃文珀瑞尔，派出四个全副武装的随从，骑着两头身形巨大的倍耶尔克远赴努奈特，搜寻法施纳基德的下落——如果他想被人找到的话——而且法施纳基德必须被安全地带回邵柯兰迪特庄园。秘书对这事不置可否。

卢特林吃了顿午餐，直到这时他才想起应该拜见母亲。

这栋巨宅的大厅阴森压抑。底层没有窗户，以此保证冰雪和洪水无法对它造成损伤。空荡荡的大理石地板上摆着一把巨大而沉重的椅子，据卢特林所知，从来都没有人上去坐过。

沼气池引出的燃气通到壁灯上，昏黄的壁灯之间，一个又一个法艮的头骨挂在墙上。这些标本都是洛班思特和其他邵柯兰迪特家的先祖杀死的，现在它们依旧高昂利角，深陷阴影中的眼窝忧郁地注视着大厅深处的壁龛。

在前往母亲房间的路上，他听到外面传来吵吵嚷嚷的声音，停下了脚步。有人在叫喊，声音粗野，醉醺醺的。邵柯兰迪特跑向一扇侧门，腰铃哗哗响个不停。一名奴隶急匆匆地为他拉开门闩让他通行。

楼上的一处窗户能够俯视这个院落，一个家臣和两个自由人正在挥舞着宝剑。他们把六个去了犄角的法艮逼到了角落里。其中一个法艮是雌性，枯瘦干瘪的乳房诉说着经年的囚禁生活。她嗓音粗哑，正用锡伯语喊叫着：“你们不要杀，你们可耻的弗雷耶之子！赫利-科·尼亚必将重新归属于我们，属于剑族！住手！住手！”

“住手！”邵柯兰迪特叫道。

那些人已经杀死了其中一个法艮。一名剑士向下挥出一剑，给一个雄性开了膛。剑族的精魄位于躯体的肺部以上。当邵柯兰迪特弯下腰查看尸体时，那躯体仍在抽搐，肠子流了出来，摊在一片黄色的血泊上。

那团内脏松动了，如溏心蛋一般缓缓从肋骨之间的空腔泄了出来。米黄色的血液仿佛活体一样钻出伤口，在泛着光泽的内脏之间流淌，黏稠地淌过石板路，渗入中间的缝隙。身体里一切能淌的都淌了出来，七零八落的器官混在中间，分不出来，只在身后留下一具空空的躯体。

邵柯兰迪特揪住那个死去生物的耳朵往后一掀，露出了它用火烧出的印记。

他盯着那些人。

“这些都是我们的剑族奴隶。你们在干什么？”

那个家臣一脸不悦，“最好别插手，主人。我们奉命杀死所有的法艮，不管是不是我们的奴隶。”

五个法艮嘶哑地叫喊起来，仓皇地想要逃出人群，引得众人举起了手中的剑。

“住手！德瑞克斯塔吉尔，谁给你们下的命令？”他记得这个家臣的名字。

家臣一边紧盯着剑族，一边举着手中的剑，伸手从左边衣兜里掏出一张折起来的纸。

“是秘书埃文珀瑞尔今天早上给我的。现在，麻烦您靠后站，主人，否则可能会伤到您。”

他把一张公告递给了邵柯兰迪特，邵柯兰迪特怒气冲冲地打开了。那是用粗重的黑体字印刷的。

公告宣称，为了进一步预防那种名为肥死症的瘟疫，通过了一项新法令。剑族确认是瘟疫的主要携带者，因此所有的法艮都必须处决。

法艮奴隶必须被杀死，野生法艮见之格杀勿论。当地行政区的长官将支付赏金，每一个剑族的脑袋赏一个锡伯币。从今以后，拥有法艮属违法行为，违者处死。奉大寡头之命。

“把你们的剑收起来，等我进一步的命令。”邵柯兰迪特说道，“在我下令之前不许再杀了。把这具尸体从这儿弄走。”

众人不情愿地按他的吩咐忙碌起来，邵柯兰迪特回到房子里，怒冲冲地上楼去找秘书。

宅邸中挂满了古老的版画，其中有许多是在瑞雯约克用钢雕版印制的，那时那座城市还自诩为一个充满艺术气息的殖民地。大多数版画都描绘着荒野山区的场景：猎人在旷野大地与野熊不期而遇，野熊与猎人不期而遇，牡鹿在河湾里漫步，男人们骑着耶尔克跃入山谷，女人们钻进幽暗的密林，迷路的孩子成双成对在裸露的危崖上死去。

秘书门边那幅版画上描绘的是一名领军祭祀守卫在巨轮的大门前，他身姿伟岸地挺立着，扬起长矛刺死了一个身形巨大的法艮，那法艮从洞穴里跳出来想要攻击他。这幅版画有一个标题：“一个宿敌”——用华丽的花体锡伯语字母书写着。

“真是恰如其分。”邵柯兰迪特大声说着，重重地捶了两下门，走了进去。

秘书正站在窗前往外看，享用着一杯佩拉山茶。他一歪头，狡黠地望着邵柯兰迪特，一语不发。

邵柯兰迪特把布告铺在桌上。

“我早先来的时候你没跟我说起这事，这是怎么回事？”

“您没有问我，卢特林主人。”

“我们庄园雇了多少剑族？”

秘书想都没想，答道：“六百一十五个。”

“这场屠杀会带来巨大的损失！这新法令不能执行。首先，我要进城了解一下其他领主的看法。”

秘书埃文珀瑞尔用手指掩口咳嗽了几声，“我不建议您在这个时候去城里，我们接到报告说那里有骚乱。”

“什么骚乱？”

“教士在闹事，卢特林主人。至高祭司楚布萨里德被处以火刑引发了巨大的不满，他已经死了一个什旬。据我获悉，今早发生了一起纪念事件，有人焚烧了一尊大寡头的肖像。内阁成员伊伯斯托克·埃赛卡楠兹率领一些人前去镇压，但从那时起就一直麻烦不断。”

邵柯兰迪特坐在了桌沿上。

“埃文珀瑞尔，告诉我，杀死六百个法艮奴隶，你觉得我们能承担得起这样的损失吗？”

“那不是我该操心的，卢特林主人，我只是一个管理人员。”

“但是那条法令——太专断了。你不这么想吗？”

“既然您问到了我，卢特林主人，我觉得，如果严格执行的话，这条限令可以让锡伯纳尔彻底铲除剑族。这将给我们带来优势，您不觉得吗？”

“但是，让我们马上就损失掉所有的廉价劳动力……我可不认为我父亲会很高兴。”

“有可能是这样，先生，但是为了广大人民的利益……”秘书的话故意说了一半。

“那先不要执行法令，等到我父亲回来再说。我应该给埃赛卡楠兹和其他领主写封信说说这事，要立刻让这些当家人搞清楚其中利害。”

邵柯兰迪特花了一下午时间开心地乘着坐骑在庄园各处走动，确保再没有法艮受到伤害。他骑了几里路去拜访父亲的诸位同宗兄弟，他们在这片山区里拥有另一片庄园。他满脑子都是心事，完完全全把母亲给忘记了。

这天夜里他和托莱丝·拉尔像往日一样做爱。在他的言辞之中，他抚摸她的方式之中，流露出了某种的东西，唤起了她的反应。她变得不一样了，顺从，撩人，充满活力。一种超越了纯粹快乐的兴奋之情充盈着卢特林的内心，他觉得自己得到了一份厚礼，有了这样的欣喜，生活中所有的痛苦都值得了。

他们整个晚上都紧紧搂抱在一起，缓缓地拥吻，剧烈地搏动，最后几乎无力动弹了。他们的灵魂与肉体融为了一体。

黎明将近，卢特林才沉沉入睡，他立刻就沉入了梦境。

他穿行在一片树木稀少的荒凉大地，脚下都是泥沼。前方有一片冻结的湖水，大的无法想象。这是未来：在亡哀之冬某个小周期年的冬天，全能之夜笼罩大地，两颗太阳都不在天空中。一头笨重的动物带着粗重刺耳的呼吸声潜伏在他身边。

这，也是往昔。湖岸上驻扎着所有在伊斯图利厦之战中惨遭屠戮的人，他们的伤口依稀可见，身形残破不堪。卢特林看到了班戴尔·埃瑟·拉尔，他双手揣在衣兜里独自站在一旁，垂目盯着地面。

在湖水的冰面下，困着了某个庞大无比的东西。他辨认出那就是发出呼吸声的地方。

这东西在冰面下横冲直撞，但冰面没有破碎。那是一个身形巨大的女人，长着光泽璀璨的黑色皮肤。她不断向上升，升入了天空中。除了卢特林没有人看到她。

她朝卢特林投下仁慈的目光，说："你永远都不会拥有一个能让你完全快乐的女人，但在追求的过程中你会得到很多快乐。"

她又说了很多话，但卢特林醒来后就只记得这么多了。

托莱丝·拉尔躺在他身边。她不仅仅是闭着眼睛：她的整个面部都陷入了一种封闭的状态。一缕头发横在她的面颊上，她咬着那缕头发，就像前些时候咬着狐狸尾巴让自己抵御旅途中的寒风那样。她几乎没有呼吸。他看得出，她在通灵。

最终她回来了。她睁开眼，直勾勾盯着他，几乎没认出他。

“你从来都没有见过下面的人吗?”她小声说。

“从来没有，我们邵柯兰迪特家族认为那是低俗的迷信。”

“你不希望跟你死去的哥哥说说话吗?”

“不想。”

沉默了片刻，他握住她的手问道：“你是不是又在跟你死去的丈夫说话?”

她点了点头，什么都没说，但知道这对他来说不好受。过了一会儿，她说：“我们生活的这个世界不就像是一场噩梦?”

“心中有信仰就不会这么认为了。”

她搂住了他，说道：“但是终有一天我们都会变老，身体会衰弱，心智会衰败，难道不是这样吗？事实不就是这样吗？还有什么比这更糟?”

他们又一次做爱，这次与其说充满爱意，不如说是心怀恐惧。

第二天他在庄园里巡视了一圈，发现一切都风平浪静，这才前去拜见母亲。

他母亲的房间在宅邸后侧。一名年轻的女佣为他打开房门，引他进入母亲的厅堂。他的母亲就站在那里，姿态高贵，双手紧紧扣在身前，头微微侧向一方，冲他露出了带着些许挖苦的笑容。

他吻了吻她，缭绕在她身上的那种熟悉气息立刻裹住了他。她的仪容姿态里透出一丝淡淡的哀伤，甚至带着一种病态——他会想起这种病态。不过这种病态，这种哀伤，是那么熟悉，以至于他记忆中萝尔娜·邵柯兰迪特身上的其他气质都被这种气息所掩盖了。

她柔声跟儿子说着话，没有责备他为何没有早点儿来见自己。一股怜悯之情在他心中油然而生。自从他们上一次见面之后，无情的岁月在她身上留下了印记。她的面颊更加消瘦，她的皮肤薄得像纸。他问她一个人都是怎么过的。

她伸出一只手轻轻地抚摸着他，仿佛不知道是该把他拉近些还是把他推开。

“我们别在这儿聊了，你的姨妈也很想见你。”

萝尔娜·邵柯兰迪特带着他转身进了那间镶着木板的小房间，她大部分时间都是在这里度过的，卢特林从小就记得这里。这房间没有窗户，墙上挂满了画，画上是幽暗的喀丝匹桉森林里一片阳光普照的空地。各处叶丛间露出许多女人的脸孔，她们迷失其间，从椭圆形的画框中凝视着这个房间。雅玲伽姨妈，那位身形丰满、感情丰富的姨妈，此时正坐在一个角落里刺绣，椅子上的软垫舒舒服服地贴合着她的身体。

雅玲伽一下跳了起来，发出呜咽般的声音欢迎他的到来。

“总算到家了，我的小可怜！你一定经历了……”

萝尔娜·邵柯兰迪特僵直地坐在一把紫色饰面的椅子上。等儿子坐在自己身边，她拉住了儿子的手。雅玲伽又退回到她那个堆满了软垫的角落里。

“看到你回来真让人高兴，卢特林。我们很为你担心，特别是当我们听说艾斯比拉曼的军队出了什么事情之后。”

“我是因为走运才捡了条性命回来，我们国家所有的小伙子都在返回锡伯纳尔的时候被屠杀了，他们被深深地背叛了。”

她低头看着自己瘦削的大腿，那里安放着沉默。最终她开口了，目光依然垂着，“见到你这副模样很是令人震惊。你变得这么……肥。”最后这个词让她很是犹豫，同时瞅了一眼妹妹的神色。

“我战胜了肥死症，完成了形变，这等于为我换上了冬装，母亲。我喜欢自己现在这个样子，而且感觉好得不能再好了。”

雅玲伽说道：“这让你看上去很滑稽。”不过没人理会她说什么。

他向两位女士讲述了一些自己的冒险经历，最后说：“我之所以能活下来，多亏了一个名叫托莱丝·拉尔的女人，她是在战斗中被我杀死的一个伯多兰人的遗孀。在我身患肥死症期间，她不顾自身安危地护理着我。”

“对奴隶而言，这是他们的本分。”萝尔娜·邵柯兰迪特说，“你见过埃赛卡楠兹家的人了吧？瑛茜尔很渴望再见到你，你知道的。”

“没有，我还没跟她说过话呢。”

“明晚我要安排一场宴会，瑛茜尔和她的家人都要到场。我们要为你的归来好好庆贺一番。”她拍了一下手，却没发出半点儿声响。

雅玲伽说：“我要为你唱首歌，卢特林。”这是她的特长。

萝尔娜神色一变，在椅子上把身子挺得更直了。

“埃文珀瑞尔跟我说你反对那条消灭所有法艮的法令。”

“我们可以逐步消除他们，母亲。但一下子损失六百个奴隶，会扰乱庄园的正常运作。我们不可能立刻弄到六百个人族奴隶来替换他们——且不说人族奴隶还需要更大的开销。”

“我们必须服从政府的法令。”

“我想最好等到父亲回来。”

“非常好。除此之外，你是否遵从法律？我们邵柯兰迪特家族要以身作则，这至关重要。”

“当然。”

“那我应该跟你说一下，今天早上在你的房间里逮捕了一个外国女奴，我们把她关在牢房里。本地区委员会召开下一次会议时，她会被带过去。”

邵柯兰迪特立刻站起身来，“为什么这么做？谁胆敢闯进我的房间？”

他母亲镇定自若地答道：“你派去伺候那个女奴的仆人汇报说，她进入了通灵状态，而通灵是法律禁止的。即便是像至高祭司楚布萨里德那样的人物，都因为拒绝遵守这条法律而被处以了火刑。对于一个外国女奴来说，就别想有什么例外了。”

“这件事得有个例外。”邵柯兰迪特面色苍白，“我告辞了。”他朝母亲和姨妈躬身一礼，退出了她们的房间。

他怒气冲冲穿过走廊，脚下踩得咚咚直响，径直向庄园办公室走去。他朝工作人员大吼大叫了一番，怒气稍减。

邵柯兰迪特招来庄园的卫兵队长，他心中暗道，我要娶托莱丝·拉尔，我必须保护她免遭不公正的待遇。她会安然无恙的，她会嫁给一个未来的巨轮看守者……而且受过这次惊吓之后，她也许不会再那么频繁地去见她丈夫的幽魂。

托莱丝·拉尔顺利地从牢房里被放了出来，回到了邵柯兰迪特的房间里。他们拥抱在了一起。

“让你受到如此羞辱，我真是又伤心又懊悔。”

“我已经习惯被羞辱了。”

“那你应该习惯一些更好的东西。等合适的机会到了，我就带你去见我的母亲。她会了解你的。”

托莱丝·拉尔笑了，“我敢肯定，我不会给喀尔纳巴尔的邵柯兰迪特家族留下什么好印象。”

庆祝卢特林归来的宴会十分隆重。他的母亲一改平日里的漠然，邀请了当地所有显贵以及受欢迎的邵柯兰迪特家亲戚。

埃赛卡楠兹家的人倾巢而出。随同内阁成员伊伯斯托克·埃赛卡楠兹一同前来的还有他那位一脸病容的妻子、两个儿子、女儿瑛茜尔·埃赛卡楠兹，以及一大串亲戚。

自从卢特林和瑛茜尔上次见面以来，她已经出落得落落大方，成了一位颇有魅力的女士。尽管眉头之间透出的一抹沉重让她的美貌略打折扣，然而却也透出了埃赛卡楠兹家族那种与生俱来敢于直面命运的气质。她一身典雅的灰色天鹅绒拖地礼服，衣领上缀饰着她最喜欢的宽边蕾丝。卢特林注意到她用正式的礼仪掩饰着对于他这具已然发生形变的身体的厌恶，但那种刻意而为的掩饰反倒彰显了厌恶之情。

埃赛卡楠兹家的铃声一片喧哗，他们腰铃的音调很像。伊伯斯托克的声音最响。他即便低声说话，嗓门也很响，诉说着对儿子乌玛特在伊斯图利厦阵亡的悲伤之情。卢特林争辩说乌玛特是在科理安图拉城外的大屠杀中被害的，可他的话被当作了谎言，听者认为这是坎普安莱特的宣传，因而对此嗤之以鼻。

内阁成员伊伯斯托克·埃赛卡楠兹是一个体格结实、面色黝黑、神情难以捉摸的人。他常常去狩猎，苦寒风霜让他的脸上布满了错综复杂的红色血管，犹如某种攀缘植物爬满了他的脸颊。有人跟他说话的时候，他不是看着对方的眼睛，而是盯着对方的嘴。

内阁成员伊伯斯托克·埃赛卡楠兹向来直言不讳，可事实上他只要一开口，那就只有一个主题：他的观点是最重要的。

在他们大快朵颐、品尝着盘子里美味的鹿肉时，埃赛卡楠兹高谈阔论起来，既是向卢特林讲，也是对桌上的其他人说："你将会听到关于我们那位朋友——至高祭司楚布萨里德的消息。他的一些追随者正在这里挑起一些麻烦。那些卑劣的家伙叫嚣着要反对政府。在日子更好的时候，你的父亲和我常常跟楚布萨里德一起去打猎。你知道吗，卢特林？喔，我们曾经就是这样的。

"那个叛徒出生在布瑞巴尔，所以你用不着怀疑……他参拜过巨轮的寺院。现在他居然满脑子都是反对政府——教会的朋友和保护者。"

"他们已经因为这个烧死他了，父亲，这也算是一解心头之恨了吧。"埃赛卡楠兹的一个儿子笑着说。

"当然了……而且他在布瑞巴尔的庄园将会被没收，我倒是很想知道谁会得到那些庄园？寡头院会做出最好的决定。当冬季降临，最重大的事情莫过于抵制无政府主义。对于锡伯纳尔来说，显而易见有四项主要的任务：团结整个大陆，迅速打击一切颠覆活动，不论是政治上的、宗教上的，还是所谓的学术活动……”

在这些声音嗡嗡不绝于耳时，卢特林·邵柯兰迪特只是低头看着自己的盘子，但他其实一点儿食欲都没有。他离开施芬宁克的这段惊心动魄的日子，让他的眼界有了翻天覆地的变化，此时此刻埃赛卡楠兹一家人的言行让他郁闷压抑，他曾经多么敬仰这些人啊……他面前盘子上的花纹吸引了他的注意力，看着那些怀旧的花纹，他突然意识到这是奥蒂姆公司的一件产品，是在日子更好的时候从科理安图拉的库房运送过来的。他心怀暖意地想起了伊戴普·芒·奥蒂姆和他那位让人喜爱的哥哥，然后，带着几分歉疚，他想到了托莱丝·拉尔，为了确保安全，她被关在他的套房里。他猛一抬头，又迎上了瑛茜尔冰冷的目光。

“寡头院必将为至高祭司的死付出代价。”他说，“更不用提对艾斯比拉曼大军的屠杀行径了。为什么冬季来临会成为我们违反一切人族价值观的借口？失陪了。”

他起身离开了房间。

用餐过后，他的母亲对他大加斥责，命他回到众人中间。他有些忸怩地过去和瑛茜尔以及她的家人坐在了一起。他们尴尬地交谈着，直到奴隶带上来一个会杂耍的法艮。这个雌性法艮在主人的鞭子之下双脚缓缓交替前行，她身子微微摇摆着，好让架在犄角上的盘子保持平衡。

接下来是一群奴隶上台了，他们给雅玲伽·邵柯兰迪特伴舞，她演唱了几首来自秋宫的情歌。

如果我心自由，如果我心自由，
就像奔腾的雯约河那样狂野……

“你是无礼还是纯粹摆军人做派？”瑛茜尔在音乐的掩盖下说道，“你是不是预见到我们的婚姻就是一场哑剧？”

他注视着她那熟悉的面庞，对那熟悉的戏弄语气报以微笑。他欣赏着那些蕾丝纹边以及包裹着肩头和胸口的亚麻布，观察着对那娇柔的胸脯自从他们上次见过之后发生了什么变化。

“你的期望是什么？瑛茜尔。”

“我期望我们按照他们写好的剧本去做。这样的日子里难道不就该如此嘛……就像你巧妙地提醒我爸爸，为了迎接冬季的到来，就要摒弃那些陈腐的价值观。”

“这是一个关于自我期望的问题。野蛮可能会降临，但我们可以拒绝。”

“有传言说在坎普安莱特，在那些蛮族国家被你们击败之后，那里已经爆发了内战，文明开始瓦解。我们在这里势必要不惜一切代价地避免那样的动乱……你看，自从分别之后，连我都已经开始谈论政治了！这还不算是野蛮吗？”

“显然你听了太多你父亲说的那些无政府时期的危害……我唯一觉得野蛮的地方就是你的领口。”

瑛茜尔大笑起来，她的头发甩到了眉毛上，“卢特林，能再次见到你我一点儿都不遗憾，哪怕你的身材变得这么古怪，就像木桶一样让人厌恶。在你家亲戚撕心裂肺般唱着那条可怕的大河的时候，我们还是去个没人的地方聊吧。”

他们借故去了后面一间寒气颇重的小厅，沼气火焰嗞嗞作响，仿佛是在发出警告。

“现在我们总算能交交心了，最好说些比这间屋子更温暖的话。”她说，“哎呀！我真是讨厌喀尔纳巴尔。你怎么这么傻，居然要回到这里来？你不会是为了我吧，是吗？”她露出了怀疑的神色。

他在她跟前来回踱着步子，“你还是老样子，瑛茜尔。你是第一个能折磨我的人。现在我找到了别人，又被别人折磨着……被寡头院的邪恶所折磨。被这样一个想法所折磨，我以为大家可以在一个慈悲的社会中度过亡哀之冬，只要人们不像现在这样用残酷与压迫来对待彼此。大寡头真的太邪恶了——他居然下命令消灭自己的军队！然而我也明白，锡伯纳尔必须成为一个堡垒，如果它不想象坎普安莱特那样被即将到来的严寒摧毁，就必须接受严苛的法律。相信我吧，我已经不是那个年幼无知的我了。”

瑛茜尔仿佛接受了这番说辞，却又无动于衷。她索性瘫坐在了椅子里。

“好吧，你看起来当然不像往昔的你了，卢特林。我讨厌你现在的样子。只有你屈尊一笑、不再对着碟子生闷气时，你从前的样子才会重现。但是你的这副身板儿……我希望我不要遭受这样的折磨。只要能抵御瘟疫，让我们活下去，不管采取多么残酷的手段，我都觉得没问题。”她的腰铃清脆地响了起来，这让他回忆起过去的一些片段。

“形变不是畸形，瑛茜尔，这是一种生物学的现象，是自然的。”

“你知道我有多讨厌自然。”

“你太矫情了。”

“那你怎么又对大寡头的做法那么矫情？其实都是一码事。你的仁义道德跟爸爸的政治一样无聊透顶。谁会在意枪毙几个人和法艮？说到底，生活不就是一场大狩猎吗？”

他盯着她，打量着她的体态，她因为房间的寒意搂紧胳膊，身材显得苗条而又紧致。一股温柔爱意一下子涌了出来，他说道：“注视者啊，你还是像以前一样爱争论、爱出谜题。我很欣赏你，但我能承受一辈子和你在一起吗？”

她报之一笑，“谁知道我们未来会经受些什么事情？一个女人比男人更需要宿命的眷顾。一个女人在生活中的角色就是倾听，可是在我倾听的时候，除了风的号叫，我什么都听不到。所以我还是只听自己的声音吧。”

他再次开口的时候，第一次伸手抚摸着她，“如果你连我的外表都接受不了的话，那你又想从生活中得到什么？”

她站了起来，目光从他身上移开，“我希望我更美丽。我知道我的脸蛋不漂亮——就是把两张侧脸合在一起而已。然后我就能逃脱命运，或者至少能选择一个更有趣的命运。”

“你够有趣的了。”

瑛茜尔摇摇头，“有时候我觉得自己已经死了。”她的语气并没有在强调什么，而像是在描述一幅风景，“我所知道的一切我都不想要，却想要那些我一无所知的。我讨厌我的家庭、我的房子，还有这个地方。又冷漠又强硬，而且我没有灵魂。

“有一天我的灵魂飞出了窗口，也许就是在你装死的那段漫长日子里……我是个乏味的人，对一切都感到乏味。我什么都不信。没有人真心为我付出过任何东西，因为我什么都不愿意付出，什么都不愿意接受。”

卢特林被她的痛苦刺痛了，不过也仅此而已。一如既往，他发现自己与她之间的关系依旧令人困惑。“你给予我的够多了，瑛茜尔，从小就是。”

她转而谈起了别的话题，仿佛没有胆量去承认那些事情，“我怀疑自己性冷淡，我甚至连亲吻都无法忍受。你的怜悯让我觉得可鄙。至于说想到与你做爱，那感觉就像我看见你现在这外表一样……好吧，简直让我反胃……那种事情对我一点儿吸引力都没有。”

尽管对人性没有什么深刻理解，卢特林也看得出她之所以对别人冷漠，其实是借此来伤害她自己。她这种秉性比以前更加地根深蒂固了。也许她道出了真相：瑛茜尔才是那个始终说实话的人。

“我不需要你跟我做爱，亲爱的瑛茜尔。我爱的另有其人，而且我要跟她结婚。”

她仍是一副爱答不理的样子，瘦削的左脸颊贴着衣领上的蕾丝。她的身子似乎缩了一下，后颈的皮肤在燃气灯苍白的灯光下泛出细腻的光泽。她低低呻吟了一声，可伸出双手捂在嘴上也没能掩饰住这叫声，然后她挥出双拳愤愤地捶在了大腿上。

“瑛茜尔！”他担忧地一把拉住她。

等她转回身来，笑容的面具又戴在了她的脸上，“告诉你一个惊喜！我终于找到了一些我想要的东西，那是我从来都没指望能得到的……但是对你来说我太难驾驭，是这样吗？”

“不，并非如此，一点都不。”

“哦，就是这样……我听说了。你金屋藏娇……那个女奴……你想要娶个奴隶，却不愿意要个自由身的女人，因为你跟这里的所有男人一样长大了，你想要个既能占有又不会产生矛盾的人。”

“不，瑛茜尔，你错了。你算不上自由的女人，你其实也是个奴隶。我很心疼你，而且永远都会，只不过你是被囚禁在自我之中。”

她几乎是毫无嘲讽之意地笑了起来，“现在你知道我是什么样的人了，对吧？以前你一直说，怎么都看不透我。喔，你可真够冷酷无情的。这个消息你就这么脱口而出了吗？为什么不先告诉我父亲呢？就像传统习俗那样？你可是对传统习俗最尊重的人。”

“我必须先跟你说。”

“真的吗？那你跟你的母亲说过这个令人兴奋的消息吗？现在，邵柯兰迪特家跟埃赛卡楠兹家之间的关系该怎么办？你忘了在你父亲回来的时候，我们要被迫成婚吗？你有你的职责，正如我有我的责任一样，而咱们俩到目前为止一直都在逃避它。不过也许你并不比我更有勇气。如果那一天到来，我们被迫睡在同一张床上，我将把你今天对我造成的伤害加倍奉还。”

“我做什么了？看在注视者的份儿上。你疯了吗？就因为我跟你一样对我们的婚姻生活缺乏热情吗？说话要讲理，瑛茜尔！”

但她冷冷地瞪了他一眼，乌黑的眼睛掩在凌乱的秀发下面。她一只手拢起厚重的裙摆，另一只手无力地捂在脸上，快步走出了小厅。

第二天一早，一名女奴服侍着托莱丝·拉尔沐浴更衣之后，卢特林把她带到了母亲面前，正式宣布要娶她，而不是娶瑛茜尔·埃赛卡楠兹。他的母亲哭泣着连声恫吓他，还专门提到卢特林的父亲会如何震怒！对儿子好一通威胁之后，她退回了自己的内室。

卢特林冷冷地说：“我们出去骑一圈。”他带上了左轮枪，并在一支短来复枪上扣上了一条悬挂带。“我要向你展示一下巨轮。”

“我要骑在你身后吗？”

他凛然地打量着她，“你听到我跟母亲说的话了。”

“我当然听到你跟你母亲说的话了，然而我现在还不是自由之身，这里也不是查奥斯。”

“等我们回来的时候，我就让秘书给你颁布一份自由证明。这种事很常见。至于现在，我希望出去走走。”他不耐烦地往门口走去，两个管牲口的人正牵着两头耶尔克候在那里。

“到时候我会教给你关于耶尔克的知识。”说话间，他们走到了空地上，“这些是本地的一种品系——我爷爷和我父亲相继饲养过。”

走出庄园的土地，他们便身处寒风的利齿之中。脚下的积雪目前还不到一尺厚，道路两边立着条纹标志，静静等候着大雪深积的日子。

要去喀尔纳巴尔，要到那座山峰，就必须经过埃赛卡楠兹家的庄园。道路在那一带蜿蜒穿过一片高耸的喀丝匹桉树林，浓雾之中，枝杈错综难辨。随着他们不断前行，各种钟声宣告着他们已抵达喀尔纳巴尔了，它渐渐从云雾中浮现出来。

这里到处都是钟，户里户外举目皆是。那些钟曾经是有作用的——防止有人在大雪或迷雾中迷失方向——而如今鸣钟已成为一种习惯。

托莱丝·拉尔勒住胯下的耶尔克朝前望去，抬起手捂住了自己的嘴巴。前方横亘着喀尔纳巴尔村，朝觐者的居所和商铺沿着主道路一侧分布，服务巨轮的人员在另一侧安居。大多数建筑物的屋顶上都有钟，挂在圆屋顶里，每一口钟都各有其特有的音调；天气太坏看不到它们的时候，也可以通过听声音来判断方位。

这条路则是通往山上巨轮的入口。入口本身几乎就是一个传奇，筑造者在上面精雕细琢，饰以巨大的鸟面桨手。这条路一直通往喀尔纳巴尔山的深腹。大山俯瞰着这座村镇。

这面山坡上遍布各种建筑，很多都是朝觐者在这片地方最神圣的位置修建的小教堂或是陵墓。其中一些张扬地矗立在积雪之中，盘踞在突出的岩石之上。而有些已经成了废墟。

邵柯兰迪特向着前方做了一个豪迈的手势，“所有这一切都由我父亲掌管。”

他朝她转回身来，“你想不想走得更近些去看看巨轮？他们不会把你强行带进去的。这些日子里你得自愿献身，才能进入巨轮。”

一路前进，托莱丝·拉尔说：“我一直以为可以从外面多多少少看到巨轮的一部分呢。”

“它整个儿都在大山内部。那才是意义所在。黑暗。黑暗乃智慧之源。”

“我认为光明是智慧之源。”

挤挤攘攘的当地人打量着他们形变的身型。一些当地人有显著的甲状腺肿大症状，这是这种内陆山区常见的一种病症。他们随着邵柯兰迪特和托莱丝·拉尔一路前往巨轮入口处的时候，一直迷信地画着环形符号。

走得更近后，他们能看到更多了：两侧渐渐升起犹如坡道的宏伟墙壁，仿佛是要把人潮灌进大山的喉咙。入口上方有一道围墙，用以防范山石塌落的危险，上面雕刻着一幅醒目的、象征巨轮的图画。披着宽大衣衫的桨手将巨轮划过天空，天空中可以认出一些星座的符号：巨砾座、老猎手座、金船座。繁星从那令人惊叹的母亲形象的乳房里迸发而出，她立在一道拱门的一侧，召唤着那些虔诚的信徒。

托莱丝·拉尔不由得赞叹道："真是令人叹为观止。"

"对你而言，可能只是觉得叹为观止。而对于我们这些在这片地区长大的人来说，它就是我们的生活，我们之所以有信心去面对严酷生活带来的无常，就是因为它给予了我们最大的动力。"

他轻盈地从耶尔克背上跳下来，扶着她的鞍子，仰头望着她，说："总有一天，等父亲觉得我足够称职了，我就可以接替他成为巨轮的看守者。我哥哥曾经是这个角色的继承人，可他死了。我希望我现在有机会成为看守者。"

她低头望着他，友善地笑着，全然不懂其中的含义。"风小了。"她说。

"这里总是很宁静。喀尔纳巴尔山很高，是世界第四高山，他们是这么说的。不过在它身后，是被云朵遮住的更加雄伟的施芬宁克山，它为喀尔纳巴尔挡住了极地吹来的风。施芬宁克山的高度超过七英里，是世界第三高峰。有机会你可以一睹它的风采。"

说完后他陷入了沉默，他觉得自己太热情了。他希望自己能像从前一样开心并且充满自信，但昨天晚上与瑛茜尔的会面让他心绪低落。他猛地跳上耶尔克，掉头离开了巨轮的入口。

他在镇子的街道上信马由缰，一言不发。朝觐者在衣帽店和钟铺之间熙熙攘攘，有些人津津有味地嚼着烙有巨轮符号的烤饼。

镇外是一面斜坡，斜入一道深谷之中，有条小路徘徊着一路向下，深入了遥远的山谷里。树木很密，中间布满了巨大的砾石。积雪到处都是，让这条小路若隐若现。耶尔克小心翼翼，循路而下，銮铃叮当作响。鸟儿在头顶上方的枝杈间啼鸣，他们听到水溅落在岩石上的声音。邵柯兰迪特放喉歌唱起来。巴塔利克斯淡淡的光芒照着他们脚下的路，下方的裂谷中暗影重重。

他在道路分岔的地方停了下来。一条岔路沿着山坡往上去，另一条向下。等她跟了上来，他说："这个峡谷在亡哀之冬真正到来的时候会被积雪填满——到我孙子那辈的时候，如果我有孙子的话。我们应该顺着向上的那条路走，那是回家最好走的路了。"

"向下的那条通到哪儿?"

"下面有一座古老的教堂，是由来自你们那个地方的一位国王建造的，所以你也许会对它感兴趣。紧挨着它的地方有一座陵墓，是我父亲为了纪念哥哥修建的。"

"我挺想去看看。"

路更陡了，倒下的树木阻住了小径。邵柯兰迪特嘴唇紧抿，他可算知道庄园的管理有多差劲了。他们从一道瀑布下通过，穿过一片积雪后重新上了正路。

云雾缭绕在山坡上，周围的每一片树叶都泛着光泽，光线很差。

他们从小教堂圆顶的一侧绕过。塔里的钟悬在那里，悄无声息。他们走到一片平地上，看到大片积雪封住了这栋建筑的门户。

身为土生土长的伯多兰人，托莱丝·拉尔一眼就认出这座教堂是按照艾姆布鲁都克的样式修建的。它的大部分都在地面之下，蜿蜒而下的阶梯盘旋在穹顶外面，是要让每一个崇拜者在进入之前摒弃俗世万物，澄澈自己的心灵。

她挖开积雪，让自己透过门上一扇窄窄的长方形窗户看到里面。里面早已被黑暗所笼罩，唯一的一缕光明是从上方射入的，圆形的祭坛后面有一尊古老的神像俯视着。她感到呼吸急促起来。

她搜寻着记忆，却记不起这尊神明的名号，但她很清楚那个国王的名字，他的半身像和名号头衔就立在那里，立在外侧门上方的门廊下，免遭风雨侵蚀。他就是詹道昂格诺尔，伯里恩与奥多兰都的国王，这两个国家后来被统一成了伯多兰王国。

她说话的时候声音不由颤抖起来，“这就是我被带来此地的缘故吗？这位国王是我的一位远祖，他的名字在我来的那个地方无人不晓，尽管他已经死了五个世纪。”

卢特林唯一的反应就是说：“我知道这座建筑很古老。我哥哥就安葬在附近，来看看吧。”

过了一会儿，她收拾起心情跟上了他，口中喃喃着：“詹道昂格诺尔……”

他站在那里凝视着一座坟丘。它由石头层层垒叠而成，顶上摆着一块环形的花岗岩。他哥哥的名字——费温——就刻在花岗岩上，周围纹饰着那个环中套环的圣符。

托莱丝·拉尔下了坐骑，与卢特林站在一起以示尊重。坟丘与那座精心建造的教堂放在一起，相较之下更显粗犷。

最后，卢特林转过身去，指了指他们头顶上的岩石。

“你看到了吗，那道瀑布是从什么地方流下来的？”

高悬在头顶之上，有一块犹如鹰嘴般突出的岩石。水流就是从它的边缘喷涌而出，经过七十米的落差，最终溅到了岩石上。他们可以听到它流入山谷的声音。

“有一天，他骑着骅骊到了那块岩石上，那时候天气比现在好，然而他却连人带坐骑一跃而下……只有阿佐亚希克神知道他为什么这么做。我父亲当时在家，就是他发现了我哥哥死在这个地方。后来，他修了这座坟来纪念他。从那以后，我们就不能再提起他的名字。我相信我父亲跟我一样心碎。”

沉默了一会儿，她问：“那你母亲呢？”

“哦，她也很伤心，当然了。”他又抬头望向瀑布，紧咬着嘴唇。

“你非常为你的父亲着想，对吗？”

“每个人都会的。”他清了清喉咙，说，“父亲对我的影响很大。但如果他不常出门的话，也许就不会跟我那么亲近了。这一带每个人都认识他，把他看作一位圣人——很像你的先祖，那位国王。”

托莱丝·拉尔笑了，“詹道昂格诺尔可不是圣人。他被认为是历史上最阴险的恶棍，他毁掉了旧教，还烧死了宗教领袖，连同所有的追随者一起。”

“喔，我们这里将他看作一位圣人，他的名字在本地备受尊崇。”

“他当年为什么到这儿来？”

他不耐烦地摇了摇头，“因为这里是喀尔纳巴尔，每个人都想来这里，也许他是在为他的罪孽赎罪……”

对此她什么都没说。

他站在那里低头望向脚下的山谷，望着那片凌乱的山坡。

“世上再没有比父子之情更美好的情感了，你同意吗？现在我长大了，知晓了其他类型的爱——还有它们的诱惑，却没有任何一种爱具有我对父亲的爱所包含的那种纯洁，还有清澈。所有其他的爱都充满了怀疑和矛盾，但对父亲的爱是不容置疑的。我希望我是他的一条猎犬，这样我就能毫不犹豫地向他展示我的顺从。他前往喀丝匹桉森林，一去就是几个月，如果我是一只猎犬，就能永远跟在他脚边，不管他去哪里都跟着他。”

“跟着他去吃他丢给你的残羹剩饭。”

“不管他希望我做什么，我都会去做。”

“你这样的想法可不大正常。”

他转向她，脸色中带有几分傲慢，“我不再是毛头小子了。我可以让自己开心，也可以克制自己的意愿。每个人必定都是这样。怜悯与坚定都是必要的。我们必须跟不公正的法律抗争。只要不完全陷入无政府状态，我们就能熬过亡哀之冬。等到春季来临，锡伯纳尔将比以往任何时候更为强大。我们身负四大重任：团结我们的大陆，整顿工作，调动日渐贫瘠的资源……不过，所有这些都与你无关……”

她站在一旁，保持着距离，他们呼出的雾气尚未接触到彼此便已消散了，“我在你的计划中是什么角色？”

这个问题令他颇不自在，但他喜欢她的这种简单直接，与托莱丝·拉尔为伴就像是拥有了一个与瑛茜尔全然不同的世界。他心中突然涌起一股冲动，禁不住走上前去一把抓住她，注视着她的眼睛，用力吻了她几下。然后他退后几步，深深吸了口气，在她的神色之中陶醉了。接着他又冲了上去，这一次吻得更加投入。

哪怕她开始回吻过来，他都没法从心中抹去瑛茜尔·埃赛卡楠兹的影子。而托莱丝·拉尔呢，也在拼尽全力抗拒着她亡夫那魅影般的嘴唇。

两人的身子终于分开了。

“耐心点儿。”他像是在跟自己说。她没有回应。卢特林爬上了坐骑，带头走上了幽林中蜿蜒而上的小路。牲口的銮铃响个不停。大雪封盖的小教堂在他们身后缓缓沉了下去，很快便消失在一片朦胧的昏暗之中。

他到家之后，一张加盖了封印的便条早已等着他了，是瑛茜尔写来的。他不情愿地打开信，里面只是拐弯抹角地提到了前一天晚上他们之间的争执。信是这么写的：

卢特林：

你会觉得我很难缠，但有些人更难缠，他们会比我给你带来更大的危险。

你是否还记得之前我们聊过一次，有哪些可能的原因会导致你哥哥的死亡？你从那场离奇的昏迷中恢复之后，我们聊过一次，除非是我在做梦，你昏迷之后你哥哥就死了。你的天真充满了英雄气概。我想尽快跟你详细谈一下。

我求求你，现在该多留点儿心眼了。把“我们”的新秘密保留一段时间，看在你自己的份儿上。

瑛茜尔

“太迟了。”他不耐烦地说着，把纸条揉成了一团。

XIV

罪大恶极

但是，怎样才能证明那些监护着生物圈的精神力量是真实存在的呢？原初注视者，盖娅，她们真的存在吗？

并没有客观的证据，就好像共情无法被计量。微生物菌类的生命体对于人类一无所知，因为它们的客观世界是如此的不同。同样地，只有凭借直觉，人类才能感知到那些地球化学层面的精神力量。它们作为一个单独的有机体，掌控着整个世界的运转。

还是直觉，是它告诉人类，要想依循着精神力量生活，就绝不能占有，必须要克制支配欲。而那些在埃森山上秘密计议的人，他们将自己隔绝于世，对外面的世界不闻不问，他们正是最热衷于占有世界的人。

那如果他们成功了呢？

生物圈的精神力量正在谅解，正在适应。直觉告诉我们总是有其他选择。系统内部的稳态并不意味着不变，而是要达到生命力的平衡。

早期的部落猎人为了获得猎物而焚烧森林，从而创造出了大片的草原。可变通性构成了盖娅控制体系的一部分。

原初注视者那灰色的大氅正扫过海利科尼亚。人类要么藐视它，要么接受它。视其本性而定。

在人类占据的地盘之外，荒野中的生物规划着它们自己的天数。卜拉希米蒲树在深深的地下贪婪地储存着食物，以保证自己能持续生长。小小的陆生甲壳纲动物坚背虫成千上万地聚集在细纹大理石的背面，分泌出酸液为自己在石头里建造巢穴；它们仿佛是在完成一项壮举，要让自己穿透巨石。山区里那些长着犄角的绵羊、野生的阿索金犬、难缠的提獏，还有那些在饱受风霜侵蚀的平原上横行无忌的刺囊兽，它们沉溺于求偶的激战当中。还有些时间再进行一次交配，也许就只有一次机会了：出生的后代存活的数量取决于气温，取决于食物的供给，取决于勇气，以及生存的技巧。

所有那些无法被囊括于人类种族之中、却在进化的道路上与人类只有一线之隔的生物——他们充满渴望地望着智慧的营火——也在规划着自己的天数。

莫迪雅特部落被赋予了语言的天赋，尤其擅于污言秽语，一路恶语不断地从他们那片大陆山地迁移到了乱石嶙峋的海岸地带，他们会在那里找到充足的食物。永远都在迁徙的玛第被一路驱使，继续着那即将消逝的大地之痕之旅，去寻觅西方的藏身之处，徘徊在人类舍弃的废墟之中。楠第则藏身于大树底下的根系之间，过着他们那难觅踪迹的生活，他们的日子倒是与骄阳暴晒的夏季没有多少不同。

至于剑族，他们每一代都会看到这个世界在朝着弗雷耶入侵天空之前的日子回归。对于他们的原圣思维来说，未来的模样势必与往昔越来越相似。在坎普安莱特广袤的平原上，法艮渐渐居于了统治地位，为了肉食而大肆饲养耶尔克和倍耶尔克，它们的数量开始增长，而法艮对于弗雷耶之子的攻击也愈发明目张胆。只有在锡伯纳尔，剑族貌似从来都不曾壮大过，似乎他们早已屈从于来自人类的有组织反攻。

所有这些生物都可以被看作是在互相竞争。从某种意义上来说，也确实如此。但更广义地来讲，这一切又都是一个整体。绿色生命体持续的消失让这些生物的个体数量骤减，但是它们本身作为整体却毫发无伤。它们全都依靠着海利科尼亚海床上富含厌氧菌的淤泥生存，这些厌氧菌能够吸收碳元素，维持大气中的氧含量，于是，宏观的呼吸作用与光合作用在陆地与海洋之中得到了维系。

更进一步讲，所有这些生物可以被看作是行星必不可少的生命体。某种意义上来说，确实如此。但是海利科尼亚的生物群落半数以上都生活在海洋那所三维的牧场之中。那个群落中的大部分都是由单细胞微生物构成的。它们才是真正的生命监测器，而且它们几乎不会发生什么变化，不论弗雷耶是在靠近还是在远去。

原初注视者掌控着所有生物力量之间的平衡。在一颗行星上，缘何会出现生命？因为这颗行星上有生命。没有生命又会怎样？那就会没有生命。原初注视者是居于水体之上的一种精神力量：她并非一个具有思想的单一的精灵，而是一个巨大的协作统一体，从暴虐的化学反应风暴中心创造出优秀的物种。而且原初注视者甚至是被迫着变得比她那位在近邻地球上的姐妹女神盖娅更为灵活多变。

有一种事物高高凌驾于所有生灵之上，远离水藻和发情的绵羊或是坚背虫，那就是海利科尼亚的人类。尽管这些生物像其他生命单元一样，完全依赖着生物圈的内部稳态生存，但是却将自身提高到了一个不同寻常的范畴。他们开发出了语言。在无言的宇宙里，他们创造出了自己的语言世界。

他们有歌有诗，有戏剧有历史，有争辩，有挽歌，有宣言，让这颗行星能够发声。语言带来了发明创造的力量。一旦有了语言，便有了故事。故事之于语言，正如盖娅之对于地球、原初注视者之于海利科尼亚。在人类开始喋喋不休地使用语言之前，这两颗行星上都没有故事存在——他们正用故事将每一代人的所见所闻当作事实描述出来。

海利科尼亚有先知，在人类处于危机的这个时代，他们预言了原初注视者的存在。但是任何时代都有先知，他们常常语焉不详，因为他们涉及到了那个莫可名状的存在。他们察觉到了宇宙中某种阿佐亚希克神性质的东西，某种超越了生命的事物，所有的生命都环绕在其周围。它同时既是生命体，又是非生命体。

这种景象要用语言表达并不容易。但是因为有语言的描述，他们的倾听者便说不清这印象到底是真是假。语言本身没有原子量。但在无言的宇宙中，语言就是生死的终极衡量标准。这就是为什么它能创造出一个想象中的世界，在那里既没有生，也没有死。

其中一个想象的世界便是这完美运行的锡伯纳尔政府，正如寡头院为世人所呈现的。另外一个完美运行的宇宙，是由无上和平教会的长老们为世人所呈现的，那个由阿佐亚希克神掌管的宇宙。随着至高祭司楚布萨里德及其同伴因为违抗大寡头的敕令被处以火刑，这两个想象的完美世界便停止了共存。经历很长一段边界模糊的时期后，教会和政府发现了他们共同的恐惧，即他们彼此其实是对立的。

教士中的不少领导人，比如艾斯比拉曼那种人，落入了政府的控制之下，无力反抗。反倒是教会阶层中那些等级较低的修士、不招人喜爱的僧侣、最接近平民的那些人，发出了警示。

寡头院的一个成员疾呼要打倒“那些披着斗篷四处乱跑，在平民中散播谣言的传教士们”。这无意间呼应了地球上许多个世纪之前的那位学者伊拉斯谟[1]的话，但寡头院绝非伊拉斯谟那种人文主义的捍卫者。它对被压迫者唯一所做的就是施加更多的压迫。

这又是一次物极必反的阴阳平衡。当等级差距正在缩小时，鸿沟便霍然出现了；当统一近在咫尺时，分歧又最为严重。

寡头院将每一件事都转变成为它的优势。它可以利用各国最近发生的动乱作为借口采取更严苛的措施。从布瑞巴尔凯旋的军队重新部署在了乌斯库托什的城镇乡村里。村镇里的祭司被枪毙时，满腔愤懑、遭受威胁的民众只得袖手旁观。

异议争端甚至波及了喀尔纳巴尔。

伊伯斯托克·埃赛卡楠兹叫来卢特林商讨这些麻烦事，卢特林提出要小心行事时，他没有注视着对方的眼睛，而是盯着他的嘴。其他一些代表各方利益的官员也被招来。卢特林发现自己同秘书埃文珀瑞尔以及其他人在密室里一待就是好几个小时，然而他自己的命运都悬

1. 1466—1536，中世纪著名的人文主义思想家和神学家。

而未决，更无法对自己辖区的命运做出什么决断。

争论中提到了巨轮。尽管它本身由教会掌控，它的领地却归看守者所指定的世俗总督管辖。世俗与神职之间的鸿沟越来越宽，楚布萨里德并没有被遗忘。

在两天的争论之后，尽到出席责任的卢特林倍感压抑。他溜走了。

他带着一条好猎犬和一名猎手，骑往荒野，去到喀尔纳巴尔周围那片近乎无限广阔的山地荒野之中。一阵暴雪袭来，但他不管不顾。狩猎小屋和神龛散布于山谷之中，点缀在喀丝匹桉森林里，人们可以在那里饮喂坐骑，避避风雪，睡觉休息。像他父亲一样，他索性从人世间消失了。

他常常希望能与父亲巧遇。他在内心深处看到了这场会面，看到父亲被一群身披厚衣的猎手簇拥在中间，大雪在周围纷飞。戴着面罩的老鹰坐在父亲肩头的皮垫上，一头倍耶尔克拖着满载猎物的雪橇，猎犬的喘气声不绝于耳。他父亲僵硬地从鞍子上下来，伸开双臂，向他走来。

他父亲对于他在伊斯图利厦的英雄壮举早已知晓，祝贺着他从科理安图拉死里逃生。他们紧紧拥抱……

但他和同伴谁都没有遇到，什么都没听到，除了冰川的撞击声。他们在偏远的小屋里睡觉，极光在森林上空飘忽不定。

尽管他很累，尽管他们猎杀了很多动物，夜晚还是给卢特林带来噩梦。他被困扰着，梦到自己正在攀爬，不是在森林中，而是在一个塞满了莫名其妙的家具和古老财物的房间里。在那些房间里，恐惧感越来越强。他既找不到正在猎杀他的东西，也无法逃脱。

醒来时，他常常想象着自己又一次陷入了瘫痪之中。重新意识到自己周遭环境的过程缓慢而压抑。然后他就想着托莱丝·拉尔，以此来镇定心神，但瑛茜尔总是会站在她身边。

至少有一点还算幸运：在那场为了他的荣耀举行的宴会之后，他母亲就卧床不起了，所以他不打算跟瑛茜尔结婚的消息还没有传开。

他看得出，从很多方面而言，瑛茜尔都是未来这段岁月中妻子的合适人选；她心中有着真正顽强不屈的喀尔纳巴尔精神。

反观之，托莱丝·拉尔，一个流亡者，还是一个外国人。他想起自己好像曾说过，跟她结婚只是为了证明自己的独立。

事实是他确实还在犹豫，他讨厌自己的犹豫不决，然而在自己的状况明了之前，他实在是没法作出最终决定。他觉得自己需要跟父亲谈谈。

一夜又一夜，他躺在睡袋里，揣着怦怦乱跳的心，想象着那个必然要面对的场景。他可能会娶瑛茜尔，只要父亲不强迫他这么做。父亲必须接受他的观点。

他要么成为英雄，要么成为弃儿，别无选择。他必须面对抉择。毕竟，性，只是一个关乎权力的问题。

有时候，当极光在黑暗的小屋里投下光芒，他会看到哥哥费温的面孔。哥哥是不是也用某种方式挑战了父亲，然后失败了？

卢特林和那名猎手每天黎明时分起身，那时夜鸟还在空中盘旋。他们分享着同样的食物，但彼此之间从来不会分享一点儿心中的想法。

尽管夜晚孤寂难耐，白天却充满了乐趣。每个时刻，光影和环境都在变幻。他们追踪的那些动物，每个时刻的习性都有所不同。随着小周期年步入尾声，白昼更短了，弗雷耶总是悬在地平线附近。有时他们会爬上一道山脊，越过林海望向那个古老的统治者——弗雷耶，它还在熊熊燃烧，将光芒投进另一处阴影深沉犹如大海的峡谷，好似一位国王漫不经心地往玻璃杯里斟满红酒。

他们周围只有宁静的自然，那无边无际的空间显得愈发空旷辽阔。这种无垠感浸透了他们的所有感知。他们来到一条白雪覆盖的山涧边喝水，下面的岩石看上去很新，仿佛从未被时光侵蚀过。周遭的宁静之中仿佛流淌着一首伟大的乐曲，卢特林在自己的血液里感到了自由。

他们在荒野中的第六天发现了一队长着犄角的法艮，正骑着铠骥穿过一条冰川。飞在法艮肩头的牛鹂暴露了这些剑族。他们花了一天半时间追踪这群法艮，最后赶到法艮们前头，在一条沟里准备伏击。

他们把这六个法艮全都杀了，牛鹂尖叫着飞走了。铠骥是很好的驯养对象，卢特林和猎手围住了五头，打算把它们带回庄园。邵柯兰迪特家的牲口厩驯化本地品系的铠骥应该不成问题。

这趟探险就这么结束了，收获也算颇丰。

当那所宅邸尚未从蓝色的迷雾中浮现出来时，郁郁的钟声便已传入了耳中。

卢特林就这样回了家，发现家里一片喧嚣。父亲的耶尔克正在厩里梳着毛，死去的猎物到处都是，父亲的保镖正在枪械室里痛饮新酿的雅达尔酒。

与洛班思特·邵柯兰迪特会面的情形跟卢特林想象中不一样，父子之间真正重逢的时刻，并没有拥抱。

卢特林急匆匆去了会客厅，只甩掉了外套，靴子、腰铃，左轮枪还穿戴在身上。他的头发又长又乱，当他跑向父亲的时候，耳边的乱发甩来甩去。

黑白斑纹的猎犬在厅里潜行，躲在墙帷下撒尿。一帮全副武装的汉子立在门边，背对着厅内众人，怀疑地来回张望着，似乎在密谋着什么。

洛班思特·邵柯兰迪特身边站着他的妻子萝尔娜以及她的妹妹，还有一些朋友，比如埃赛卡楠兹一家——伊伯斯托克和他的妻子、瑛茜尔和她那两个兄弟。他们正在一起交谈。洛班思特背对着卢特林，是他母亲先看到了他，喊出了他的名字。

谈话中断了，他们都转身朝他望了过来。

他们脸上的表情告诉他，他们正在谈论他——背地里串通一气真是令人不快。他走到半路，脚下不由踌躇起来。他们一直盯着他，然而说来也怪，他们真正的注意力却都还集中在他们中间那位身披黑衣的男人身上。

洛班思特·邵柯兰迪特能吸引任何一群人的注意。这不是因为他的身高，他的身高跟一般人不相上下，而是因为他身上散发出来的一种沉静气场。那是一种人见皆知的气质，却无人能用语言来形容。那些恨他的人——比如他的奴隶和仆人——说他只要一瞥就能让你不寒而栗；他的朋友和盟友说他拥有惊人的领导力，或者说他是个令人敬而远之的人。他的猎犬没有发出任何声音，只是夹着尾巴在他脚边鬼鬼祟祟地转来转去。

他的手干净利落，指甲留得很尖。洛班思特·邵柯兰迪特的那双手十分引人注意。他身体其他部位不动的时候，那双手依然忙碌不停。它们时常会伸到喉咙下面摸一摸，他的颈上总是裹着黑色的丝巾，这个动作带着一丝惶恐，就像螃蟹或是老鹰在搜寻着某个隐藏的猎物。洛班思特得了甲状腺肿大，他的领结就是为了把它掩藏起来，而他的双手却又暴露了这一切。甲状腺肿大让脖子显得尤为稳健，支撑着那颗壮硕的脑袋。

在这颗引人注目的脑袋上，一头白发从宽大的额头向后梳着，就像是用耙子耙过一样整齐。没有眉毛。苍白的眼珠周围是一圈浓密的黑色睫毛——如此之浓密，有人怀疑是否隐藏着玛第的血统。灰色的眼袋稳稳支撑着眼睛；这眼袋，带着些许甲状腺肿大的感觉，像是一道堤坝，眼睛就从这道堤坝后面观察着世界。嘴唇尽管十分宽大，可它几乎跟眼睛一样苍白，面部血肉也几乎跟嘴唇一样没有血色。额头和面颊上覆着一层油光——有时候那双忙个不停的手会在那层油光上抹一把——脸上的光泽就像是刚刚出海回来。

那张面孔说道："过来，卢特林。"声音深沉而缓慢，就仿佛那下巴不愿打扰下面那块肿起的甲状腺。

"看到您回来我真高兴，父亲。"卢特林说着，迈步上前，"狩猎还好吧？"

"挺好的。你怎么形变得这么厉害？我差点都认不出你了。"

"在瘟疫中幸存下来的人都换上了应付亡哀之冬的体型，父亲，我向您保证我感觉非常健康。"

他握住父亲干净的手。

伊伯斯托克·埃赛卡楠兹说道："我们可以假设法艮也感觉自己很健康，不过事实证明他们就是瘟疫的携带者。"

"我已经从瘟疫中康复了，我不会携带它。"

"我们自然希望你不会，亲爱的。"他母亲说道。

他转向她的时候，父亲面色严峻地说："卢特林，我希望你退到大厅去等我。我这就过去，我们有些法律问题要商讨。"

"有什么麻烦事吗？"

卢特林领会了父亲那充满威严的目光。他低头行过一礼，退了出去。

一到大厅，他便焦躁地来回踱着步子，也不管一直响动的腰铃。他猜不透父亲为什么如此冷若冰霜。真的，甚至连那个威严的身影出现在眼前时也感觉充满了距离感，不过这就是他的种种气质之一，就跟隐藏起来的甲状腺肿一样，都是众人所熟知的。

他叫来一个奴隶，派他去把托莱丝·拉尔从她的房间里请来。

她来了，满脸疑问。等她走近时，他心想，她那形变的身体多么有魅力啊。她脸上霜冻的痕迹也已经消退了。

"你怎么去了那么久？你去哪儿了？"

她笑着握住他的手，可声音里却带着一丝责备。

他吻了吻她，说："我当然可以在狩猎中销声匿迹。这是家族传统。现在听着，我很渴望得到你。我父亲回来了，而且显然很不高兴。这里面可能牵扯到你的什么事情，因为我母亲和瑛茜尔已经跟他谈过这事儿了。"

"你没能在这里迎接他真是很遗憾，卢特林。"

"那于事无补。"他不屑地说，"听着，我要给你件东西。"

他带她走到大厅旁边的一个壁龛处，里面立着一个小木橱。他从口袋里掏出一把钥匙，打开橱柜，里面挂着好几十把沉甸甸的铁钥匙，每一把上都有标签。他用手指划过那一串钥匙，眉头紧皱。

"你父亲有把东西锁起来的癖好。"她半玩笑着说。

"别傻了，他是看守者。这个地方除了是家之外，必定还得是座城堡。"

他找到了想要的，拣出一把生锈的钥匙，几乎有手掌那么长。

"没人会想到这个的。"说着，他锁上了小橱，"拿上这个，把它藏好。这是你的同胞修建的那间教堂的钥匙，就是那个国王圣徒。你记得吧？就在林子里。可能会有些麻烦事，但我说不清是什么，也许跟通灵有关。我不想让你受到伤害，如果我出事，你就会有危险，至少会被抓起来。赶快走，藏到教堂里去。带上一个奴隶——他们巴不得逃走呢，选一个熟悉喀尔纳巴尔的女人，最好是农民。"

她把钥匙放进了新衣服的兜里。

她握着他的手说："你会出什么事？"

"大概也没什么，不过……我就是感觉有点儿不安……"

他听到开门的声音。猎犬匆匆走过，爪子在地砖上踩得咯咯作响。他把托莱丝·拉尔推进小橱后面的阴影里，自己迈步进了大厅。他父亲正走出来，身后跟着六个之前守在门口的神秘人，腰铃叮当作响。

"我们要谈谈。"洛班思特说着，抬起一根手指做了个手势。他领头进了底层的一间木屋。卢特林跟着，那帮人跟在他们身后。最后一个人进去之后从里面锁上了门。沼气灯点了起来，咝咝作响。

这间屋里有一张木凳，一张桌子，此外再没有什么可以算作家具的物件了，人们曾把这里用作审讯室。还有一扇用铁包边的木门，一直锁着，那是一条通往地窖的密道，那里有口井，里边的水永远都不会冻结。传说在最寒冷的岁月里，那些珍贵的用来繁殖的动物就养在那里。

“不管我们说什么都应该在私下里说，父亲。”卢特林说，“我甚至都不知道这些绅士是谁，尽管他们在家里来去自如。他们可不是你的猎手。”

洛班思特说：“他们是从布瑞巴尔回来的。”说出这些话似乎会给他带来一种冷酷的快感，“大人物在这些日子里需要保镖。你太年轻，不明白瘟疫会引发国家的解体。它会先摧毁小社区，然后是大社区。它带来的恐慌会让各个国家分崩离析。”

那些神秘人看上去一脸严肃。在这个局促的空间里，卢特林不可能站得离他们很远。只有洛班思特身处众人之外，他一动不动地站在桌子后面，手指不停地在桌面上敲打着。

“父亲，我们必须在陌生人跟前交谈吗？这简直是一种侮辱。我很不满。但我要对您说——也是对他们说，如果他们不是聋子——尽管您的话里可能有真相，但您忽略了一个更为重大的真相。除了瘟疫，还有别的事情更容易让国家解体。那些用来对付通灵、对付普通人还有教会的严酷措施，这些措施背后的阴险用心，最终会带来比肥死症更为巨大的毁灭……”

“住嘴，小子！”他父亲的手游走到喉咙上。“残酷也是大自然的一部分。除了在人身上能找到，哪里还有仁慈呢？是人创造了仁慈，但在人出现之前残酷就在这里了，在大自然之中。自然是一种压力。年复一年，它把我们捏得越来越紧。我们只能以残酷手段对抗它。如今，瘟疫便是大自然施于我们的残酷手段，我们必须以残酷地对待瘟疫。”

卢特林说不出话来。在这逼人的寒意之下，在这苍白的目光之下，他找不到合适的言语来辩驳，他不知道怎么才能说得清楚，把残酷归结为一种道德准则是对大自然的曲解，尽管自然环境确实偶尔会很残酷。听到父亲如此见地，他觉得恶心。他只能说：“你就这么全盘接受了大寡头的话?”

旁边一个神秘人厉声说：“那是每个人的职责。”

这个陌生人的声音、这间房子的幽闭恐怖、紧张的空气、父亲的冷酷，诸般感受一齐涌上心头。卢特林仿佛听到从遥远的地方传来自己喊叫的声音：“我恨大寡头！大寡头是个怪物。他屠杀了艾斯比拉曼的大军。如今我只是个逃亡者，而不是英雄。现在他又要谋害教会。父亲，在你没被它吞噬之前，反抗这个恶魔吧!”

他还说了很多，像是癫狂发作。他几乎没有意识到他们把他带出了房间，带到了外面。他感觉到了刺骨的寒风，雪花飘落在脸上。他被推推搡搡穿过沼气检查井所在的院子，推进了一间简陋的小屋。

牲口倌被支走了，那些神秘人也是。卢特林独自与父亲在一起。他依然无法承受父亲的目光，只是坐在那里抓着自己的脑袋，不住呻吟。过了好一会儿，他才听清楚父亲在说什么：

“……我唯一仅存的儿子。你必须准备好扮演看守者的角色。对于你来说会有很多不同寻常的挑战，你必须直面它。你必须变得强大……”

“我很强大！我不承认系统。”

“如果命令让我们消除通灵，那我们就必须消除它。如果寡头院下令要除掉所有的法艮，那我们就必须除掉所有的法艮。不那么做就是软弱。没有系统我们就无法生活——离开了系统，一切都是无政府主义。

“我听你母亲说，有个女奴对你影响很大。卢特林，你是邵柯兰迪特家的人，你必须要强大。那个奴隶必须除掉，你要跟瑛茜尔·埃赛卡楠兹结婚，就像你小时候就安排好的那样。这些事情不容置疑，你只能服从。你不是看在我的份儿上服从，而是看在自由与锡伯纳尔的份儿上。”

卢特林大笑起来，“在这样的环境中，能有什么样的自由？瑛茜尔恨我，我相信这一点，但这对于你来说无所谓。在目前推行的这种法律之下，根本没有自由。”

洛班思特终于动了一下。其实不过是一个简单的手势，他只是把手从喉咙上移开，以恳切的姿态伸向了卢特林。

“法律很严苛。这可以理解。但没有法律，就没有自由，也不会有任何生命。若是法律得不到坚决执行，我们就都会死，就像坎普安莱特那样随着法律一起死亡，尽管好气候更青睐那里。坎普安莱特随着亡哀之冬的降临已经开始解体，但锡伯纳尔却会生存下去。

“让我给你提个醒，我的儿子，一个大周期年有一千八百二十五个小周期年。如今这个大周期年还有五百一十六年才能走到头，才能到达最为寒冷的日子，冬至，那是弗雷耶距离我们最远的时候。

“我们必须像钢铁一样生活到那个时候，然后，瘟疫就会消失，环境会再次好转。我们从出生之时起就熟知这一切，因为我们拥有喀尔纳巴尔。巨轮启示我们的生存之道可以帮助我们度过那段黑暗时期，从而再次迎来光明与温暖……”

现在，卢特林镇定地面对着父亲说：“这话没错，巨轮本就是您说的那样，父亲。那么您为什么要赞同——我猜您也必须赞同——这些恶毒行为呢？我们教会的至高祭司楚布萨里德被活活烧死，教会受到大范围的攻击……”

“因为巨轮不合时宜。”洛班思特用嘶哑的声音说道，像是在嘲笑，肿大的甲状腺在遮掩它的黑色装饰下抖动着，“它是不合时宜的，毫无意义。它无法拯救海利科尼亚，也无法拯救锡伯纳尔，它只是一个情感上的寄托。它最合适的用处就是关押杀人犯和欠债不还的人。它跟寡头院极其合理的法律相抵触。那些法律，也只有那些法律，能带领我们度过即将降临在我们子孙后代身上的亡哀之冬。我们不可能同时拥有两套相互矛盾的法律，因此必须消灭教会。反对通灵的法令是迈向那个目标的第一步。”

卢特林又一次默然无语。

最后他问道：“您把我带到这里，就是要告诉我这些吗？”

“我不打算让其他人听到我们的谈话。我主要担心你对禁止通灵以及消灭法艮那些法令的蔑视，埃文珀瑞尔就是这么汇报的。如果你不是我儿子，我会杀了你。你明白吗？”

卢特林摇了摇头，他的目光投在了这间陋屋的地板上。跟小时候一样，他无法直视父亲的眼睛。

“你明白吗？”

卢特林仍然讲不出话来。父亲对他的感受无动于衷，这让他彻底心灰意冷。

洛班思特抹了抹闪着光泽的眉毛，走到了桌前，一堆挽具中间放着一只鞍囊。他弹开鞍囊上的搭扣，一卷公告滚落出来。他递给儿子一张。

“既然你这么在意法令，看看最新的这张吧。”

卢特林叹了口气，接了过来。他只扫了一眼便任其飘落，这张纸随即飘落到了屋子的角落里。上面用黑体字陈述着阻止瘟疫的进一步措施：

一旦发现形变之人便立即处死。奉大寡头之命。

卢特林什么都没说。

他父亲开口了：“你看到了，如果你不服从我的意愿，我便无法保护你。我难道可以吗？”

最终，卢特林悲苦地望着父亲，“我一直侍奉着您，父亲。我这辈子一直都按照您的意愿做事。我毫无怨言地参军，而且表现得很出色。我一直是属于您的财产，而且也从不渴望成为其他人的。毫无疑问，费温一跃而下的时候，他心里也有着同样的想法。但是现在，我不得不反对你。不是为了我自己，甚至不是为了宗教或是政府。说到底，它们不都是抽象的概念吗？我必须反对你，这都是为了你好。要么是这季节，要么是大寡头本人把你给搞疯了。”

一股可怕的怒火闪现在父亲脸上，但那双眼睛却像以往一样冰冷。

父亲从桌上抓起一把给牲口钉蹄铁的黑色长刀，递给儿子，“拿上，你这傻瓜，跟我到外面来。必须得让你看看到底是谁疯了。”

雪下得更紧了，在宅邸灰色的角落里打着旋儿，仿佛想方设法要把这片园子填满，一直填到墙壁的顶上。那群神秘人站成一排，双手扣在腰带下方，等在一处门廊下，为了取暖不停地磕着两只脚。一边立着几头耶尔克，鞍座齐备，中间站着一个神色不安的牲口倌。近旁是一堆法艮的尸体，他们死了有段时间了——雪花积在尸体上不见消融。

另一边，靠近外侧大门的地方，有一排生了锈的铁钩从墙上差不多一人高的地方伸出来。浑身赤裸的四个男人和一个女人被绳子捆着挂在钩子上。

洛班思特在儿子背后推了一把，催他上前。这一推就像是有火燎在了后背。

“砍断绳子，把这些死人放下来看一看。好好看看他们畸形的身子，然后再问大寡头公不公正。去吧！”

卢特林走近观看。这些人显然是刚刚被杀死的。潮气凝结在死者扭曲的脸上。这五具尸体都是肥死症的幸存者，都发生了形变。

“必须服从法律，卢特林，服从。是法律造就了社会，若没有社会，人与动物无异。我们今天在通往喀尔纳巴尔的路上捉住了这些人，因为那条法律，我们把他们吊死在这里。他们死了，社会才能生存下去。你现在还认为大寡头疯了吗?”

就在卢特林犹犹豫豫的时候，这位父亲厉声说道：“过去，砍断绳子，放下来，看看他们脸上的痛苦，然后问问你自己，是否更喜欢那样活着。等你有了答案，你就会跪在我的面前。”

小伙子恳切地望着父亲，“我爱您就像一条狗爱它的主人，为什么要让我这么做?”

“砍断绳子!”一只手飞快地伸到了喉咙上。

卢特林喘不上气了，他来到第一具尸体跟前。他举起刀，抬头望着那张扭曲的脸。

这人他好像认识。

有那么一刻，他还有些迟疑。但是那张脸他绝不会认错，哪怕没有那把大胡子。卢特林清晰地记起在努奈特山洞看着这张脸的样子，当时这个人筋疲力尽，脸色灰暗。长刀一挥，他砍断了哈宾·法施纳基德上尉遗体上的绳子。与此同时，他的内心豁然开朗——在这一瞬间，他又变成了那个男孩，宁愿陷入一年的瘫痪也不想面对真相。

他转向了父亲。

“很好，一个了，现在下一个。要想统治，必须先服从。你哥哥太软弱了，你会变得强大。我在阿斯基托什时听说了你在伊斯图利厦的战绩。你能够成为看守者的，卢特林，你的孩子也能。而且，你将不只是一位看守者。”

唾沫星子从他嘴里喷溅而出，卷进了一团雪花里。儿子脸上的表情让他一顿，刹那间，他仪态骤变。在他转过身去找他的那群神秘人时，他的腰铃几乎是头一回铃声大作。

卢特林吼叫起来：“父亲，你就是大寡头！就是你！这就是费温发现的秘密，对吗?”

“不!”洛班思特突然间变了一个人，号令天下的领导气质不见了，他举起蟹螯般的手，身体的每一根线条都表露出他心底的恐惧。他一把抓住了儿子的小臂，此时此刻，卢特林手中的那把刀向上挑起，猛地刺进了他的胸膛，刺进了心脏。鲜血从撕开的衣衫里喷涌而出，沾满了两个人的双手。

院子里顿时一片混乱。最先动起来的是挽具工人，他惊声尖叫着逃出大门，因为他很清楚目睹凶杀的人会有什么下场。那些神秘人的反应就没那么迅速了。他们的主子跪在雪地里慢慢扑倒，一只发红的手无力地托在他那肿大的甲状腺上，最后倒在了法施纳基德的尸体上。他们盯着这一幕，全无动作，仿佛失去了知觉。

卢特林一刻也没有停。尽管心中无比惊恐，他还是利索地飞身跃上一头耶尔克。在他疾驰穿过院子的时候，身后传来一声枪响，他听到后面的人冲了上来。

他在大雪中眯着眼睛，猛踹胯下的耶尔克，一路向院子后面跑去。人们大喊大叫着。他父亲手下那些刚刚返回的人马仍在卸下鞍座，整理行装。一个女人在奔跑，尖叫着，脚下一滑跌倒在地。卢特林骑着耶尔克腾空从她身上跃过。大门处有人上前想要截住他，但无人相助。卢特林抽出左轮枪用力敲在这个想要拉住他的缰绳的人脸上，然后他冲进了出去。

卢特林一路骑行，朝着一片树林和岔道狂奔，口中一遍又一遍念叨着什么，他已经失去了理智。过了好一会儿他才回过神来，听清楚了自己在说什么。

他不断对自己重复着一句话：“弑父罪大恶极！”

这几个字一直伴随着逃亡中的卢特林。

他一路狂奔，完全没有意识到自己在往何处去。在喀尔纳巴尔，只有一个地方能让他从这场追踪里安然脱身。两侧的树木从身旁闪过，在他眯着的眼睛里模糊不清。他把头趴在耶尔克的脖子上，呼吸着它呼出的雾气，他冲着这头牲口大喊着，告诉它什么是罪大恶极。

埃赛卡楠兹庄园的大门从飘忽不定的暮色中浮现出来。门房里有一盏摇曳的灯光，一个人跑了出来，刹那间便又飞出了视线。在耶尔克鼓点般的蹄声之外，在呼啸的风声之上，传来了追踪者的声音。

卢特林进了镇子好一会儿，才意识到自己到了哪里。经过第一座修道院的时候，钟声响彻他的耳畔。周围有不少人，他模模糊糊看不清楚。朝觐者尖叫着四散逃开。他瞥见一个烤饼摊儿被掀翻了，但片刻就被他甩在身后看不见了，在他面前只有那些守卫的小屋，最终，在一片昏黄之中，喀尔纳巴尔山的高墙浮现了出来。那条高大威严的隧道就在他的眼前。

卢特林片刻也没有停留，一等耶尔克放慢脚步，就跃下坐骑朝前跑去。他的头顶有一口巨钟响起，用那单调的声音述说着他的罪行。自我保护的本能驱赶着卢特林一路向前。他跑下坡道，神职人员的身影聚上前来。

“士兵！后面有士兵追我！”他喘着粗气喊叫着。

神职人员马上明白了他的处境。现在士兵已经不再是教会的朋友了。他们急忙把他带进了幽暗之中，巨大的金属门在他身后迅速合拢。

他现在是巨轮的人了。

XV

身陷巨轮

地螺是地球上第一种并不包含活细胞的生命系统，也因此并不依靠细菌。它们与之前所有的生命体都截然不同，包括那些令人惊叹的基因聚合体，人类。

也许盖娅已经冲着人类倒竖起那只不存在的大拇指。人类证明了自己并不是生物圈的什么附属品，而是一种诅咒。可能他们现在正在被逐步排挤掉，或是被融入进一个更为宏大的事物之中。

不管怎样，这种白色多面体如今到处都是，遍布每一块大陆。它们似乎没有什么伤害。它们存在的方式令人难以理解，就像是国王对待猫的方式，或者说猫对待国王的方式。但是它们会散发出能量。

这种能量不是那种人类曾经长期使用并称之为电的能量。人类将这种新能源称为自生力，也许是为了纪念那种古老的电力。

自生力不是通过发电那种方式产生的。只有在大型白色多面体即将自我复制时，或是正在酝酿这个过程时，这种能量才会流出。然而它是可以被感觉到的。人可以在下腹部或是“霍拉区”感受到它，像是一种温和的乐音。在后冰川时代，人类所能设计的任何仪器都无法将其测量出来。

在后冰川时代，人类四处漫游。他们不再希望占据土地，而是更愿意被土地所占有。那个遍布藩篱的旧世界永远消亡了。

不论他们去哪里，他们都是步行。最终他们发现，跟着一个合适的地螺走是最简单的方式。人类没有失去自古有之的聪明才智，也没有丢掉灵活的双手。几代人过去了，在一块新生的大陆上，有一群人发现了一种利用自生力的方法，足以推动一辆小车。没多久，小推车便随处可见，在地面上以非常低的速度前行在地螺前面。

在地螺自我复制时，它会释放出一连串纤薄的多面体，就像飘在风中的纸页，然后自生力便停止了，坐在小车上的人便不得不把车子推到另一个能量源前面去。

然而，这只不过是个开端。后来的发展会产生意想不到的变化。

人类种族的数量与之前相比急剧减少，他们漫游在新生的地球上，对地螺产生了依赖，这种依赖性逐代增强。

没有人像以前那样劳作，没有人会一辈子在一块土地里弯腰种植稻米或是土豆。他们有时会种一些植物，但只是为了好玩；其他人会继承他们的劳动成果，因为他们一直都在走个不停——尽管一天几乎走不上一英里。自生力并非一种强劲的动力来源。

没有人伏案工作。桌子消失了。

也许可以这么看，这些人永远都在度假，或者说他们生活在一个斯巴达式的伊甸园里。这并非问题所在。他们深深陷入在自己那些独特的工作之中。他们做着一种被他们称为反思的事情。

核战争引发的核辐射风暴在基因池里已经留下了印迹。人类幸存者越来越喜爱他们大脑神经回路之中的新连接。用术语来说，这种新皮质算是一种草率的产物。在寻常情况下，它是正常工作的，但是在压力之下，情绪就会绕过它。在核战之前，这个缺陷被视为一种行为规范，有时候还是一种良好的行为规范。对于很多若非因暴力而起则永远不会出现的问题来说，暴力被视为一种可以接受的解决方式。

在如今这种更为太平的时代里，暴力是不受欢迎的。它被看作是一种失败，而不是解决之道。经过了一代又一代，新皮质与大脑的其他部分演化出了更好的连接。人类开始第一次了解自己。

这些四处漫游的人确实也当自己在度假。这便是盖娅通过演化产生的影响。他们享受其中的那些事情刚好也能改进自身的血统，而有些夫妇在这方面尤为出色，他们的孩子在下一代人中是能将反思运动做到最好的。

他们主要就是在人类意识中搜索着深层结构。他们搜寻着那些塑造了人类种族历史的决定性因素时，海利科尼亚上发生的事情引导了他们。核毁灭之前的地球历史记录几乎荡然无存；只有一两处知识储存所从废墟中被发掘出来。但是海利科尼亚被公认为给人民呈现了一个与曾经统治地球的那种深层结构的等同物。

那些对自身残暴本性如此恐惧的地球人，那些将自己用各种壁垒、武装、严刑律法重重包围起来的地球人——如同公认的那样——与那个杀死了自己的父亲，麻烦缠身的年轻人并没有多大的不同。侵略与杀戮曾经是一种逃避痛苦的手段：最终，行星本身被它自己的子嗣杀害了。

尽管在整颗星球上，喀尔纳巴尔的巨轮无人不知，但是并没有多少人造访过它。更没有人真正一睹过它的全貌。

巨轮深埋地下，隐藏在喀尔纳巴尔山的心脏里。所谓的筑造者修建了它，他们留在身后的这件作品，无人超越，甚至无人模仿。

说到喀尔纳巴尔的筑造者，世人对他们一无所知，唯有一件事十分确定。他们是很虔诚的人。他们相信，信仰能推动世界。于是他们开始着手打造一台石头机器。它能够拖拽海利科尼亚穿过黑暗与寒冷，让它重新泊靠在阿佐亚希克神最钟爱的温暖之中。迄今为止，这台机器从未失灵。

这部机器由信仰所驱动，信仰，就在人们心中。

人们进入巨轮的那条路虽饱经岁月却不曾改变。在隧道大门处经过一场准备仪式之后，新来者会被带下一道宽阔的阶梯，蜿蜒进入大山内部。沼气喷灯点亮了道路。阶梯走到底是一个漏斗形的厅室，对面那堵墙便是巨轮的一部分了。这时候，新来者的心境会有所不同，有的是被协助着，有的是被驱赶着进入眼前这个巨轮囚室。待了一会儿之后，突然猛地一动，巨轮开始旋转。缓缓地，外面的世界与这个囚室的新主人被石墙彻底隔绝开来。外面的世界从眼前消失了。现在，新来者孤身一人——只有旁边那些囚室里的人陪着他，在他身处巨轮的整个时期，那些人根本无法得见。

卢特林·邵柯兰迪特在进去的人中间也不算特例。在这里寻求庇护的人很多。有些是圣徒，有些是罪人。

一开始，筑造者的计划由教会延续着。要给巨轮中的志愿者找接班人并不难，他们要划着它穿越苍穹去往弗雷耶身边那个属于它的港湾。但是当几个世纪长的光明归来时，当锡伯纳尔再次沐浴在白日之中时，信仰衰落了。它越来越难吸引虔诚的人，无力说服他们舍身进入黑暗。

如果政府不曾出手相助教会，巨轮一度会停摆。政府把罪犯发配到喀尔纳巴尔，让他们在巨轮里服刑，蜷缩在山石之中，拖拽着他们的世界和他们自己前行，以期重获解脱。这也促成了教会和政府的亲密合作，这种合作在无数个大周期年里维系着锡伯纳尔的力量。

在整个夏季和漫长慵懒的秋季里，巨轮由罪犯和祭司共同拖拽着。只有在世道艰难之际，当大雪开始落下，庄稼开始凋零，古老的信仰才重新兴起。接着，虔诚者又回来了，乞求在此得到一块容身之地。罪犯被送去当水手或者士兵，或是被随意抛进凄苦湾里。

父亲啊父亲万事皆有根由
磐石殷红炽热犹如额头
狂躁的我身处粗暴殷红的黑暗之中
你高高在上还是沉落脚下
不甘地等待着一死 哦死亡
它是那样嚣张 你在那重重壁垒中尖叫
灯光闪过我身旁的存在
闪过复又消逝，而我身处于隆隆声中
在这岩石深处斥责着自己 那件事

我从未想过去做，却就那样在突然之间
用你的刀斩断了我们的亲密无间
那可是我明誓过的你我共生血脉
在这戾声不绝的可怕之处
我的血将永远流淌似岩浆
堵住那粗暴殷红如磐石的黑暗

卢特林思绪纷乱，各种念头似乎永远流淌在他的心头。对深埋地下的灵魂而言，能表明时间尚在流逝的，只有岩石之间的摩擦声和人们的可怕呻吟。渐渐地，他的注意力被那些呻吟吸引了过去。听着那些声音，他的思绪平静了下来。

他不确定自己身在何处。他设想自己躺在地下某个受伤巨兽的围栏里，尽管这头巨兽已经垂死，可它仍在搜寻他，这里看看，那里瞧瞧。当它找到他的时候，它会扑到他身上，在最后的痛苦中杀死他。

最后他缓过神来。他听到的是风声，风吹在巨轮下方的孔洞里，产生一种呻吟般的和音。摩擦声是巨轮在运转。

卢特林坐了起来。巨轮的祭司不仅放他进来，将他从父亲的复仇者手中解救下来，而且在带他进入囚室之前，还赦免了他先前所犯的一切罪孽。这是祭司们的标准做法。身负罪孽，同时又深陷囚牢，这太容易让人发疯了。

他站了起来，但他犯下的可怕罪行仍在他心中激荡不休。他满怀恐惧地看着右手，看着沾染血迹的右臂衣袖。

吃的送来了，可以听到声响沿着头顶岩石里的滑道传来。食物用一块布包着，有一块圆面包，一块奶酪，一块好像是熏烤过的刺囊兽肉。所以现在应该是巴塔利克斯的黎明时分。很快就要进入小周期年的隆冬时节，那个时候，巴塔利克斯一连几个什旬都不会露面。不过身处喀尔纳巴尔山的腹地，一切都没什么区别。他嚼着面包，在囚室里转来转去，努力查看着周围的环境，因为他知道，这个狭小的黑屋就是他的余生了。

喀尔纳巴尔的筑造者精心设计了巨轮的每一个尺寸，从而让它们对应那些统治着海利科尼亚生命的天文元素。囚室的高度是二百四十厘米，对应着一个什旬的六个星期乘以一个小时的四十分钟，或者是六个星期乘以一星期的八天再乘以五。

囚室外宽两米五——二百五十厘米，对应一小周期年的十个什旬乘以一天的小时数。

囚室进深四百八十厘米，对应一个小周期年的天数。

靠着墙一侧摆着一张床铺，这是囚室里唯一的家具。床铺上有一条滑槽：补给品就是从这里落下来的。床铺对面有一个开口，是当厕所用的，排泄物落进一根管子里，通到巨轮下面的沼气池，上方修道院抛弃的动植物垃圾是它的主要原料来源，供巨轮里的沼气灯用。

卢特林的囚室和他两侧的囚室由一堵0.64159米厚的墙隔开——这个数值加上囚室的宽度正好是 π 的值。他坐在床铺上，后背倚着隔墙，向自己左边的那堵墙望去。那是坚实稳固的岩石，是这个囚室的第四面墙壁，这堵墙和巨轮之间几乎不留一丝缝隙。这面岩壁上凿刻着两组凹槽：较高的一组里燃着沼气灯，给囚室提供了勉强够用的光和热；另一组凹槽低些，有一条长长的铁链，牢牢钉在里面。

卢特林嚼着面包走到外墙跟前，掂起了沉重的铁链，链条在他手里似乎有些汗津津的。他把它们放下，链条落回了窄窄的凹槽里。总共有十节链条，每一段代表一个小周期年。

他一动不动地站在那里，目光牢牢锁在长长的链条上。在之前那些恶行带来的恐惧之上，另一种恐惧渐渐升起——被囚禁的恐惧。巨轮便是通过这些链条被拖拽着的。

他还不曾拉动过铁链。他不知道自己在谵语状态下沉沦了多久，与此同时，各种各样的声音在他脑海里嗡嗡作响。从巨轮上方的某个地方传来僧侣吹响喇叭的声音，这时他才回过神来。接着，巨轮开始了水平运动，震颤持续了半天。

凝视着外墙，卢特林感到恐惧，但他迟早会习惯的。在他身处的环境中，那面墙是唯一会产生变化的元素。它上面的记号形成了一张进度表。通过墙皮剥落的程度，一个有经验的囚徒可以计算出他在花岗岩内度过了多少时间。

另外三面内墙，囚室里永恒不变的三面墙，已经被之前的居住者精心刻绘过了，圣人的肖像和生殖器的图案表明这间囚室曾有过各种各样的主人。上面还刻着诗歌、日历、忏悔、计算、图表，总之没有一寸空白。这几面墙上保留着逝去灵魂的化石，誊写着苦难与希望。

革命口号触目可见。有一条覆盖在一篇极为诚挚的祈祷文之上，祷文是献给一位叫阿卡的神灵的。许多最早期的痕迹被后来的遮盖了，好似后浪推开前浪。还有些早期的刻字尽管淡了，却依然可以辨识，这些刻字字体精美，有些用的是如今世界上早已消失的华丽手写体。

在一段无比模糊而又无比精美的刻字中，卢特林读到了关于巨轮本身的基本细节。字里行间呈现出的力量，不像是属于囚禁于此的任何人的。

也许把巨轮描述为一个环形更为适合，这个环形围绕着一根庞大的花岗岩中轴旋转着。

巨轮离地6.6米，也就是12乘以0.55，55是巨轮本身在北半球的纬度。算上它的基座，总厚度是13.19米，1319年是北纬55度的弗雷耶日落年，也就是梅耶柯威尔年，标志着远星点极值的那一年。巨轮直径1825米，是一个大周期年所包含的小周期年数。1825也是在巨轮的外侧圆周上修建的囚室数量。

在这些数字旁边，有一个雕刻精细的图案，它完整无缺地保存至今。图案刻在石头里，正确地呈现出巨轮的尺寸。巨轮上方是洞穴，其大小足以让修道院里的僧侣走到巨轮顶上为下面的囚徒丢下补给。

要进入那个洞穴，必须通过班贝科修道院，修道院坐落于喀尔纳巴尔山的坡上，正好位于深藏地下的巨轮上方。

在花岗岩上雕刻下这些巨轮细节的人，不管是谁，显然对这一切都了如指掌。流淌在巨轮下面的那条河也被刻绘了出来，它是用来辅助巨轮旋转的。还有一些示意图把巨轮的心脏与弗雷耶，与巴塔利克斯，甚至与十大星座联系在了一起——蝙蝠座、乌特拉之牛座、巨砾座、夜之伤痕座、金船座等等。

“肏那哨兵!”卢特林平生第一次骂出这句忌讳的诅咒。他讨厌那些无中生有的联系，都是谎言，根本不存在什么联系。深埋在岩石当中的只有他自己，比幽魂强不了多少。他索性躺在了床铺上。

他又骂出那句话。既然被贬入地狱，他当然有资格骂这句话。

视野越是阴暗，声音越是响亮。卢特林猜测，其他人在巨轮不运行的时候都在睡觉。他躺在那里毫无睡意，双眼空洞地盯着他住的这个枯燥盒子。

供水是从床铺脚边的一个水槽流进来的，它滴溅的频次很密，就像钟表的滴答声一样有规律。

更低沉的水声来自移动地板之下。那声音十分慵懒，就像是醉酒之后没完没了的絮叨。卢特林发现那声音能让人镇静。

还有其他的水声，滴滴答答，来自更远的地方，时刻提醒他记起外边那个自然的世界、自由的世界、狩猎的世界。他想象着自己无拘无束地信步于喀丝匹桉森林里。但这样的幻觉难以维持，他时不时会看到父亲那张脸，沉浸在最后的痛苦之中。小溪、瀑布、急流从他心中消失了，取而代之的是淋漓的鲜血。

直到他打开那个裹着食物的包裹时，他才从白日梦里醒了过来——他发现里边有一张纸条。

他拿着纸片走到外墙的蓝色火焰下注目看去。有人用很小的字体写着：这里一切都好。爱你。

没有署名，甚至没有抬头。是他母亲？托莱丝·拉尔？瑛茜尔？还是他的一个朋友？

正因为这条消息是匿名的，他感到了极大的鼓舞，看来外边有人牵挂他，而且能跟他联络——至少这一次联系上了。

就在这天，当祭司的喇叭吹响，他一跃而起，一把抓住了外墙凹槽里的铁链。双脚抵着隔墙，他用力拖拽那条铁链。他的囚室动了起来——巨轮动起来了。

又是发力一拽，这一次的运转不那么费力了，移动了好几厘米。

“拉呀！你们他妈的拉呀！”他大喊起来。

干活的喇叭声每十二个半小时响一次，然后便是同等长度的寂静。一天的工作结束，卢特林让自己前进了大约一百一十九厘米，几乎是他囚室宽度的一半。为房间照明的火苗靠近了隔墙，等到第二天工作完成，它就会被遮住了——到时他就进入了下一间囚室——然后会露出一盏新灯。

要移动的总质量达到了1284551.137吨——这便是神圣加诸于巨轮的重量。看起来这似乎仅仅是体力劳动，但是随着日子一天天过去，卢特林越来越将其视为一种精神上的任务。他越来越感觉到自己的心灵、巨轮与弗雷耶和巴塔利克斯还有那些遥远的星座有着切实的联系。他逐渐悟出这一点，巨轮所包含的不仅仅是艰苦——就像传说里讲的那样——更是智慧的开端。

“拉啊！”他又喊叫起来，“用力拉啊，你们这些圣徒和罪人。”

从那时起，他变得狂热起来，一等到那期盼已久的喇叭声响起，便从床上迫不及待地跳起来。他咒骂着那些在他想象中不像他这么迅速起身干活的人。他咒骂着那些跟他以前一样不在自己的铁链上卖力的人。他无法理解为什么工作时间不再长一些。

夜里——这里只有黑夜——卢特林躺倒睡觉时满脑子都是幻想，

想着那个缓缓移动的巨轮就像石碾子一样把人的生命碾碎。巨轮每天都在运动，自从伟大的筑造者将它建造起来之后，便从未停歇。

它围绕着一根坚实的轴心旋转。囚徒们逼迫自己进入这座花岗岩大山的心脏，就像蛆虫一般蜗居在巨轮圆周上的囚室里。只有接纳这残酷的苦行，只有积极地相互协作，才有可能回到世间。只有通过这样的协作，才能推动巨轮的运转，而巨轮便意味着自由。只有身陷大山之内，才有可能蜕变成一个真正自由的人。

“用力拉啊！拉啊！”卢特林喊叫着，绷紧了身上每一块肌肉。他想象着其他一千八百二十四人，困在各自的囚室里，如果他们想要出去，就必须拼尽全力。

他不知道外面的世界爆发了什么样的危机，他不知道他的行为引发了怎样的后果，他不知道谁死了谁还活着。日子一个什旬一个什旬地过去，他越来越对其他那些不全力工作的囚徒充满了愤恨——也许有些病了，甚至死了。他觉得自己是独自一人用血肉之躯负担着岩石的重量，他独自一人拼尽全力让巨轮穿越花岗岩的苍穹走向光明。

不知过了多少什旬，也不知过了多少年，唯一有变化的是外墙岩壁上的划痕。此外，一切如故。

这种一成不变压垮了他那颗年轻的心。他变得消沉起来，开始自暴自弃。现在，当祭司的喇叭在头顶吹响的时候，他不再总是动起来了，喇叭声透过厚实的屋顶之后变得尖锐细长。

关于父亲的想法渐渐褪去。他开始相信父亲也被他自己的罪行所淹没，是他自己把刀子交给了儿子，嘲弄他，奚落他，好让自己可以迎来死亡。那张总是闪着油光的脸变成了一张凄苦的脸。

他花了很长时间思考能不能进入通灵去拜访一下父亲，这个念头一直蹂躏着他的心。在囚禁的第二年，卢特林爬上床铺平躺下来，但他几乎不知道该怎么做。渐渐地，通灵的状态袭来，他向下飘移，进入了一片比大山之心还要宏大的黑暗之中。

此前他从未进入过这个阴沉沉的幽魂世界，在那里，所有曾经活过却不再活着的人缓缓穿越可怕的寂静，沉向虚无。他一片茫然。起先他无法下沉，接着他无法阻止自己下沉。他朝着下方一片朦胧的火花飘落下去，远远望去仿佛摇曳的星光，而那所有的星光都静止不动，只有在死亡之境才会如此。

卢特林的灵魂小舟匀速移动着，凝神注视着那些朝着原初注视者中心一路而去的一列列亡魂。离近看，每一个幽魂都像是烤焦的禽鸟被吊在那里风干。透过它们的胸骨，透过它们透明的肚腹，可以看到无数微粒像装在瓶子里的飞蝇一样缓缓盘旋。在那些骷髅头上，深陷的眼窝里没有什么亮光透出来。循着一个任何罗盘都测不出的方向，卢特林的灵魂飘到了洛班思特·邵柯兰迪特的幽魂面前。

“我的父亲，您只需说句话我便离去，我爱你最深，却伤你最重。”

“卢特林，卢特林，我守候在这里，正在沉向湮灭，只希望能见到你。还有什么比亲眼见到你更让人高兴的呢？孩子，你在那些必须要熬到生命尽头的人群中间过得怎么样？”说完最后一个字，一股火星扑了出来。

“父亲，不要问我，说说您自己吧。我的心从来都不曾从我犯下的罪行中解脱出来，在那个不幸院落里所经历的那些可怕瞬间总是萦绕在我心头。”

“你必须原谅你自己，就像我到了这个地方之后原谅了你。我们不是一代人，你的思想还没有成熟，你看不到我所能看到的人世间。你遵循着一个原则，就像我一样。这事关荣誉。”

“我并没有打算杀了你，我深爱的父亲啊——我只想杀大寡头。”

“大寡头永远不会死，总是会再出来一个。”幽魂说话的时候，一股阴暗的尘粒从曾是嘴巴的那个孔洞喷涌出来。它们悬浮在空中，扑散开来，缓缓消散，就像雪花飘落在煤灰里。

洛班思特那灰烬般的躯体讲述着他如何行使着大寡头的职责，因为他相信锡伯纳尔有值得维护的价值。他滔滔不绝地歌功颂德，很多次他的话题都跑远了。

他谈起他在家人面前是如何隐藏自己那威仪天下的真面目。他那些所谓的狩猎，一去就是很长时间，其实并非如此。在山野中的某个地方，他会把猎犬留在那里，然后悄悄离开。同时由一小支卫队护送他前往阿斯基托什，在他回家的路上再重新召集那些猎犬。有一次他的大儿子发现了猎犬，并且逐步拼凑出了真相。费温没有说他发现了什么，只是纵身一跃，葬身崖下。

“你很容易想到悲伤吞没了我，儿子。在这里更好一些，在黑曜中很安全，我知道不会再有苦涩和悲伤袭扰肉体和灵魂。”

儿子的灵魂被镇住了，但并没有因为这番说辞而信服。

“为什么您不能向我吐露实情，父亲？”

“时机到了的时候，我会让你猜到的。瘟疫必须被阻止，人们必须学会顺从。否则，在历时好几个世纪的严寒冲击之下，文明将会沉沦灭亡。唯有心里存有此念，你方能像我所做的那样维持一切。”

“尊敬的父亲，当您双手沾满了成千上万人的鲜血时，您无法代表文明。”

“他们现在就在这里，儿子，艾斯比拉曼军队里的那些人。你是不是以为他们对于我只有单纯的不满？或者你哥哥对我也只有不满？他也在这里。”

卢特林的灵魂发出了一声大喊：“死者是不一样的。他们没有真实的感觉，只有仁爱之心。还有那场你发起的对付邻国布瑞巴尔的战争，那是没有必要的，你还毁掉了古城莱塔甘，那又怎么说？这难道不是彻头彻尾的残忍吗？”

“除非把必要也说成残忍。我从喀尔纳巴尔到遥远的阿斯基托什，最快捷的路线是从努奈特向西沿布瑞巴尔的雅达尔河顺流而下——这是一条可以航船的河流，比我们那条桀骜不驯的雯约河更为便捷。那样我就能抵达船只早就在等候着我的那片海岸，同时不被人认出，在瑞雯约克会有人认出我的。你能理解我吗，儿子？我之所以告诉你，就是为了安抚你的心绪。

“在世人面前隐藏大寡头的身份十分重要，这样可以减少国家之间发生暗杀和猜忌的危险。但一伙在雅达尔河上航行的莱塔甘贵族认出了我，由于我们两国之间处于敌对状态，他们计划杀死我。出于自卫，我把他们杀死了。如果你在我的位置上，你也必须这样做，我的儿子。要学会保护并珍惜你自己。”

“我永远都不会，父亲。”

“好吧，你有足够的时间去变成熟。”那团闪着微光的影子宽容地说。

“父亲，你还袭击了教会。” 灵魂停顿了一下。它难以表达它自己的感受，它对这堆烟雾般的碎片既尊重又痛恨，“我必须问您：您是否相信神灵能够倾听、能够诉说？”

曾经是嘴巴的那个孔洞在回答这问题的时候一动不动，“我们这些身处下界的幽魂能够感知我们的访客来自何处。我很清楚，我的儿子，你来自我们国家那个圣地的中心。因此我要问你：在这个炼狱之中，你是否听到过神灵说话？你是否感觉到他在倾听？”

这个问题里翻涌着一股深深的邪恶感，似乎传播悲惨本身是一件愉快的事。

“如果不是因为我的罪孽，他会倾听，他也会诉说。我坚信。”

“如果有神灵，孩子，难道你不觉得我们这些身处下界的魂魄会知晓其存在吗？看看你周围吧。除了黑曜，一无所有。神灵是人族最伟大的谎言——它是我们在残酷真相前的一道缓冲。”

对于那个灵魂来说，似乎有一股涌动的激流把它推向某个未知的地方，它觉得快要窒息了。

“父亲，我得走了。”

“离我近些，让我拥抱你一下。”

在习惯性的顺从之下，卢特林朝那齑粉般的骨架飘了过去。他正打算满心敬爱地伸出手，一股微粒如雨点般从幽魂之中激射出来，犹如一团火焰裹住了幽魂。他疾速往后飘离。微光熄灭了。就在那时，他记起了那些故事，说那些幽魂一有机会便会抓住一个有生命力的灵魂与它互换位置，因为它们不甘心死亡。

他再一次表达出夹杂着敬爱的抗拒之情，缓缓升起，穿过黑曜，直至那群幽魂与亡魂看去有如一团不断缩小的星辰。他回到了自己的囚室，回到了那个俯卧的躯体中。一片混沌茫然之中，他逐渐感觉到了这具有生命力的躯体带来的温暖。

在他的囚室转到出口之前，他还要在这座忧伤的大山心脏里待上八年时间，甚至距离他的囚室走到一半的位置也还要三年。

环境从来都没有变化，但卢特林对于自己的厌恶之情已有所转变，而这种转变又影响了他的日常思绪。他开始担忧教会和政府之间不断滋生的分歧。他假设那种分歧还在加深，巨轮也不再招募志愿者，不管那是出于什么原因。他假设有十年时间里，一直都在放人出去，而没有新人进来。渐渐地，巨轮会慢下来，因为只剩下几个人在拉拽它。接下来，哪怕全世界的喇叭一起吹响，巨轮也终究会停下来，那时他会葬身于这座大山里，无处可逃。

这些念头就像黄纹蝇一样挥之不去，甚至在睡梦中也是。他毫不怀疑同样的念头也困扰着其他的囚徒。当然，自从筑造者在很久以前完成他们的工作之后，巨轮就从未停歇过，但是往昔不能保证未来。他活在焦虑之中，几无生活可言，最终理解了那句老话“锡伯纳尔人为了活命而工作，为了活命而结婚，为了活命而渴望”。除了关于婚姻的那条，他敢发誓这句谚语绝对是在巨轮中产生的。

对于女人的渴望，对于男性伙伴的思念，这一切都在折磨着他。他试着通过岩石给离他最近的受难者同伴发去信号，但没有回应。他再没有收到过来自外面的纸条，希望消亡了，他被遗忘了。

在工作与寂静的循环中，一个谜团萦绕在他心头。巨轮有1825间囚室，一次只有两间囚室能通向外界，那时候会有一个人进来，同时隔壁会有一个人出去。那么，巨轮最开始是怎么装满朝觐者的呢？那些造出这台机器的人是怎么让它运转起来的呢？

他想象着人们拉起绳索和滑轮，涌出的地下河水将巨轮变成了一部水车。但是，他永远都无法完美地解开这个谜。

他的思维甚至也被囚禁在这座圣山里。

时不时会有一只坚背虫穿过囚室的地板，他颇有兴致地抓起它，轻轻地捏着它，看它那脆弱的小腿如波浪般划动着，挣扎着想要自由。坚背虫理解自由，并且信念坚定不移。比它复杂无数倍的人族对于这个问题却充满了分歧。

是怎样超验的痛苦才让人将自己囚禁在这巨轮里，度过一生中如此漫长的一段时间？这是否就是那条通向自我升华的道路？

他同时也在好奇，坚背虫是否理解它自己？他努力与这些小小的生物产生共鸣，从而让自己享受一点儿它们的自由，这又让他觉得很难过。他在囚室的地板上一躺就是好几个小时，盯着那些爬来爬去的小东西，白色的小蚂蚁、小蠕虫。有时候他会捉住那些用那粉红色眼睛打量着他的小老鼠。他想，如果我死了，它们就是唯一的目击者，这些不值一提的生物。

必定有很多人在巨轮的囚禁过程中就死掉了。有些人放弃了选择，而有些人则不敢做选择。他们也许被某种愿望唆使着逃到这处一成不变的地方，远离世事纷争——如果他能够理解天文学家的思想，他也许会知道，那些纷争其实被桎梏在一场更为宏大的宇宙喧嚣之中。

但是对于他来说，囚室里的一成不变就是一种死亡。昨天已经消失了，明天也不会存在。他用精神抗拒着这个衰亡的过程。

然后，每一天喇叭响起，他就爬起来，跑向外墙，抓住最近的铁链。拖着巨轮在岩间穿越，已经变成了唯一一件有意义的事情。一天移动一百一十九厘米，这台机器带着它的每一位房客以这样的速度穿过黑暗。

他再也没有沉入通灵，但是那次拜访父亲的余烬已经让他卸去了负罪感。过了一段时间，他发现自己已经想不起父亲了，或者，即便想起了，也只是想到了在那不死世界里不停喷涌的火花。

父亲的形象曾经是那么真实。那位勇敢的猎手，永远都和英勇的同伴一起追逐在狂野的喀丝匹桉森林中，如今那个形象破碎了，但其实从来都不曾存在过。相反，有一个人将自己囚禁在埃森山，囚禁在阿斯基托什那座巨石叠垒的城堡里——这个形象已经取代了自由的父亲。

父亲的生命与卢特林的生命之间有着奇妙的相似性，因为卢特林也将自己囚禁着。

他的生命第三次陷入了停滞。第一次是在行将迈过成年的门槛时，足有一年的时间瘫痪不起；第二次是肥死症带来的昏厥以及随之而来的形变；现在又是这个。他最终能否不再像哈宾·法施纳基德说的那样，继续做一个系统中的傀儡？是否还有一种终极的形变在等着他？

他能否摆脱父亲的影响尚不可知。他的父亲，尽管是系统的首脑，却也是它的牺牲品，他的家庭也一样。卢特林想起了母亲，她被永远囚禁在宅邸之中，其实她的处境跟他现在差不多。

时光流逝，托莱丝·拉尔的形象越来越模糊，她的光芒熄灭了。一旦沦为一个奴隶，她也只能是一个奴隶了；就像他母亲指出的那样，她的忠诚只是奴隶的忠诚，服从只是为了自保，并不是发自内心的忠诚。没有社会地位就等于社会性死亡，人们就是这么说奴隶的，这样的心是不会被感动的，若有感动也只是利益驱使。奴隶必然永远憎恨主子，他觉得自己能理解这一点。

时光流转，巨轮前行，瑛茜尔·埃赛卡楠兹的光芒却更加耀眼。她被囚禁在自己家中，家人团团围困着她，但她身上有一种叛逆的火花，她的心在娇躯下强劲地搏动着。他在黑暗中向她诉说。她的回答总是一副嘲弄人的样子，取笑他总是顺从；但她的关心在意，她对于这个世界的洞察，让他得到了慰藉。

因此他总是会拉起铁链，只要喇叭响声起。

在遥远的巨轮上方，运行着一个在某种程度上与它极为相似的结构体。地球观测站阿佛纳斯号为了运行也要依靠信仰。

但如今那种信仰已经消亡。掌控着小小族群的母系氏族社会现在完全被多重人格的精神状态所笼罩。那些硕大而变态的性器官、性爱玩偶，都被正式处死——通常都以变态的方式处死。但是，对于机械或科技产物的极度反感让这些部落陷入了一种毫无活力的享乐主义泥潭，性动机在其中占据了主导地位。

性别混乱得令人绝望。从孩提时代起，个体就会选定自己是雌性还是雄性人格，有时候甚至每种性别有都有五重人格。同一个人身上的这些多重人格之间可能永远都是彼此的陌生人，讲着不同的土语，追寻着不同的生活方式。他们之间或许还会陷入激烈的争论，或是疯狂地迷恋上自身的另一个人格。

其中的一些人格死掉的时候，它们的本体却还活着。

渐渐地，发生了一种普遍性的崩溃，似乎遗传所依赖的基因编码本身发生了混乱。

逐渐缩减的人口依旧沉溺于他们那复杂的游戏之中。但是空气中已经弥漫着末日景象。自动系统也在逐步停摆。那些编好程序的探测飞行器需要修复。修复工作需要人类的督导，而人类自顾不暇。

传送回地球的信号变得支离破碎，不再协调。信号很快就会完全中断了。无非就是再过几代人的事情。

XVI

天真得要命

这一年曾一度被称之为公元7583年，此时正是地球北半球的仲夏时节。

几位互为情侣的年轻人乘着一间房子在旅行。附近还有很多房子依着从容不迫的步调缓缓移动。这些房子在一个小山般巨大的地航体前面漫步而行。这个地航体正巡游在热带地区。

有时候，情侣中的一位会从房间里爬出来换到另一个房间里。这个地航体周围聚集了七十多间房子。很快它就要自我复制了。

一个名叫特洛克恩的男人在早餐之后正滔滔不绝，他就是喜欢大发议论。跟其他所有的男女老少一样，特洛克恩一丝不挂，只在头上罩着一层薄纱。

他身形略显纤瘦，橄榄色的皮肤，体型很好，脸上总是绽放出抑制不住的笑容，哪怕在他义正词严地发表议论时也是如此。

“如果我在今早的反思中得到了正确的结论，那么生活在核战争之前时代那些怪异的人们根本没有意识到一个事实，而这个事实对于我们来说则是显而易见的。他们没有充分发展出摆脱领土占有权的能力，而这种对于所有权的意识与鸟兽无异。”

他正对着两姐妹发表议论，这两姐妹是邵伊莎尔和艾尔麦恩，目前她们俩与他共享着他的房间。两姐妹长得很像；但邵伊莎尔看上去更有洞察力，两姐妹中她是主心骨。

“至少在那个古老的种族之中，也有一部分人痛斥土地所有权的邪恶。”艾尔麦恩说道。

“可他们被视为怪人。”特洛克恩说，“听着，我希望我们能对这个理论加以探索，我认为，那种占有权对于古老的种族来说就是一切。爱——对于他们来说——甚至连爱都是政治行为。”

“这太绝对了。”邵伊莎尔说，“不可否认，在那个时期，大部分时间都是由一种性别统治着另一种……”

“将她们像奴隶般占有。”

“好吧，就说是统治她们好了，你这个好争辩的大块头。不过在有些社会里，还是会让性关系纯洁而富有乐趣，没有任何精神上的从属占有关系，在那些地方，有一个口号是‘解放’，而且……”

特洛克恩摇了摇头，“亲爱的，你恰恰证明了我的论点。那种少数派对居于统治地位的社会文化来说是一种叛逆，所以他们是将爱看作——被迫看作——一种政治行为。‘解放’或者‘自由的爱’是一种表述，因此也是政治性的。”

“我可不认为他们是那样想的。”

“他们并不十分清楚自己有那样的想法。因此他们处于永远的不安之中。我坚信甚至连战争他们都是欢迎的，他们可以借此逃避个人的困境……”看到邵伊莎尔要争辩，他急忙抢道，“没错，我知道战争也和领土有关系。但那种对领土权的执念会从土地扩展到个体。人们大可以对自己本国的领土感到自豪并且为之战斗，同样，人们也大可以为所爱之人感到自豪并去战斗。或者说为妻子，那个时候他们就是这么称呼的。但你是否觉得，我会因为拥有你而感到自豪，或是为了你去战斗？”

“这是修辞方面的问题吗？”艾尔麦恩笑着说。

“看，举个例子好了。看看这个困扰古人类的所有权问题。奴隶制在地球上是一种普遍的状况，适用于并且也囊括了工业革命时代。在那之后很久，在很多地方，依然如故。那与我们所亲眼看见的、在海利科尼亚上发生的事情一样糟糕。它给了你权力去占有另一个人——如今对于我们来说这几乎难以想象。那只会令我们痛苦。但是我们也能看到奴隶主是如何转而受奴役的。”

特洛克恩不知不觉间抬起左手拔高了声调，这时候，旁边床铺上那位总是下午睡觉的老人在睡梦中焦躁地呢喃着什么，打着呼噜翻了个身。

“再说一遍，亲爱的，有不少社会都是没有奴隶的。”邵伊莎尔说道，“而且有不少社会憎恶那样的想法。”

“他们标榜自己，但是却保留着仆佣——当他们能……尽可能地占有奴隶的时候。后来他们用上了仿生人。官方声称没有奴隶的社会却酷爱以多样化的形式占有奴隶。占有，占有……那就是一种发疯的形式。”

“他们可没疯。”邵伊莎尔说，“只是跟我们不同罢了。也许他们还觉得我们很怪异呢。此外，那可是人类的青春期。我听说教听得够多了，特洛克恩，现在听听我的见解。

“我们之所以能存在，纯粹是因为出乎意料的幸运。别想什么上帝之手了，海利科尼亚人一直都为此而备受折磨。我们只是幸运罢了。我不是说人类从核冬天幸存下来仅仅凭着幸运——尽管其中也有侥幸的成分。我是说这幸运来自一系列发生在地球上的宇宙规模的事件。想想那种植物型细菌将氧气释放到一种原本无法呼吸的大气之中；想想哺乳动物进化出胎盘——比卵生聪明太多了——尽管下蛋在它们所属的时代也是很聪明的方式；想想那个让环境发生巨变的大爆炸，让恐龙彻底灭亡，给了哺乳动物进化的机会……我还能继续列举。”

“我们那个古老而处于青春期的祖先惧怕偶然性。他们害怕幸运。因此才有了神灵、藩篱、婚姻、核武器以及其他一切。不是出于你说的那种占有欲，而是出于对偶然性的恐惧。正是这一点最终击垮了他们。也许这样的预言是自我应验的。”

“有道理。没错。我会同意你的想法，如果你能同意，那种占有欲本身也许就是对于偶然性的一种恐惧症状。”

“哦，好吧，特洛克恩，如果你同意的话，那咱们还是回到关于性的话题吧。”他们一起笑了起来。他们窗外可以看到这座移动的小城以那种略显粗糙的方式滚滚前进着，从白色的多面体上吸取着自生力。

艾尔麦恩伸出一条手臂搂住了姐姐的肩膀，抚摩着她的秀发。

“你肯定认为古老的婚姻制度就是那样，一个人占有另一个人。然而对于我来说，婚姻听上去还是挺浪漫的。”

“大部分肮脏卑鄙的事情都挺浪漫的，如果你距离它们足够远。”邵伊莎尔说道，“要是透过现象看本质，任何事……不过要是把爱当作政治行为的话，婚姻算是个极端的例子。爱就是一种虚伪的托词，顶多也就是一种幻象。”

“我不明白你的意思。男人和女人并非必须结婚，对吧？”

“是以某种自愿的形式，没错，但是有来自社会的压力。有时是道德的压力，有时候是经济上的压力。男人让某个人为他工作，并与其发生性关系。女人则是找个人为她挣钱。婚姻将他们的贪婪合二为一。”

“太可怕了！”

邵伊莎尔十分欣赏自己的论调，接着道：“所有那些浪漫的姿态，那些欣喜若狂，那些情歌，那些伤感的音乐，那些被奉为珍宝的文学作品，那些生死之约，那些泪水，那些海誓山盟……全都不过是社会化交配的表演形式，他们根本不清楚自己是在安放陷阱上的诱饵，还是正在落入陷阱。”

“你让这事儿听上去很可怕。”

“哦，实际上更糟，艾尔麦恩，我向你保证。难怪有那么多女人选择卖淫。我是说，婚姻是另一种版本的权力斗争，丈夫与妻子为了获得凌驾于对方的至高权力而战。男人有财富作为大棒，而女人的秘密武器在她双腿之间。”

他们爆发出一阵大笑。另一张床上的老人，他叫萨托里瓦什，仿佛是为了还击使劲打起了呼噜。

特洛克恩说：“你的那件秘密武器早已不是什么秘密了。”

当一座城市对于某个人的偏好来说变得过于拥挤，另换一个地航体去往另一个方向并不是什么难事。有很多城市，有很多选择。一些人喜欢长久的白昼；一些人旅行是为了享受壮丽的景色；还有一些人渴望着一睹大海或沙漠的壮观。每一种环境都会提供一种不同类型的体验。

而那些体验会形成一种不一样的秩序。人们不再有迫切的需求。他们机敏的头脑最终引领他们接受自己成为一个更为谦逊的角色，隶属于却不完全融入地球的精神力——盖娅。盖娅并不像人类想象中那些古老的神灵那样期求占有他们。他们自身就是这精神力的一部分。他们想见得到。

因此，死亡在人类事务中不再像曾经那样扮演着具有引领作用的审判者角色。现在，死亡只不过是一个普普通通的项目罢了：盖娅不过是一座寻常的墓葬，新生事物不断从中开花结果。

而且还有着与海利科尼亚密切相关的一种维度。从旁观者来看，这些男男女女已经毕业，成了参与者。当来自阿佛纳斯号的图像不再能完好抵达，当那纯洁的画面在贝壳状的剧场里消失，共情的联系却被锻造得更为坚实了。从某种意义上来说，人类——人类的思维——释放出去跨过太空，变成了原初注视者的眼睛，将力量赋予了另一颗行星上那些遥远的伙伴。

未来会给这种精神上的拓展带来什么？这可是一件值得期待的事情。

地球人通过放弃主宰地球，退居到一个舒适的位置，再一次进入了奇妙的轮回。他们发誓摒弃那种古老的贪婪欲望。他们所拥有的一切就是这个世界，正如同他们自己就是世界。

天色渐暗，艾尔麦恩说：“把爱当作政治行为，不费多少工夫就能习惯。但是古老的种族在婚姻破裂的时候会发生什么？詹道昂格诺尔有过吗？哦，离婚。这可是一个超越了占有权的争论焦点，不是吗？”

“而且也超越了谁拥有孩子的问题。”邵伊莎尔说。

“这是一个例证，与爱有关的一切都与经济和政治纠缠在一起。他们不明白随机事件是无法避免的。那是盖娅让自己不断成长的一种突变。”

特洛克恩望着窗外，朝地航体做了个手势。“如果盖娅没有让那种东西来替代我们，我才感到意外呢。”他以一种嘲弄阴郁的语气说道，“毕竟，地航体比我们更美丽，更有效用——除了在场的诸位。”

天空中群星闪现，三个人爬出来到了地面上，走在他们那缓缓巡行的房间旁边。艾尔麦恩挽着另两个人的手臂。

“我们从海利科尼亚的例子可以作出判断，古老的种族中有多少生灵毁于领土权以及对于所爱之人的占有欲啊，而核冬天至少让我们这个种族从那种欲望中解脱了。我们上升到了一个更好的生命形式。”

特洛克恩笑着说：“我们还有什么自己都不知道的毛病吧？”

艾尔麦恩嘲弄着说：“反正你身上的毛病我们可是看得清清楚楚。”他在她耳朵上轻轻咬了一口。屋子里，床上的萨托里瓦什打着鼾身子一颤，就好像是在认同，就好像他自己也津津有味地品尝到了那片粉色的耳垂。就要到钟点了，他通常在这个时候醒来，享受热带的夜晚。

“这倒提醒我了，”邵伊莎尔仰望着星空说，“如果我的随机理论终归是正确的，那可能会对一个问题做出解释，为什么古老的种族从来都不曾发现其他任何生命形式，除了海利科尼亚。海利科尼亚与地球都是幸运儿。我们是出于偶然降临于世。在其他行星上，每一件事物的发展都是按照地质物理的进程而发展。其结果就是什么都没有发生。没什么故事可讲。”

他们仰头望着那辽阔无际的苍穹。

特洛克恩长叹一声，“当我仰望银河的时候，总是心潮澎湃。一方面，群星总是提醒着我，由有机物与无机物构成的这整个宇宙复杂得令人惊叹，却可以将自己转化解析为几条物理定律，其简洁令人敬畏……”

“星星为你的演讲提供了借题发挥的机会，当然会让你开心了……”她模仿着他的口气。

“而另一方面，亲爱的，另一方面呢……哦，你知道的，我比一条蠕虫或是一只青蝇复杂得多，这让我能够看懂那几条令人敬畏的物理定律中所包含的美。”

他们大笑起来，不得不跑起来去追赶他们的房间。

时光飞逝，每天要做的事情很简单。在这儿一个人所要做的一切，就是拖拽那条铁链，时间随之流逝。巨轮不停地运转着，穿越那所谓繁星璀璨的苍穹。

绝望变成了认命。认命久了，希望就降临了。那一刻到来的时候并没有多么惊天动地，它不知不觉间就到来了，就像黎明降临。

外墙上那些涂鸦的风格悄然发生着变化。上面出现了赤裸的女人，对子孙的希望和吹嘘，对妻子的恐惧。有计算剩余日子的日历，上面的数字随着剩下的什旬减少写得越来越大。

墙上依然会出现宗教箴言，有时隔不了几米就会重复一遍，直到那个痴迷其中的书写者在许多个什旬之后感到厌倦。其中一条格言让卢特林陷入了沉思——世间智慧始终存在，浸淫其中方觉无垠。

有一次，喇叭吹响了，整个结构都发出尖锐的摩擦声，当他与那些从未谋面的同伴们一起拖着铁链的时候，卢特林·邵柯兰迪特意识到他的囚室里出现了一抹暗淡的光亮。他拼命拉着，每个小时只能将这沉重的巨轮向前拖行不超过十厘米，但是那一抹光每个小时都在增强。一团淡黄色的光晕不知不觉间钻了进来。

他以为自己进入了天堂。他甩掉裘皮外衣，分外拼命地拖动着十节链条，冲着那些根本听不到他声音的同伴大喊着加油。在十二个半小时的工作行将结束时，囚室前方那面墙与外墙之间渐渐显露出一小道光明的缝隙。囚室里顿时充满了一种神圣的物质，那物质流淌进了最偏僻阴暗的角落。卢特林一下子跪倒在地，双手捂住眼睛，又哭又笑，涕泪交加。

等到工作时间结束，那道缝隙已经完全显露在外壁上了。它有二百四十毫米宽——在卢特林将他的囚室拖动到班贝科修道院下方的出口前，只剩下半个小周期年了。花岗岩的石壁上简明扼要地刻着一行文字——半年之后重返世间，愿此于你有所裨益。

这道缝隙是深深地雕刻在岩石里的一扇窗。很难看出来它在岩层里延伸了多远才通到外面。窗户远端装着坚固的栏杆。透过栏杆，可以远远地望见一棵树，一株喀丝匹桉树正在大风中摇曳。

卢特林朝着外面望了很久才坐回到床上，沉浸在这一美妙的时刻中。将日光透射进来的那道缝隙里淤塞了不少碎石。从那道狭缝透进的光辉让整间囚室流光溢彩，仿佛全世界所有的光明此时都在流淌而下，让他沐浴在祝福之中。他面前呈现着最灿烂的光芒，用他在自由世界从未见过的、层次分明的笔法，为这间最朴素的房间画出了最精致的光影变幻。再一次感受到自己还活在世上，他如痴如狂。

“瑛茜尔！”他朝那道光大喊，“我会回来的！”

第二天他没去工作，只是望着那扇能赐予生命的窗口被其他人拖着，在外墙上缓缓移动。接下来的一天，他依然拒绝工作，窗口也依然移动着，最终完全消失了。即便残存的一丝缝隙也足以透出珠辉般的光芒，照亮他这逼仄的空间。在第四个工作日，那抹光芒也消失了，想必此刻正让后面那间囚室的房客如痴如醉……想到这一点他觉得无比怅然。

此时，他开始出现了自我怀疑。他对于自由的渴望变成了一种恐惧。瑛茜尔对她自己做了些什么？她会不会已经离开了那个她憎恨的地方？

还有他母亲，也许现在她已经死了……他抗拒着沉入通灵发现真相的冲动。

还有托莱丝·拉尔。是的，他已经给了她自由，也许她已经想办法回到了伯多兰。

还有，政治局势怎么样了？新任大寡头还在执行前任的法令吗？法民还在遭受屠杀吗？教会与政府之间的争端如何了？

他想知道，自己重返世间时会受到什么样的对待，也许一支处决队正等着他……还有一个老问题，经过了十个小周期年依然没有答案：他究竟是圣徒还是罪人？是英雄还是罪犯？当然，他已经放弃了对巨轮看守者之位的要求。

他开始跟一个想象中的女人讲话，那口若悬河的辩才是他面对其他人讲话时候从不曾有过的。

“人族的生活是多么令人迷茫啊！当一个法民肯定要简单得多。他们不会因为心存怀疑或是希望而受到折磨。你年轻时，痴迷于一种长期的幻想中，觉得迟早会有什么美妙的事情发生，你认为自己会超越父母的狭隘，遇到一个温柔的女人，并且彼此温柔相待。

“与此同时，你会理所当然地认为在那片充满可能性的荒原里，在那片遍布冲突的丛林中，存在着一种能够被认知的事物——能被认知也能被理解。我们最终会知晓它，清晰地讲述其全部的奥妙。这样一来，一个人真正的生命——这一点关乎一切——会从迷雾中浮现出来，呈现在纯粹的光明之下，令人大彻大悟。

“但又并不完全是这么回事。可如果不是这样，这个想法又源于何处，如此折磨着我们，令我们难安？我在这里度过的这些年——所有那些升起的念头……”

他用力拖曳着每一截铁链，每一截都是那没有尽头的铁链的一部分。石头日历上的日期在渐渐减少，那个遥不可及的日子即将到来，他将再次享受人世间的自由。不管外面发生了什么，他向阿佐亚希克神祷告着，他一定要找个女人做爱。在他的想象中，瑛茜尔近在眼前。

风从北方吹来，裹挟着来自永久冰帽的寒气。没有多少东西能在它的气息之下生活，就连喀丝匹桉树那顽强的叶片也像船帆一样在风中收拢，紧贴着枝干。

峡谷中堆满了积雪。大雪越积越厚，年复一年，峡谷里的光线愈加暗淡。

如今那条通往詹道昂格诺尔国王教堂的小路，被掩藏在枯枝败叶之下，但那扇掩埋在积雪之下的门前却留出了一条干净的小路。

许多个世纪以来，这是第一次有人生活在这座教堂里。一个女人和一个小男孩蜷缩在角落的炉火边。这个女人一直把门锁着，遮掩着炉火，让火光不会被外面看到——因为她不是正正当当住在这里的。

她在教堂周围布下了很多陷阱，是用她在圣物贮藏室里找到的生锈猎夹设置的。猎夹捉住的小动物足够填饱肚子了。她几乎不怎么敢出现在喀尔纳巴尔村里，尽管她在那里有一位好心的朋友，那位朋友开了一家店铺，专门售卖从海边运来的鱼——她之前从海上过来的那条老路线一直畅通无阻，不论天气如何变化。

她教儿子识字。她在灰土里画出字母，或是带着他去看用各种语言绘制在墙壁上的文字。她告诉他，那些字母和词汇是那些理想中事物的图画，其中有些是存在的，或是可能存在，有些是不应该存在的。在他阅读的时候，她试着向他灌输道德观念，但她也编了一些傻傻的故事，逗得母子二人开心大笑。

当孩子睡着了，她便读给自己听。

这所建筑供奉的是一个来自她的故乡奥多兰都的男人，这给她带来了源源不断的思绪。他们的生命超越了空间与时间的巨大跨度，以一种奇特的方式联系在了一起。他隐退到这个地方为自己的罪孽忏悔，晚年时，有一位来自帝马里亚姆——那是赫斯帕戈尔特大陆上一个遥远的国家——的陌生女人与他为伴。两个人都留下了一些文献，她在其中酣读良久，有时候她会感觉到国王那躁动的灵魂就徘徊在她身旁。

一年又一年过去，她把其中的故事讲给渐渐长大的儿子。

“这个淘气的国王詹道昂格诺尔，在你母亲出生的那个国家犯下了弥天大错。他是一个虔诚的教徒，然而就是他杀死了宗教。他发现自己很难在这个可怕的矛盾下生活。于是他来到了喀尔纳巴尔，在巨轮之中侍奉了十年，就像你父亲现在正在做的一样。

“詹道昂格诺尔离开两位王后来到这里。他一定非常邪恶，尽管锡伯纳尔人觉得他是圣人。

“等他从巨轮里出来以后，他身边有了一个帝马里亚姆女人，我跟你讲过这个女人。跟我一样，她也是医生。其实，她好像还有别的身份，比如某一行的商人。她的名字叫埃沐娅·芒特拉斯，她感受到了宗教的召唤，去寻找国王。她可能给他的晚年带来了安慰。她一直陪伴在他身边。对他们二人而言倒也不是什么坏事。

“芒特拉斯拥有一些她视为珍宝的知识。看，她把那些都写下来了。在很久以前，在大周期年夏季的时候，人们知道世界正走向末日，就像我们现在想的一样。

“这位芒特拉斯女士知道一些信息，是一个从另一个世界来到奥多兰都的男人告诉他的。听起来很奇怪，但我这辈子什么不可思议的事情都见过，所以我相信这一点是真的。芒特拉斯女士的尸骨现在安放在教堂里，在国王身边。这里是她留下的资料。

“她从来自另一个世界的人那里学到的东西，涉及瘟疫的本质。那个陌生人告诉她，肥死症是必要的，它让那些幸存者发生形变，新陈代谢方面的变化会让他们在冬季存活下来。若是没有那种形变，人类就别指望着能顺利度过亡哀之冬。

“瘟疫是由寄生在法艮身上的蜱虱携带的，由它传播给人类。蜱虱叮咬的时候就把瘟疫传染给你，而瘟疫会导致形变。所以你看，要是没有法艮，人们就没法熬过亡哀之冬。

“很多个世纪之前，芒特拉斯女士试图在喀尔纳巴尔传播这些知识。然而他们还是在屠杀法艮，而且政府凭借权力，用尽一切手段想要遏制瘟疫。但其实，发展医学才是更好的方法，医学才能让更多患上瘟疫的人存活下来。”

她就这样讲着，在朦胧的光线里端详着儿子的脸。

男孩听着，然后去箱子里翻弄那些曾经属于那位邪恶国王的宝贝。

一天夜里，男孩正在玩耍，他的母亲正借着火光阅读，教堂响起了敲门声。

如同那缓慢更替的季节一样，喀尔纳巴尔的巨轮总会完成它的轮回。

对于卢特林·邵柯兰迪特来说，巨轮终于走完了一周，他居住的那个囚室又回到了开口处。只有一堵0.64米厚的墙壁将它与前面的囚室隔开，此时此刻正有一位志愿者步入那里，开始为期十年的黑暗生活。

守卫等候在昏暗之中。他们帮他从囚室里出来，但没有直接放他走，而是带他缓缓走上侧面一条蜿蜒的楼梯。光线渐渐增强，他闭上眼睛倒抽了一口气。

他们带着他进了班贝科修道院里的一间小屋，然后他被独自留在了那里。

两名女奴进来了，用余光偷偷打量他。她们后面又来了几个男奴，带来了浴盆和热水、一只银光闪闪的杯子、毛巾和剃须用品，还有新衣服。

“这是巨轮看守者的好意。”一个女人说道，“并非每一个拉巨轮的人都有这种待遇，要明白这一点。”

热水和草药的芬芳抵达鼻端的那一刻，卢特林才意识到自己现在有多臭，吸附在身上的沼气味儿有多浓。他让女奴为他脱掉那身破烂不堪的裘皮衣。她们引着他进了浴盆，他舒舒服服躺了进去，让她们为他擦洗肢体。现在哪怕是最微小的动静都让他感到惶恐，他就像死而复生的人。

他身上扑了粉，擦干水，穿上了厚实的新衣服。

他们把他带到窗口往外看去，一开始，光线刺得他几乎什么都看不到。

他正从很高的地方俯视着喀尔纳巴尔村。他能看到被大雪覆盖的屋顶，唯一在动的东西就是一架由三头耶尔克拖行的雪橇和头顶天空上翱翔着的两只鸟，这一切都烘托着巨轮那永恒的魅影。

视野很好。一场雪暴正在散去，云团滚滚向南，显露出一小片纯净的蓝天。这一切太灿烂耀眼了。他不得不转过身，捂住了眼睛。

他问一个女人：“现在是什么日子了？”

“怎么了，是1319年，明天就是梅耶柯威尔日。现在把胡子剪了吧，怎么样？那能让你看上去年轻几千岁。”

他的胡须就像是黑暗中生长的真菌，灰白相间，一直长到了肚脐上。

“剪了吧。”他说，“我还不到二十四岁呢。我还很年轻，不是吗？”

“比你老的我见得多了。”女人说着，举起了剪刀。

然后他就被带到了巨轮看守者的面前。

“这将是一次正式接见。”引导者说着，护送他穿过修道院的重重迷径。卢特林没什么可说的，扑面而来的种种新事物几乎超出了他的接受能力。即将见到看守者，他禁不住去想，曾几何时他也视自己为命中注定的看守者。

当最终被带到一间他觉得庞大无比的大厅一端时，他并没有什么反应。看守者坐在大厅另一端的木制宝座上，两侧各有一个教会装束的男孩侍立身旁。那位大人示意卢特林上前。

他小心翼翼地穿过这片灯火辉煌的空间，走了许多步才走到座前，他心生敬畏。

看守者身材魁伟，披着一件紫色的长袍。他的脸看上去简直像马上要爆裂了似的，脸色跟那件礼服一样也是紫色，斑斑驳驳布满了血管，就像藤蔓一样爬在他的面颊上、鼻子上。他的双眼润泽，嘴唇湿润。卢特林早已忘记世界上还有这样的面孔，这张脸注视着他，他也好奇地一直盯着这张脸。

侍立在旁的一个小孩斥责道："施礼。"

于是他躬身施礼。

看守者用一种被勒紧喉咙般的声音开口了，"你回到我们中间了，卢特林·邵柯兰迪特。过去整整十年间你都在教会的保护之下——否则你肯定会遭到敌人的毒手，以此报复你的弑父行为。"

"我的敌人是谁？"

那双润泽的眼睛在层层褶皱的眼皮中间挤了挤，"哦，你杀害了大寡头，那么遍地都是你的敌人，有官方的，也有非官方的，但他们都是教会的敌人。我们会继续尽全力保护你。从私人角度来说……我们欠你的。"他笑了，"我们可以帮你离开喀尔纳巴尔。"

"我没有离开喀尔纳巴尔的意愿，这里是我的家。"他讲话的时候，眼睛并没有注视着他的眼睛，而是盯着他的嘴。

"你可能会改主意的。现在，你必须去向喀尔纳巴尔的领主汇报。以前，如果你还记得的话，领主和看守者的职能是重叠的。然而后来随着教会和政府的分裂，两者也就分道扬镳了。”

“大人，我可以问个问题吗？”

“问吧。”

“我非常想弄明白一件事情：教会判定我是圣徒还是罪人？”

看守者使劲清了清喉咙，“教会不会赦免弑父，所以我认为，从官方来说你是罪人。怎么可能不是呢？不过我会这么想，在下面经过了十年，你已经想通了……然而，从个人角度，依据职权来说……我想说，你那一刀让这个世界少了一个恶人，我会视你为圣徒。”他笑了起来。

卢特林心中想道，这些敌人想必是非官方的了。他躬身行礼，转身准备离去，但就在这时，看守者叫住了他。

看守者吃力地站起身来，“你没认出我吗？我是巨轮看守者伊伯斯托克·埃赛卡楠兹。伊伯斯托克……一位老朋友。你曾经要娶我的女儿瑛茜尔。如你所见，我登上了荣耀之位。”

“如果我父亲活着，你永远也不会成为看守者。”

“那又该怪谁呢？我心存感激，你应该知足了。”

“谢谢你，大人。”说着，卢特林离开了这个庄重威严的地方，但看守者那句提到瑛茜尔的话令他心事重重。

他完全不知道要去什么地方向喀尔纳巴尔的领主报告，不过看守者埃赛卡楠兹已经安排好了一切。一个身着制服的奴隶在一架雪橇旁等候着卢特林，并用厚厚的裘皮将他裹起以抵御寒风。

飞驰的雪橇和挽具上的銮铃让他心驰神迷。雪橇一动起来，他便闭上眼睛死死抓住了扶手。有鸟叫般的声音，滑轨接触冰面发出的歌声，都仿佛在提醒着他什么……可他不知道是什么。

空气十分清冽。他偶尔一瞥，发现曾经遍布喀尔纳巴尔的朝觐者已经无影无踪了，房子都门窗紧闭。每一件事物跟他记忆中相比都显得毫无生气。在各处高层的窗口里，或者一些还在营业的商铺里，依旧透着灯光，光线仍然能刺痛他的眼睛。他颓然躺倒，一边梳理着对于伊伯斯托克·埃赛卡楠兹的记忆。他从小就认识父亲的这位挚友，却从来不曾亲近此人，瑛茜尔的痛苦都应该归结到她的这位父亲身上。

雪橇咯咯作响一路颠簸，铃铛欢快地响个不停。清脆的铃声之上传来了更为浑厚的钟声。

他强迫自己环顾四周。

他正飞驰着穿过一座雄伟的大门，他认出了这座大门和旁边的门房。他就出生在这里。车道两边是三米多高，犹如峭壁般的积雪，他们正驶过……没错……葡萄园。在前方，那座房子熟悉的屋顶出现了。那无法忘怀的钟声更加响亮了。

儿时的记忆扑面而来，邵柯兰迪特想起自己那时拖着小小的平底雪橇跑向前门台阶。他父亲正站在那里——他总算有那么一次在家，笑着朝他伸出双臂。

现在门前站着一名全副武装的哨兵。为了保护哨兵，大门被一间小棚屋隔成了三个封闭的部分。看到卢特林走近，哨兵踹了踹前门的门板，一个奴隶打开房门带走了卢特林。

在那间没有窗户的大厅里，沼气喷灯在墙上燃烧着，光晕映照着磨光的大理石。他立刻就注意那把从未有人坐过的巨型椅子不见了。

“我母亲在吗？”他问奴隶。那人张口结舌，只是带他上了楼梯。他心平气和地告诉自己，他才应该是喀尔纳巴尔的领主，以及看守者。

奴隶敲了敲门，一个声音吩咐他进去。他迈步进了父亲的旧书房，早些年间，这间书房总是上着锁，将他拒之门外。

一条灰色的老猎犬卧在火边，看到卢特林进来，马上怒气冲冲地叫起来。绿色的原木在炉膛里闷烧着，嗞嗞作响。房间里弥漫着烟熏味、狗尿味，还有像是粉底的味道。厚厚的玻璃窗外是无边无际、悄无声息的白雪世界。

一位白发苍苍的秘书走上前来，他老迈的腰身不再灵便，走动起来好似一根会走路的弯曲拐杖。他抿紧嘴唇以示问候，让卢特林就座，没有任何多余的客套。

卢特林坐了下来，他的目光在房间里游移着。这里依然塞满了父亲的东西，他看到那些以前用过的燧石枪和火绳枪、绘画和餐具、窗棂和天花板、天象仪和奥登纳德器。蠹虫和蛀虫在房间里各行其是。秘书的书桌上散落着大概不久前掉落的蛋糕渣。

秘书坐了下来，一只胳膊肘放在蛋糕旁边。

“领主目前很忙，在准备梅耶柯威尔的庆典。不过你不会等太久的。”秘书说着，停顿了一下，狡黠地看着卢特林说，“我猜你没认出我吧？”

“这里光线实在太强了……”

“我可是你父亲的老秘书，埃文珀瑞尔。我现在服侍新领主了。”

“你想念我父亲吗？”

“很难说……我只是负责管理工作。”他开始收拾桌上的文件。

“我母亲还在这里吗？”

秘书飞快地抬起眼来，“她还在这儿，是的。”

“托莱丝·拉尔呢？”

“我不知道这个名字，先生。”

房间里一片寂静，只剩下干燥纸页翻动的沙沙声。卢特林克制着自己的情绪，但门开的时候还是不由精神一振。一个又高又瘦的男人进来了，一张狭长的脸，一脸暴躁的大胡子，腰铃叮当作响。他站在那里，裹着一件黑褐相间的纱袍，垂目望向卢特林。卢特林回视着他，琢磨着这人是官方的还是非官方的敌人？

“现在……你终于重返了这个你带来了一场浩劫的人世间。欢迎。寡头院指定我作为这里的领主……与任何神职毫无瓜葛，我就是政府在喀尔纳巴尔的代言人。天气愈加恶化了，与阿斯基托什的联系比以往任何时候都要更加困难。我们要确保从瑞雯约克得到正常的食物补给，否则军事方面的联系会……更加薄弱……”

他的话拖拖沓沓，卢特林无动于衷。

“我们还是会尽力帮助你，尽管我不认为你能住在这栋房子里。”

“这是我的房子。”

“不，你没有房子。这是领主的房子，一直都是。”

“那你可真是从我当年的所作所为中获益匪浅。”

“这是个有利可图的世界……没错，确实如此。”

一阵安静。秘书过来献上两杯雅达尔酒。卢特林接过一杯，那红宝石般的光泽让他一阵眩晕，但他无法饮下。

领主始终僵直地站着，饮下一大口雅达尔酒时他显露出某种紧张的情绪。他说：“当然了，你隔绝于世很久了。我是不是可以说你没认出我?”

卢特林什么都没说。

领主爆发出一阵恼怒，说道：“注视者啊，你可真够安静的，不是吗？我曾经是你的军事指挥官，领军大祭司艾斯比拉曼。我本以为士兵从来都不会忘记他们战斗时的指挥官!”

这时候卢特林才说：“啊，艾斯比拉曼……‘让他们流点儿血’……没错，现在我想起来了。”

“很难忘记寡头院在你父亲的把持下是如何毁掉我的军队的，就为了把瘟疫拒于锡伯纳尔门外。你和我是为数不多死里逃生的人。”

他若有所思地啜了一口雅达尔酒，在屋里踱着步子。现在，卢特林从刻在他眉宇之间的怒色中认出了他。

卢特林站起身来，“我很想问你个问题。政府是如何看待我的——圣徒还是罪人?”

领主的指甲敲击着玻璃杯，“你父亲……死后，锡伯纳尔各国出现了一段时间的骚乱。他们现在已经接受严刑峻法了——这些法律可以帮助我们安然度过亡哀之冬——不过那时可并非如此。坦白讲，当时人们对大寡头·托尔坎兹二世产生了一些抵触的情绪，他的敕令不受欢迎……

“所以，寡头院散播了一些谣言——这是我的主意——说他们训练了你，让你刺杀你的父亲，因为他们已经无法驾驭你父亲了。他们告诉大家，说你之所以在科理安图拉的大屠杀中幸免于难，是因为你是寡头院的人。这些谣言让我们支持率更高了，帮助我们渡过了难关。”

“你们用谎言遮掩了我的罪行。”

“我们只是利用了一下你那一无是处的举动，其中一个结果就是政府正式认定你是一个——为什么你要说圣徒?——一个英雄。你已经成为传奇的一部分。尽管从个人来讲，我必须说我认为你是头号罪人。在大是大非的问题上，我依然秉持着我的宗教信仰。”

“是你的宗教信仰把你带到喀尔纳巴尔来的吗?”

艾斯比拉曼笑着揪了揪胡须，“我无比想念阿斯基托什，但是统治这个行省的机会摆在我面前，所以我接受了……你作为一个传奇，一个载入史册的人物，必须接受我的盛情邀请，留下来过夜——作为一位宾客，而不是俘虏。”

“我的母亲呢?”

“我们让她住在这里。她病了，恐怕不太能认出你了，就像你认不出我那样。既然你是喀尔纳巴尔的英雄，我想让你陪我在明天的梅耶柯威尔庆典上公开露面，跟看守者一起，到时候人们就会看到我们并没有伤害你。那将是你完成救赎的日子，到时候会有一场盛宴。”

“到时候我可以……”

“我不知道你想要做什么，但是庆典过后，我们将会按照你的意愿做些安排。你考虑一下，最好是离开喀尔纳巴尔，到某个遥远的地方去生活。”

“这也是看守者希望我考虑的事情。”

谈话结束后，卢特林去见了母亲。萝尔娜·邵柯兰迪特躺在床上，虚弱无力，一动不动。就像艾斯比拉曼预料的那样，她已经不认得他了。

午夜梦回，他又回到了巨轮之中。

接下来的一天在忙乱的钟铃声中拉开了帷幕。陌生的食物气味飘了上来，飘到卢特林睡觉的地方。他记得那些从碗碟中升起，曾令他渴望的香味，但现在他只渴望那份曾让他骂不绝口、从巨轮的滑槽中滚落下来的伙食。

奴隶们为他洗漱更衣。他非常顺从，被动地接受一切。

很多他不认识的人聚在大厅里，他从扶手栏杆向下望去，却无法强迫自己加入他们。

气氛渐渐热闹起来。领主走上楼梯来到他身边，拉着他的手臂说：“你看上去兴致不高……我能为你做些什么？要让众人看到你很开心，这很重要。”

大厅里的人一齐往外走去，雪橇的铃声不绝于耳。卢特林什么都没说。他听到了大风呼啸的声音，就像在巨轮里听到的那样。

“非常好，至少我们同乘一架雪橇时，人们会看到我们，认为我们是朋友。我们要到修道院去，去见看守者，还有我的妻子，以及其他喀尔纳巴尔的大人物。”他滔滔不绝地说着，而卢特林充耳不闻，只是盯着脚下的楼梯一路向下走着。

他们一走出前门，一架雪橇便迎了上来，领主厉声说道：“你身上没带武器吧？”

卢特林摇了摇头，他们爬进了雪橇，奴隶给他们裹上裘皮。他们出发了，驶进了鼓荡在雪崖间的大风之中。

他们转向北方，寒风扎在脸上。气温达到零下二十度，真是彻骨之寒。

但天空很清澈，他们穿过门户紧闭的村庄，一个形状不规则的庞然大物浮现在眼前，透过笼罩在喀尔纳巴尔山上的那层面纱。

“施芬宁克，星球上的第三高峰。”艾斯比拉曼指着它说，“瞧这地方！”他厌恶地撇了下嘴。

那片裸露的山体只现身了片刻，然后这个徘徊在村庄上空的幽灵又一次消失了。

雪橇驶上一条通向班贝科修道院大门的蜿蜒小路。进了修道院大门后，乘客们下了雪橇。奴隶引领他们进了穹顶大厅，有不少官员模样的人已经聚集在那里了。

在一个指示牌处，他们向上走过几道楼梯。卢特林对这一路的状况没有兴趣。他听到远远的下方传来隆隆声，那隆隆声传遍了整座修道院。他听得如痴如醉，想象着他那间囚室里的每一个角落，墙壁上的每一处划痕。

一行人终于到了修道院高处的一间大厅。大厅是圆形的，有两块地毯铺在地上，一黑一白，中间被一根横贯地板的铁条隔开，将大厅分成两半。沼气灯散发出朦胧的光芒。只有一扇朝南的窗户，但被一幅厚重的窗帘遮住了。

窗帘上面绣着巨轮划过天庭的图案，图中每一位桨手都坐在四周的小囚室里，穿着天蓝色的服装，每一位的脸上都洋溢着幸福的笑容。

现在我终于理解那些幸福的笑脸了……卢特林心想。

一队乐手正在房间另一头演奏庄严和谐的乐曲。端着托盘的男仆给众人分发酒水。

巨轮看守者埃赛卡楠兹出现了，他亲切地抬手向众人致意。他微笑着，向众人半弓着身子施礼，庄重地走向喀尔纳巴尔领主和卢特林所在的地方。

互致问候之后，埃赛卡楠兹问艾斯比拉曼：“我们这位朋友今早更愿意说话了吧？”

得到否定的回答后，他佯装亲近，对卢特林说：“好吧，你即将亲眼看见的东西没准儿会让你畅所欲言。”

那两人渐渐被阿谀者围住了，卢特林慢慢挪出了人群的中心。突然一只手碰到了他的衣袖。他一转身，迎上了一双间距很宽的眼睛，这双眼睛正打量着他。这是一位态度谨慎的纤瘦女子，她诧异地盯着他，说不清她是真的惊讶还是刻意为之。她身穿一件素雅的赤褐色礼服，下摆拖在地上，衣领装饰着绚丽的蕾丝。尽管她年近中年，面孔比过去更显憔悴，卢特林依然立刻认出了她。

他叫出了她的名字。

瑛茜尔点了点头，仿佛心中的疑惑有了答案，她开口道：“他们说你变得不易相处，不愿意和熟人相认。真是说谎成性啊！而你，卢特林，你到底有多讨厌从一潭死水中被召回，回到从前那一群伪君子当中——你变得更老，更贪婪……更担惊受怕了。我看起来怎么样，卢特林？”

说实话，他觉得她的声音很严厉，嘴角显得很冷酷。但她身上的珠光宝气最让他惊讶，耳朵上、手臂上、手指上到处都是珠宝。

最让他印象深刻的是她的眼睛。那双眼眸已经变了，瞳孔看上去非常大——他相信那是因为她正专注地看着他。他看不到她的眼白，这让他很是羡慕，因为那些虹膜能够抵达灵魂的深处。

他温柔地说：“两个侧脸拼成一张脸？”

“我都忘记这个玩笑了。喀尔纳巴尔的生活一年年变得越来越狭隘了——更肮脏、更无情、更矫揉造作。真是不出所料，一切都变得越来越狭隘，包括灵魂。”她的双手揉搓在一起，他记不起她以前曾做过这样的动作。

“可你还活着，瑛茜尔。你比我记忆中还要美丽。”他强迫自己客套几句，重新感受到了人在社会中的社交压力。将交谈进行下去仍然有些困难，但他意识到往日的条件反射开始复苏了——包括他那种对待女人彬彬有礼的习惯。

“别说谎话，卢特林，巨轮难道不是会把人变成圣徒吗？你应该注意到我一直没有问你那段经历。”

“你一直没结婚吗？瑛茜尔？”

她的目光一下子严厉起来。她放低声音恶狠狠地说：“我当然结婚了，你这个傻瓜！埃赛卡楠兹家的人对待奴隶都比对待家里的老处女好，如果不把自己出卖给出价最高的人，一个女人在这堆人中间还怎么生存？”

她愤愤地一跺脚，“当年你还是候选人之一的时候，我们已经讨论过这个光荣的话题了。”

对话对他来说进展得太快了，“出卖你自己？茜尔？你什么意思？”

“当你把刀子捅向你无比尊崇的老爸时，你就让自己彻底出局了……我不是在责怪你，要知道，就是他杀死了夺走我童贞的那个男人——你哥哥费温。”

说这话的时候，她笑盈盈地看着周围的人，装出一副开心的样子，但这话揭开了卢特林的旧伤疤。如同囚禁在巨轮期间常常发生的那样，他又想起了那道瀑布和哥哥的死。有个问题一直令他困惑不已，为什么费温，一个前途光明的年轻军官，会突然从瀑布上一跃而下？父亲的幽魂对此的说辞从未让他满意过，他一直以来都在有意逃避那个可能的真相。

周围满是那些嘴唇苍白的人，他丝毫不在意是否有人在盯着他们，他一把抓住了瑛茜尔的胳膊，“你说费温怎么了？谁都知道他是自杀的。”

她愤愤地甩开他的手说：“阿佐亚希克神在上，别碰我。我丈夫就在这里，正看着我们呢。我们现在什么关系都没有，卢特林。走开！光是看见你都让人不舒服。”

他环顾四周，他的目光如芒刺般落在众人身上。大厅中央，一张又瘦又长的大脸上有一双眼睛正盯着他，充满了赤裸裸的敌意。

他手一松，酒杯落在地上，“哦，注视者啊……怎么是艾斯比拉曼？那个机会主义者！”红色的酒水渗进了白色的地毯。

她朝艾斯比拉曼招了招手，说：“我们很般配，领主和我。他想要入赘豪门，我想要活下去，我们各取所需。”等艾斯比拉曼意味深长地朝着他的同僚转回身去后，她恶狠狠地说：“所有这些披着皮衣、带着牲口到森林里去的人……为什么他们那么喜欢彼此身上的恶臭？他们在树下集会，做着鬼鬼祟祟的事，手足相残。你父亲、我父亲、艾斯比拉曼……费温可不是那样。”

“如果你爱他，我很高兴。我们就不能避开这些人，找个地方聊聊吗？”

她没有理会他的安慰，“短暂的快乐徒留事后的伤悲……费温不是自己一人跟他那些粗笨的随从前往喀丝匹桉森林的，他是跟我一起乘着坐骑去的。”

“你说是我父亲杀了他！你喝醉了吗？”她的神色中透出一丝疯狂。跟她在一起，重温这些旧日的痛苦——时间仿佛停止了，犹如正在拉开一个发了霉的老抽屉——里面的腐朽之物因为神秘而变得神圣。

瑛茜尔几乎都不屑去摇摇头，“费温有无数理由活下去……比如说，为了我。”

“别那么大声！”

“费温！”她大喊起来，引得旁人纷纷侧目。她迈步穿过人群，卢特林紧随其后，“费温发现你父亲的所谓‘狩猎’，其实是去阿斯基托什，他进而发现你父亲就是大寡头。费温太正直了！他质问你父亲，并发起了挑战。你父亲开枪打死了他，并把他从瀑布的悬崖上扔了下去。”

他们先是被一群好事的女人打断了，继而被冲散了。卢特林又接过一杯雅达尔酒，但又不得不放下，他的手抖得很厉害。过了一会儿，他又找到了跟瑛茜尔交谈的机会，打断了一位正在跟她聊天的神职人员。

“瑛茜尔……这说法太可怕了！你是怎么发现我父亲与费温的事情的？你在那个地方吗？你是在说谎吗？”

“当然没有。我是后来发现的——当时你正逍遥自在地昏睡不起呢——通过我习惯的方法，偷听。我父亲知道一切，他很高兴——因为费温的死是对我的惩罚……我无法相信我所听到的。当时他在跟我母亲讲，她听得哈哈大笑。我甚至怀疑是我的错觉。然而，我并没有跟你一样陷入整整一年的昏迷之中。”

“可我什么都没有怀疑……我真是天真得要命。”

她轻蔑地瞥了他一眼，她的瞳孔看上去比以往任何时候都要巨大。

“而且你依然天真得要命。哦，我敢说……”

“瑛茜尔，不要把所有人都当作你的敌人！”

她的神情瞬间冷峻起来，又一次爆发了，“你从来都没有帮到过我。我相信，孩子有一种直觉，能感知父母的本性，那绝非他们向这个世界所展现的样子。你的直觉让你知道自己父亲的本性，却用假死避免他的报复，而我却是真的心死了。”

艾斯比拉曼走了过来。

“五分钟后到走廊跟我碰面。”她急匆匆地说完便转身离开，然后愉快地笑着抬起一只手向领主致意。

卢特林走开了。他靠着一堵墙，内心挣扎着，“哦，注视者啊……”他呻吟着。

一个人从他身边经过，愉快地对他说："你一个人关了那么久，会受不了这些人群吧……"

他内心上演着一场革命。事情不是那样的，他不是那样的，不是他假装的那样。甚至他在战场上的英勇——是否也是在发泄由来已久的愤怒，而并非是勇气？是否所有的战斗都是在发泄内心的积郁，而非精心谋划的行动？他发现自己什么都不知道。

一无所知。

他沉浸在天真的想象里，惧怕着真相。

现在，他记起来了，他经历过哥哥死去的那一刻。他和费温曾经很亲近。那天夜里，他感应到费温的死，内心受到了冲击。然而父亲却宣布说，哥哥的死发生在之后的那天。这个时间的错位埋藏在他年幼的心灵里，毒害着他。他曾预见自己最终能摆脱这种毒害，但他至今也没有做到。

他的肢体颤抖起来。

他一时间心乱如麻，几乎连瑛茜尔的交代都忘了。他很担心她那难以捉摸的情绪。现在他急忙前往她提到的走廊——不是很情愿，但他还是想听听她要说什么。

一路上都有衣着浮夸的大人物拦住他，跟他讲话，他们之间谈论着这个庄严的场景，谈论着从今往后会有怎样的可怕状况。他们一边交谈，一边狼吞虎咽着那些做成小鸟形状的、裹着肉馅的油酥点心。而卢特林，既不知道也不关心自己身处其中的这场庆典到底是为了什么。

他们的谈话声突然停了下来，所有的眼睛一齐望向大厅另一头。

伊伯斯托克·埃赛卡楠兹和艾斯比拉曼正顺着一道螺旋楼梯走向楼上的通道。

卢特林趁机溜进了走廊。瑛茜尔随即赶来，她急匆匆迈着脚步，纤瘦的身子向前倾着，一只苍白的手从地板上搂起裙摆，周身的珠光宝气像一层轻雾般闪闪发光。

“我必须长话短说。”她直奔主题，“他们一直盯着我，除了在喝酒的时候，或是举行这场可笑典礼的时候——就像现在。谁还在乎这个世界会不会陷入黑暗之中？听着，等我们可以离开这里时，你一定要去村里的鱼铺。它就在圣街的尽头。明白吗？别告诉任何人。常言说，‘贞操属于女人，秘密属于男人。’一定要保密。”

“然后呢，瑛茜尔？”他又一次向她提问。

“我亲爱的父亲和我亲爱的丈夫计划要把你赶出去。他们不会杀你，我是这么理解的——这么做可能脸面上不太好看，而且你挑了个好时候杀死了大寡头，他们欠你的。庆典之后你躲开他们就行了，去圣街。”

他焦躁地盯着她那双催眠的瞳孔。

“那这次秘密会面……算是怎么回事？”

“我在扮演信使的角色，卢特林。我猜你还记得那个名字吧，托莱丝·拉尔？”

XVII

日落开始了

特洛克恩和艾尔麦恩睡得正香。邵伊莎尔已经去了别的什么地方。他们面前的这个地航体已经停下来了，矗立在那里，缓缓释放出它那些小小的白色六面体后代产物。

萨托里瓦什醒过来伸了个懒腰，打着哈欠。他从铺上坐起来挠了挠白发苍苍的脑袋。他的习惯是在下午睡觉，半夜起床，在夜深人静的时候思考，这个时候他的灵魂能够与运行中的地球进行交流，然后从黎明开始传道授业。他是特洛克恩的老师。他为自己取的名字源于曾经生活在海利科尼亚上的一位颇具危险性的古代圣贤，他通过共情的方式与那位圣贤的幽魂会过面。

过了一会儿，他起身下地到了外面。他久久站立在星空下，享受着夜晚的美妙。然后又漫步回到屋里叫起了特洛克恩。

“我在睡觉呢。”特洛克恩说。

“你要是没睡就不用把你叫起来了。”

“呃……”

“你剽窃了我的东西，特洛克恩。你剽窃了我关于地球为什么会出问题的解释，以此来取悦你的那些姑娘们。”

“如你所见，我只取悦了百分之五十。”特洛克恩指了指安然入睡的艾尔麦恩，她的嘴唇翘着，就好像在这仲夏夜的梦里等着什么人来亲吻。

“不幸的是，你曲解了我的论点。那种占有欲曾经是人类的一种特质，却并非像你所宣讲的那样是恐惧的产物——尽管我相信你将其称为‘永久的不安’。那是一种天生侵略性的产物。古时的种族并不具备足够的恐惧感：否则他们永远都不会建造出明知道能毁灭自己的武器。侵略性才是一切的根源。”

“侵略性不正源自恐惧吗?”

“学会走路之前别假装老练。如果你把海利科尼亚作为一个例证，你就能看到每一代人是如何将侵略和杀戮仪式化。你所谈论到的早期的地球人并不像你所宣讲的那样，渴求的只是得到一块土地和另一块土地。”

“说真的，萨托里瓦什，今天下午你睡得可不怎么踏实啊。”

“说真的我睡着就像我醒着一样踏实。”他伸出一条手臂搭在了小伙子肩上，“这个论点可以提升到一个更高的高度。那些古人还渴求占据地球，并将它置于强权奴役之下。他们的野心并没有消失。他们的政治家甚至拼尽全力让太空都置于他们统治之下；而普通人基于此产生了一种幻想，幻想着他们侵入银河并统治了宇宙。那是侵略性，不是恐惧。”

“可能你是对的。”

“别这么轻易就摒弃了你自己的观点。如果我可能是正确的，那我也可能是错的。我们理应知晓关于我们祖先的真相，尽管邪恶，却也正是他们给了我们上场的机会。”

特洛克恩从铺上爬了起来。艾尔麦恩在梦中长叹一声，翻了个身，继续睡着。

“真暖和……咱们到外边走走。”萨托里瓦什说。

他们步入夜色之中，仰望着星空，特洛克恩说：“你是否认为我们通过反思让自己进步了，师傅？”

“从生物学上来讲，我们应该一直顺其自然，但我们能改进我们的社会基础结构，靠幸运。我是说，现在通过我们前任所致力的那种工作——将物理科学的主要原理与人类科学、社会以及生存方式融会贯通的一种革命性的新融合。当然，我们身为生物形态的主要作用就是归于生物圈的一部分，如果我们能秉持这个角色不变，我们在这个角色中就是最有作用的；除非生物圈以某种方式再次发生变化，我们的角色才会变。”

“但是生物圈一直都在变。冬夏各有不同，哪怕是在这个如此接近回归线的地方。”

萨托里瓦什望着远方的地平线，漫不经心地说：“夏天和冬天是稳态生物圈的变量，是盖娅的喘息。人类必须在她作用的限度内运作。至于说侵略性，似乎一直都是一种悲观的观点；然而那甚至都算不上幻觉，就是纯粹的常识而已。这并没有成为普遍的感受，除非你终生都被灌输着去相信以下观点，第一，人类是万物中心，是造物主；第二，我们能利用其他方面付出的代价来提升自己的价值。

“这样一种看法带来了痛苦，就像我们所看到的在那个遥远的可怜的姊妹星上所发生的那样。我们只得从那种自大傲慢、高高在上的空中楼阁走下来，不再去相信什么世界或未来在一定程度上是‘属于我们的’，这样，每一个人的生命马上就会得到增益。”

特洛克恩说：“我猜我们每个人必须要为了我们自己找到那个真理。”他忽然发现在日落之后，心怀谦卑让人心情舒畅。

萨托里瓦什产生了一阵没来由的气恼，说道：“没错，很不幸，就是这样。我们不得不通过苦涩的经历来学习，而不是通过快乐的例证。太荒谬了。不要设想说我认为事态很完美。盖娅在一开始就让我们变得散漫无度，真是绝对的愚蠢。至少在海利科尼亚上，原初注视者安置了法良来钳制人类！”说到这里他大笑起来，特洛克恩随之哈哈大笑。

“我知道你觉得我生性淫乱，”特洛克恩说道，“可是盖娅自己不也很淫乱吗？不是在各个方向上都肆无忌惮地繁殖生育吗？”

他的那位前辈狡黠地瞪了他一眼。“别的每一种事物都必须要丰饶起来，以使其他每一种事物都能有东西吃。这并非最佳的安排，也许……是一时冲动从一锅化学清汤里草草拼凑出来的。可这并不意味着我们便无法效仿盖娅，并像她那样运用我们自己的内部稳态。”

下弦月高悬头顶。萨托里瓦什指着低垂在地平线上的一颗红色的星星。

“看到心宿二了吗？在它北面就是蛇夫座。蛇夫座里有一片巨大的尘埃云，就在七百光年外，它里面掩藏着一簇年轻的恒星。弗雷耶就在它们中间。它本应是全天最亮的十二颗星星之一，但是有尘埃云。法艮就在那里。”

两个人凝视着那遥远的空间，沉默不语。然后特洛克恩说：“您有没有想过，师傅，法艮与基督徒想象中的那些妖魔鬼怪是多么神似？”

“我从未想过这事儿。我一直考虑的是一个更为久远的影射，古希腊神话中的米诺陶洛斯，一个介乎于人类与动物之间的生物，迷失在他自己欲望的迷宫里。”

“大概您认为海利科尼亚的人类应该容许法艮共存，以此来维系生物圈的平衡？”

“‘大概……’我们推测的太多了。”一阵久久的平静。然后萨托里瓦什有点不情愿地说：“我对于盖娅和她那位远在蛇夫座的姐妹是深怀敬意的，不过她们有时看来确实都是老太太了。人类在她们的子宫里就学会了侵略。我是说，用另一个更为古老的对照物来看，人类和法艮就像是该隐和亚伯，不是吗？其中一个必须离去……”

攒动的人头上方传来一阵喇叭声。它们的声音既温柔又甜美，完全不像他们脚下那些催促劳作的喇叭声——只有卢特林·邵柯兰迪特不这么觉得。

宏伟的大厅里，那些显贵要人咽下了最后一口小鸟形状的油酥点心，换上一副恭恭敬敬的面孔。卢特林笨拙地走在这些削瘦的身形之间，他这时找不到瑛茜尔了。

看守者和领主，瑛茜尔的父亲和丈夫，正顺着螺旋楼梯缓步而下。他们在日常服装外面套上了丝质的胭脂红和蓝色相间的长袍，戴着形状古怪的帽子。他们的脸就像用铅和血肉混在一起铸成。

他们肩并着肩，正步走到那扇拉着窗帘的窗户跟前，在那里转过身，朝众人一躬。

一时间鸦雀无声，乐师们踮着脚从吱吱作响的台子上离开。

看守者埃赛卡楠兹先开口了。

“诸位都知道在许多个世纪之前建造班贝科修道院的缘由。修建它，是为了侍奉巨轮——当然，各位都知晓筑造者为何要建造巨轮。我们正站在人类所进行过/要进行下去的最伟大的信仰事业之上。但也许各位将允许/宽容我提醒大家，我们卓越的祖先为什么要选择这个特殊的位置，这个被一些人看作锡伯纳尔的穷乡僻壤之处。

“请各位注意你们脚下延伸的那条铁带，它将这穹顶大厅一分为二。那根带子标记出了这座雄伟建筑的纬度，我们这里是赤道以北五十五度，正好就在这条线上。我想不用多说，北纬五十五度就是极圈线。”

说到这里，他朝一位仆人做了个手势。掩着窗户的幕帘被拉开了。

窗口对着南方，俯瞰着那座村庄。视线很好，一切都看得清清楚楚，包括远方光秃秃的地平线。那里只有细细的一排丹尼斯树。

“此时此刻我们十分幸运，云雾散了，我们有幸亲眼看见这一庄严时刻，锡伯纳尔的其他地方都将隆重纪念庆祝一番。”

说到这里，领主艾斯比拉曼上前一步，用尊体语僵硬地发表讲话：“让我来呼应一下我的好朋友兼同事的那句话，‘幸运’。我们实乃/将会是幸运的。教会和政府已经保持/正保持着/将会让锡伯纳尔的人民团结一致。瘟疫已经被/坚决地根除了，而且我们已经杀掉了这片大陆上的大部分法艮。

“想必诸位都知道，我们的船只已经统治了大海。请注意，我们现在正/将要建造一座长城，作为信仰事业，它将媲美我们那令人敬畏的巨轮。

“这是/宣告着一个伟大的新纪元。长城将绵延横亘查奥斯北部，每隔两公里就会有一座瞭望塔，这面墙将有七米高。长城，加上我们的航海船，将/正把我们所有的敌人拒于我们的疆土之外。梅耶柯威尔之日是即将到来的亡哀之冬的前兆，但我们会度过它，我们的子孙也将度过它，还有我们子孙的子孙。我们会在春季复苏，就在下一个大周期年的春季，那时我们已做好准备去征服整个海利科尼亚。”

他讲话时掌声和欢呼声不断，现在喝彩声如雷鸣般响起。艾斯比拉曼垂下目光，掩饰着满脸得意之色。

伊伯斯托克·埃赛卡楠兹抬起一只手。

“朋友们，还有五分钟就到这个庄严之日的正午了。看着南方的地平线吧。现在是小周期年冬季，巴塔利克斯在地平线以下。四个什旬之后她才会再次升起，黯然无光，不过……”

他的话只说了一半，所有人都朝着窗口涌来。

下面的村庄里刚刚燃起一堆篝火。村民们看起来就像蚂蚁，在火堆周围跑动着，高举着双臂，身上裹着羊毛毯子或是裘皮。

新鲜的酒水被送到穹顶下的这些看客中间，大部分一接到手便一饮而尽，紧接着递出空杯再要一杯。一种不安降临在这群养尊处优的人群中间。与下方远处那些欢乐的蚂蚁们不同，这些人的脸上笼罩着忧郁的神色。

一口钟响了起来，宣告正午来临。仿佛是在回应这浑厚的钟声，南方的地平线有了变化。

地平线上，可以看到那条从村庄里蜿蜒而出的道路。除此之外俱是一片连绵不绝的白色，树木和建筑如冰雕雪塑。风不断地从积雪上吹起雪雾，犹如熄灭的蜡烛上升起的一缕青烟。地平线十分清晰，随着日出和黎明亮了起来。

在那硬朗的线条上升起了一线红色，一抹浓重的血红，犹如凝结的鲜血，那是弗雷耶的顶部。

“弗雷耶!”所有观察者不由自主地从喉咙里爆发出一声惊叹，仿佛呼喊这颗星辰的名字便能拥有凌驾于它的力量。

刹那间，一道光华铺洒在天地之间，投下了阴影，用粉色的光芒渲染着茫茫远山，直到它们在墨蓝色的天空下熠熠生辉。穹顶下权贵显要们的脸上因此映出一抹红色。只有下方的那座村庄，那些不停转着圈子的蚂蚁，还笼罩在阴影之中。

养尊处优者们注视着那个银色的圆盘。它保持着那个样子，不再变大。即便是最明察秋毫的目光，也不敢确定它是从哪一刻开始不再变大，又是从哪一刻开始收缩。日出即日落。

光华从天地间褪去。远山隐没，掩入了渐浓的暮色之中。

弗雷耶那一抹宝贵的璀璨光辉渐渐萎靡。此时此刻，那颗巨大的太阳落了下去：只留下一幅幻象，那个真实的太阳从此只能从地平线之下透过厚厚的大气折射出来。没人能说清到底眼前的景象是真是幻。就在不知不觉间，梅耶柯威尔已经开始了。

红色的画面开始褪色。

灿烂的光辉化作了几束华彩，零光片羽。

然后消失不见。

在未来的几个世纪里，弗雷耶会像山底的鼹鼠一样隐藏起来，永远不会露面。在小周期年夏季，巴塔利克斯会像以前一样照耀在天空中；而小周期年冬季的天空则将黯然无光，全然笼罩在那个更为宏大的冬季阴影之下。极光会在群山之上的天空中洒下神秘的面纱，常有流星一闪而过，不时还能看到彗星。群星依然闪烁着。在巨轮接下来的整整九十个轮回中，那颗灿烂辉煌的主星，那个赋予了弗雷耶之子生命的巨大熔炉，便只存在于传说之中了。

对于所有亲历这一时刻的人来说，梅耶柯威尔就是末日。掌管着生物圈的那个无面神祇也无能为力，人类只能自行消化信仰带来的冲击。她被裹挟着与她的这个世界一同前行。从广义的角度来看，弗雷耶并没有消失，还在熊熊燃烧着，而且会一直燃烧下去，直到它的生命结束为止：黑暗只不过是暂时的。

对自然界的大部分生物而言，只能屈从于命运了。在陆地上，树液、种子、精液会在休眠中等待新生。在海洋里，复杂的食物链会长盛不衰。只有人类超越了自己最基本的需求。他们储备着度过生死关头的力量却不自知。

这些想法与正在观赏弗雷耶化为零光片羽的那些人心中所想大为不同。他们因恐惧而动容，他们想知道家人和自己要如何存活下去？最基本的生存问题摆在了他们面前：我怎样才能保证温饱？

恐惧是一种强大的情感，然而它又很容易被愤怒、希望、绝望和反抗所战胜，恐惧并不会持久。海利科尼亚年那宏大的进程会缓缓朝着远星点与冬至点推进，还要经过许多代人才能抵达那个转折点之年。到了那个时候，北锡伯纳尔早已对亡哀之冬的暮色习以为常了。当人们迎接着弗雷耶再次升起，迎接大周期年春季的壮丽时，那将会与它离去时同样令人敬畏。而恐惧，早在希望降临之前很久便已经消逝了。

人类如何活过这历时好几个世纪的亡哀之冬，全然依赖于精神与情感的力量。人类历史的轮回并非一成不变，但只要有坚定的决心，人类必然会欣欣向荣。在梅耶柯威尔大潮中奋力划桨，便会有希望驶入光明。

看守者埃赛卡楠兹庄严地说道："真神阿佐亚希克神在生命出现之前就已经存在，所有的生命都盘桓围绕其左右，对于坚定信奉真神的人们来说，长夜不足为惧。在他的佑护之下，我们会带领着这个珍贵的世界度过漫漫长夜，一切将再一次沐浴在他的光辉之下。"领主艾斯比拉曼情绪昂扬地高呼起来："祝锡伯纳尔——在即将到来的漫长的亡哀之冬团结一心！"

观众们勇敢地予以热烈反应，但每个人心里都存着一个念头：他们永远都不会再见到弗雷耶了，他们的孩子也不会，孩子的孩子也不会。在喀尔纳巴尔这个纬度，在未来的四十二代人生老病死的岁月里，那颗更为耀眼的太阳弗雷耶不会再当空照耀。在场的每个人都没有希望再次见到那颗灿烂辉煌的太阳。

唱诗班远远地唱起了圣歌。“哦，愿我们终将寻到光明。”每颗心都笼上了一层淡淡的忧伤，那种失落就像丢失了孩子一般刻骨铭心。

男仆重新拉上了窗帘，将那片景色隔绝在外。

人群中有许多人站在原地，饮下更多的雅达尔酒，他们彼此之间再没有什么话好讲了。乐师开始演奏，但一种听天由命的消沉情绪浸染了每一个人，驱之不散。宾客们三三两两离去，躲避着彼此的目光。

石头台阶蜿蜒而下，通向修道院入口处。阶梯上铺着地毯以示对于这个庄严时刻的敬意。寒风扑来，向上吹卷着，掀起了地毯的边缘。卢特林向下走时，在楼梯过道的拱廊里突然出现了两个男人，一把将他抓住。

他挣扎着，叫喊着，但他们把他的双臂反扣在背后，押着他进了一间石筑的盥洗室。艾斯比拉曼正等在里面，他已经脱掉了庆典的长袍，正在穿戴一件外套和一双很长的皮革手套。他的两名手下穿着皮革外衣，腰带上挂着手枪。卢特林想起了瑛茜尔的话：“披着衣……鬼鬼祟祟。”

艾斯比拉曼换了一种亲切的语调说：“这样下去是不行的，对吗，卢特林？我们不能让你在喀尔纳巴尔这样一个组织严密的地区里来去自如，你的影响力破坏性太强了。”

“你除了维护自己的利益还会维护什么？”

“我希望维护我妻子的荣誉。你可能会觉得这样做很不好。但事实上，我们为了生存而战斗。好人——当然还有坏人——都会继续生存下去。大部分人都明白这个理，而你却不然。

“你有意扮演一个神圣的无辜者，而这类人总是带来麻烦……所以我们打算给你一个机会来帮助整个喀尔纳巴尔。海利科尼亚需要被拖回光明之中，你要在巨轮里度过下一个十年。”

他努力挣脱出来，朝门口冲去。一个猎手抢先一步把门在他眼前猛地关上。他一拳打在那人下巴上，自己却又被抓住了。

“捆住他。”艾斯比拉曼下令道，“别再让他跑了。”

这两人没有绳索，其中一个不情愿地解下了夹克上的宽腰带，他们用腰带把卢特林的双手勒在了背后。

艾斯比拉曼打开门，他们一路顺着楼梯继续向下，那两个人紧紧挟着卢特林。艾斯比拉曼似乎对此很是满意。

“我们以勇气和庆典向弗雷耶道别。要赞美权力，卢特林。我赞美你父亲，赞美他作为大寡头的冷酷无情。我们是多么关键的一代人啊。要么我们被抹杀，要么由我们来决定世界的走向……”

“也许你会被一根鱼骨头卡死！”卢特林说。

他们下到了修道院的入口大厅。从宽阔的拱门望出去，外面的世界一览无余。寒气涌进大门，人群和篝火的嘈杂声也传了进来。单纯的人们在燃起的火堆边载歌载舞，一张张面孔映着熊熊的火光。商贩们四处游走，兜售烤饼和烤鱼。

艾斯比拉曼说：“在他们的宗教里，他们相信燃起大火可以带回弗雷耶。”他在入口处慢下了脚步，“而他们所做的这一切其实会让真正需要燃料的时候出现木材短缺……好吧，随他们去吧，让他们进入通灵或是做任何他们高兴做的事情。精英必然会在未来若干个世纪中踩着这些农民的脊背存活下来。”

人群后面突然传来一阵叫喊，紧跟着是一阵骚动。人群往两边让出一条路来，士兵进入了视线。他们中间有个不断挣扎的什么东西。

“啊，他们又抓住了一个法艮。好啊，我们得看看这场好戏。”艾斯比拉曼说着，眉目间透出一抹往日的怒色。

法艮被四脚朝天捆在一根竿子上。被带到一堆火跟前时，它剧烈地挣扎起来。

那后面跟来一条人影，高举双臂叫喊着。一片喧嚣之中，卢特林听不到他在说什么，但是卢特林借由那副长须认出了那个人。那是他的老校长，老人当年曾经教过他——在很久以前，当时他卧床不起。老人曾经有一个法艮仆人，因为他太穷供不起奴隶。显然，士兵抓的法艮就是老人的。

士兵们拖着那生物离火堆越来越近。人们停止了舞蹈，兴奋地大叫起来，女人们和男人一起怂恿着士兵。

“烧死它！”艾斯比拉曼喊叫起来，这时他不过是跟着那帮乌合之众凑热闹。

“那只是一个仆人，”卢特林说，“就像狗一样没有害处。”

“可它仍然会传播肥死症。”

尽管不住地挣扎，那个剑族还是被连拖带搡，来到了最旺的那堆篝火跟前。它的毛发开始燃烧。又近了一寸——人群中传出一声号叫，接着是一阵骚动，然后人群外围传来一阵凄惨的叫喊声。远处的人发出了尖叫。一群骑着铠骥全副武装的剑族冲进了市集！

每一个剑族都披挂着铠甲，有些还戴着原始的头盔。它们骑在红色的铠骥背上，俯身蜷缩在低低的肉峰后面。保持这个姿势，它们可以在飞奔前进的时候狠狠地刺出长矛。

它们粗哑的声音呼喝不止：“弗雷耶必死！弗雷耶之子必死！”

人群开始移动，犹如一阵汹涌的潮水。只有士兵站立不动。被俘的那个法艮被丢在一旁，它那苍白的大脑在头颅里快要被烤焦了，但它站起身来，逃脱了，一身的毛发仍在焖烧着。

艾斯比拉曼冲上前去，朝着士兵大喊开火。作为旁观者，卢特林看到入侵者最多不超过八个。它们中的一些已经生出了黑色的毛发，那是剑族衰老的标志。所有的法艮中只有一个保留着犄角——这个迹象说明它们不是来自山里那些极具威胁的族群，不是在喀尔纳巴尔令人闻之色变的那类，而是为数不多的逃亡法艮，他们在这个特殊的日子里集结在了一起，因为从这天开始，锡伯纳尔仿佛回归到了远古时代，在弗雷耶进入海利科尼亚天空之前的时代。

他看到人们四下逃命时被那些倒在长矛下的人绊倒，小贩连同自己的托盘一起被掀翻在地，女人连同怀里的婴儿或是小孩一起倒在地上，还有瘸子、病人。有些人被踩踏至死。一个婴儿被甩起来摔进了火堆里。

艾斯比拉曼和他的两个打手抽出手枪开火，长着犄角的那个剑族立刻调转它那头红褐色的坐骑朝这位领主冲来。它猛冲向前，脑袋低低压在铠骥那硕大的头颅之上。它的眼中没有战斗的光彩，只有一抹阴沉的猩红色，它正在做的事情无非是亘古以来在它那原圣思维的大脑中形成的定势。

艾斯比拉曼开火了，但子弹消失在那头坐骑厚厚的皮毛里。它的步子踉踉跄跄。两名打手转身就跑。艾斯比拉曼立在原地，一边开火一边大喊着。铠骥突然一低头。长矛飞了出来。就在艾斯比拉曼要转身的时候，长矛刺中了他，矛尖从他的眼眶扎进了头颅，他仰面跌倒在修道院的入口处。

卢特林发力狂奔起来，同时他扭动着手臂从皮带里挣脱出来。他一路连跑带跳着来到街上，跳到了早已踩实的雪堆上，继续奔跑着。周围人跑来跑去，自顾逃命，没人理他。他在一间房子后藏起来，喘着粗气，看着眼前的景象。

市场被蓝色的夜影和尸体覆盖了。头顶的天空一片深蓝，一颗亮星当空照耀——阿伽尼普。落日的余晖映红了南天，气温寒冷彻骨。

那群乌合之众围住了一头铠骥，把上面的骑手拽到了地上。其他的法艮疾驰而去——这再次证明了这支剑族队伍不是那种正规的剑族族群，否则不会轻易就放弃一场战斗。

他一路畅通无阻地跑向圣街，向他与托莱丝·拉尔的约定之地跑去。

圣街很窄，但沿街的建筑都很高，大多数都是在更好的时代建造的，供那些巨轮的朝觐者居住。现在，窗户都紧闭着，很多门都上了闩。墙上写着标语：神灵护佑看守者，我们追随大寡头——大概是为了明哲保身。一栋栋房子和旅店后面，积雪堆到了屋檐。

卢特林小心翼翼地走到了街上。这段夺命狂奔之后，他的情绪还处于兴奋状态。他能看到街道尽头之外，那里似乎是永恒的起点。一望无际都是雪，远方是一片灿烂的浅红色，点缀其间的树木衬托着其广袤辽远。远处有一面峭壁山坡，也就是北极冰帽的南缘，此时此刻，也只有那里还笼罩在弗雷耶的余晖里，呈现出一片极美妙的粉红色。如此辽阔深远的景致让他一时之间心驰神往，提醒他这颗星球有着无尽的可能，卑微的人族永远无法穷尽。尽管纷扰不断，这伟大的世界却一如既往，其形其光，难以穷尽。他可能正亲眼看见着注视者本尊。

他穿过一道门廊，有一条人影正躲在那里。那人喊了一声他的名字。他一转身，幽暗之中他看到一个裹着裘皮的女人。

“你快到地方了，不高兴吗？”她说。

他朝她走去，一把抓住她，感觉到了裘皮下面那个纤瘦的身体。

“瑛茜尔！你在等我？”

“我只是顺便等等你，其实我只是想找鱼贩子拿我想要的东西。在那场表演，那些愚蠢的戏码和演讲之后，我感觉很不舒服。他们用三言两语粉饰太平，就以为自己已经征服了自然。还有，我那个混蛋丈夫一直把锡伯纳尔这个词挂在嘴边，就像是用它漱口……我不舒服，我需要通过麻醉自己来抵抗那些东西。老百姓常说的那句污秽的骂人话怎么说来着？就是肏他的两颗太阳什么的，就是那句忌讳的诅咒。告诉我怎么说来着……”

“你是说，‘肏那哨兵’?”

她颇有深意地重复了一遍，然后大声喊了出来。

听到她讲这句话，他一阵兴奋。他紧紧搂住她，强行把自己的嘴唇贴在了她的唇上。两人挣扎起来。他听到自己的声音在说：“让我在这里肏你，瑛茜尔，就像我一直想要做的那样。你并不是真的性冷淡，我知道。你是个真正的妓女，就是个妓女，我想要你。”

“你喝醉了，走开，走开。托莱丝·拉尔正等着你呢。”

“我根本不在乎她，你和我才是天造地设的一对，从我们小时候起就这样了。让我们成全彼此吧！你曾向我许诺过。现在是时候了，瑛茜尔，就现在！”

她那双巨大的眼睛近在他的眼前。

“你吓到我了。你犯什么病了？放开我。”

“不，不，我现在可以不让你走。瑛茜尔……艾斯比拉曼死了。法艮杀了他。我们现在可以结婚了，做什么都行，只要让我拥有你，求你，求你了！”

她使劲地从他怀里挣脱出来。

“他死了？死了？不。不可能。哦，杂种！”她尖叫着跑到了街上，用双手从踩实了的雪地上搂起拖地的裙摆跑了出去。

看到她痛苦万分，卢特林惊恐地跟了上去。

他试图拉住她，但她说了些什么，一开始他没听懂，后来才明白她是哭喊着要一支奥柯察茄。

如她所讲，鱼贩子的店铺就在街尾。店铺在原本的门脸前修起了一道短短的过道，好让顾客进去时不会把寒气也带进去。门的上方有一块招牌：奥蒂姆鲜鱼。

他们走进一间昏暗的前厅，里面站着几个男人，身上裹得暖暖和和的，他们都形变成了冬季体型。海豹和大鱼挂在钩子上，一张柜台上铺着碎冰，里面摆着些小鱼、螃蟹、鳗鱼。卢特林全然没有在意周围的环境，只挂念着瑛茜尔，现在她几乎歇斯底里了。

但那几个男人认出了她，一个人咧着嘴笑道："我们知道她要什么。"然后带她去了后屋。

另一个男人走上前来，说："我记得您，先生。"

他很年轻，而且长着一张颇具异域风情的面孔。

"我的名字叫肯尼格·奥蒂姆。"他说，"在那趟从科理安图拉到瑞雯约克的旅行中，我跟您同船航行。那时候我还是个小孩子，但是您可能记得我父亲，伊戴普·奥蒂姆。"

"当然，当然，"卢特林心烦意乱地说，"他是卖什么东西的生意人，他卖什么来着？象牙，是吗？"

"是瓷器，先生。我父亲仍住在瑞雯约克，每个星期都会把上好的鱼肉供应到这里来。这是一个有利可图的买卖，如今这个日子人们对瓷器没什么需求了。在下面瑞雯约克那里的生活要更好些，先生，我必须得这么说。至于北边这里么，再好的瓷器也比不上感情。"

"是啊，是啊，我敢肯定就是这么回事。"

"我们还做奥柯察茄烟草的生意，先生，如果您有意品尝，我可以免费送您一支。您那位女士朋友可是一位常客。"

"没错，给我来一支，伙计，谢谢你了。有位叫托莱丝·拉尔的女士怎么样了？她在这里吗？"

"她会来的。"

"好的。"他往后屋走去。瑛茜尔·埃赛卡楠兹正歇在一张卧榻上，吸着一支很长的烟斗。看上去她完全镇定下来了，盯着卢特林一语不发。

他坐到她身边，什么都没说。这时候年轻的奥蒂姆给他拿来了一小支。他狠狠吸了一口，顿觉十分畅快，立刻感受到一种夹杂着认命与决心的奇怪情绪将他包裹起来。他感觉自己跟万事万物都是相通的。他现在明白瑛茜尔那扩张的瞳孔是怎么回事了，他抓住了她的手。

“我丈夫死了……”她念叨着，“你知道吗？我有没有告诉你，在我们的新婚之夜他都对我干了些什么？”

“瑛茜尔，我今天从你身上得到的秘密够多了。你生命中的那个篇章已经过去了。我们还年轻，我们可以结婚，过一些快乐或是悲伤的日子，怎么都好。”

在烟雾缭绕之中，她说：“你是个逃犯。我则需要有个家，我需要关怀。我不再需要爱。我只需要奥柯察茄烟。我想要一个能保护我的人，我想让你把艾斯比拉曼弄回来。”

“那不可能，他死了。”

“如果你觉得那是不可能的，卢特林，那就请闭嘴，让我一个人好好想想。我现在成了个寡妇，寡妇在冬季活不长……”

他坐在她身边，吸着奥柯察茄，万念俱灰。

“如果你也能杀掉我父亲，看守者，这个偏远的地区就可以回归自然：巨轮会停下，瘟疫会来也会去，幸存者会安然度过亡哀之冬。”

“总是会有幸存者的，这是自然法则。”

“我丈夫已经向我展示了自然法则，谢谢你。我不希望再有另一个丈夫。”

他们陷入沉默。年轻的奥蒂姆走了进来，向卢特林传话说托莱丝·拉尔在楼上的房间等他。他暗骂了一声，跌跌撞撞跟着那个人走上一节摇摇晃晃的楼梯，没有回头再望瑛茜尔一眼，因为他确信她还得在那里躺上好一会儿。

卢特林被带到一间小仓房，只有一道门帘充作房门，里面仅有的家具就是一张床。床边立着托莱丝·拉尔。看到她的腰身他十分惊讶，但随即想起自己差不多也是这个体型。

她当然已经老了。发缕间已经有了灰色，尽管她还像十年前一样精心梳理着。她的面颊被寒霜打得通红，尽显沧桑。她目光沉重，但认出他的时候双眼还是绽放出动人的光彩。她看着他，露出了笑容。不论从哪方面看，她都不像瑛茜尔，尤其是她呈现出的那种沉静的清心寡欲。他打量着她。

她穿着长靴，衣衫十分破旧，打满了补丁。出乎意料的是，她摘掉了裘皮帽——他不知道这是为了迎接他还是出于尊重。

他上前一步。她立刻走上来抱住了他，吻了吻他两侧的脸。

“你好吗？”他问道。

“我昨天见到你了。他们放你出来的时候，我就等在巨轮外边。我叫了你，可你没往我这边看。”

“当时光线太亮了。”奥柯察茄把他弄得晕晕乎乎，他想不起来要说什么。他想让她像瑛茜尔一样说笑。看她没这么做，他问道：“你认识瑛茜尔·埃赛卡楠兹？”

“她成了我的一位好友，我们以各种方式相互支持。已经过去好多年了，卢特林……你接下来有什么打算？”

“打算？太阳已经落下了。”

“未来的打算。”

“我这个天真的家伙现在又成了逃犯……他们甚至可能会把艾斯比拉曼的死怪罪在我头上。”他一屁股坐在了床上。

“那个人死了？谢天谢地……”她想了想，然后说道，“如果你信任我，卢特林，我可以带你去我那个小藏身处。”

“我只会带来危险。”

“我们的感情不是基于那些的。我仍是你的，卢特林，如果你还要我。”在他犹豫的时候，她恳切地说，“我需要你，卢特林。你曾经爱过我，我相信的。你在这里到处都是敌人，你还有其他选择吗？”

“总是可以选择反抗。”说着，他不由大笑起来。

他们一起走下了窄窄的楼梯，在黑暗中小心翼翼。下来之后，卢特林看了看后屋。出乎他的意料，卧榻上空无一人，瑛茜尔已经不见了。

他们向年轻的奥蒂姆道了别，走进了夜色之中。

在渐浓的黑暗里，阿佛纳斯在上空飞行，从天空中飞速掠过。它现在成了一只死眼。

精妙的机器最终停摆了。监督运转的系统只还有部分起着作用。许多其他的系统仍可操作——但不包括生命保障系统。空气还在循环。清洁机仍然会爬过走道。这里，那里，电脑仍在交换信息。咖啡机仍然定时把咖啡煮开。

稳定装置将地球观测站自动保持在轨道上。在左舷的候机厅，一间洗手间还是会定时冲水，仿佛一只时不时就会忍不住哭泣的生物。

但是没有信号返回地球了。

而地球也不再对此有所需求，尽管有许多人对于另一个世界那不断展开的故事终止于此而感到遗憾。地球正在超越那个被动阶段，在那个阶段，文明程度由占有财物的多少来衡量，如今他们进入了一个崭新的阶段，个体体验的妙境可以共享，而不再是私存；给予，而不是自藏。人类这个角色无意间变得更像是盖娅自己了：无处不在，变化万千，去迎接每一天的冒险。

他们穿行在暮色之中，把村庄甩在了身后，托莱丝·拉尔试着说一些琐碎的东西。大雪一直在下，风从北方吹来。

卢特林始终没有答话。一阵沉默之后，她告诉他，自己给他生了一个儿子，现在差不多十岁了，还给卢特林讲了一些他的趣事。

“我想知道，他会不会在长大后杀掉自己的父亲。”这就是卢特林的反应。

“他也形变了，跟我们一样。你的亲儿子，卢特林。他会存活下去并养育后代，至少我们希望如此。”

他在她身后深一脚浅一脚地走着，仍然一语不发。他们路过了一间荒废的棚屋，然后顺着一排树木走了下去。他不时回头望望。

她自顾自地讲着：“你憎恶的大寡头仍然在剿杀所有的法艮。但如果他们能明白肥死症真正的机制，就会知道他们其实也是在杀死自己。”

“他们很明白自己在干什么。”

“不，卢特林。你慷慨地给了我詹道昂格诺尔教堂的钥匙，从那之后我就一直住在那里。一天夜里突然有一阵敲门声，来者是瑛茜尔·埃赛卡楠兹。”

他看上去有了兴趣，“瑛茜尔怎么知道你在那里？”

“是个巧合。她从艾斯比拉曼身边逃到那里的。那时候他们刚刚结婚，他残忍地奸淫她，她又痛苦又绝望。她记得可以躲在教堂里——你哥哥费温带她去过，在从前那些快乐的日子里。我照顾着她，我们成了密友。”

“喔……我很高兴她有朋友。”

“我向她展示了詹道昂格诺尔和那个女人芒特拉斯留下的记录，解释了携带着瘟疫的蜱虱从法艮身上来到人身上，以及这对人族在极端季节里活下来有多么必要。瑛茜尔把这些知识带了回去，向看守者和领主解释，但他们不屑一顾。”

他嗤笑一声，“他们不屑一顾，是因为他们早就知道了。他们不想让瑛茜尔干涉。运作整个体系的是他们，不是吗？他们本来就知道。我父亲也知道。你是不是以为那些古老的教会文件都是秘密？其实那些知识早就大白于天下了。”

开始走下坡路了，他们下脚不得不更为小心，慢慢走向喀丝匹桉森林边缘。

托莱丝·拉尔说："大寡头知道杀死所有法艮意味着最终会让人族灭亡……可还是颁布了法令？这让人难以置信。"

"我无法为我父亲的所作所为辩护……或是艾斯比拉曼的。他们只是不愿接受真相。仅此而已。他们觉得自己必须行动起来，不管真相如何。"

他嗅到了喀丝匹桉森林的味道，深深吸了一口气，枝叶散发出微微的酸味。真像是来自另一个世界的记忆。他将这气息畅快地吸进肺里。托莱丝·拉尔在树丛中拴着两头耶尔克。在他讲话的时候，她走过去抚弄着它们的鼻吻。

"我父亲不知道如果锡伯纳尔彻底除掉法艮会发生什么，他只相信必须要这么做，不管什么结果。我们也不知道会发生什么，除了那些发霉的古老文件里说的……"他更像是在对自己说，"我觉得他认为，必须与过去做个干脆的了断，不论付出什么代价。你愿意的话，可以管这个叫反抗。也许有一天事实会证明他是对的。大自然会证明一切。也许人们还会把他奉为圣人，就像你们那个邪恶的圣人詹道昂格诺尔一样。

"反抗……那是人族的天性。只知道仰面朝天抽奥柯察茄可没什么好处，不反抗，我们就永远不会进步。通向未来的钥匙一定是放在未来的，而不是往昔。"

风又猛刮起来，雪下得更密。

"注视者啊！"说着，她抬起一只手放在他粗糙的脸颊上，"你变得强硬了。你要跟我来吗？"她问道。

没有等到他的回答，她又说："我需要你。"

他纵身上了鞍座，回味着这熟悉的动作，回味着胯下那头牲口的反应。他拍了拍耶尔克温暖的身子。

他被放逐在自己的土地上，但未来必将会发生改变。艾斯比拉曼完蛋了，卑鄙的伊伯斯托克·埃赛卡楠兹必然会遭到清算。他并不希望得到埃赛卡楠兹所拥有的一切，他想要的是公正。垂头注视着耶尔克的鬃毛时，他的面孔刚毅了起来。

“卢特林，你准备好了吗？我们的儿子正在教堂等着我们呢。”

他望着她那被风雪模糊的脸颊，点了点头。雪片落在他的睫毛上。他们催动坐骑在树林中一路而下，林中刮过一阵大风，沿着施芬宁克的山坡势如破竹地吹来。雪花犹如瀑布从头顶的枝条簌簌落下，落在他们肩头。道路一路向下，通往那座隐秘的教堂。他们绕过一根冰柱，那曾经是一道瀑布。

最后一刻，卢特林在鞍子上回望了村庄最后一眼。火焰的光芒映红了滚滚而来的低云。

他牢牢握着缰绳，催动耶尔克加快脚步，顺着山坡往越来越浓的幽暗中跑了下去。女人呼唤着他，声音里透着紧张，但卢特林感到血脉中腾起一股偾张的快意。

他在头顶高高举起一只拳头。

“肏那哨兵！”他高喊着，声音回荡在幽远的树林中。

风裹挟着声音远去，不断落下的大雪将它掩盖。

全书终

由于时光改变着世界的性质；事物必须从一种状态渐变为另一种状态；没有一成不变的东西。万物都在前进。自然在改变，改造万物。一物衰败了，因年老而虚弱无力；另一物长大了，不再遭受鄙夷。因此时光改变着世界的全部性质，大地的一种状态让位于另一种状态，所以它先前生育过的现在不能生育，现在能生育的，先前未曾生育。[1]

卢克莱修《物性论》，公元前55年

1. 译林出版社2012年版，蒲隆译。

作者后记

我亲爱的克莱夫:

你终于看到了。从我开始构思这些东西以来，已经过去了七个年头。最后这卷将在一年后正式出版，那时我们俩都将步入新的十年，那时我的岁数正好是你的两倍。

当我在希拉里的花园里散着步，推敲着词句时，一个问题冒了出来：为什么人类个体渴望与其他人保持密切联系的同时，却又常常要保持独立性？是否有可能，正是这种孤立感让我们作为一个种族，感到与大自然的其他部分都是相互隔离的？也许你在这些书页间看到的地球母亲并非那么尽善尽美，就像一位真正的母亲一样，她也有自己的烦恼——当然是宇宙级别的烦恼。

所以，错误并非全是我们的，或是母亲的。我们必须接受万物组合中的缺憾，接受黄纹蝇。时间，整场大戏的舞台，正如J.T.弗雷瑟所说："是一层层无法解决的矛盾。"我们必须像卢克莱修那样沉着镇定地接受这种局限性，但我们必须对一些事物保持必要的愤慨，比如制造与部署核武器的那种疯狂。

这类东西并非常见的文学题材。但是我感到有必要尝试把它们组织起来，就像你看到的这样。

现在，我终于做到了。海利科尼亚的万千气象呈现在了你的眼前，我希望你能享受其中。

你最慈爱的父亲
于野猪岭，牛津